D1724000

Christa Hein

La mirada a través del espejo

Traducción de Javier Orduña

Galaxia Gutenberg

Primera edición
Barcelona, 2001

Riga, 1900

I

Las ventanas estaban abiertas de par en par; entraban el aire cálido y el murmullo de los insectos. La fragancia de los castaños en flor del parque del Politécnico se mezclaba con la de la cera de pulimentar; no hacía ni una mota de aire. Al escribir en la pizarra la tiza húmeda se desmenuzaba en partículas de yeso dejando tras de sí un trazo de puntos en lugar de una línea continua. Sophie retrocedió un paso y leyó en voz alta lo que había escrito:

–Se dice que la función $y = f(x)$ es continua para un valor x cuando a la variable *delta* x, decreciente ilimitadamente respecto a cero, le corresponde una variable *delta* y decreciente ilimitadamente respecto a cero. –Se volvió entonces hacia la clase–: Señores, hagan el favor de anotar esto.

Como el año anterior, se había reservado la materia más interesante para la última semana antes de las vacaciones de verano. Sentada en los bancos de gradas, la pequeña audiencia de trajeados estudiantes, varones en su mayoría y todos rondando los veinte años, copió la ecuación en sus cuadernos. La situación le resultaba ya familiar: cabezas alzándose a intervalos irregulares, miradas atentas repartiéndose entre la pizarra y el cuaderno, la consiguiente panorámica sobre los cabellos, rubios, castaños y morenos. Al final de la clase, después de hora y media, se transformarían repentinamente en seres diferentes, joviales y bulliciosos, que recorrerían cartera en mano los pasillos del Politécnico camino de otra aula.

Sophie se acercó a la ventana. Un abejorro entró zumbando en la clase, revoloteó sobre las cabezas y desapareció por otra ventana. En el cristal descubrió su propio reflejo: alta y delgada, vestida con falda larga, la larga cabellera morena recogida en un moño. Encima exactamente de la cabeza tenía suspendida una espléndida nubecilla blanca típica del verano.

El murmullo creciente le dio a entender que la mayoría había terminado de tomar los apuntes. Regresó a la tarima.

–Aunque los procesos naturales generalmente suceden de manera invariable, nunca se está a resguardo de sorpresas. El lenguaje de las matemáticas las denomina puntos de discontinuidad.

–Pero ¿cómo hay que imaginarse un punto de discontinuidad, señorita Berkholz?

–He aquí la cuestión, Anzi –respondió Sophie al muchacho de pelo rubio casi albino, uno de los pocos letones del curso; su padre era zapatero y él quería estudiar arquitectura–. Es inimaginable. Es un salto repentino. Digamos que todos los valores de y se desplazan de manera continua con los de x. Pero, de repente, tenemos la catástrofe. Ante un determinado valor de x, el valor y pierde el juicio, pierde el norte, se extravía y... –no daba con la palabra–, es como...

–¿Como cuando se está enamorado? –espetó Anzi. Todos se echaron a reír, pero Anzi insistió–: Me refiero al momento mismo. ¿No es un punto de discontinuidad? Antes y después todo es continuo.

Notándose sonrojada, Sophie tardó en responder:

–Sí, en cierto modo podría describirse así –dijo meditabunda mientras se volvía con brusquedad hacia la pizarra.

Notó las miradas de los muchachos sobre su espalda. Con la mayoría le separaba una diferencia de siete u ocho años, aunque normalmente se la tenía por más joven. En aquel momento ella era la única mujer que había en el aula. ¿Qué aspecto ofrecería vista por detrás? ¡Como se le soltase el pelo...! Por la mañana se lo había recogido deprisa y corriendo. Últimamente le estaba apeteciendo cortárselo, de lo crespo y rebelde que lo tenía. Ese final de curso podía ser un buen momento.

Cuando terminó la clase, Anzi se acercó de nuevo a hablar con ella.

–Un momento –dijo Sophie mientras terminaba una anotación en la agenda. Cuando hubo acabado lo atendió–: ¿Alguna cosa más?

El joven parecía apurado. Al final extrajo del bolsillo de su chaqueta una pequeña rosa de tela amarilla:

–Creo que hace juego con el verde de sus ojos –dijo–. Le deseo mucha suerte.

*

Era uno de los raros días del junio báltico en que el sol abrasaba sobre los adoquines y los perfiles titilaban bajo el bochorno del mediodía. Buscando la sombra la gente procuraba evitar la vertical inclemencia del sol. Sólo en las afueras jugaban los niños en plena calle, contentos de poder salir de la estrechez de sus casas. El casco antiguo de Riga, sin embargo, parecía desierto. Las familias acomodadas ya se habían trasladado a las casas de veraneo de la playa. En los pequeños restaurantes del barrio antiguo, de muros medievales aún frescos, a lo sumo se veían hombres de negocios y tratantes de bolsa almorzando.

Cargada con la cámara de fotografiar, Sophie cruzó a primera hora de la tarde la ciudad pasando ante la sinagoga, la casa Cabezas Negras y el monumento a Herder que se alzaba junto a la catedral. Era una impedimenta pesada e incómoda a causa de la bandolera de cuero del trípode, que se le clavaba en el hombro. Pero iba al encuentro de un motivo fotográfico muy especial: el alicatado de una casa modernista que estaba terminándose al otro lado de los bulevares. Poco antes había descubierto los azulejos de color verde y azul con un friso de cisnes blancos que adornaban la escalera y durante unos días las visitas estarían autorizadas. Tenía que aprovechar el momento porque le faltaba poco para irse con su familia a la playa, y luego sería demasiado tarde.

Sophie salió de la ciudad por la puerta del Polvorín, construcción tanto más lóbrega a pleno sol, y salvó los estanques cuajados de nenúfares pasando por los puentes de madera del parque Woehrmann. En días soleados como aquél el parque al menos se veía animado. Todos los bancos estaban ocupados por gente vestida ya con ropa de verano disfrutando de las rosaledas. Cuántos no se entretendrían comiendo con aire ausente pipas de girasol del cucurucho que se colocaban en la falda, partiendo la cáscara con los dientes, comiéndose la pipa y dejando en derredor una pequeña corona de peladuras.

Una niña se acercó corriendo hasta Sophie preguntándole en francés a viva voz: «Voulez-vous prendre des photos, mademoiselle?». No entendió el resto. La niña siguió su camino entre risas y saludos, trazando una amplia curva sobre el césped. Llevaba un vestido rojo que resplandecía bajo aquel sol. ¿Por qué no? No dejaba de ser una foto.

Se apresuró a aflojar las palometas del trípode, desplegó el fondo de madera de la cámara, sacó el fuelle y lo fijó. La apertura del diafragma era la correcta, pero no podía regular el contraste. Demasiada luz sobre el objetivo. Se metió bajo el faldón de la cámara. Era asfixiante.

Radiante, la niña corría por el césped con los brazos desplegados. Le gustaba que la fotografiaran. Sophie se desesperó. Con una técnica tan antigua era imposible hacer ese tipo de fotografías. Se tardaba demasiado. Ochos que no cesaban de borrarse. Desistió, quitó la máquina del trípode y la guardó. Tenía que comprarse una cámara moderna, quizá incluso una Kodak de carrete. Era fácil de transportar, en una película cabían cien fotografías y podía tomar todas las que quisiera, aunque el motivo se moviera. Instantáneas. «Disparos», había dicho el vendedor de artículos de fotografía. Mientras salía del parque, la niña continuó realizando sus evoluciones por la hierba. Llamó a su institutriz, que estaba sentada: «Venez, mademoiselle, c'est très joli ici».

Poco después Sophie subió al tranvía de caballos. Se arrellanó aliviada en uno de bancos tapizados, a la sombra. El cochero aún estaba en la acera, de charla con sus compañeros. En el bochorno de la tarde el tufo del pelaje de los caballos se mezclaba con el olor a polvo de las albardas, el cuero de los asientos y el sudor del cochero. De repente olió a frambuesas. Levantó sorprendida la vista.

–¿Le apetece un helado?

Un heladero vestido con la característica chaqueta a rayas azules y blancas se había acercado al vehículo. Con toda naturalidad se dirigía a ella en letón. Helado. Helado de frambuesa.

–*Paldiez* –respondió Sophie pidiéndole al vendedor, un muchacho alto, una bola de color rojo.

Le vinieron a la cabeza las alabanzas que prodigaba su padre, asesor consular en la ciudad: ¡el helado, qué espléndido adelanto! Había domingos que llegaba a encargar una fuente entera. Paladeó las cucharadas mientras el letón proseguía su camino empujando el carrito. «Helados Dzintars», llevaba pintado. Probablemente fuese el apellido, pensó Sophie. En letón significaba ámbar. ¿Sería cierto que la gente vivía mejor, como le había oído decir a su hermano mayor, Jan? Lo cierto era que no faltaba mucho para que el Politécnico quedase rodeado de casas. Toda la ciudad estaba en obras. Muchas familias de clase media habían estrenado el siglo colocando la primera piedra de una nueva morada. Y al parecer cada cual tenía que ser más hermosa, más espaciosa y de fachada más lujosa que las vecinas. Los encargos se encomendaban a los mejores arquitectos, y los artesanos los remataban con un sinfín de elementos onerosos: esbeltos frontones de atrevidas formas, surcos que trepaban cual tallos por la fachada para culminar en vistosos cálices, pavos reales de reflejos dorados, cariátides, balcones de forja, columnas de vestíbulo con reminiscencias de palmera cuyas hojas luego se desplegaban por el hueco entero de la escalera, frisos de dorados y mármol policromo para enmarcar ventanas, puertas de madera profusamente talladas...

Su hermano Jan sostenía que Riga se había convertido en el tercer mercado de Europa. Era un nudo de comunicaciones que unía las antiguas rutas hanseáticas con las vías comerciales del imperio ruso que se extendían hasta el interior de Asia. Gracias a los anchurosos ríos, los barcos podían surcar enormes distancias, venían incluso de Crimea y del Mar Negro. Bastaba con echar un vistazo a los almacenes construidos últimamente. Estaban atestados de maderas nobles, metales y salmón del Dvina. Por no hablar de las pieles y las piedras preciosas, la seda, el té y la porcelana del Lejano Oriente, o bien las granadas, los melones o los dátiles de Turkmenistán y Samarcanda. Aquello era un capital inestimable. También para el venerado zar. Bien sabía él –sostenía Jan– por qué durante tanto tiempo, aunque ya fuese historia, los alemanes del Báltico habían tenido la influencia que habían tenido. Como todos los varones de la familia, sus hermanos Jan y Jonathan trabajaban de abogados en el sector de la banca. La evolución de la economía y las cotizaciones en bolsa eran en su casa temas corrientes de conversación.

Los caballos alcanzaron al paseo ribereño del Dvina. Del mar Báltico llegaba un agradable aire fresco. En medio del río había mercantes fondeados a la espera de ser descargados; la mercancía se transportaba en lanchas hasta las lonjas del muelle. El aire estaba siempre impregnado de aromas de té, tabaco, café, pimienta o canela. En el mercado podía comprarse de todo y en los hoteles de la ciudad recalaban comerciantes procedentes tanto de San Petersburgo y Moscú como de Japón y Estados Unidos, o de París, Londres y Venecia.

Vio que la barcaza soltaba amarras en la otra orilla y bajó al embarcadero. Disfrutaba de aquella breve travesía, a pesar de que se iba más deprisa cruzando el puente a pie.

En la otra orilla prosiguió su camino en dirección norte. Al cabo de un rato divisaría una colina cubierta de hayas con una pequeña iglesia en la cima. Recordó que el sitio tenía una perspectiva espléndida sobre el mar. Pero la fascinación que ejercía sobre ella el templo no se debía a la panorámica, sino a cierta vidriera y al misterio que encerraba. Era un ventanal situado en la pared sur y había que contemplarlo desde afuera. Durante todo el año la vidriera no pasaba de ser una lámina opaca ensartada en sus vergas de plomo. Había que esperar a que llegase la época de San Juan y que el sol alcanzase su límite septentrional para que los rayos, si el cielo estaba despejado, entrasen en la iglesia por una abertura del flanco norte, la atravesasen e iluminasen el ventanal en cuestión. Ocurría entonces un prodigio, le habían contado siempre desde niña. Podía verse cómo se producía una auténtica llamarada y se encendía un vestido de color rojo. Ante el espectador aparecía una dama que ponía en los labios de un caballero las fresas que arrancaba de una mata verde situada a su lado. Según la leyenda, quienes acertaban y llegaban en el momento oportuno se hacían acreedores de un coraje especial.

Cuántas veces no se habría propuesto seguir el camino hasta el final y contemplar el ventanal. Pero nunca había conseguido hacerlo. Al parecer, la leyenda respondía a un suceso verídico: la bella dama que obsequiaba con fresas al caballero era su prometida. La madrugada del día de San Juan, en que habían de casarse, ella se había internado en el bosque y no había regresado jamás, sin que nadie supiera dar razón del motivo. El novio únicamente encontró el vestido de ella tendido sobre una mata de fresas iluminada por el sol. Se dijo que una fiera del bosque debió de sorprenderla y llevársela consigo. Otros imaginaron desenlaces que no osaban formular en presencia del novio. Abatido por el dolor, el joven encargó aquel ventanal, donde finalmente la pareja aparecía unida. Sólo debía poder contemplarse en la fecha prevista para la boda. Sophie se acordó de Anzi. Con la pregunta que le había formulado en clase aquella mañana tuvo ella la sensación de que su vida también se aproximaba a un punto en el que todo se transformaría de manera fulminante.

Se había acercado lo suficiente como para distinguir los detalles. El ventanal estaba a oscuras y costaba apreciar las imágenes. Era lo normal. Por la hora. Al día siguiente haría otra tentativa.

*

El sol se hallaba ya justo encima del horizonte. Pero el ventanal continuaba en penumbra. Diríase que nunca llegaría a darle la luz. De todas maneras, cada vez que se introducía bajo el faldón negro de la máquina Sophie notaba que había cambiado alguna cosa. Se fijó mejor y creyó descubrir el lento avance de una franja de luz, tan premiosa que apenas podía medirse el movimiento. La quietud iba en aumento a medida que ella miraba. Levantó la cabeza y relajó la atención pensando en otra cosa. Al cubrirse de nuevo con el paño para controlar el objetivo, se percató enseguida de que la luz había aumentado de intensidad.

El reloj de plata que la acompañaba en cada salida fotográfica marcaba las cuatro y pocos minutos. Todo estaba preparado. Tenía el diafragma reducido al mínimo, adaptado para captar la mayor profundidad de campo. Observó de nuevo la pantalla de enfoque, entre verdosa y blancuzca. Había llegado el momento de insertar el chasis con la placa. Ajustó la tapa negra en el extremo del objetivo y extrajo el separador.

En la imaginación había visto ya repetidas veces aquel ventanal. Por entre la oscuridad estremecedora e impenetrable de la infancia había sentido sus misteriosos destellos. De niña había soñado con aquel vestido rojo. El augurio parecía ser que algún día terminaría tanta oscuridad.

Los primeros rayos fueron llegando paulatinamente al cristal. Como en un eclipse, cuando la luna abandona de nuevo la sombra de la tierra. De puro entusiasmo, Sophie estuvo a punto de derribar el trípode de madera. Súbitamente la luz prosiguió su desplazamiento a gran velocidad y al cabo de unos segundos la ventana era una tea. Sophie se apresuró a retirar la tapa de la lente, iluminó el interior, volvió a colocar la tapa negra, extrajo el chasis, lo giró y lo ensartó de nuevo en el riel metálico. La luz había llegado al rostro de la mujer y el vestido también parecía que fuese a encendérsele. Sonreía de manera enigmática al tiempo que arrancaba rutilantes fresas rojas de la mata verde. Postrado ante ella, el hombre inspiraba sometimiento y resignación ante la fatalidad. Sophie tuvo tiempo aún de disparar una vez más; enseguida empezó a empañarse la sonrisa en la faz de la dama. La luz prosiguió su avance dejando a oscuras la parte que se había iluminado primero.

II

Como cada año, a principios del verano la familia se trasladó del piso de la ciudad a la casa de la playa. Así se había hecho siempre desde que ella era pequeña. Aunque pintada con colores claros, la casa de la playa terminaría siendo a sus ojos mucho más pequeña y transparente que en su infancia –¿cómo pudo llegar a figurarse que los pisos de arriba encerraran infinitos escondites y pasadizos?–, pero Sophie no se imaginaba sitio mejor donde pasar el verano.

El día de la partida era en la casa el punto culminante del desbarajuste. Era inevitable tropezar con las maletas y cestas que había por todos los rincones, e imposible encontrar absolutamente nada; en ningún caso, desde luego, aquello que de verdad hiciera falta. Cuando por fin estuvo todo cargado en el coche y cada cual hubo tomado asiento, el cochero cerró la portezuela y se sentó en el pescante, resignado por experiencia a tener que dar hasta tres veces la vuelta para ir a recoger cosas olvidadas. Los caballos arrancaron al trote. Desde la ventana de la sala de estar les despidió la mujer que en verano regaba las plantas, cuidaba del loro y vigilaba la casa.

«Es de toda confianza», dijo Corinna mientras se recostaba satisfecha contra el respaldo. Sophie no tuvo más remedio que sonreír porque de los labios de la tontiloca de su hermana pocas veces salían sino desatinos. Acto seguido exclamaba ésta: «¡Cochero, pare otra vez, por favor!», para saltar del vehículo y regresar con una estola de piel que en verano difícilmente tendría ocasión de ponerse.

Se necesitaban tres horas para llegar a Jurmala. Saliendo por el barrio de Hagensberg, recién construido junto al parque y el Club Náutico Imperial, en la otra orilla del Dvina, se seguía en dirección noroeste pasando por amables veredas flanqueadas de pinos y abetos. El tronco rojizo del pino albar y el intenso aroma de su resina eran compañía obligada a lo largo de todo el camino. En la Manga les salían al encuentro la primera brisa marina y el murmullo de los juncales. Al paso de la calesa los patos levantaban el vuelo de los márgenes de la vereda mientras en el mar se mecían las barcas oscuras de los pescadores. Corinna y Marja, la niñera que llevaba en brazos al hijo de pocos meses de Corinna, no cesaban de hablar. Parecían hermanas.

Corinna tenía el pelo rizado y moreno, facciones pálidas y cejas suavemente enarcadas; Marja tenía la tez parecida y el pelo también rizado, aunque rubio. La hermana de Sophie mostraba aquel día la misma exaltación que de pequeña. Apenas unos veranos atrás aún se la había visto corriendo por el lugar con su bata y un gatito en los brazos; ahora era una mujer vital y juvenil. Al marido, que estaba de nuevo en viaje de negocios, no parecía echarlo especialmente de menos.

«Mira, Sophie. ¿Verdad que parece que las barcas se han estado quietas en su sitio todo el año?»

Cuando doblaron para tomar el camino de Majorenhof por el bosque, también a Sophie le dio un vuelco el corazón. Enseguida podrían divisar el tejado de la casa entre los pinos, la veleta plantada en lo alto de una diminuta torre de madera que cada mañana y cada tarde la luz del sol sumía en su luz dorada.

–¡Pues yo creo que estos árboles han crecido una barbaridad! –exclamó Corinna–. ¡No hay forma de ver el tejado!

La niñera se echó a reír. Alzaba al niño para que pudiera ver el lugar por donde de un momento a otro aparecería la casa de veraneo.

–¡Ahí! –gritó Corinna–. ¡Ahí está!

Lentamente tuvieron ante sus ojos la construcción de madera de color crema. En el piso superior se distinguían pequeñas ventanas con los cristales de tonos verde y violeta.

–Pero cochero, ¡dése prisa!

Corinna terminaría apeándose en marcha de la calesa para adelantarse y recorrer a la carrera el sendero de la casa.

–Su hermana no crecerá nunca –dijo Marja, que era la más joven. Al sacudir la cabeza le cayó en la cara un mechón lacio y rubio.

La casa tenía el mismo aspecto que cuando se marcharon el año anterior. Y sin embargo algo había cambiado. Ante las puertas se agolpaba la arena, igual que en el alféizar metálico de las ventanas. Y un viejo pino se había desplomado arrancando en la caída los adornos de carpintería de unas ventanas. Mientras Corinna bajaba hasta la playa y el cochero empezaba a descargar bultos, Sophie se adelantó con las llaves en la mano. Abrió, gimieron los goznes de la pesada puerta y entró en la estancia oscura.

Le asaltó el intenso olor del moho criado con la humedad y el frío de los largos meses de invierno. Dentro estaba contenida toda su infancia: cuántas veces no habría andado de niña sobre las tablas que componían la tarima del suelo, cuántas no habría aguardado en el centro, el punto más oscuro de la estancia. Los muebles, cubiertos con sábanas, parecían seres de otro mundo. Esperó junto a las butacas que su padre terminara de desatrancar las ventanas desde fuera. En esa posición siguió inmóvil la apertura paulatina de cada una de las ventanas y la lenta aparición de haces de luz donde el polvo danzó a placer. Fue una transición del reino de las sombras al de la luz, donde de súbito descubrió cadenas de semanas que nunca terminaban, la agradable impresión del hoy que siempre era hoy, y así muchas veces, el placer de lo intemporal que sólo se experimenta de niño. Más tarde, una vez que la niñera hubiese acarreado cestas y bultos y que la cocinera, después de trajinar en los fogones, hubiese pasado al asalto de la casa armada con cubos y estropajos, fregando suelos y oreando sofás, sentiría en su interior el compromiso de ser la única que podía preservar la oscuridad y los olores de los meses solitarios de invierno tal y como habrían quedado adheridos al tapizado de alguna que otra butaca.

*

–¿Qué cuenta mi hija predilecta? –El asesor consular, que también pasaba unos días en Jurmala, se arrellanó en el sillón de mimbre–. ¿A qué tan seria mirando el paisaje?

Estaban en la terraza, rodeados de mosquiteras. Llovía desde la mañana y el agua no cesaba de resbalar sobre las oscuras hojas, de cera diríase, del rododendro.

Sophie lo miró sorprendida. ¿Seria? ¿De verdad le había parecido serio el gesto? Le contó que pensaba en su trabajo y en el curso siguiente; también en si se decidiría a empezar la tesis doctoral que tanto ansiaba. En otoño empezaba una nueva promoción de estudiantes en el Politécnico y ella daría otra vez clases de cálculo diferencial. Era la primera vez que podía usar los apuntes ya preparados.

–¿Conque... –carraspeó el caballero– preocupada por el futuro?

–No, padre, de ninguna manera. Sólo pensaba en el semestre que viene. Tendré más tiempo.

–Vaya, vaya –replicó él con reticencia–. Resulta que nunca piensas más que en el trabajo. Cualquiera diría que mi hija ha acertado de pleno en la vida.

Ella miró el perfil de su padre. La nariz aguileña se parecía cada vez más a la del abuelo. Parecían un juego de *matrushkas* masculinas. El pelo aún conservaba su color moreno; lo tenía espeso y ondulado. En torno a la boca se le dibujaba una línea imperiosa que en el lado izquierdo se convertía en un surco profundo. Parecía estar pendiente de algo completamente diferente. Sea como fuere, había entendido qué significaba para ella disponer de tiempo libre.

La lluvia se había reducido ya a un tenue murmullo. Las gotas de agua brillaban con tonos plateados sobre las hojas carnosas de la capuchina; la celinda despedía su intenso aroma a jazmín. Una pareja de jilgueros salió volando con algarabía de su rama.

–¿Y por qué no puedes hacer como Corinna? ¿Por qué no te casas? ¿Y los niños? ¿Tan poco te atrae esa vida?

Sophie sintió un escalofrío. No estaba preparada para una pregunta tan directa.

–A fin de cuentas eres un buen partido. Eres guapa, tienes buena salud, buena formación y un espíritu independiente, y la dote no será nada desdeñable. Un regalo del cielo para el hombre que se lo merezca.

–Me gusta mi trabajo, padre –dijo con tono forzado–. No veo por qué tendría que desear otra cosa.

Detestaba ese tipo de sermones. El viejo abrió el periódico por las páginas bursátiles. Era la señal de que daba por terminada la conversación. Se sintió confundida. ¿A qué venían esas preguntas otra vez, cuando parecía que sus padres la entendían? Había descartado absolutamente un matrimonio como el de sus hermanos, que la convirtiese en señora de su casa, señora con hijos y señora para el protocolo. Encima, le señalaban como modelo a Corinna. Su hermana tendría siempre la cabeza a pájaros, y una y otra no tenían prácticamente nada en común. Sophie notó cómo le invadía la cólera contra su padre, ese individuo autocomplaciente que tenía sentado a su lado y que, como al rato descubrió, acababa de hablar así con ella sólo porque su madre se lo había pedido. A su madre le costaba hablar de ciertos asuntos, claro. ¿Y qué sabía él de ella? Nunca había podido contarle muchas cosas. Tampoco él le había preguntado.

–Bueno, voy a ver si llega de una vez el coche con míster Ashton. –El padre se volvió hacia ella comentando con aparente indiferencia–: Por cierto, a ver si te fijas en nuestro invitado. Es rico, serio y, además, tiene sus atractivos.

Dicho esto se levantó con pesadez del sillón. En ese instante la ira de la joven se desvaneció ante la ternura que le inspiraba aquel hombre que envejecía a ojos vistas.

–Sophie, tú al lado del invitado.

Su madre le indicó una silla en el extremo de la mesa. Aunque entrada en años, la señora del asesor tenía muy buena presencia. Era tan alta como sus hijas y lucía una espesa mata de pelo, cano y rizado. Con la mirada siempre despierta, estaba habituada a mandar a los demás.

–¿Y qué pretendes colocándome ahí?

Sophie era consciente de la irritación que delataban sus palabras, pero seguía disgustada por los comentarios de su padre. De buena gana habría discutido el asunto con su madre, pero ésta salió en ese instante de la sala, pues lo único que le importaba en momentos así eran la mesa y los invitados, que quedasen la una bien presentada y los otros satisfechos. Su pasión era cursar invitaciones y distribuir comensales. Tener invitados era la ocasión perfecta para exhibir la antigua vajilla de porcelana y desempolvar los juegos de copas y café o la cubertería de plata heredada de su madre, que la víspera habría pulido con la pasta pestilente de siempre. La abuela había sido dama de corte con patente de nobleza, aunque se casaría con un hombre común. En su fuero interno la hija nunca llegó a perdonárselo.

–¿No me dejo nada? Son ocho cubiertos. –La madre se detuvo en la puerta y volvió a contarlos–: Tu padre, tu hermana, tu cuñada Lisa, tu hermano mayor y su mujer, el invitado, tú y yo.

Estaba nerviosa. Al colocar la jarra derramó agua en el mantel.

Con gesto rayano en la insolencia, Sophie repasó la mesa. Cada candelabro tenía ensartadas dos velas blancas cual rutilantes alabardas. Con la corriente de aire las llamas oscilaban reflejándose como minúsculos puntos en la talla de las copas de cristal y el borde dorado de los platos. La cubertería, rigurosamente dispuesta, parecía una tropa disciplinada, pendiente de que la dueña diese la orden de descanso; tampoco faltaban los descansos donde reposar los cuchillos. En las eternas comidas de la infancia los niños formaban siempre largos convoyes con ellos. Trenes que discurrían por los manteles recién planchados, un paisaje invernal de Siberia con sus estaciones: el salero, el pimentero y los candelabros. Había una servilleta de damasco manchada. Pero no podía decírselo a su madre; le saldría otra vez el mal genio.

–Está perfecto, como siempre, madre.

–Pues le dices a tu padre que se ocupe del vino y me vas a buscar por favor unas flores para la mesa.

Al salir al jardín, Sophie oyó cómo descorchaban la botella de vino. Su padre disfrutaba con ese sonido. Se lo imaginó como si lo tuviera delante: aspirando el aroma de la botella de tinto, que ya el día anterior había subido de la bodega, sirviéndose a continuación una copa y comparándola con el vino de muestra que había abierto al mediodía, para comprobar –así decía– la temperatura ideal. De repente tuvo la sensación de que precisamente esos gestos compondrían la imagen de su padre que conservaría.

Había cesado de llover, la temperatura había refrescado y el cielo era de un azul diáfano. Entre la pineda, al fondo, se distinguía el mar como una sutil franja brillante. Arrancadas de su arbusto, las flores de jazmín yacían cenicientas esparcidas por el suelo. Llegó la voz del cochero mandando tomar el camino de la casa; con ella, el esperado resoplido de los caballos y el traqueteo del coche. La madre llamó a toda la familia. Se abrió la puerta de la casa y el asesor consular salió a dar la bienvenida al invitado, que llegaba con retraso. Sophie cortó tres rosas blancas a punto de florecer por completo. Por la parsimonia con que se movía parecía que le hubiesen inyectado plomo en las venas.

A sus cuarenta y dos años, míster Ashton se encontraba en el mejor momento de la vida, como dijo su padre. Vestía terno de viaje de rayas marrones y bombín. De estatura algo inferior que Sophie y complexión robusta, se movía con la misma torpeza que su bastón, que no cesaba de golpear impaciente el suelo. El caballero parecía venir sin aliento. Llegaba con la frente pálida, empapada de brillantes gotas de sudor que recordaban a las de lluvia prendidas aún de las hojas del jazmín; igual que el arbusto, la fragancia dulce de su colonia inundó el jardín. El padre empezó por Sophie:

–Mi querido amigo, le presento a mi hija mayor, Sophie. Le he hablado ya de ella. –A continuación, poniendo énfasis en sus palabras, se dirigió a ella–: Cariño, te presento a míster Ashton, de Londres.

Fijó él la vista en Sophie como si fuese miope; el contorno del iris gris formaba un halo oscuro que dotaba a su mirada de un aire de concentración y obsequiosidad.

–*Very pleased to meet you* –dijo el caballero con envaramiento tendiéndole una mano.

Sophie se enjugó acto seguido la suya en la espalda discretamente, gesto que no pasó desapercibido a la mirada reprobatoria de su madre. A continuación fue el turno de Corinna, que llevaba a su hijo en brazos, y después de sus cuñadas y de su hermano Jan. Todas las presentaciones fueron igual de prolijas. El hijo de Corinna, vestido con su ropita de marinero, rompió a llorar ruidosamente, molesto al parecer por la voz metálica de míster Ashton. «Tú al menos puedes desahogarte», pensó Sophie. Inquieta, la madre mandó a Marja que se llevase al niño, sin dejar por ello de sonreír a míster Ashton, a quien explicó que la criatura tenía el estómago revuelto.

Míster Ashton puso tal empeño en las presentaciones que Sophie lo atribuyó a sus esfuerzos por cumplir con los usos alemanes. Por fin terminaron de estrecharse las manos y la madre llamó enseguida a la mesa. El rubor de las mejillas delataba su pavor ante la perspectiva de que la cena se hubiese pasado. Jan sirvió el vino. Por torpeza tocó en cada copa con el gollete de la botella produciendo el mismo tintineo que la invitación al brindis. Encima, derramó unas gotas precisamente delante del invitado. Su esposa y su madre fruncieron los labios a la vez. La cocinera entró con la sopa de verduras y cuando todos los platos estuvieron servidos el padre dijo:

–Nos es muy grato brindar por la visita que nos hace, míster Ashton. Espero que no se arrepienta de esta excursión a un lugar tan apartado. –Y levantó su copa.

¿Le había hecho su padre un discreto guiño al invitado o eran figuraciones de ella? El inglés, sediento por el viaje, levantó la copa, miró primero a Sophie, luego a la concurrencia y finalmente hizo una reverencia a la señora de la casa. Entonces se le vio perfectamente una costra en el cuello, como si le hubiesen rascado la piel en ese lugar.

–*Well*..., les agradezco la invitación –dijo con fuerte acento, añadiendo a continuación con intencionada sonrisa–: ¡Traseros arriba! –Tras lo cual se bebió la copa de un trago, como era de rigor.

Frente a Sophie estaba sentada Corinna, que se echó a reír por lo bajo, mientras que su madre y la mujer de Jan intercambiaban miradas de sorpresa, si no de bochorno.

–Traducción libre del brindis inglés *bottoms up* –observó Lisa.

Sophie miró a la esposa de su hermano menor, quien aquellos días estaba de viaje en París. ¿Cómo entendía Lisa de esas cosas? Siempre había sabido dejar sumidos sus orígenes en el misterio. Había aparecido en Riga de buenas a primeras sin que nadie supiera qué había sido de ella antes. Procedía de la región de Fráncfort, aunque nunca hablaba de su familia. Por el momento nadie podía reprocharle nada y todos la apreciaban. Su hermano estaba profundamente enamorado.

–¿No está muy caliente esta sopa? –preguntó el padre.

Todos sabían lo que sucedería a continuación. Un ritual de enfriado de la sopa tan detestado por la madre como imposible de abandonar por el padre. Cucharada a cucharada, levantó el líquido a la altura de los ojos para verterlo luego en el plato, de modo que en el mantel se formó un cerco de goterones. Sorprendido a todas luces por la ceremonia, míster Ashton miró inquisitivamente a Sophie mientras comentaba en voz que sólo ella pudo oír: «Una corona de sopa, como en los eclipses». Y se encogió de hombros con gesto curiosamente desgarbado. ¿Sería el origen del rasguño que llevaba en el cuello?

–¿Y qué tal, amigo mío? ¿Qué nos cuenta del vasto mundo? Porque ahora regresa usted de España, ¿no?

Una vez planteada la pregunta con la jovialidad de siempre, el padre comenzó a ingerir plácidamente la sopa. Míster Ashton acababa de llevarse una cucharada a la boca y se la tuvo que tragar atropelladamente. Sophie se rió para sus adentros de aquella situación tan repetida. Cada cual podía dedicarse tranquilamente a comer menos los invitados, a quienes les tocaba referir sus novedades entre bocado y bocado.

–De España, sí. De mi segundo viaje en busca de eclipses. El primero fue a Japón... –Y rompió a toser porque se había atragantado.

–Sin prisas, sin prisas... –observó el padre de Sophie mientras le daba en la espalda unas palmadas tan afables como si el inglés ya fuese de la familia–. De modo que ha vuelto a caer en la tentación de los eclipses.

Rojo como la grana, míster Ashton sólo pudo responder asintiendo con la cabeza. Enseguida se recuperó.

–No hay nada tan misterioso como la corona del sol durante un eclipse –comentó dirigiéndose a Sophie–. Ver cómo el sol se convierte en un disco completamente negro y a la vez queda dignamente coronado por un anillo de fuego azulado.

Por fin comprendió ella el comentario de antes.

–Con la cámara Jumbo se han sacado unas fotografías espléndidas. Ahí puede verse muy bien.

–¿La cámara Jumbo? –Sophie sintió curiosidad por fin.

En ese instante entró la cocinera para retirar los platos de la sopa. Míster Ashton se apresuró a responder:

–Un auténtico monstruo. El objetivo mide doce metros y la cámara pesa varias toneladas. Una vez plantada no puede moverla nadie.

Dicho esto rebañó la sopa ya fría. Sophie captó el reproche en la mirada de su madre. Sabía qué significaba: al menos deja comer al invitado en paz.

Con su gama de tonalidades plateadas, rosadas y grises, apareció el salmón, el señor por excelencia de la pesca de río. La cocinera le había ensartado medio limón en la boca y lo había rodeado de tal modo con ramas de perejil que el animal parecía a punto de salir nadando de la bandeja:

–Salmón del Daugava –observó el anfitrión mientras se levantaba para trincharlo él mismo.

–Lo prepara con tanta gracia... –comentó la madre enfáticamente.

Sophie conocía esa expresión desde su más tierna infancia. La asociaba a los esfuerzos que hacía su madre por superar la repugnancia que sentía hacia todo tipo de vianda, incluido el padre. El equívoco tono de voz le descubrió a Sophie que su madre debía de haber bebido más de una copa. Era su antídoto contra la mancha del mantel y el nerviosismo con que se desvivía por los invitados.

–¿Y los negocios? –inquirió el asesor consular una vez estuvieron todos servidos–. Antes de ir a España anduvo usted por Extremo Oriente, ¿no?

Los comensales prosiguieron la cena en silencio mientras míster Ashton respondía dando cuenta de un largo viaje a Extremo Oriente; después de ciertas peripecias había cerrado un trato para importar madera de Corea.

–Interesante, desde luego –comentó finalmente el anfitrión. La concisa apreciación delataba que la cena había acaparado más su atención–: ¿Y qué hay de postre?

Míster Ashton aprovechó la ocasión para atacar sin más demoras su ración de pescado. Sophie, Lisa y Corinna se levantaron para ayudar a retirar los platos. También la madre se levantó. Severa y envarada, se fue a la vitrina a contar los platos de postre. Siempre mostraba la misma afectación cuando bebía. Tras los postres Sophie acompañó a su padre, su hermano y el huésped hasta el salón. Comprobó regocijada que el inglés se abalanzaba sobre los bombones presentados en una porcelana de Meissen para servirse a placer, como si se hubiese quedado con hambre. Sophie cogió un cigarrillo de la pitillera de plata que el padre tenía encima de una mesita. El invitado le dio fuego.

–Pero, míster Ashton, ¿no resulta peligroso para un inglés viajar por China, cuando ha pasado tan poco tiempo desde la revuelta de los bóxers?

–Lo cierto es que no se debería hacer el viaje sin la buena compañía de una dama –respondió él dándose una palmada en un bolsillo de la chaqueta y riéndose la broma–. Hay que ir armado, en una palabra. Una pequeña pistola sirve siempre para dar un susto.

–Peligros siempre los ha habido, Sophie –terció su hermano. Ella no soportaba su pedantería. Menudo experto en situaciones peligrosas–. Ya sabes que hace tres años mataron a tres misioneros alemanes en Tsingtao.

Por toda respuesta Sophie se limitó a tenderle la copa de vino:

–Toma. Llena, por favor. –Su hermano cumplió el encargo a regañadientes–. De todas formas, Occidente es demasiado fuerte para China –siguió Sophie–. Las soflamas del káiser sobre el peligro amarillo han encendido los ánimos.

El diplomático la miró como si lo que fuera a decir se refiriese a Sophie:

–A largo plazo son los propios chinos los más perjudicados con el levantamiento bóxer. –Sophie advirtió en ese momento que a su padre sólo le interesaba que las cosas siguiesen buenamente su curso. La hija mayor era una especie de chino rebelde–. Sólo han conseguido enfrentarse al resto del mundo –concluyó, complacido a todas luces con sus apostillas.

–Exactamente –terció Jan–, el asesinato del embajador alemán en Pequín fue un despropósito.

Las opiniones del hermano parecían un eco difuso de las del padre. A Sophie le constaba, además, que el viejo echaba de menos un mayor arrojo de Jan, especialmente en los negocios. El hermano daba la impresión de seguir ciegamente el dictado de su esposa.

–Japón está muy alerta desde la guerra chino-japonesa.

–*Well* –comenzó a decir míster Ashton–, con la campaña de Pequín Europa llegó a la conclusión de que el soldado asiático era un combatiente muy poco efectivo...

–¿También opina que Rusia debería intervenir mandado tropas? –interrumpió Sophie con viveza. Se limitaba a dar rienda suelta a la irritación que le causaba la actitud de su padre. No era tan fácil doblegarla. Le importaba muy poco que su pregunta resultase hostil o la mirada sombría que le lanzó su progenitor. Bien sabía ella de qué se lamentaba: «¡Qué ocurrencias tan poco femeninas!». Prosiguió–: Muchos opinan que lo correcto sería que Rusia ocupase Manchuria.

El estupor de su padre le hizo gracia. Mordió ostentosamente un bombón de coñac y el líquido le resbaló por la barbilla.

Pero el inglés se animó. Parecía complacido de que Sophie interviniese en la discusión. Se dirigió a ella sin rodeos:

–Y el resultado es que Corea y Japón sienten la presencia rusa en Oriente como una amenaza. Si se sigue con esa política estallarán más conflictos.

–Una cultura milenaria destruida por los europeos en un abrir y cerrar de ojos..., empezando por los ingleses...

–¡Sophie, por favor! –gimió el padre.

Míster Ashton la contemplaba admirado y confundido a la vez. Sophie le sonrió:

–Me gustaría ir a China, míster Ashton. ¿No necesita a nadie que le lleve las cuentas?

El hombre torció de nuevo la cabeza con el gesto que debía de desollarle el cuello. A continuación preguntó al anfitrión:

–*What do you think of the young lady's plan?*

El padre se había percatado de sobras de que entre Ashton y su hija no había prendido chispa alguna digna de tenerse en cuenta. Se limitó a levantar las manos dando a entender: «Yo me veo incapaz de hacer nada. Que haga lo que le parezca». Sophie le alargó de nuevo la copa a su hermano:

–Pues bebamos para celebrarlo –dijo–. ¡Traseros arriba!

Se había hecho tarde cuando Sophie entró en el minúsculo dormitorio que tenía asignado en la buhardilla. Era su habitación desde que había nacido el hijo de Corinna. La ventana estaba abierta; volvía a llover. Le sentó bien el aire fresco en el rostro; subía acalorada después de las bebidas y la conversación. Los relatos de Ashton la habían conmovido y le habían despertado ganas de viajar; sentía añoranza de tierras remotas. Los tejados ondulados de los templos orientales, la luz de Manchuria, los rostros salvajes de hombres aguerridos le danzaban en la cabeza junto a palabras como Pequín, Baikal y Tokio. Algún día, siquiera una vez en la vida, haría un viaje así. Con Ashton o sin él. Seguro. Se desnudó y se tendió en la cama. La brisa movía los visillos acariciándole la piel. Escuchó la lluvia. Con el murmullo se quedó dormida. Soñó que el mar crecía e inundaba el viejo jardín. El agua ascendía ruidosamente hasta la cornisa del primer piso; nadaban salmones entre las copas de los pinos. Por la ventana entraban raudas bandadas, demasiado ágiles para que el sueño pudiera atraparlas en su red. Al fondo, un cielo del color verdiazul que empleaba en clase para corregir con puntiaguda caligrafía los cuadernos de matemáticas.

III

Meses después, al apearse un día del tranvía de caballos a primera hora de la tarde –ya había oscurecido y el cielo de diciembre aparecía cuajado de estrellas– y atravesar el parque, mientras sentía el crujido de la nieve bajo los zapatos y contemplaba el fino cuerno de la luna elevándose sobre las torres y los tejados de la otra orilla del Dvina, Sophie tuvo la súbita sensación de que el tiempo era una melaza donde podía quedársele atrapada la vida. ¿Cuántos fajos de cuadernos de examen habría cargado hasta su casa, corregido y devuelto ya? Constituían siempre un final y, al mismo tiempo, un inicio. ¿Cuántas veces ya? Anzi le había regalado otra rosa de tela amarilla. «Feliz año nuevo.» Quizá se tratase de una broma, o quizá él no se hubiese percatado de que se repetía, el caso era que para ella todo seguía igual. Las pilas de libretas eran los anillos anuales de su árbol.

El alumbrado se reducía a unas pocas farolas de gas, a diferencia de la otra orilla del Dvina, donde Orión y las Pléyades habían dejado de verse desde hacía tiempo a causa del nuevo alumbrado eléctrico. Aquel día había una cantidad de gente desacostumbrada. Acudían de todas partes, en grupos de dos o tres, dejando el rastro de sus huellas en la nieve del parque. Todos se dirigían hacia la plaza del mercado de su barrio, el Agenskalns Tirgus. Picada en la curiosidad y contenta de hallar una distracción a sus melancólicos devaneos, Sophie decidió dar un pequeño rodeo. En la plaza, ante el edificio de ladrillo del mercado, se había congregado un grupo de personas vestidas con abrigos oscuros y gorras de piel. En medio, subido en una pequeña tribuna, un hombre pronunciaba un discurso. Aunque Sophie no lograba entender nada. El viento soplaba en dirección contraria. Le pusieron un panfleto en la mano. «Manifestación contra la política del zar en Extremo Oriente», rezaba. «Exigimos que Rusia se retire de Manchuria y acabe la ocupación ilegítima. La política expansionista sólo conduce a la guerra.» El aire cambió de dirección y pudo captar un retazo de la arenga. Era en letón. Se denunciaba la censura insoportable de la prensa. La concurrencia expresó su conformidad con murmullos.

Al abrir la puerta, Corinna la atrapó al vuelo; iba por el pasillo cargada con un montón de paquetes envueltos para regalo.

–Pero Sophie, ¿cuándo vas a revelar de una vez las fotos del verano? Quiero regalarle a Ludwig unos retratos de las vacaciones, de Jurmala. Mira que tenemos las Navidades encima.

–Una idea espléndida, hermana. En cuanto me haya quitado este peso de encima. –Sophie se volvió hacia Corinna para enseñarle el paquete de cuadernos que traía–. Como muy tarde cuenta con ellas para Nochebuena.

Corinna entró en un trastero. Sophie oyó el ruido de los paquetes al caerse.

–Pero las Navidades del calendario viejo, ¿de acuerdo? –oyó decir a su hermana desde el armario.

–Las Navidades son las Navidades –repuso Sophie alzando la voz, aunque no hubo respuesta.

Se llevó los cuadernos al despacho, comprobó si quedaba tinta en el pequeño tintero del escritorio y sopló en las brasas del samovar para avivarlas.

–¿Te tomas una taza de té conmigo?

–Sí, gracias. Aunque no tengo mucho tiempo. Ludwig regresa mañana y quiero arreglar el piso.

«Cierto», pensó Sophie. Lo cierto era, sin embargo, que la hermana se pasaba el día en casa de sus padres, como si no tuviera casa propia en la ciudad. Pero también era obvio que a Corinna no le apetecía esperar sola a que su media naranja regresase de sus viajes.

Sophie añadió carbón a las brasas y tuvo que esperar a que hirviese el agua. Cogió el periódico. Como cada año por adviento, las páginas venían repletas de anuncios y, como cada año, la fábrica de juguetes Vierecke & Leutke informaba a su clientela de su gama de productos con pequeñas ilustraciones. Fuertes de indios, juegos de cacería, parques zoológicos, organillos, modelos diversos de linterna mágica, muebles para muñecas. ¿De verdad había vuelto a pasar todo un año? Los almacenes ingleses Redlich anunciaban su surtido de gorros esquimales, calzado para la nieve y botas con patines de hielo, velas inclusive. No sería mal regalo para Corinna y su hijo. Aunque ya veía que, como cada año, terminaría pasando por la fábrica de chocolates Riegert, donde siempre tenían género del día. La golosa parentela nunca se resistía a los buenos bombones.

–¿Has visto que abren las pistas de patinaje del parque Griesenberg? En el anuncio dice que habrá luz eléctrica y música militar hasta las diez de la noche. –Corinna hablaba a voz en cuello desde el piso de arriba–. También en el circo empieza la temporada.

Sophie vio el anuncio: «En el pabellón circense de Slamonski los hermanos Truzzi inauguran la temporada dirigiendo una selecta compañía de artistas masculinos y femeninos, debutantes todos en Riga. Magnífico cuerpo de ballet. *Non plus ultra.* Caballos admirablemente domados. La Elvira y su espléndido número de funambulismo». Se le escapó una sonrisa pensando en su hermana. Para Corinna empezaba la época más hermosa: días de diversión sin límites. Sophie a veces la envidiaba por la capacidad que tenía de disfrutar despreocupadamente de todo y vivir simple y llanamente al día. En esos menesteres ella nunca podría salir airosa.

El agua rompió a hervir. Tomó el *teacaddy* que míster Ashton le había enviado desde Londres con un mensaje especial para ella, puso unas hojas de té, vertió agua, colocó la infusión encima del samovar y aguardó a que tomara color. En el periódico, la sección «Forasteros de visita en la ciudad» estaba especialmente nutrida. El hotel Bellevue anunciaba la llegada del organista Adam Ore, de Petersburgo, que el año anterior ya había actuado en la catedral, así como la del agente comercial Mitislav Tchernanski, de Kiev; la del maestre de caballería Leopold Intelmann, procedente de Jurjev; la del barón Paul Ungarn-Sternberg y esposa, propietarios rurales; la del barón Roemme, capitán de húsares procedente de Varsovia, y la de numerosos comerciantes que acudían desde Bakú, Jarkov o Viena. Pensó en la flor de tela. La dejaría en el bolsillo. No quería que la vieran ni Corinna ni su madre.

La infusión había tomado cuerpo. Llenó dos tazas por la mitad y añadió agua hirviendo del samovar.

–¡Corinna, el té está listo!

–Lo siento en el alma, Sophie, pero tengo que irme ahora mismo. Marja lleva rato esperándome.

Corinna volvía a subir la escalera a toda prisa. Sophie la observó. En muchos aspectos su hermana y su madre se parecían. Las dos adoraban las reuniones sociales, y en Navidades había para darse un hartazgo, en opinión de Sophie: la comida en familia, las visitas del segundo día de Navidad, el baile de Nochevieja del Club Náutico Imperial, la ópera de la mañana de Año Nuevo. Le angustió imaginar con qué rapidez pasarían las ansiadas vacaciones ante un programa tan denso. Pero no podría escabullirse de todo. A fin de cuentas, seguía viviendo en casa de sus padres. Oyó la puerta de la calle. Era su madre.

–¿Te apetece un té, *maman*?

–Sí, gracias –respondió la esposa del asesor consular desde el pasillo, mientras colgaba el abrigo en el armario. Al entrar en la estancia y advertir el montón de libretas encima de la mesa comentó–: Cielo santo, no hay manera de que te deshagas de esos dichosos números. –Se sentó en la butaca con gesto de desaprobación.

–Para ser exactos, *chère maman*, esos ejercicios no son de números, sino de variables.

–¡Ajá! –repuso la madre enfatizando la segunda sílaba mientras se llevaba la taza a los labios. Se bebió el té con las cejas enarcadas, como si la palabreja le hubiese privado del habla.

Sophie no pudo contenerse:

–Las variables son un fenómeno que tú no soportas, ni en las matemáticas ni en la naturaleza.

La madre frunció los labios y se atusó el peinado:

–Tienes razón, Sophie. Detesto las sorpresas.

–En eso no nos parecemos nada. Para mí son lo más importante, aunque mi oficio sea calcularlas por anticipado.

Corinna se despidió con un sonoro portazo. Nunca conseguía marcharse de manera discreta.

–Pues en el capítulo de sorpresas tu hermana no tiene parangón. Pero ella al menos está casada.

*

El mes de marzo pudieron verse franjas de hielo enfangado en el mar, a la altura de Bolderaa. En abril se sustituyeron las cuchillas de las calesas por ruedas y se cruzaron las apuestas de rigor a propósito de cuándo se deshelaría el río. En mayo, pasado Pentecostés, la nieve regresó e inundó el paisaje de gruesos copos.

Aquel día, al salir de su casa, Sophie apenas pudo abrir los ojos. El hielo le atenazaba los párpados, le pinchaba en el rostro, le empapaba el cuello filtrándose por la franja que dejaban el gorro y el abrigo. De la noche a la mañana la nieve lo había transformado todo. Se habían borrado los contornos familiares, habían desaparecido tejas y caminos, los puntos de referencia más comunes se habían desvanecido. Era como si el invierno hubiese hecho un último esfuerzo por ocultar la primavera bajo su manto blanco. La tentativa inspiraba ternura puesto que no se había descuidado ningún detalle: todo portaba su cofia de nieve, fina y blanda, desde las piedras del camino y los pinchos de las verjas hasta las manzanas que se habían mantenido todo el invierno tercamente prendidas de ramas peladas.

Lo cierto, sin embargo, era que ya había pasado el rigor

gélido de febrero, cuando no se percibían ni ruidos ni olores. El aire se atemperó enseguida, el olor a tierra húmeda y vegetación nueva era inconfundible. Cantaban los primeros pájaros y al cabo de pocas horas todo se habría derretido; en las ramas de los árboles la nieve húmeda no tardaría en verse reemplazada por la blancura aromática de las flores. Salió el sol, dándole al esplendor blanco la oportunidad de brillar por última vez. Sophie aceleró involuntariamente el paso. Tuvo ganas de gritar.

Un mes después no quedaba rastro del invierno. Las hojas nuevas de las hayas brillaban al sol. Del patio del Politécnico salían los estudiantes, alegres y contentos muchos de ellos, con las chaquetas encima de los hombros y las camisas arremangadas. Todos se habían contagiado de la dicha por la llegada del verano. Para muchos aquél era su último curso, y pronto empezarían una carrera profesional que les llevaría a ser dueños de alguna de las casas que se construían tras los bulevares para las clases acomodadas. Mezclada entre ellos iba Sophie, con un vestido de lino de color claro y la cartera bajo el brazo, en animada conversación con un caballero que vestía traje estival. A pesar de la indumentaria y del cuello rígido de la camisa, el hirsuto cabello rubio le daba un aire juvenil. Tras doblar juntos hacia el bulevar Elisabet continuaron andando bajo las hayas del parque Woehrmann.

Como cada año con los primeros calores, los bancos estaban ocupados por gente que se había apresurado a sacar del armario la ropa más fresca. Era el momento de sustituir los pesados tejidos del invierno por la muselina, el lino, la batista y la seda de colores claros. Les salió al paso un vendedor de helados, y el acompañante de Sophie interrumpió el coloquio:

–¿Le apetece uno?

Ella levantó la frente y entornó los ojos en dirección al sol:

–Prefiero una copa de jerez.

–Pues que sea jerez. La cuestión es que se quede un rato más.

Sophie intentó disimular la sorpresa que le causó el comentario. Se encaminaron a la pérgola del parque, pasaron entre damas elegantemente vestidas y caballeros enfrascados en la lectura de gruesos periódicos y finalmente tomaron asiento en una de las mesas que quedaban libres.

–Y dígame, señor Utzon, ¿por qué no le apetece quedarse solo?

Él era ahora el sorprendido:

–¿Que no me apetece? ¿Y usted cómo lo sabe?

–Porque me invita a helado o a jerez, a lo que sea, con tal de que me quede.

–Ah, se refiere a eso. –La afectación con que el acompañante de Sophie se enjugó la frente subrayó con gracia su alivio. Llamó sin más al camarero–: Dos copas de jerez, *medium dry*. –Miró sonriente a Sophie–. Seguro que será de su agrado, ni dulce ni demasiado seco.

–¿De modo que viene usted directamente de Dinamarca para dictar la conferencia sobre trigonometría aplicada?

–De Estocolmo –respondió él.

–En Estocolmo quise estudiar yo un año –apuntó Sophie–. Con la profesora Kowalewski. En Navidades de mil ochocientos noventa tenía ya reservada una habitación, pero antes de que empezase el semestre ella murió por la epidemia de gripe. Tenía cuarenta y un años.

–Sonja Kowalewski. ¿No era de Petersburgo?

–De Moscú. Pero vivió mucho tiempo en Petersburgo.

–Una carrera la suya nada corriente para una mujer, tengo que reconocerlo. Desde principios de los ochenta había estado trabajando en cuestiones relacionadas con la propagación de la luz en medios cristalinos. Una marisabidilla de tomo y lomo.

–Será mejor que retire eso –replicó Sophie con severidad.

Él titubeó un instante. Luego cedió:

–Retirado. Ha sido la típica presunción masculina. Bueno, la verdad es que la Academia Francesa de las Ciencias le otorgó el premio Bordin por sus trabajos sobre la rotación de sólidos en torno a puntos fijos. Pero es que, además, ella era un referente, un auténtico talento de la sociedad de Petersburgo. En torno a ella giraban artistas y escritores. Una mujer muy atractiva.

Sophie asintió, tamborileando con el dedo en la copa.

–Como usted, más o menos –prosiguió él como si estuviese preparando el terreno, mientras sonreía a Sophie con ambigüedad.

En la mirada de Sophie se combinaban incredulidad y reconciliación.

–Y en Estocolmo –prosiguió su acompañante–, el rey homenajeó a Poincaré por sus trabajos. El difícil problema de los tres cuerpos.

–El caso más especial, porque afecta a la tierra, la luna y el sol. –¿Tenía él acaso que demostrarle algo a ella? ¿Y ella a él? En vista de ello, Sophie propuso–: Pero sigamos en la Tierra, mejor. ¿Viene usted mucho por Riga?

–Por Riga, por Estocolmo, por Copenhague: sí, bastante, la verdad. Lo extraño es que no hayamos coincidido antes.

El jerez mostraba su gama de tonos, entre el miel y el castaño claro. El sol se descomponía en el bisel y proyectaba sobre el mantel la gama del espectro luminoso.

–El ángulo de incidencia es igual al ángulo de reflexión. El rayo incidente y el reflejado se hallan en un plano perpendicular a la superficie de reflexión. –Alzó su copa hacia el sol mientras giraba el pie del recipiente con los dedos de forma que en su propio rostro se reflejaron franjas violeta y añil–. Dejémonos de etiqueta, por favor. Llámeme Albert.

Observaba a Sophie con tal atención que la joven tuvo la sensación de actuar como una superficie de reflexión que devolviese su mirada. Ella también cogió su copa.

–El primer contacto que tuve con esa ley de los ángulos

fue de niño. Tirando cantos sobre la superficie de nuestro lago. Ya entonces quería construir puentes. Puentes con muchos pilares para salvar el abismo. Hay puentes en los que los arcos vienen a ser como los saltos de las piedras sobre el agua.

Sophie creyó intuir la amalgama de racionalidad y poesía que se encerraba en aquel hombre. Alzó la copa y brindó. El jerez se le deslizó por la lengua con decadente dulzura; el propio aroma la aturdía un poco, predisponiéndola a la risa.

–La reflexión... –repitió ella, aunque sin llegar a concluir la frase que le pasó por la cabeza: la reflexión de las ondas del agua, del sonido, de la luz... y del espíritu sobre sí mismo. Replegarse sobre las actividades internas como la asociación, la comparación o la elaboración de emociones y opiniones que luego sean ideas y evidencias.

–¿Y a qué evidencia ha llegado usted con su reflexión? –repuso Albert después un instante de silencio.

–Pero ¿cómo sabe...? –Sophie se interrumpió al verle la cara.

–¿No sentirá curiosidad?

–¡No tengo la más mínima tendencia a la curiosidad! –Ella misma se sorprendió de haber articulado semejante frase–. De acuerdo, Albert –dijo al final–; me llamo Sophie. Después de salir de la pérgola, mientras recorrían la *Barona iela* camino de la Ópera, Albert propuso que volvieran a verse pronto.

–¿Qué le parece dentro de tres días, cuando haya regresado de Petersburgo? Podríamos vernos en el merendero de ostras de Otto Schwarz, en el casco antiguo. A esas alturas ya había averiguado que Sophie adoraba las ostras.

–Pero ¿hay ostras en esta época del año?

–¿Y si probamos, para salir de dudas?

*

El hombre negó con la cabeza:

–En esta época, no.

–Así pues, ¿tenía yo razón?

Sophie miró decepcionada a Albert. Él le hizo una seña al camarero; llevaba gafas con montura dorada y parecía más bien un catedrático. Le susurró algo al oído. El hombre sonrió y dijo:

–Un momento, por favor.

–Sólo hay ostras en los meses con *r*, ¿no es verdad? –dijo Sophie.

–Vamos a ver y a dar cuenta de este Mosela.

El camarero regresó:

–¿Cuántas docenas desearían los señores?

–Bueno..., tres docenas podrían bastar.

–Pero ¿de dónde...? –Sophie enmudeció.

–Directamente de la Bretaña. Frescas, de Cancale. Regalo de un amigo, en exclusiva para nosotros. Cuando le conté que las ostras eran el único medio que tenía para ganar el corazón de una dama muy huraña no se lo pensó dos veces y ordenó que mandasen una caja a Riga.

–¿Huraña como la concha de una ostra? –preguntó Sophie consternada.

–Ya veo que sólo le apetece oír la historia de las perlas que van dentro –dijo Albert levantando la copa–. *Fishing for compliments.*

Ella se rió. No, no había sido ésa su intención, ni mucho menos. Pero con aquel hombre parecía indiferente el tema de que se hablase; la conversación siempre tomaba ese giro. Llegaron las ostras. Pasaron un rato sin cruzar palabra, sorbiendo el agua marina de las conchas, saboreando la carne fría y lisa, experimentando un leve escalofrío de emoción cada vez.

–De todos modos mi amigo ha puesto una condición.

–¿A saber?

–Usted hace fotografías, ¿no?

–¿Una foto suya?

–Mi retrato no le interesa. Pero le encantaría contemplar a la dama por quien ha enviado las ostras.

Ella cogió su copa, vacilante.

–¿Nos vemos mañana por la mañana y trae la cámara? ¿En el puerto quizá? Por la noche salgo para Copenhague.

–Es usted un hombre muy ocupado. Siempre de viaje.

–No, es sólo de momento –se apresuró a responder Albert creyendo entender que Sophie lo censuraba–. La verdad es que soy muy sedentario. ¿Puedo contar con usted?

–El puerto es uno de mis lugares preferidos.

Hacía rato que lo había visto. Una figura recia y apuesta, capaz de irradiar un aire francamente juvenil, como en aquel momento. La cadena de oro del reloj brillaba a la luz del sol. Con un brazo a la espalda –«Silueta en muelle fluvial»–, esperaba muy tieso y fumando un cigarrillo, como si estuviese en pleno jardín de su casa. Alguien que sabía disfrutar. Dueño de la situación y seguro de sí mismo. Al menos se esforzaba por dar esa impresión. Alguien que poseía algo que Sophie echaba de menos y que sabía tomarse la vida con menos dramatismo que ella. Parecía salvar las distancias con el tipo de desenvoltura que ella tanto anhelaba. Debía de ser constructor de puentes también en la vida real. Sophie se sentía bien sabiendo que él estaba cerca.

Él seguía sin advertir su presencia. Ella se acercó entre los tenderetes del mercado hasta quedar a unos pasos de distancia. Entonces plantó la cámara en el trípode y se tapó con el paño de protección. Él pasó con impaciencia de un lado a otro del objetivo, se detuvo en un momento dado, sacó el reloj y se lo volvió a guardar. Era evidente que le disgustaban los retrasos. Sophie, tan rápidamente como pudo, colocó la placa y la iluminó. Un instante después Albert se volvió hacia donde se encontraba ella. La fotografía estaba hecha. Ojalá no hubiese quedado fuera del encuadre.

–¡Sophie! –exclamó él–. ¡Pero si lleva un rato ahí! –Se acercó a ella–. Qué maravilla de cámara tiene usted. –Pasó la yema de los dedos por las incrustaciones doradas que adornaban la madera. Flores diminutas cuyas hojas se entrelazaban hasta formar una enredadera sin fin.

–De caoba. Es inglesa, aunque muy vieja ya. Hoy las hay mucho más modernas. Con depósito para las placas, por ejemplo. O de carrete para no tener que colocar los chasis. Según el principio: «You press the button, we do the rest». Pero yo sigo fiel a este modelo antiguo.

–Ahora su foto. Me gustaría llevarme un recuerdo. Para la temporada en que... –Se interrumpió al notar el recelo de ella en la mirada. Después de todo, le había dicho que la fotografía era para su amigo–: ...para la temporada en que usted esté en Jurmala de veraneo y yo en Crimea.

–¿En Crimea?

De Crimea no había dicho nada. Aquel hombre no cesaba de proponerle enigmas. Un problema de discontinuidad, quizá, aunque revestido de firmeza. Sintió que cada vez le resultaba más interesante.

–Sí –prosiguió él–, voy a construir una grúa flotante. Desde la guerra los aparejos de los puertos se montan en Sebastopol.

Ella apenas lo escuchó. No le apetecía enterarse de lo que decía. Prefirió explicarle en qué tenía que fijarse e irse a posar, no sin cierta inseguridad. Ponerse delante de la cámara era algo insólito para ella. Cuando Albert se tapó con el paño, Sophie tuvo la sensación de que él notaba su mirada a través del objetivo y se sintió cohibida. Como si se sintiese obligada a desviar la atención de sí misma, levantó la voz:

–Y recuerde: en fotografía las materias primas son la luz y el tiempo. Las consecuencias pueden ser imprevisibles.

–Sobre todo si el motivo no deja de moverse –sonó apagada la respuesta.

La sirena de un barco que zarpaba hizo vibrar el aire. En ese momento Sophie se hizo cargo del sitio donde estaba. Entre aquel hombre que se desenvolvía con tanto desparpajo y el hecho de verse convertida en inusitado objeto fotográfico, se sentía trastornada. De algún sitio llegaban martillazos contra una plancha de hierro, breves, rápidos, sonoros. Las grúas se movían con estrépito trasladando la carga de los mercantes, zumbaban los silbatos de los barqueros, una bocina de vapor hendía el aire. Muy cerca de Sophie rebuznó un asno que arrastraba un carro cargado.

Albert se había colgado la cámara al hombro y se le acercó:

–Cuando estoy de viaje a veces echo de menos un sitio fijo adonde poder regresar –dijo–. En una ciudad con puerto siempre me siento en casa. Por eso deben de gustarme tanto. Da igual que sea Sebastopol, Génova, Copenhague o... Riga.

¿En cuántas ciudades debía de haber estado él? Sophie, por el contrario, conocía tan poco mundo... Las velas de un barco de cuatro palos que descendía por el río se agitaron mayestáticamente contra el viento; a escasos pasos de ellos se oyeron unas maldiciones; un tarugo de madera pasó rozando a una rata que se perdió bajo los puestos del mercado.

–Venga –dijo Albert tirando de Sophie un momento–. Vamos a ver cómo levan anclas ahí delante.

Junto a la serviola, un oficial daba órdenes en inglés a los operarios del puerto. Volvió a sonar la sirena.

–El *Beaufort* –dijo Albert–, de Carolina del Sur, el sur profundo. Me gustaría ir hasta allí algún día.

Los mojeles cayeron al agua con estrépito.

–¿Ve a esa mujer que está en cubierta? –exclamó Sophie exaltada–. ¿No se parece a mí?

En efecto, en la borda había una dama alta y risueña que se sujetaba el sombrerito blanco como si aguardase la primera ráfaga de viento. Dos remolcadores condujeron el buque hasta el río. La distancia respecto al muelle aumentó con rapidez. Sobre el agua flotaba reluciente una gran mancha de aceite. Violeta, verde, azulada. En medio, un cisne. Empezó a batir las alas, adelantó el cuello, levantó el vuelo cruzando el río y pasó junto a ellos trazando un gran arco. Entre ambos cayó una delicada pluma blanca. Albert la atrapó:

–Es para usted. Suave como el viento y blanca como la nieve: ¿no dicen algo así en un cuento?

«Blanco como la nieve y rojo como la sangre», recordó Sophie para sí.

–Disfruto mirando el mar allí donde se funde con un puerto –dijo Albert–. En ningún otro sitio hay una porquería tan hermosa, esa agua tan oscura y pastosa.

Y negra como el azabache. Pero ¿qué había dicho? ¿Porquería hermosa? ¿Agua oscura y pastosa? A Sophie le hizo gracia el entusiasmo que mostraba Albert. Parecía tomarse muy en serio todo lo que había dicho.

–¿Dónde si no –añadió ella– se da esta maravillosa combinación de olores de mar y de mercado, de naranjas, limones e higos junto al de sogas, aceite y lona?

–Yo soy una nulidad para los olores, lo confieso. Me admira los que puede llegar usted a distinguir. Dígame, ¿a qué más cosas huele?

Sophie se echó a reír:

–Creo que podría decirle lo que hay dentro de esos cajones.

–Vamos a ver...

–¿De verdad?

Él asintió.

–Pues bien. Primero tenemos el olor a madera de los propios cajones, puro y vivo como el de los aserraderos. Y dentro, aromas tropicales: piña, plátano, cacahuete. También huele a col pasada y a naranjas mohosas. Por allí detrás se nota el hedor a caliza, áspero y cálido, de los gallineros y, al lado, otro más fuerte a pescado, cangrejos y... –Se interrumpió.

Albert la había escuchado atentamente; preguntó:

–¿A ostras?

Sophie lo miró sorprendida:

–Es verdad, a ostras. Pero ¿cómo puede ser, en pleno mes de junio?

–Es maravilloso. Uno de los secretos de este mundo. Siga, siga –le rogó Albert, como si no fuese a cansarse nunca.

–Luego vienen fragancias húmedas del campo. Huele a huerta, a puerros y lechuga, a perejil y a apio; se nota también algo picante, como cebollas y ajos, cebollas rojas y cebollas blancas; además, el aroma amargo típico de las judías secas y el de melones en sazón, maduros y guardados entre paja.

–Y de esa parte, ¿qué viene? –Albert señaló el astillero.

Sophie se giró, complacida con el juego.

–Por ahí huele a madera, a cobertizo, a brea, a aguarrás, a resina y a cola; también huele a cajones, a madera y a listones; a cáñamo de velero, a cáñamo de Manila recién ayuntado; a jarabe de remolacha, a canela –Sophie estalló en alegres risas–, a salsa curry, a sacos viejos, a té, a café recién tostado, a jengibre, a levadura, a huevo y a carne... de ternera. A cerdo. A hígado, a sesos, a cuajar y a riñones. A venado. Y a un reloj que ya ha marcado una hora en el rato que llevamos aquí.

–Ahora la acabo de pillar en una mentira, porque el aire viene de ese lado –dijo Albert mientras la cogía del brazo con naturalidad. La sensación era agradable–. Mi barco aún tardará dos horas en zarpar.

Caminaron por el muelle, entre las largas hileras de tenderetes del mercado. En medio del río estaban fondeados los barcos de mayor tamaño y, en la orilla, una plétora de mástiles, de goletas, gabarras y veleros. Más allá quedaba el mar Báltico, con sus mercantes a vapor y los transbordadores que en una noche cubrían la ruta de Lübeck o de Petersburgo; o los grandes barcos, oscuros, mudos y poderosos, que exhibían el encanto del latón y las luces, de los salones ricamente decorados... Pese a lo habituada que estaba desde siempre a aquel paisaje, esa tarde de verano con Albert a Sophie le resultaba todo en cierto modo nuevo.

Su acompañante propuso que entrasen en un café, pero ella se negó y buscó la manera de marcharse. No se sentía cómoda, temía haber llegado demasiado lejos en su relación con él. Se acordó de Corinna. ¿Qué cabía esperar de alguien que se pasaba la vida de viaje?

Albert insistió en que le dejase siquiera llevar el equipo fotográfico hasta la parada del tranvía. Ella tuvo que prometerle que le enviaría las fotografías lo antes posible. En Crimea quería tenerlas, costase lo que costase. Sophie asintió: sí, sí, y la dirección ya se la había dado. Cuando llegó el tranvía se sintió aliviada. Quiso estrecharle la mano, pero él se adelantó estrechándola en un abrazo. Por un instante sintió el rostro de él junto al suyo estampándole un beso en el cuello. Un beso seco, casi tosco. Olía a vainilla. Subió al vehículo y se fue hasta la última fila. Tomó asiento y aún tuvo tiempo de despedirse levantando la mano. El sombrero de paja de Albert se confundió pronto con el resto de la gente. En el lugar donde la había besado notó un leve picor. Rascándose se le pasaría.

A las cuatro de la mañana siguiente –apenas empezaba a amanecer– Sophie tenía los ojos abiertos de par en par. Bajó por la colina y pasó ante la pequeña iglesia ortodoxa rusa que había junto al río. Se sentó en un embarcadero para contemplar la salida del sol; la luz acentuó la silueta del castillo y de las torres. En Crimea –según le había dicho Albert– había unos jardines espléndidos, muchos daban directamente al mar. Cuando la luz tocó por fin el agua, los rayos se reflejaron en millones de mínimas olas. El ángulo de incidencia es igual al ángulo de reflexión. De regreso a su casa Sophie tuvo la sensación repentina de que el parque entero, prados y árboles incluidos, quedaba iluminado de manera indirecta. Como si alguien estuviese enfocándolo con el espejo que formaba el río.

IV

En la habitación de al lado crujió la tarima del suelo; un instante después Corinna llamaba a la puerta del cuarto de baño:

–Sophie, ¿te queda mucho? Tengo que lavar la ropa.

Sophie descorrió la cortina de seda granate que cubría la ventana y regresó a la penumbra rojiza de la bañera. En el espejo surgió su rostro. Una máscara. Tan extraña como la mujer que días atrás Albert había fotografiado en el puerto. «¿Quién es ese yo?», pensó. «¿Cuál es mi cara?»

–Por favor, contéstame por lo menos. –En la voz se notaba la impaciencia de Corinna.

–Ya he terminado, hermana. Puedes pasar.

Sophie abrió la puerta.

–Mira que puedes pasarte rato en un agujero así. Pero ¿qué hacías? Enséñamelo.

Sin mediar palabra, Sophie le señaló las fotografías, aún sumergidas en su cubeta.

–¿Y quién es? –Corinna se inclinó a mirarlas y exclamó sorprendida–: Pero ¡si eres tú! Casi no te había conocido. ¡Estás sensacional!

Se incorporó y miró a su hermana como si la viera por vez primera:

–Y esta foto, ¿quién la ha hecho?

Sophie tocó con el dedo la fotografía que había tomado de Albert:

–Ese de ahí. Creo que me ha salido bastante bien.

–¿Me dejas? –Corinna ya había sacado la lámina del agua y la examinaba detenidamente–: Interesante... parece. Aunque... ¿no es un poco mayor?

–¿Por qué lo dices? –Sophie notó que se ponía a la defensiva–. Tiene poco más de cuarenta.

Corinna se echó a reír al ver la expresión de su hermana:

–¿Conque enamorada, palomita? Es precioso, ya lo verás. En cambio, yo, mira: a ver si dejo lista esta colada de una vez.

Sophie recogió su instrumental, tapó la ampliadora con la funda y vertió con un embudo los líquidos de fijación y revelado en los frascos protegidos de la luz. Junto al espejo, en los azulejos de la pared, tenía colgado su propio retrato. Recordó las sensaciones que le habían invadido en el momento de saberse objeto de una tasación, convertida en objeto inerte de la óptica, en entramado de luces y sombras. Tú y tus susceptibilidades de siempre, se amonestó. Calla y disfruta, señorita madura.

Albert le había escrito agradeciéndole las fotografías: el retrato que había sacado él había quedado francamente bien, opinaba. Aunque en el que había posado él apenas se reconocía. No reconocía la expresión con que había salido. También le comentaba que había encargado el estudio premiado de la profesora Kowalewski, «Sobre la rotación de un sólido en torno a un punto fijo». A su regreso quizá pudieran intercambiar impresiones sobre el particular. Al cabo de unos días se marcharía a Crimea y la foto de ella lo acompañaría. ¿Se acordaba de él? ¿Podrían verse cuando regresase a Riga?

A pesar de su brevedad, Sophie releyó la carta una y otra vez. Finalmente la plegó y se la guardó en el bolsillo de la falda. La sacó de nuevo. Aspiró el aroma del papel verdoso.

Recordaba vagamente a la vainilla, ¿o eran imaginaciones suyas? Desde el momento en que recibió la carta, comenzó a sentir una impaciencia creciente. En Jurmala nunca hasta entonces había ansiado que terminasen las vacaciones.

La visita de míster Ashton tampoco contribuyó en nada a aliviar la situación. Antes de emprender viaje, el caballero inglés había averiguado si Sophie se encontraría en la playa y había acudido expresamente a verla a ella. Pese a todo, la gigantesca caja de bombones belgas que había paseado por media Europa resultó espléndida. Y en cualquier caso, como aseguraba el propio míster Ashton, jamás se le borrarían de la memoria los paseos a la vera de las rosaledas hasta las aguas someras y procelosas de la desembocadura del río.

–Sophie, ¿acaso puede haber momentos más dichosos que estos que pasamos aquí y ahora? –le preguntaba el inglés.

Le contó que desde su última visita no cesaba de darle vueltas a la proposición que había hecho ella de acompañarlo a Extremo Oriente. Y cuanto más lo pensaba más convencido estaba de la magnífica oportunidad que suponía.

Sophie lo miró de reojo. Tuvo la sensación de que el rasguño del cuello había aumentado de tamaño. Quizá le salieran esos sarpullidos cada vez que se ponía nervioso; quizá tuviera el cuerpo lleno.

–La trataré como a una reina, Sophie. Le enseñaré todos los templos, todas las maravillas del mundo. En Mukden, la que fue capital imperial, conozco lugares secretos con ídolos que poseen poderes secretos para proteger la intimidad... –Se interrumpió y la miró como si escudriñase con qué tentarla–. Y le enseñaré la cámara fotográfica más grande del mundo.

–Su entusiasmo es contagioso, míster Ashton. Le aseguro que esa cámara puede interesarme de verdad. ¿Cuándo tiene prevista la próxima expedición en pos de eclipses?

–Sophie, no me diga que usted... –Ashton se interrumpió y extrajo rápidamente un calendario del bolsillo de la chaqueta. Cuando se ponía nervioso la frente se le cubría de minúsculas gotas de sudor; entonces Sophie notaba el olor empalagoso de su colonia–. Llevo la guía de eclipses. Permítame que mire un momento. Este año llegamos tarde, era el diez de mayo en los mares del Sur, ya no hay otro hasta septiembre de mil novecientos tres, en el Polo Sur. No, tampoco. En septiembre de mil novecientos cuatro en el océano Pacífico. En agosto de mil novecientos cinco...

El inglés levantó los ojos porque Sophie se estaba riendo:

–Los mares del Sur, el Polo Sur, el océano Pacífico... Más que a ver un eclipse me invita usted a atravesarlo...

–Pues en mil novecientos cinco, en España –se apresuró a añadir Ashton–. En agosto.

–Queda mucho tiempo para eso.

–Demasiado tiempo –sentenció él en tono grave–. No podemos esperar tanto. Sophie, lo veo con absoluta claridad. Usted tiene que vivir de una vez por todas una experiencia auténtica, más intensa de lo que aquí permiten las circunstancias. Salir de una vez de la estrechez de su círculo y su familia para vivir más cosas de las que puede experimentar en un sitio como éste. –Estuvo a punto de quebrársele la voz. Aunque no tardó en recuperar con resolución el hilo de lo que decía–: Yo puedo prestarle mi ayuda, Sophie. Usted añora ir a lugares remotos... Yo añoro estar a su lado. ¿No son cosas maravillosamente complementarias?

Se le agitó la respiración. Antes de que Sophie pudiese evitarlo lo tuvo ante ella, hincado torpemente de rodillas en la arena:

–Cásese conmigo, Sophie.

Ella tuvo dificultades para guardar la compostura y contener la risa. La escena rozaba lo cómico e inspiraba pena a la vez.

–Mi querido míster Ashton –contestó Sophie mientras se

inclinaba sobre él–, es usted una persona maravillosa. Por favor, no me guarde rencor, pero el matrimonio... no es para mí. Levántese, se lo ruego.

Le tendió la mano para que se levantara. Una vez en pie, Ashton se sacudió la arena de los pantalones sin decir palabra. Finalmente insistió en preguntar a Sophie por qué se empeñaba en descartar tan drásticamente el matrimonio.

–Tiene que ver con las propiedades del sol. Sólo alumbra cuando nada lo oculta.

Ashton se marchó esa misma noche. Desconsolado, según dijo, mas con la esperanza de que no estuviera aún todo perdido. El tiempo –insistió– trabajaría a favor de los dos. Lo cierto fue que la visita del inglés terminó de trastornar a Sophie. Lo que había dicho no se le iba de la cabeza: el tiempo, pero ¿qué tiempo? El tiempo que ella conocía pasaba sin remisión, verano a verano, sin que ocurriera nada. ¿Adónde iba a parar su vida?

Intentó concentrarse por completo en su trabajo, pero la tensión que la consumía por dentro la hacía saltar ante cualquier ruido, ya fuesen las pataletas del hijo de Corinna, que era un escandaloso, el trajín inevitable de ollas y cacharros en la cocina, o las idas y venidas en las reuniones familiares. Involuntariamente, estaba al acecho de cualquier paso que dieran en la casa; las mañanas se iban en paseos al jardín, pendiente del cartero. Cada mañana la primera ocupación era comprobar el calendario. Jornada tras jornada, todas le parecía que pasaban con ensañada lentitud. ¡Qué verano más caluroso! ¡Qué verano tan interminable! Bajaba a menudo hasta la playa atravesando los pinos para tomar un baño enfundada en su bañador de punto. Pero el alivio no duraba demasiado.

*

Hasta el mes de septiembre no volvieron a verse. Sophie se pasó más tiempo de lo habitual mirándose al espejo, probándose faldas y vestidos, cada vez más nerviosa e inquieta. Finalmente eligió el vestido más antiguo que tenía, de algodón azul. Corinna le recriminó que pareciera una abuela.

Mientras el tren entraba, Albert la saludó desde la plataforma del vagón. En cuanto se detuvo, bajó de un salto y se apresuró a abrazarla.

–Sophie –dijo–, lleva usted un vestido precioso.

Durante el paseo que les llevó desde la estación hasta el casco antiguo, Sophie tuvo la sensación de que Albert era un viejo amigo de quien hubiese estado enamorada en su día. La primera noche la pasaron en el merendero de ostras de Otto Schwarz. ¿Adónde si no habrían podido ir? Procuraban encontrarse en los recuerdos que compartían. La pizarra del menú ofrecía unas «exquisitas ostras Whitstable», y estaban en un mes con *r*. La cena se inició con las alabanzas que Albert dedicó a un congreso de matemáticos que se había celebrado en Odessa en 1893, con la participación de Sonja Kowalewski. Y terminó con una frase que espetó Sophie, animada por el Mosela que habían bebido:

–Pero, vamos a ver, ¿y nosotros por qué no nos casamos?

Apenas lo hubo dicho, Albert se levantó del asiento, tomó su rostro entre las manos y la besó en la boca ante toda la concurrencia. Los camareros prorrumpieron en aplausos tras anunciarles Albert su compromiso matrimonial, y poco después el propio Otto Schwarz en persona les llevó una botella de champán.

Sophie no pudo evitar pensar en la escena con Ashton arrodillado en la playa. Si el hombre hubiese estado presente en aquel momento se le habría hundido el mundo. El tiempo pasaba con una celeridad pasmosa. Sintió espanto y a la vez orgullo por el atrevimiento que suponía haber formulado la pregunta. No había esperado a que Albert se lo propusiera. La tensión que había notado crecer incesantemente durante las últimas semanas se había diluido; fue sustituida por un plácido agotamiento. Mientras Albert brindaba con Otto Schwarz y con cada uno de los camareros, Sophie se arrellanó en el asiento y cerró los ojos.

A sus padres el anuncio de boda los pilló absolutamente por sorpresa. Se les notó en el rostro que se habían hecho ilusiones con Ashton. Tras pensárselo dos veces se impuso el gozo ante la mutación de la hija. Albert fue invitado a conocer a la familia. La madre de Sophie puso todo su empeño y Albert le causó una impresión espléndida. Tampoco su padre tuvo nada que objetar. En otra reunión familiar, Corinna no se comidió y preguntó abiertamente a Sophie si había meditado bien su decisión de casarse con aquel hombre: un paso así podía transformar su vida mucho más de lo que podía desear. La hicieron callar con indignación. Sophie se limitó a echarse a reír. Por algo la palabra «nupcias» tenía que ver con «nubes». Del mismo modo que aquella boda podía suponer para Albert la anhelada arribada a puerto, en el caso de ella podía parecer una manera de zarpar hacia alta mar.

El compromiso matrimonial se selló en otoño y la boda se anunció para la primavera siguiente. Por fin sintió Sophie el sosiego que tanto tiempo había echado de menos. Surtía efecto el mero hecho de haber tomado una decisión, por sorprendente que fuera para ella misma. Albert tuvo que regresar de nuevo a Sebastopol. Como despedida regaló a Sophie una cámara fotográfica, un modelo moderno y ligero con obturador central, que incluso cabía en el bolso.

–¿Pretendes decirme que con esta máquina tendrían que salirme retratos tuyos más vivos?

Pero la intención de Albert era otra. La llevó al estudio. Sobre el escritorio desplegó los proyectos en que estaba trabajando. Cada plano era un pequeño alarde artístico en tinta china sobre láminas de papel vegetal. Estribos de acero de extrema delicadeza. Eran los planos de la grúa flotante. Sorprendía la variedad de perspectivas que había que adoptar sobre un objeto. Albert, orgulloso artífice de aquel universo de líneas, le preguntó:

–¿Puedes hacer fotografías de todo esto? –Sus manos discurrieron sobre el papel con un gesto que recordaba el planeo de un ave. Sophie tuvo la sensación de verlas por vez primera:

–Desde luego –respondió–. Espera un momento, que vuelvo enseguida con la máquina.

Albert ejerció diligentemente de ayudante. Atendió a la iluminación del fondo. Montó una pantalla de papel translúcido sobre la lámpara. Midió las cantidades de magnesio y potasio que se necesitaban para el flash, con ayuda de una bandeja metálica y el canto de un naipe. Sophie, por su parte, disparó un carrete entero y a continuación se recluyó en la cámara oscura. Cuando le mostró los resultados, Albert no dio crédito a sus ojos: lo que se veía eran sus propias manos alisando el papel, corrigiendo alguna línea o sencillamente reposando con placidez ante el objetivo. Los planos sólo se adivinaban al fondo, de manera muy borrosa. Miró desolado a Sophie:

–¿Lo volverás a intentar? Con unos negativos que luego pudieran ampliarse en papel... solucionaría una de las mayores pegas que tengo en los viajes. Enrollados, los planos son auténticos palos de escoba, y los blocs de apuntes, verdaderos ladrillos.

–Es por la cámara –se disculpó Sophie–, tengo que familiarizarme.

–Eso sí, las manos las ha sacado preciosas; tienes que reconocerlo –intentó darle ánimos Corinna.

Aquella misma noche Albert recibió otros negativos. Los examinó con la lupa y tuvieron su aprobación.

*

A finales de mayo de 1902 la boda se anunció en los periódicos de Riga; el mismo día aparecía consignada la estancia del barón Von der Recke, del castillo de Neuburg, y del barón Rosen en el Hotel Roma, así como la llegada a la ciudad del príncipe Tzertelef, mariscal de la Grandeza, y señora, y del señor Von Lemorius, abogado de Petersburgo. A la boda asistieron barones y baronesas de la familia de la madre; el jurista Von Huebberet, de Petersburgo; el director del puerto de Riga, el príncipe Uchtomski; el socio bancario del padre; el tío Heinrich de París; diversos dignatarios ministeriales de Petersburgo; el catedrático de Albert en Copenhague, y un antiguo compañero de estudios convertido en una eminencia internacional de la ingeniería. También asistieron el embajador danés, diversas personalidades de los negocios de Sebastopol y, por supuesto, compañeros del claustro del Politécnico. Los padres de Sophie habían alquilado el Club Náutico, donde se levantó una carpa blanca sobre el campo de césped abierto al Dvina, con un estrado para la orquesta. Se prepararon las canchas para jugar a cróquet, bádminton y demás deportes estivales. Una pequeña tropa de camareras vestidas de azul marino, con blusa blanca, delantal y cofia, atendió las mesas limpiando y colocando copas de cristal, apilando platos de porcelana blanca, sacando brillo a los cubiertos. Berkholz, asesor consular también, se ocupó personalmente de los proveedores. Se sirvieron puntualmente todos los pedidos de *roastbeef*, canapés, pollo asado y pescado, cangrejos y ostras, ensaladas y verduras, repostería y vino, frambuesas, aguacates, melones y piñas, helados y sorbetes. El día de la boda, a primera hora, llegaron grandes ramos de lirios blancos que fueron distribuidos en los jarrones repartidos por el recinto, así como matas enteras de jazmín, cuyas flores fueron esparcidas formando un velo de novia; la fragancia debía sugerir historias maravillosas a toda la concurrencia, tanto a las damas de largos vestidos como a los caballeros tocados con sombrero de copa.

La madre y Corinna estaban tan nerviosas al menos como la propia Sophie; sólo su padre conservaba la calma. Vestido con frac negro, *chapeau claque* y guantes blancos, causaba una impresión espléndida, y siempre lo encontraban donde era menester que estuviera. En el momento de entrar del brazo de su padre en el pasillo central de la catedral, Sophie experimentó la doble sensación de estar viviendo una ensoñación y a la vez la burda realidad: el paño del frac era tan áspero como la concha de un molusco y le rascaba en el brazo; por los altos ventanales entraba una luz con tonos de miel tostada; en los bancos, los rostros de los invitados se volvieron todos al unísono; en el aire, las flores blancas de una mata de jazmín agitada por el viento. Cuando el bramido del órgano cesó, Albert se colocó a su lado. En ese instante el sol entró por otro ventanal en la catedral, proyectando un reflejo rojizo sobre la cenefa blanca que el clérigo llevaba en su hábito.

Se habló mucho de aquella boda, que resultó una espléndida gala de primavera. Bastantes días después siguieron recibiéndose felicitaciones y flores que la madre de Sophie, transportada a sus propios recuerdos, repartió por todo el piso. En esas fechas Sophie y Albert llevaban ya una temporada disfrutando de la luna de miel. El día de la boda, poco después de medianoche, tras despedirse de los asistentes a la fiesta y cambiarse de ropa en el propio Club Náutico, subieron entre vítores y parabienes a la calesa que les aguardaba con el equipaje ya cargado y emprendieron viaje. Por una vez Sophie se limitó a sacar fotografías con los ojos: el remolino de invitados que los despidió efusivamente bajo el resplandor de antorchas y farolillos chinos, formando un grupo que fue disminuyendo de tamaño hasta que el conjunto quedó reducido al brillo de unos puntos naranjas y lilas en la oscuridad, cual policromía sobre una fotografía.

Ya en la estación ocuparon un departamento de lujo en el tren Moscú-París de la Wagon-Lits-Compagnie, decorado en caoba. A diferencia de los compartimentos sencillos, estaba equipado con un pequeño baño. Después de haberles subido el equipaje, el empleado con librea que los atendió no cesó de pasar el trapo por mármoles y dorados hasta que Albert le dio una sustanciosa propina. Sophie notó los pies fríos. El corazón le latía con vehemencia. No oyó que llamasen a la puerta, no advirtió la presencia del camarero hasta que lo hubo visto por el espejo portando un recipiente con hielo y una botella. Contempló aliviada las copas:

–¿Lo has pedido tú, Albert?

Por toda respuesta, su marido cogió la tarjeta que iba con la botella:

–Regalo de Lisa.

–Lisa –repitió ella. ¡Qué poco conocía a su cuñada!

En ese momento el tren cruzaba con estrépito el puente sobre el Dvina. Sophie miró por la ventanilla. Por encima de la desembocadura, sobre los reflejos del mar Báltico, el cielo conservaba aún la claridad del día. A su espalda oyó el tintineo de las copas que Albert colocaba en la mesita, el estampido sordo del tapón y el suave esplendor del champán. Albert le alcanzó una copa por encima del hombro.

–Por nosotros, Sophie.

Ella se volvió:

–Por este viaje rumbo a una vida nueva.

Sophie apuró la copa hasta la última gota. Fría, la perlada bebida dejaba a su paso la emoción de flotar. Al cabo de un momento Sophie entornó los ojos.

–¿Y ahora? –le susurró Albert al oído.

Sophie sintió un cosquilleo. Riéndose echó la cabeza hacia atrás.

Notó el aliento cálido de él sobre su piel húmeda, su olor. Albert la cogió por la cintura y ella se dejó arrastrar como si en su cuerpo la fuerza de gravedad hubiese quedado en suspenso. Cerró los ojos y acercó su rostro al de él. Los labios se tocaron. Sophie notó en su boca la punta de la lengua de Albert. Se besaron largamente. Luego ella abrió los ojos. Tan cerca estaba el rostro de Albert que sus ojos se fundían. Debía de haber estado mirándola. Sophie se retiró. «Cuánto ha cambiado», pensó. Y de repente se dio cuenta de qué se trataba: Albert tenía aspecto de felicidad.

–Vamos, te sirvo, que el champán no puede calentarse –le dijo Albert mientras cogía su copa.

Sophie oyó el crujido del hielo cuando él devolvió la botella al recipiente.

Con qué belleza buscaban la superficie y estallaban las burbujas. Las notaba en el rostro. Sophie, con mano temblorosa, se llevó la copa a los labios. Sentía la necesidad de enfriárselos.

–¿Y cómo prefieres dormir, cariño?

Sophie reposó la cabeza en su hombro.

–En la litera de arriba, mejor –respondió.

«Como cuando era una niña en Jurmala», añadió para sí. En el momento de dormirse sentía el calor acumulado bajo el techo de la habitación, mezclado con el humo de los puros que se fumaban en la sala. De madrugada, cuando se despertaba, siempre veía a Corinna durmiendo debajo de ella; los ojos de su hermana, sellados con las oscuras pestañas y el cabello alborotado por el sueño. Arriba se sentía segura.

–Bien –dijo Albert para su alivio–. Entonces dormiré abajo.

*

Con las ventanas abiertas, las persianas verdes proporcionaban un frescor agradable a la habitación del hotel, de techo alto. Entre las tiras de madera llegaba la algarabía de los vendedores de periódicos voceando ya la edición vespertina. La respiración de Albert era profunda y regular.

Habían pasado tres semanas en un vuelo. Sophie yacía inmóvil bajo las toscas sábanas blancas. Pero podía imaginarse la ciudad que se extendía fuera de aquellos muros: las casas apelmazadas, las fachadas pintadas en tonos naranja y rosa, el dibujo que componían las persianas con sus matices de verde oscuro; entornadas todas como la suya a esa hora del mediodía, servían para distinguir unas casas de otras. Cada panorámica sobre la ciudad arrojaba una pequeña acuarela.

–*Pomeriggio* –pronunció el vocablo italiano en voz baja, casi con delicadeza.

Albert se despertó:

–¿Has dicho algo?

–*Pomeriggio* –repitió Sophie.

Su marido suspiró. En materia de idiomas había tenido que ponerse desde un principio en manos de ella. Era incapaz de retener siquiera las expresiones más sencillas:

–¿Adónde vamos a cenar hoy?

A Sophie se le escapó la risa. Era lo único que cada día le inquietaba, por lo visto. ¿Se podía vivir de manera más despreocupada?

–Sigue echado –dijo ella–. Quiero hacerte una fotografía.

Cogió la máquina y abrió de par en par los postigos de la persiana; atenuada por la hora de la tarde, la luz penetró en la estancia. Notó la calidez del aire sobre su piel.

Albert cruzó los brazos bajo la nuca y la miró:

–Tengo una Stieglitz particular.

Era uno de los calificativos que se le habían ocurrido durante el viaje a raíz de la exposición de Alfred Stieglitz, Davison, Steichen, Demachy y otros fotógrafos que habían visitado en París. Sophie la había recorrido sumida en una suerte de éxtasis. Eran fotografías como las que ella había soñado hacer: sábanas al viento en un tendedero del casco antiguo de Génova. Un chaparrón primaveral en Nueva York, doblados los árboles bajo una ráfaga de viento que obligaba a sujetarse el sombrero. Una joven escribiendo en una mesa. La luz del sol entrando a través de las lamas de una persiana, dividiendo el espacio en franjas de luz y de sombra. Era una novedad. Algunos fotógrafos no se proponían competir con la pintura ni sus composiciones. Parecían acercarse a la realidad con el propósito de desvelar su carácter sirviéndose de motivos en apariencia triviales. Hete ahí el buen camino, pensó Sophie. La fotografía se emancipaba de la pintura. Y si aquellas fotos se exhibían en una exposición, ¿no habrían podido incluirse algunas de las suyas? En la visita a la exposición había ido continuamente por delante, subyugada por la magia de cada fotografía; una y otra vez tuvo que retroceder hasta donde se encontraba Albert, quien viendo exposiciones era tan meticuloso y sistemático como en las demás cosas. ¡Ah, si en fotografía fuera ella capaz de llegar a algo!

–Pero ¿de verdad crees que podría conseguirlo?

–¿Y por qué no? Ya has visto que Stieglitz cambió la ingeniería por esa otra actividad. ¿Por qué no podrías pasarte tú a la fotografía desde las matemáticas? Tienes ideas propias, Sophie. Eres obstinada, por no decir terca. Tus fotografías son ya mejores que las de todos esos fotógrafos de tramoyas y claroscuros. Fíjate sólo en los retratos que nos has hecho a Corinna y a mí. Ahí hay dotes.

¿Lo decía en serio? Quizá sólo le daba ánimos por puro cariño. Lo cierto, sin embargo, era que sus fotos no eran el típico género de estudio fotográfico, de playas pintadas y artificios a base de palmas, cortinajes y alfombras. Eran a la vez más realistas y más fantásticas.

–Desde luego –dijo Sophie de inmediato–, las escenas tropicales de cartón piedra que están tan de moda me parecen espantosas. Es la viva imagen del estado de ánimo del mundo, ¿no te parece? Son sofocantes. Me ponen enferma. El único remedio es desinfectar la atmósfera entera.

–Qué mujercita más lista tengo. –Albert se incorporó en

la cama–. Tendrías que desarrollar esa afición. Podrías montar una exposición en Riga, para los amigos, quizá.

Ella lo miró desencantada. No la había comprendido del todo. Añadió resuelta:

–Voy a mandar mis fotos al Salón de Arte de Hamburgo. –Sophie aún estaba a los pies de la cama, con la cámara en las manos–. Quédate así. La luz entra perfecta: las arrugas de la colcha son como las colinas que hemos visto detrás de la ciudad.

Pero al observar por el visor contempló una imagen completamente distinta: el pie de Albert dominaba sobre el resto de la estancia.

La tarde dio paso lentamente a la noche. Luces y sombras se fundieron y el cielo se ocultó.

En aquella ciudad nada había quedado fiado al azar. En las callejas altas y estrechas de la Génova medieval, los muros de uno y otro lado llegaban casi a tocarse, ennegrecidos por el hollín y el paso del tiempo. Visto desde abajo, el cielo parecía un canalón discurriendo entre los tejados. No podía fotografiar nada. Los jardines de los *palazzi* eran pequeños cuadrados verdes rodeados de balaustres. Dispuestos con sumo artificio, a ningún estanque le faltaban sus peces rojos y cada palmera se veía tan bien contorneada que parecía diseñada por un arquitecto. Cada encuadre que captaba Sophie resultaba tan perfecto como las pinturas medievales expuestas en los museos. Todo era un desafío, advirtió. Su empeño consisitió en quebrantar la rigidez de la composición, o por lo menos relajarla. Un gato a los pies de la estatua de piedra de un sátiro.

Una vez que Albert entró involuntariamente en el plano se dio Sophie tal susto que torció la toma. ¿Por qué? Cenando aquel día, mientras saboreaban un vino blanco y una ración de langostinos, salió a relucir el percance.

–Con las fotos pretendes eternizar absolutamente cada

momento, y eso es imposible. Te intimida el cúmulo de aspectos transitorios que se juntan en un instante, ¿no es cierto?

Sophie agradeció los esfuerzos que hacía Albert por comprenderla. Sí. Había hecho bien casándose con él. Era eso. No hacía falta explicarle punto por punto cada faceta de su personalidad.

–Tienes razón, en parte. El instante presente y la eternidad serían los dos puntos que una fotografía debería captar, uniéndolos, podríamos decir. Como si pudiesen fundirse el pasado, el presente y el futuro. Se trata de detener las cosas sin llegar a paralizarlas. Pero basta con que una cosa se mueva, como tu cabeza esta tarde, para que todo se eche a perder.

La costa se sumía lentamente en la bruma; en esos momentos la vista podía corresponder a cualquier otra orilla del mar. Pidieron una segunda botella. El camarero les sirvió el vino y las copas se empañaron. De repente Sophie sintió que había dado con la clave:

–¿Sabes qué es lo fascinante de la fotografía? Que trata con dos variedades de pasado completamente diferentes y las concilia. Por un lado tienes lo que está sucediendo en el momento en que lo captas. Por otro, el impacto y... la victoria –añadió tras titubear un momento– que supone contemplar el tiempo detenido. Entre el momento real y el que se fotografía media un abismo. Una buena instantánea logra superarlo.

Albert trazaba círculos sobre el mantel con el pie de la copa, uniéndolos en una cinta sin fin. Daba la sensación de estar cavilando sobre algo que le costaba explicar. Sophie aspiró el aroma de azahar; notó el olor de la cáscara de los langostinos.

–¿Conoces a Roger Fenton?

–Sólo de nombre –respondió Sophie, complacida de que Albert supiese de su existencia.

–De niño me regalaron una fotografía suya. Aún la tengo colgada en mi cuarto. Se hizo famoso por los reportajes de la guerra de Crimea, precisamente por las cosas que muestra de la vida real.

–¿Has llegado a ver los calotipos de su viaje a Rusia?

Albert negó con la cabeza:

–Sólo sé que ejercía de abogado y que acompañaba a un amigo suyo, un ingeniero de caminos que construía puentes, a título de aficionado a la fotografía. Lo que tengo en mi cuarto es un retrato de ese amigo. Quizá pudiéramos montar un equipo parecido: tú fotógrafa *amateur* y yo constructor de puentes.

–¿Tienes previsto algún viaje largo? ¿A dónde? ¿A Crimea?

Albert guardó silencio; finalmente dijo:

–¿Quién sabe? Quizá también a Crimea. Bueno, Stieglitz –prosiguió cambiando de tono–, este verano vas a tener aún mucho tiempo para dedicarte a lo que te interesa. Con éxito, espero. La cuestión ahora –levantó su copa invitándola a que hiciese lo propio– es que estamos de viaje de novios, y espero que con tantas novedades no te olvides de nada.

Ella no comprendió aquel cambio de ánimo y le preguntó a qué se refería.

–A que no te olvides de mí, por ejemplo.

Sophie se echó a reír. En su sonrisa, Albert mostró una insistencia hasta entonces desconocida para ella.

Rouen, París, Marsella, Génova, Pisa, Florencia... la mayoría, ciudades portuarias. En todas anduvieron por los muelles, contemplaron maniobras de carga y descarga, vieron zarpar barcos... Sophie recordó a Albert su comentario acerca de la hermosa porquería que poseía el agua pastosa de los puertos. Él se resistió a creer que hubiese sido capaz de decir algo semejante. De cada lugar, algún recuerdo: una cajita con conchas, una fotografía de un desnudo femenino, un pequeño elefante de juguete del siglo XVIII...

Dejaban atrás una porción de días resplandecientes. Y quedaba Venecia. La mañana del último día –esa noche tomaban el tren que les llevaría a Riga– Sophie se despertó temprano. ¿Fueron las voces de los vendedores de periódicos? Tenían la ventana abierta y los visillos se abombaban como si quisieran atrapar la luz en su seno. Albert dormía a su lado. Con cuidado de no despertarlo, Sophie se levantó sigilosamente. En la penumbra de la mañana, con los párpados entornados, la simetría del arco de las cejas y la lisura del rostro le recordaron los rasgos artificiosos pintados en las muñecas de porcelana.

En la calle los barrenderos recogían la basura. Las palomas salían volando de las frías sombras hasta los tejados bañados por el sol. Había llovido; el pavimento aún estaba mojado, en algún charco el azul del cielo. Sophie notaba el frío a través de las suelas de las sandalias. Al cabo de unas pocas horas las losas recuperarían el color y la temperatura, y miles de pies se adueñarían de ellas. Pero a esa hora temprana las calles parecían ser únicamente suyas. Respiró hondo, dirigió sus pasos hacia la laguna y allí se quedó prendada del horizonte. Pensó en los meses que vendrían, en la vida que empezaba con Albert, en su trabajo. Muchas cosas cambiarían para ella en Riga. Ilusionada con los tiempos que le esperaban, regresó al hotel. Albert se había impacientado.

–Te he echado de menos, cariño. ¿Dónde andabas sin mí?

–Pasando el rato –contestó ella por irritarlo–. Por donde terminan las calles.

Fingiendo estar enfadado, Albert la agarró:

–¿Conque mi mujer se me va a callejear por ahí, sin mi permiso?

Entre risas de ella, Albert apretaba su cabeza contra su vientre. Luego Sophie se dejó arrastrar hasta la cama, dejando que le desabrochara el vestido como quien deshace los lazos de un regalo. Mentalmente se encontraba ante la laguna, frente a un azul punto menos que irreal.

V

Con el sol del amanecer el río parecía una franja plateada que se agitase dándoles la bienvenida. De un momento a otro pasarían por el puente sobre el Dvina.

–Estoy encantado de volver a casa –dijo Albert–. Por bonitos que sean, los hoteles terminan por agotar, incluso en las ciudades con puerto.

–Como *il dolce far niente.* Al cabo del tiempo echo de menos el trabajo. También me muero de ganas por revelar las fotografías y enviarlas de una vez a Hamburgo.

–¿A Hamburgo? –Albert no sabía de qué hablaba Sophie.

–Al Salón de Arte, hombre. ¿No te acuerdas de la exposición de fotografía? –Lo miró decepcionada. Se había olvidado.

Habían alquilado el chalé de madera situado junto al parque Peter unas semanas antes de partir de viaje, pero las reformas no habían hecho más que empezar. No había ni una sola habitación en la que instalarse. Sólo estaba terminada, empapelada de amarillo y gris perla, la sala de estar situada junto al cenador. Lo malo era que servía de almacén para las cajas y los cajones de la mudanza, los baúles de Albert y los regalos de boda. Mal que bien, se instalaron en el cenador, con la mesa de estudio de Albert, la cama, un armario y dos sillas. De mesa usaban el tablero de trabajo; lo despejaban rápidamente y Sophie colocaba el servicio completo de platos y vasos.

–¿Sigues creyendo que los cuartos de hotel agotan? –preguntó.

Los dos se echaron a reír.

–Sea como sea, tengo la sensación de que nuestro viaje continúa –repuso Albert mientras servía una copa de vino a Sophie.

–Es por lo que también habíamos brindado al principio –dijo Sophie–. Por nuestro viaje hacia la vida.

–Brindemos de nuevo, pues.

–Lo principal es que tantas estrecheces no sean mal presagio para tu matrimonio –comentó Corinna con malevolencia un día que pasó de visita.

Dando rienda suelta a su malestar, Sophie empujó la figura de un caballo de hierro colado que les había regalado el cochero. En lo alto de los cajones retumbó cual perverso diosecillo una figura china de jade que había enviado míster Ashton.

–Puedo equivocarme, pero yo diría que esto es un dios chino de la venganza –había especulado Albert, quien no sabía nada de Ashton.

Sophie se resarcía con el jardín de las incomodidades de la casa. Había rosales, pequeños almendros, una parra que trepaba hasta el primer piso y perales. Nunca se cansaba de arreglarlo, y en cuanto podía volvía a él. Albert trabajaba en el escritorio del atestado cenador. Allí atendía la correspondencia. Absorto, su distracción consistía en mecer con el pie el viejo caballo de balancín de su esposa, siempre en medio del paso. A los pocos días de regresar del viaje su suegra se había presentado en la casa portando personalmente el elocuente mensaje de aquel caballito pío de silla azul y riendas rojas, como si no se esperase otra cosa de la nueva pareja.

Sophie entró por la puerta de cristal del jardín. Albert, con la cabeza apoyada en ambas manos, no levantaba la vista de una hoja de papel que lucía un sello oficial.

–Pareces preocupado.

–Ah, ¿sí? –Albert, ausente, negó con la cabeza y continuó abriendo el correo con la plegadera de madera china; era un dragón que escupía metal en vez de fuego, obsequio también de míster Ashton. El inglés, para expresar el disgusto que le había causado la boda, parecía haber seleccionado con sumo cuidado los regalos. Albert volvió en sí–. Ven aquí. –La sentó en sus rodillas–. Tú me lees los pensamientos. Mira si me conoces bien. Pero los tuyos yo no los leo...

Sophie le señaló la carta del sello. Su marido se la entregó en silencio. Procedía del Ministerio de Asuntos Exteriores e iba dirigida al estado mayor de la Marina Imperial. En una esquina figuraba en letras grandes la leyenda «Confidencial». Sophie la leyó a media voz:

Resultados provisionales del estudio secreto referido a la nueva flota japonesa. Los resultados completos tardarán unos meses en publicarse, pero en el estado actual hay pruebas suficientes para acreditar que los japoneses son una potencia marítima de proporciones nada desdeñables. Desde 1895 se está construyendo en Inglaterra una flota sufragada con los cinco millones de libras esterlinas que China tuvo que abonar tras su derrota en concepto de reparaciones de guerra. Más de treinta navíos...

Bajó el papel. Seguían listas impresas de equipamiento militar y abundantes cifras.

–¿Y qué? ¿Qué tienes tú que ver con la flota japonesa?

Albert le quitó el papel de las manos:

–Es estrictamente confidencial –dijo mientras le cubría de besos la punta de los dedos–. Es estrictamente confidencial. Más confidencial, imposible.

Sophie tuvo que reírse, contra su voluntad. Pero había algo en el comportamiento de su marido que la inquietaba. ¿La trataba con franqueza?

–Será mejor que volvamos al trabajo –dijo mientras se deshacía de su brazo.

Albert la retuvo firmemente:

–¿Me prometes una cosa? –Sophie lo miró; los de su marido eran unos ojos diáfanos y melancólicos–: ¿De manera estrictamente confidencial?

Dudaba de si estaba hablando en serio:

–Ni hablar, si no sé de qué se trata.

–¿Helado o jerez? –dijo Albert de repente.

–¿Cómo dices?

–El día que nos conocimos no importaba lo que íbamos a tomar, si un helado o una copa de jerez. La cuestión era que te quedaras conmigo. Prométeme que me acompañarás en el próximo viaje.

–Pero si acabamos de regresar –Sophie retiró la mano que asía él–. ¿Ya quieres volver a irte?

También Sophie recibió una carta. Le notificaron del Politécnico que lamentaban mucho no poder renovarle el contrato. Había tenido prioridad un hombre que venía de Moscú.

Al principio no comprendió qué significaba el escrito. Luego sintió un estremecimiento:

–Pero ¿cómo pueden hacerme esto? –exclamó indignada ante su familia–. He trabajado bien. ¿Y qué quieren que haga? Después de todo es mi profesión.

Pero nadie pareció tomarse en serio sus protestas.

–Mira que dentro de poco no tendrás tiempo para todo eso –le espetó su madre–. Ahora te vienen encima otras obligaciones.

El comentario era superfluo. Bien mirado, a la madre siempre le había disgustado el trabajo de su hija. Siempre le contrarió que su hija le llevase la delantera. El padre de Sophie secundó a la madre:

–Es lo mejor para vosotros, no cabe duda. Créeme, Sophie, dentro de unos años lo verás todo con otros ojos.

Sophie no pudo librarse de la sensación de que su padre estaba más implicado en el despido de lo que estaba dispuesto a reconocer.

La comprensión que mostró Albert tampoco fue mayor:

–¡Míralo como una oportunidad! –le dijo procurando darle ánimos–. Puedes hacer algo diferente. Piensa en la fotografía, por ejemplo.

Sophie se sentía traicionada, como si el mundo entero hubiese participado en una conjura en su contra.

A las dos semanas de regresar estaban de nuevo de viaje, rumbo a Dinamarca. Sophie estaba encantada de perder de vista nuevamente a su familia. Albert tenía trabajo para unos días en Copenhague, y aprovecharon para acercarse hasta Kolding, en la costa báltica de Jutlandia, a visitar la granja de los Utzon. Las velas blancas de los barcos mostraban su esplendor en el fiordo, el camino que llevaba a la granja estaba flanqueado de hayas, la casa se hallaba junto a un lago rodeado de castaños.

–De modo que aquí fue donde empezaste a soñar que construirías puentes –comentó Sophie.

–¿Te acuerdas de eso? –Albert le dio un beso en la oreja.

–Tomo buena nota de todo lo que me dices. –Sophie le dedicó una sonrisa–. Te guste o no.

Él la miró consternado. Sophie se percató complacida de su reacción. Estuvieron alojados en la antigua habitación de Albert, en la buhardilla. Sus juguetes seguían colocados en las repisas: un tren de madera tallada a mano que pasaba por un puente, libros, el retrato de su amigo Vignoles, ingeniero de puentes, obra de Roger Fenton; habían hablado de él en Génova. Al lado, colgado de la pared, un boceto meticulosamente dibujado en tinta china. «Máquina perpetua», rezaba el rótulo escrito con letra infantil. Sophie cogió el dibujo y se acercó a la ventana para verlo mejor.

–Fue uno de mis primeros inventos –explicó Albert–.

Una rueda que se impulsaba a sí misma. Debía de tener once años.

El dibujo representaba una especie de rueda de molino con unas bandejas insertadas. La rueda debía moverse con el agua que caía de una bandeja a otra. Las gotas de agua tenían primorosamente pintado el brillo perlado de la luz.

–Obviamente no funciona porque resulta que en el mundo existe la fricción. Ahí es donde fracasa todo *perpetuum mobile.* Segundo principio de la termodinámica.

Albert se había echado en la cama y se había quitado las botas.

Parecía desolado, como si a partir de entonces no le hubiera perdonado al mundo que existiera la fricción. A Sophie le inspiró una profunda ternura. Se sentía henchida de satisfacción por haberse casado con aquel hombre que de cara afuera dominaba cualquier situación, pero en cuyo interior se albergaba una máquina perpetua. Le habría gustado conservar el boceto.

Albert no había querido confiarle nada del cometido que tenía en Copenhague, pero Sophie notó la inquietud que le consumía, que sólo podía estar relacionada con el encargo de marras. A medida que se prolongaba la estancia en aquel plácido rincón del campo y más familiaridad adquiría ella con cuanto tuviera que ver con la infancia de su marido, tanto mayor sentía el conflicto. Llegó a percibirlo como una tensión física insoportable, tan intensa que sintió materialmente que se ahogaba. Finalmente, Sophie no soportó más tiempo la situación. Tampoco Albert trató de eludirla. Ya sabía ella –le contó Albert– que todo estaba relacionado con la construcción de una flota nueva. Pero ¿sabía qué significaba el 8 de octubre de 1903... a propósito de la guerra chino-japonesa? Sophie no necesitó cavilar mucho. En su casa se había hablado a menudo de lo que ocurriría a partir de esa fecha. Era el día en que subiría la bolsa.

–¿No es el plazo que tiene Rusia para retirarse de Manchuria?

Albert asintió sin dejar de recorrer la estancia de un extremo a otro. El techo era tan bajo que casi chocaba con él.

–Aún falta más de un año, no hay motivo para inquietarse. Pero todo el afán de los rusos parece consistir en ampliar los equipamientos actuales, en lugar de desmantelarlos. La flota, al menos, se está renovando a marchas forzadas.

Albert se paró ante la ventana y se encogió de hombros. Por esa misma ventana se asomaba cuando era un crío, pensó Sophie, soñando con grandes obras útiles para todo el mundo... Sospechaba que las dudas que le atormentaban se referían a sí mismo.

–Se trata de Manchuria, pues –dijo Sophie pensando en voz alta.

–Y de Port Arthur, un embarcadero sin problemas de hielos, de Corea, de las islas Pescadores y de Formosa, por supuesto –añadió Albert relajado por poder hablar con tanta claridad de tales asuntos con Sophie–. China entregó a Japón todos estos territorios por el tratado de Chimoneseki, en mil ochocientos noventa y cinco.

–Sí, ya lo sé.

–Sabrás entonces que el tratado estuvo vigente exactamente diez días. Porque a instancias de Rusia, Francia y Alemania, y en aras siempre de la paz, según se dijo, Japón tuvo que retirarse de casi todos los territorios, incluida la estratégica península de Liao Tung, donde se encuentra el enclave de Port Arthur, con su rada y su fortaleza.

–A Japón le dieron dinero en lugar de territorios. Mi padre siempre dice que los bancos franceses hicieron el gran negocio con las reparaciones pagadas a Japón.

–Cierto. Y por lo que respecta a la península de Liao Tung, Rusia logró de China un arrendamiento muy ventajoso...

–Por eso los japoneses ponen tanto empeño en que se

cumplan escrupulosamente los tratados referidos a Manchuria.

Se miraron. Finalmente Sophie dijo:

–Volvamos cuanto antes. Quiero estar de una vez en nuestra propia casa.

*

Además del cenador, la cocina y el baño, quedaban por reformar cinco habitaciones. Después de quedarse sin trabajo en el Politécnico, a Sophie le dio miedo la súbita estrechez. Con cada nueva habitación iría afianzando una parcela de su vida; con los confines de la casa, los de su propio universo. A pesar de la insistencia de Albert –el cenador le resultaba definitivamente incómodo–, Sophie no arregló primero el dormitorio, sino el cuarto del rellano de la escalera, situado en el centro de la casa, entre la planta baja y el primer piso. Pensado originalmente como costurero, aquel cuarto tenía agua corriente y resultaba idóneo para instalar un laboratorio. Donde las juntas de la madera dejaban pasar la luz, Sophie colocó un tapizado negro, y delante de la ventana, la cortina de seda de color burdeos que los expertos recomendaban; completó la instalación una lámpara de petróleo con pantalla de vidrio rojo.

Los reproches de Corinna eran más que previsibles: «Sólo te interesa la dichosa fotografía. Pero piensa por una vez en Albert. Ya va siendo hora de que os vayáis del cenador, mujer».

El caso era que Sophie agradecía a su hermana toda la ayuda que pudiera prestarle en los arreglos de la casa. Corinna disfrutaba saliendo de compras, buscando en las tiendas del casco antiguo telas, lámparas o alfombras que hiciesen juego. Estando cierto día comprando cortinas, mientras Corinna insistía resueltamente en un estampado de rosas amarillas, a Sophie se le fue la mente muy lejos de allí: al papel con rosas amarillas del hostal campestre del

Sena donde estuvieron en el viaje de novios. Salían descalzos, en pijama aún, con sus tazones de café en la mano, a pasear por la hierba húmeda de rocío mientras se levantaba la niebla del río, blanca y plateada. Con el olor del disolvente que había usado un pintor para quitar las manchas del suelo, Sophie volvió a tener ante sus ojos un tiovivo. Lo habían visto en algún muelle, abandonado, rodeado de sillas plegables de madera; bajo un entoldado remendado de color violeta vieron asomar unos caballitos negros y blancos de madera y un fiero león amarillo de cuyos ojos empezaba a saltar la pintura. Se sentaron muy alegres, entre aspavientos, riéndose como si el carrusel girase de verdad y sonase la música. Entonces se puso a llover y se refugiaron bajo un raído parasol turquesa que encontraron plantado ante un café; juntos sus rostros, inmersos en una luz verdosa como la del fondo del mar.

«Igual que los peces –había observado Albert acercando su rostro al de Sophie hasta que sus ojos parecieron fundirse–; como los peces, nuestros primeros ancestros.»

Antes de acabar octubre, Albert recibió un telegrama convocándolo al Ministerio de Marina de Petersburgo. Sophie no se encontraba bien. Sentía un agotamiento permanente que la atormentaba. Tardó unos días en advertir los síntomas, pero a su madre le bastó un vistazo para dar con el diagnóstico: Sophie estaba embarazada.

En noviembre le devolvieron del Salón de Arte de Hamburgo la carpeta de fotografías: lamentaban no poder incorporar sus trabajos a la exposición programada; confiando en que no lo interpretase como una descalificación, le rogaban que más adelante les enviase de nuevo alguna obra suya. Sophie, con mano temblorosa, guardó la carta en el último cajón de su escritorio: «Vulgares –musitó enfadada–. No tenéis ojos en la cara».

Hasta Navidad no estuvo todo terminado. Corinna no cabía en sí de gozo. Albert alabó su ayuda al tiempo que lanzaba chocantes miradas de desesperación a su esposa. El árbol de Navidad parecía un oficial de húsares. La familia al completo se reunió para celebrar las fiestas. Todo discurrió de manera tan extraordinariamente armónica que Sophie volvió a tener la sensación de encontrarse ante un artificio. Cuando acabaron las fiestas se sintió aliviada.

«Qué envidia me das, hermana –se lamentó Corinna viendo cómo Sophie dejaba el árbol de Navidad puntualmente, el seis de enero, en la puerta de la calle y regresaba a su laboratorio–. Para mí ahora empieza la época más aburrida del año, esperando a que llegue de una vez la primavera.»

Jurmala, 1903

I

Las tumbonas a rayas estaban desplegadas en la playa. Los vendedores ambulantes ofrecían algodón de azúcar y limonada. Sophie, vestida con ropa amplia de colores claros, había tomado asiento a la sombra y contemplaba el mar. La curva de la bahía ofrecía un aspecto cansino. Unos niños jugaban en la orilla arrastrando una gaviota muerta, fascinados por la rigidez de las alas y las órbitas desencajadas del animal. Una niña recogía frágiles conchas marinas en su cubo de playa rosa y amarillo. Cansada de lo que tardaba en llenarlo, metió otras más grandes y negruzcas de mejillones. Al ir a enseñárselas a su madre y volcárselas en la falda, el peso de las conchas grandes había roto algunas de las pequeñas, convirtiéndolas en esquirlas nacaradas. A la niña se le saltaron las lágrimas. Se levantó viento. «¡Qué aire!», exclamó la niña ya reconfortada. Las mujeres se llevaron aliviadas la mano a los sombreros. El agua se rizó y se tornó gris hasta la línea del horizonte. Unos niños habían construido un castillo de arena. Acarreaban cubos de agua, rociaban el castillo, apelmazaban los bordes. Los niños se acercaron de una carrera.

–¿Qué os parece el castillo que hemos hecho?

–Sí –decían sus madres–, muy bonito, muy bonito.

–Pero ¡venid a verlo!

–Ya vemos que es muy bonito –aseguraban sus madres, cansadas, mientras se protegían los ojos del sol con las manos–. Es precioso.

–Hemos puesto conchas alrededor.

Las madres guardaban silencio y se recostaban extenuadas en las tumbonas.

«De noche –pensó Sophie– el viento lo borrará todo y se

lo llevará. Nada se queda como está.» Se palpó la enorme barriga. Su vientre se había convertido en una sandía turgente del tamaño de un barril. A veces soñaba que lo rajaba con un cuchillo y se vaciaba todo. Estaba convencida de que sería una niña. Sólo una niña podía inspirarle aquel temor.

Sophie se inclinó fuera de la tumbona y tocó la arena con la mano. Los granos, blancos y cálidos, se le resbalaban entre los dedos, como minúsculos cristales. Con la arena le pasaban entre los dedos pequeñas conchas rematadas con medias lunas de colores claros como uñas de niño. Notó que tocaba unas conchas más rugosas con tacto de escamas. «Prefiero las lisas –pensó mientras las tiraba lejos–, las que brillan de puro desgastadas.» El cielo se encapotó. Cuando empezó a llover las mujeres se apresuraron a plegar las sombrillas adornadas con encajes mientras llamaban a los niños: «¡Vamos, deprisa! Que nos mojamos. Sophie, ¿cómo te quedas ahí?».

Se fueron corriendo, con las faldas hinchadas por el viento, a refugiarse a las casetas de madera que cada verano se plantaban delante del mar. La playa quedó enseguida vacía. Sophie continuó sentada en su tumbona y se mojó. Disfrutaba con la lluvia, le gustaba seguir la transición desde las minúsculas gotas iniciales a las mayores, hasta que caían auténticas cerezas transparentes. Unos meses atrás, con la ventana abierta, había visto caer un chaparrón igual sobre las últimas rosas del año; el agua manaba a raudales desde los canalones a los charcos. Notó con precisión que bajaba la temperatura de todo en la habitación, también la de la espalda de Albert, que ella tenía bajo sus manos.

*

Tanto tiempo y tan lentamente. Se sentía condenada a esperar, reducida a mero recipiente de la nueva vida que llevaba dentro, convertida en cuerpo nutriente. Por vez primera desde que la habían despedido volvió a ocuparse de cuestiones matemáticas. Había tantas cosas que leer y estudiar; al menos podía meditar en calma. Hacía ya dos años que Ashton le había enviado entusiasmado un libro de «cierto individuo que ha marcado una nueva era en la historia de la mecánica celeste». Era Poincaré, con el problema de los tres cuerpos y sus ensayos de soluciones periódicas. Por fin gozaba del sosiego para estudiarlo detenidamente. Pero no sabía bien para qué. Por otra parte, sólo le faltaba Corinna. Entraba continuamente en la habitación, asfixiada de calor.

–Pero, a ver, ¿quién recuerda un mes de junio con tanto calor? Si parece que vaya una a derretirse.

Corinna se apoyó en el quicio de la ventana; el sol del atardecer proyectó su luz cárdena y dorada sobre su vestido blanco. Tenía un aspecto espléndido. Su piel, suave y bronceada, se veía húmeda bajo la cadena de oro que nunca se quitaba; era muy supersticiosa. Se la había regalado Ludwig, su marido.

–Dentro de poco las noches empezarán a alargarse –procuró consolarla Sophie–. Entonces refrescará.

–No, si ya lo sé –repuso Corinna–. Ya lo sé. ¿A ver qué estás leyendo?

–¿De verdad te interesa? –preguntó Sophie volviendo los ojos hacia el libro.

Corinna asintió con vehemencia.

–Es un nuevo campo de las matemáticas. Se ocupa de la mecánica celeste. O sea, del sol, la luna y las estrellas –añadió Sophie puntualizando el terreno a su hermana–. Considerado un sistema de planetas y estrellas con un listado completo de sus posiciones y velocidades relativas en un punto temporal determinado, la cuestión es... –Se interrumpió al ver que Corinna se levantaba.

–Perdona, los vecinos... –dijo marchándose. Enseguida se unió al grupo, reunido entre los árboles. No tardó en echarse a reír, y a partir de ahí su voz no dejó de oírse.

«La cuestión es... –prosiguió Sophie para sí– bajo qué condiciones ese sistema regresará más tarde a su posición inicial y repetirá, por tanto, su órbita.»

–¿Ya sabes por qué calendario anunciarás el nacimiento de la niña? –le gritó Corinna.

Corinna también hablaba siempre de una niña. No le encajaba que pudiese ser varón, decía.

–Lo digo por la polémica sobre los calendarios –volvió a alzar la voz la hermana de Sophie–. ¿La bautizarás por el gregoriano o por el juliano? –Sin aliento de tanto reír, se acercó adonde se encontraba Sophie–: *C'est trop drôle. Ce n'est pas vrai.* ¿A qué estamos, a veintiuno de junio o a cuatro de julio? Si nos descuidamos, hermana, nos quedamos sin San Juan.

–Déjame mirar. –Sophie quiso coger el periódico, pero Corinna se volvió con rapidez.

–Te lo leo yo. A ver, tal como viene: ¡progresos, parece! En febrero de este mismo año la cuestión de los calendarios parecía irresoluble. Sin embargo, con el último decreto del Santo Sínodo, probablemente pueda llegarse a un sistema unificado de fechas. Durante tres años, o incluso más tiempo, debería emplearse la doble datación.

–¡Dios santo! ¡Cuántos trastornos por el dichoso cambio del juliano al gregoriano!

Corinna la hizo callar:

–Año Nuevo sólo se celebrará según el nuevo sistema, el uno de enero en lugar del diecinueve de diciembre. Luego seguiría la Navidad, el siete de enero...

Sophie la cortó:

–O sea, ¿celebramos primero Año Nuevo y luego Navidad?

–Ya me imagino a la cocinera trastocándolo todo. Conociéndola, seguro que nos prepara el ganso de Navidad por partida doble. Hala, hermana, toma.

Le lanzó el periódico y entró en la casa para comunicar

las novedades. Sophie ojeó las escasas páginas. El zar se encontraba de viaje por los países occidentales. En París, en Wiesbaden. El embajador japonés esperaba en vano una respuesta a la nota de su gobierno. Dejó el periódico, cerró el libro de matemáticas y se levantó pesadamente. ¿Regresaría su cuerpo a su condición natural?

La tarde siguiente entró en la cocina un niño letón del vecindario que entregó a Marja una carta dirigida a Sophie. Se marchó antes de que le diesen una propina por el recado. El sobre llevaba el cuño del Ministerio de Marina de Petersburgo. Era de Albert, explicando que había sido convocado por las altas instancias: «Iré a Jurmala en cuanto pueda. Lo siento, pero me han ordenado que guarde silencio. De todas formas, te envío un recorte de prensa que lo explica todo, cariño».

Sophie repasó la columna. Se titulaba «La cuestión de Manchuria». Junto a un pasaje, Albert había escrito con lápiz azul un signo de exclamación. Lo leyó: «A Dios gracias, en Rusia se ha abolido la servidumbre. Pero ¿qué significa eso? Significa que se necesita más territorio». Se hablaba también de la cadena nipona de islas que estrangulaban por el este el imperio de los zares, de florecientes ciudades rusas en la cuenca del Mar Amarillo y de que ningún japonés podía hacer retroceder el curso de la historia. Si aquélla era la opinión general del Imperial Sitio, era obvio que la reunión de Albert estaba relacionada con la construcción de barcos.

Esa noche Sophie estaba demasiado inquieta como para irse a dormir. Cuando todos se hubieron retirado, cubrió la ventana del baño con el paño de seda y encendió la lámpara de petróleo de pantalla roja. En ese mismo instante vislumbró la máscara encarnada que lanzaba su rostro en el espejo. Los pómulos se le acentuaban, lo que resaltaba sus ojos oscuros. El embarazo la había transformado. La cara se le había despejado y endurecido. Sus rasgos recordaban los de un ave. Parecía como si estuvieran a punto de brotarle un pico y unas patas; escamas de dragón, como en los templos amenazados de ruina de Manchuria.

De repente notó que el feto se movía. Una patada. Quizá se estuviera dando la vuelta. Sophie se volvió sin apartar la vista del rostro reflejado en el espejo. Con qué ímpetu se movía el huevo que llevaba dentro. Grande, blanco, oblongo... un día estaría en sazón... Traería al mundo una avecilla con extremidades alargadas y angulosas, con plumón y plumas en ciernes. Sus pies serían garras escamosas de cuatro garfios, uno de ellos como los espolones, vuelto hacia detrás. La nueva ave la contemplaría desde su cueva sin que ella llegase nunca a verle los ojos.

Mientras preparaba las cubetas y abría los frascos con los preparados químicos, recordó lo que había dicho el dependiente en la tienda de la calle Dvina: «Dentro del revelador hay que remover las placas para que quede todo igualado –hablaba con el cliente que tenía delante–; si no, salen unas rayas horribles». Como las estrías del embarazo, pensó Sophie enfadada mientras vertía el líquido en las cubetas.

Esa noche se había propuesto sacar de una vez la copia de una vieja fotografía, la de la mujer del vestido rojo. El negativo llevaba demasiado tiempo hecho. Lo insertó en la ampliadora y colocó debajo el tosco papel fotosensible. Comenzó entonces la exposición. Sophie volvió a tener ante sus ojos el ventanal de la iglesia, como aquella mañana de junio de hacía tres años. La leyenda del novio sin novia. Miró el reloj. Era muy importante suspender la exposición en el momento oportuno. Si la exposición duraba demasiado quedaba todo oscuro. Si se interrumpía antes de tiempo, la imagen quedaba pálida y borrosa, como una especie de embrión óptico.

Llegó el momento de apartar la pantalla roja y depositar el papel en el revelador. Sophie conocía el mecanismo químico. La emulsión atacaba las partículas de bromuro de plata afectadas en su momento por la luz. Estas partículas se transformaban en plata metálica, que adoptaba la forma de puntos negros. Y surgía la fotografía: a partir de meros fragmentos del recuerdo.

Surgieron, grises, las vergas de plomo de la vidriera, luego los pliegues del vestido. Sophie esperaba con las pinzas en la mano. Paulatinamente se fueron perfilando los rostros, las zonas más traslúcidas. En el negativo eran prácticamente negros. En cuanto se oscurecieron los ojos de la novia y se vio en la barbilla del hombre el reguero de fresa, Sophie retiró la fotografía, la enjuagó y la sumergió en la solución fijadora. Aplicaría barniz transparente y luego practicaría con una aguja unos pequeños agujeros en el cielo de cristal para que la luz lo atravesase. De ese modo, cuando se pusiese a colorearla –verde para el seto, carmesí para las fresas y escarlata para el vestido– obtendría una espléndida foto «a contraluz».

Quiso sacar otra copia más: la de una fotografía de Albert. Si no regresaba para el parto, como mínimo así lo tendría a su lado. Era una de las que habían tomado en sus paseos por Riga. Colocó el negativo, empezó la exposición, esperó. A continuación, la emulsión de revelador. Pronto aparecieron unas sombras, pero antes de llegar a distinguir nada toda la fotografía se ennegreció; sólo se podía distinguir el gran sombrero veraniego de Albert. La tiró y probó por segunda vez. Pero el papel se oscureció de tal modo en cuanto entró de nuevo en contacto con el revelador, que tampoco podía verse nada. Sólo una mancha negra bajo un sombrero gris. Agotada, Sophie se sentó en el borde de la bañera. Tenía los hombros entumecidos y le dolía la espalda de estar de pie. Giró la llave de porcelana del grifo y salió agua caliente; con el vapor se empañó el alicatado. Al cabo de un rato Sophie se desnudó y se miró al espejo. Al entrar en la bañera, el agua sobre su piel parecía un paño de seda. Se introdujo lentamente en la bañera. A medida que se llenaba, la superficie del agua le cubrió los pies, luego el vientre terso, ascendió entre las rodillas y entre los voluminosos senos. Las fotografías pendían encima de ella prendidas de un cordel, incluida la fotografía fallida de Albert, que Sophie se resistió a tirar sin más. Se deslizó más al fondo. El agua le hizo cosquillas en las orejas y le cubrió la cara. Calidez benefactora y deseos de sumergirse del todo, hasta que el agua le cubriese el pelo. Reinaba un silencio artificial. Sophie sólo notaba su pulso. Al abrir los ojos vio el contorno de su cuerpo difuminado: parecía a punto de disolverse.

*

El sol calcinaba cada mañana los senderos de arena flanqueados de gatos adormecidos y de pinos silvestres que con el bochorno parecían fundidos en plomo. «La arena clara es la nieve del verano», pensó Sophie. Se refugiaban en las casetas de madera como si fuesen grutas, se refrescaban bebiendo el lechoso jugo de abedul recolectado en mayo. Todo parecía encogido. Los senderos que se perdían en el baile de sombras ¿conducían a algún sitio? Un único carro surcaba las roderas al cabo del día; se dirigía premiosamente a la estación de Majorenhof para enviar al zar pequeños cestos repletos de fresas. Fresas rojas, dulces y jugosas que se facturaban hasta Peterhof en el expreso. Para el zar eran las mejores de todo el imperio.

Albert no estaba el día que Corinna avisó a la comadrona; fue al mediodía y demasiado pronto, como era previsible; la mujer se pasó cinco horas en la habitación contigua leyendo un libro. Todas las ventanas de la casa estaban abiertas de par en par, pero era inútil esperar que se levantase un poco de corriente. Habían mandado llamar al médico. Estaba a punto de descargar una tormenta, las moscas se hicieron inaguantables. Sophie estaba tendida en la cama, en la penumbra de la habitación. El bochorno era opresivo. Cada vez que abría los ojos veía moscas paseando sobre su camisón y las espantaba con la mano sin lograr ahuyentarlas. Se apartaban un momento trazando pequeños círculos y regresaban al mismo sitio.

Relámpagos. Parecía más cerca. Sophie notó la sábana mojada sin poder precisar si la humedad procedía de dentro o de fuera. ¿No se escurrían de su interior tiras de láminas gelatinosas? Como si no fuese su propio cuerpo, desde dentro embiste no la garra de un ave, sino una pezuña, un casco hendido primero y luego otro; algo después aparece la cabeza de un ternero de pelaje blanco y negro. Le tiemblan las suaves orejas alargadas, tiene los ojos cubiertos con una película azulada. Sophie, atónita, contempla cómo a continuación aparece el cuerpo torpe de un ternero. El animal arroja una mirada errática, circular. La comadrona lo coge y lo coloca en brazos de la madre. Es cálido y bello, aunque en ese mismo momento se posan varias moscas en su pelaje ensortijado, le tapan los ojos húmedos y el hocico rosado. Sophie se siente impotente, no ve manera de proteger a su ternero. Las moscas se posan también en la placenta. Sophie observa inmóvil cómo se cuelan en su cuerpo siguiendo el cordón umbilical. Se estremece de pánico pensando que pueda parir un monstruo. La comadrona le aplicó en la frente un paño mojado y frío, y procuraba serenarla hablando con ella: «No se agarrote, que ya está casi a punto».

Todo estaba mojado. Había roto aguas. Las contracciones eran cada vez más seguidas, pero ante sí tenía únicamente al ternerillo, las minúsculas pezuñas coceando y los ojos cuajados de moscas. Corinna cogió a su hermana de la mano y le retiró el pelo de la frente. Por fin estalló la tormenta, con rayos y truenos. Sophie sintió como si su cuerpo fuera a desgarrársele. Cuando la lluvia comenzó a caer con fuerza, por fin se relajó. La temperatura refrescó, le llegó el olor a tierra mojada de los caminos, el aroma de pino albar, igual que cuando llegaban para pasar el verano. El rumor de la lluvia se hizo más monótono. Con los párpados entornados, vio cómo crecía el nivel del mar e inundaba el huerto, las olas que cubrían la punta de los pinos mientras nadaban peces entre las ramas.

Cuando la comadrona le puso por fin a su hija en brazos, Sophie tuvo la sensación de conocerla desde tiempo inmemorial.

Juntas –así se lo imaginó Sophie– esperarían las dos a partir de ese momento, mirando cómo se deslizaban las luces y las sombras por las paredes. Horas y horas, días y noches. Lina, con todo el tiempo del mundo, dormiría sin más recuerdos que el de la persona que se inclinaría sobre ella cada vez que abriera los ojos llorando, para darle de comer o cambiarle los pañales.

El tiempo sólo se conservaba en el pasado. Sophie retrocedía a su propia infancia en el duermevela que experimentaba entre vigilia y vigilia. La buhardilla. Un horno en verano, y en invierno, gélida. Nadie la molestaba cuando se refugiaba entre las alfombras enrolladas y las cajas. Cuando la llamaban, ponía especial cuidado en no hacer ruido. Contemplaba cómo danzaban las motas de polvo bajo el sol estival, en el surco luminoso de los colores del espectro; el baile era la garantía de que la vida no cesaría nunca. Por entonces leyó la historia de una novia: en vísperas de su boda, la muchacha se pasaba en vela las cálidas noches de mayo, pendiente del canto del ruiseñor y del vestido de encaje que su abuela había encargado a la costurera. En el huerto maduraban las cerezas encarnadas, el aroma de su jugo invadía la casa y la luna lucía con esplendor su plenitud. Nada podía ser más hermoso, y sin embargo la novia no estaba contenta. Paseaba su palidez por la casa sin mostrar alegría ante el inminente acontecimiento. Su abuela le servía trufas y encargaba a la cocinera ricos guisos de pechuga de pavo. La novia tenía que lucir un aspecto sano y saludable.

Por la rendija negra había vuelto a avanzar la luz del sol hasta alcanzar el siguiente tablero. Sophie sabía ya que la luz se desplazaba porque la tierra giraba. La tierra se movía en torno al sol, la luna en torno a la tierra, y los planetas se movían en órbitas diferentes. Nadie podía decirle qué tamaño tenía el universo. Eso le agradaba. Se le antojaba que debía de ser un granero con rincones y escondrijos ignotos donde nadie osaba meterse por miedo a la oscuridad. En ese momento se abrió la puerta. Entró su primo. Había ido de visita con sus tíos y ella tenía que jugar con él, a pesar de que no lo soportaba. En cuanto pudo se escondió en el granero, pero su primo terminó encontrándola. Sophie lo miró asustada. Él se rió toscamente: «Conque te escondías aquí». Le rogó que no la delatase. Su primo se lo prometió con una condición: que le regalase una gran pistola de juguete. Luego todo fue diferente; el sitio perdió el encanto del secreto. En cuanto se marchó su primo –¿fue por culpa de él o no había notado nada antes?–, Sophie vio que el suelo estaba cubierto por un sinfín de avispas muertas. Cientos de cuerpecillos negros y amarillos; ¿de dónde habían salido? Debía de haber un avispero en el tejado. Con cautela, Sophie tocó una con la punta del dedo. Las patas negras se movieron y volvieron a agitarse. Retiró inmediatamente la mano. Luego soñó con esas intrusas. Cómo penetraban entre las vigas de madera y los tablones del tejado, cómo se colaban bajo las puertas. Antes de acostarse empezó a trazar un círculo de agua alrededor de la cama para que las avispas se ahogasen. La mademoiselle se enfadaba cada vez que Sophie vertía el agua del vaso en el suelo. Con el tiempo llegaron las primeras heladas. En el jardín encontró una mariposa azul ya inmóvil. De nada sirvió para reanimarla el calor de su cuarto. Las alas siguieron yertas, y del polvillo azulado apenas quedaba nada. Para entonces también las avispas habían muerto.

*

Volvió Albert. También volvió Ludwig, el marido de Corinna, que regresaba de un viaje de inspección por el Mar Negro. Anunció que traía un invitado, un arquitecto de Odessa con quien había trabajado.

De buena mañana la cocinera encendió el fuego de la cocina para preparar por expreso deseo de Sophie un guiso de pechuga de pavo con ciruelas; entre los utensilios anduvo la mujer picando perejil y cociendo pasteles. Cada vez que, transportadas a otro tiempo por el aroma de los fogones, entraban Sophie o Corinna en la cocina, la vieja las despachaba refunfuñando: como siguieran estorbándola no habría manera de terminar el banquete que le habían encargado.

«Sea como sea –oyó Sophie que comentaba a Corinna el joven de Odessa en la habitación contigua–, aquél es el clima ideal. No puede pedirse más. Las montañas, cuajadas de almendros, y la costa, con naranjos hasta el mismo mar.»

Su hermana dio una palmada replicando algo que Sophie no pudo oír. Lo cierto era que su voz tenía un timbre de alegría, como hacía mucho tiempo que no oía en Corinna. Estaba encantadora con aquel vestido blanco. Al joven no pareció pasarle desapercibido. Sophie estaba ocupada con los preparativos del festín, colocando copas en la mesa y sacando la vajilla del aparador. Eran gestos familiares que siempre había visto hacer a su madre; los objetos llevaban años ocupando el mismo lugar de toda la vida; sólo las personas cambiaban y aparecían en distintas épocas. Todos se habían desplazado como peonzas, girando sobre sí mismos y avanzando a la vez. Ella era la única que no se había movido del sitio.

Ludwig, moreno y con el mismo aspecto de siempre, como si por él no pasara el tiempo, entró desde el jardín acompañado de Albert.

–Es como vivir en dos mundos diferentes –comentó.

–Desde luego... –exclamó Albert–, los rusos le quitan importancia a todo.

Sophie lo miró con gesto inquisitivo:

–¿Hay novedades? Aquí vivimos tan lejos del mundo que a veces tengo la sensación de estar en otro.

–La cantinela de siempre.

La mirada de Ludwig se dirigía una y otra vez a su esposa. También él se había percatado del cambio de humor que había experimentado Corinna aquella noche.

–Te hemos traído la prensa. Estás ávida de noticias, ya lo sé –observó Albert pasándole el brazo por la cintura.

–¿Qué? ¿Somos ahora una familia? –le susurró Albert al oído. Sophie se echó a reír. Le hacía cosquillas–. ¿Y a quién dices que se parece la niña, a ti o a mí?

La cuestión parecía preocuparle. Aquella tarde, al llegar, Albert había saltado del coche cien metros antes de la puerta y había ido corriendo hasta donde estaba ella, como solía hacer Corinna, empeñado en subir al dormitorio de su hija antes que nada.

«Lina está con Marja», le había dicho Sophie reteniéndolo.

Sonaba bien. Lina. Era la primera vez que pronunciaba ese nombre delante de Albert. Resultaba lo más natural del mundo. Había dejado de ser un nombre extraño, ya estaba vinculado a aquella cosita tan pequeña.

Marja estaba sentada entre las cunas de ambos niños, velando sus sueños. Sophie levantó a la niña y la puso en los brazos de Albert. Lina rezongó un instante, luego reposó la cabeza en el hombro de Albert y siguió durmiendo, como si no hubiera posición más cómoda que la de dormir entre las manos inexpertas de su padre.

–Me parece que el sentido del espacio lo tiene bien desarrollado –observó Albert con orgullo–. Fíjate qué bien mantiene el equilibrio. Será una espléndida pareja de baile, seguro.

Sophie no supo cómo encajar aquello:

–¿Y por qué no una matemática? –añadió–. ¿O una fotógrafa?

De nuevo se oyeron las risas de Corinna y del arquitecto. Sin venir al caso, como pretendiendo obligar a su esposa y al invitado a que escuchasen, Ludwig levantó la voz:

–Acaban de aprobar un presupuesto de trece millones de rublos para reforzar Port Arthur. Si eso no es hablar claro, ya me diréis qué es. Pero en este país las tácticas dilatorias del zar resulta que son alta diplomacia. Cuando son pura provocación. En Inglaterra y Estados Unidos calculan que la guerra estallará antes de que termine el verano.

–Pero ¿tú crees que Japón se atrevería a entrar en guerra con Rusia? –Sophie se acercó a él–. ¿Un pequeño reino repartido en islas contra el enorme oso ruso?

Los dos hombres se encogieron de hombros. Sophie clavó la mirada en Albert. Pensó en aquella tarde, poco después de regresar de Italia, sentados los dos en el escritorio instalado provisionalmente en el cenador. El documento era estrictamente confidencial. Se refería a la puesta al día de la flota japonesa. Obviamente, Albert ya estaba al corriente de todo. Le asaltó un miedo desconocido. A algo que pudiese aplastarla. ¿Por qué no le había confiado nada? ¿A qué venía esa falta de franqueza? ¿No valía nada a sus ojos porque era una mujer?

–Además, hay que contar con la red de espionaje japonesa, perfecta y bien implantada en toda Rusia. –El invitado de Odessa había seguido la conversación y se les acercó–. Siguen la máxima de Confucio: «Hay que precaverse antes de que llueva».

Unos rizos pelirrojos cubrían el cuello blanco de su camisa. En Odessa debía de cautivar a todas las damas con su sonrisa arrebatadora y su esbelta planta.

Apoyada en el quicio de la puerta, Corinna preguntó al invitado si no deseaba abrir la botella de vino que había traído de tan lejos. Claro, claro, se le había olvidado completamente. La propia Corinna fue a buscar enseguida el sacacorchos.

–Johannes –Ludwig parecía más tranquilo–, ¿usted cómo interpreta lo que dice Kurino? Espere, que en el periódico viene literalmente... –Ludwig empezó a pasar las páginas.

Corinna regresó:

–Kurino... Corinna, pero ¿quién es Kurino? –Estaba orgullosa del absurdo juego de palabras que se le había ocurrido.

–El embajador japonés en Petersburgo –respondió el joven colega de Ludwig cogiendo el sacacorchos.

La sonrisa de Corinna al dárselo podía inquietar con toda razón al marido.

–Pero ¿usted cree que puede haber guerra? –preguntó Sophie al invitado.

Antes de que éste pudiese responder, intervino Ludwig:

–Aquí lo tengo, palabra por palabra. Kurino dice: «Los japoneses no deseamos una guerra. Se paga un precio demasiado alto, y aunque venciéramos no tendríamos nada que ganar. Pero tampoco podemos mantener demasiado tiempo la paz, pues corremos el riesgo de perder nuestra esencia».

–¿Qué decís? ¿Suena o no suena a guerra? –Albert miró a los presentes.

Corinna dio una palmada. Como si se tratase de una apuesta, exclamó:

–¡No digáis nada! Cogéis un papel y escribís lo que os

parezca. El sí tiene un punto a favor y el no un punto en contra. No, mejor al revés. Que no habrá guerra da el punto a favor. Después de todo, la paz es algo positivo.

Iba a levantarse para coger papel y lápiz cuando advirtió el gesto de enfado de su marido. En ese momento Marja entró con la sopa y todos se sentaron a la mesa.

–¿Y qué decía usted de una red de espionaje, Johannes?

Corinna parecía tan cautivada por el riesgo que encerraba la palabra «espionaje» como por la sonoridad del propio nombre de Johannes.

–Miles de japoneses han cambiado de identidad... Han aprendido ruso y se han convertido en cantoneses. Así tienen acceso a los ferrocarriles, llegan incluso a puntos estratégicos de la Siberia occidental.

–¿Cantoneses? –le interrumpió Sophie.

–Usan trenzas postizas o se dejan crecer el pelo como los chinos. No hay forma de distinguirlos. Como primera precaución en caso de duda, los soldados rusos hacen la prueba capilar. Estiran de la trenza, y no pocas veces se suelta.

–O sea, espías de verdad –corroboró Corinna como si pudiese distinguir entre espías de verdad y de mentira–. ¿Y conoce a alguno?

Johannes se echó a reír:

–Le aseguro que en ese caso no me tendría usted sentado en esta mesa.

Sophie, inquieta ya antes de la conversación, se retiró pronto a su dormitorio. Albert le murmuró que iría enseguida. Sophie subió los periódicos, encendió el quinqué y se sentó junto a la ventana. Los titulares no resultaban en absoluto tranquilizadores.

Al cabo de un rato, en la planta baja se sucedieron los ruidos familiares: los postigos de madera cerrándose sobre la puerta de cristal de la terraza; el susurro de los largos visillos; la colocación de botellas de cristal en las losas de la cocina; el tintineo de las copas sobre la bandeja. Poco después, el sonido de la puerta y el olor a velas apagadas y a habanos. Sophie dobló el periódico y bajó la mecha del quinqué. En la mosquitera quedaron prendidas mariposas atraídas por la luz. Eran de vientre blanco, y se asían firmemente al alambre con las pinzas de las patas. La escalera crujió. Era Albert. Por un instante Sophie se preguntó si se le ocurriría pasar por la habitación de la niña. Pero en ese momento se abrió el picaporte de la puerta. Sophie dio un respingo, asustada. No. Así pues, Albert había pasado de largo ante el dormitorio de los pequeños. Su hija todavía no lo era verdaderamente para él.

–Qué ganas tenía de volver. –Albert se sentó en el borde de la cama, junto a Sophie–. Aquí, lejos de todas partes, tiene uno la sensación de vivir en otro mundo.

A la luz del quinqué su rostro parecía más liso y menos fatigado, como si la noche borrase las arrugas y angustias del día. Sophie le acarició las sienes.

–Y yo –respondió ella en voz baja–. Yo también tenía ganas. Te sentará bien. A ti y a mí y a Lina –añadió–. ¿Vas a quedarte mucho tiempo?

Albert se aflojó el cuello de la camisa, se desanudó la corbata y se quitó los zapatos sin decir nada. Sophie se había propuesto no preguntárselo hasta la mañana siguiente, pero no pudo contenerse:

–¿De verdad crees que habrá guerra?

Albert suspiró.

–En el ministerio no dicen nada. Ya sabes lo débil que es el zar. Witte advirtió de los riesgos que suponía una guerra, y el zar lo ha echado. Los actuales asesores dan la guerra por segura. Ya sabes cómo son los asesores. El caso es que en los astilleros Newski están trabajando día y noche.

Bostezó y se desperezó, se levantó, vertió agua en la palangana del lavabo. ¿De verdad no sabía nada más o no quería inquietarla?

Sophie contempló el cuadro del zar que años atrás su padre había colgado en la pared con un marco dorado. El zar tenía un aspecto dulce y educado. Era el monarca piadoso y guapo, bienintencionado y falso, sensible y desmemoriado, entregado por encima de todo a su familia. ¿Era el padre del pueblo? ¿Un político acaso? Cuando murió su padre él tenía veintiséis años. Ni estaba preparado ni era la persona apropiada para ocupar el trono. No aportaba solidez ninguna a Rusia. Era un carácter débil con afán de notoriedad. Expansionista militante y antisemita declarado. Dios terminó siendo el eje de su vida.

Sophie apagó de un soplo la luz del quinqué, abrió la ventana y se metió en la cama junto a Albert. Bajo el reflejo celeste que por esas fechas no llegaba a desaparecer en toda la noche del horizonte, contempló la línea de sus cejas y los brazos cruzados bajo la cabeza. Su marido se dio la vuelta y sus rostros se rozaron.

«No te preocupes, Stieglitz», susurró Albert mientras le pasaba el dedo por la frente, la nariz, la boca, el cuello. Sophie no replicó. Cerró los ojos, notó su aliento en la cara y su mano en el vientre. Abrió la boca al notar los labios de él. Luego hicieron el amor. En la oscuridad la piel de Sophie se tornó un paisaje infinito. Se dilató sobre el horizonte. Hubo que llegar al extremo, al punto donde un solo paso separaba el abismo del universo, para que el nudo del miedo se deshiciera.

Unas semanas después, regresando a Riga en compañía de Lina, de Corinna y de su hijo David, de Marja y la cocinera, del cochero y de un buen número de bultos, Sophie intuyó que nunca más volvería a vivir un verano tan sosegado. Sumida en un aire transparente, la ciudad parecía cubierta por una campana de cristal. De puro sutil, el cielo parecía a punto de saltar por los aires.

¡Qué rápido pasó aquel otoño! Lo notó en la manera en que el sol calentaba, y ella, a su vez, se quedaba aterida; por los trazos con que desaparecían las bandadas de pájaros, cual ideogramas japoneses. El sol deslumbraba reflejado por el blanco cegador de las fachadas. Al cerrar los ojos las ventana se le quedaban grabadas en la pupila, en una especie de negativo rojo y negro. Por todas partes notaba una tensión extremada. ¿Dónde estaban el desenfado y el calor de los largos días del verano? Todo parecía transformado en una tensa espera que se hubiese ensartado en torno a su vida como un aro.

II

Había nevado. Eran las primeras nieves de octubre, que durante unas horas tendieron un lienzo blanco sobre la ciudad. El viento sabía a hierro.

Se imponía la tentación de salir a la calle. ¿Sería por el viento, que al levantar la primera hojarasca de los adoquines la aspiraba formando remolinos marrones y colorados, incesantes? Sophie paseaba por las calles con su cámara, deseosa de retenerlo todo en fotografías. Sólo contaba el presente, del futuro no se sabía nada. Su esperanza consistía en imprimir duración a los momentos sirviéndose de la fotografía. Las cosas son lo único que perdura. Paseos por el mercado central. Entre ásteres violetas, dalias y crisantemos, el espectro entero, desde el oro hasta el cobre. Los vendedores, cual semidioses, surgían de cintura para arriba hundidos en un mar de flores. Sophie tomó la fotografía. Luego prosiguió camino hacia la estación. Delante aguardaban los *isvotchik*, gordos y de luengas barbas, tocados con gorro negro y largo capote también negro. Tomó fotografías de los caballos, grises, castaños, negros, unos con el pelaje mustio, otros reluciente. Con el frío los recién llegados despedían vaho. Todos hacían cola entre relinchos de impaciencia y vigorosas vaharadas que salían de los tiernos ollares, resoplidos propinados contra el aire de la mañana. Llegaba el momento de sustituir las ruedas por patines y cuchillas.

–¡Eh, oiga! ¿Se puede saber qué hace?

Una voz grave retumbó cerca de ella. Sophie no levantó la vista:

–Estoy haciéndoles una foto a usted y a sus caballos.

–¿Que está haciendo fotografías a mis caballos? O sea, que los usa sin pagar siquiera un rublo.

En ese momento Sophie dirigió la máquina hacia el individuo. El *isvotchik*, exhibiendo su perilla rojiza al viento y su anguloso perfil contra el sol otoñal, se volvió hacia sus colegas entre incómodo y halagado, como si ella no existiera. Sophie prosiguió su recorrido por la orilla del Dvina, hacia el puerto y las afueras de la ciudad. La impulsaba una inquietud que no lograba explicarse. Cuanto más tiempo pasaba en la calle y más instantáneas captaba, tanto más evidente le resultaba el paso ineludible del tiempo. El tiempo era imparable.

De regreso a su casa, apenas se había quitado el abrigo, llamaron a la puerta. A continuación todo se sucedió de manera ineludible, como en los sueños: bajó la escalera y salió al umbral, donde esperaba un hombre vestido con uniforme negro e insignia imperial en la manga, el cuello de piel moteado con mínimos copos de nieve. Llevaba una carta en la mano. Procedente de Petersburgo, para Albert. Con un grueso cuño de lacre. Directamente de la corte del zar. La depositó en el recibidor, sobre la bandeja de latón donde dejaba la correspondencia de Albert. En la penumbra del zaguán la blancura del sobre era la sombra de una amenaza. En la cocina Sophie avivó las brasas del samovar, echó un poco de té de la caja plateada en el cazo de la tetera y esperó a que el agua hirviera. La esfera del reloj, irritantemente inmóvil. Hubiera sido capaz de destrozarlo, arrancar las pesas de la urna de cristal y retorcer las agujas. Sonó de nuevo la puerta de la calle. Los pasos de Albert en el parqué. En el armario, el golpe de la percha donde colgaba el abrigo. Albert se demora echando una mirada al espejo, saca un peine del bolsillo trasero del pantalón y se repasa el pelo. Se vuelve para mirar si hay correo. Ahora ha recogido la carta, la abre, la lee. No tardará en entrar y ponerle al corriente del contenido. Sophie lo escuchará en silencio, sin poder preguntar nada. Él cumplirá lo que el zar haya dispuesto y se trasladará de inmediato a Port Arthur.

¡Por Dios bendito! Sophie se levantó de un brinco. ¿Qué diantres estaba armando Marja con la niña? Aquellos lloros eran insoportables. Sophie salió en estampida de la cocina, recorrió el pasillo sin mirar a Albert y amonestó a la muchacha: «¿Se puede saber qué haces? ¿No oyes que no para de berrear?».

Marja se retiró atemorizada. Sophie levantó a su hija de la mesa donde le estaban cambiando los pañales, la acurrucó entre sus brazos y besó el minúsculo lóbulo rosa de su oreja para calmar su rabia. Con un gesto indicó a Marja que podía retirarse.

Lina fue tranquilizándose gracias a los arrullos de Sophie. Se limitaba a llorar bajito, como hubiera deseado llorar su madre.

Cuando Albert entró con la carta en la mano, Sophie había logrado sobreponerse. Preguntó con serenidad lo único que en ese momento le interesaba:

–¿Cuándo te marchas?

Albert no sabía cómo consolarla. Era evidente el esfuerzo que estaba haciendo por dominarse.

–Tienes que entenderlo. Tienes que ser racional. El dique seco depende de mi grúa de pontones. Me marcharé dentro de dos semanas.

Sophie tenía la mirada suspendida en el infinito. Pasó los

labios por el pelo rubio de la niña. Sintió la calidez de su aliento. Estaba serena, desde luego. Había logrado dominarse totalmente. ¿Qué se suponía que debía hacer? ¿Echarse a llorar? Pues no, que no le vinieran con monsergas. ¿Acaso no había sido siempre independiente y estaba acostumbrada a resolver sola sus problemas? Grúa de pontones. Grulla pontonera. Pontón grullero. Grulla pontonera. Pobres grullas.

–O sea, que la famosa grulla –espetó para desconcierto de su marido– ha alzado el vuelo, ¿no?

Estaba completamente sola y se bastaba a sí misma. Ya se había deshecho de él y se había vuelto intocable. ¿Quién era ese hombre? Menos mal que había sabido volver enseguida a su mundo, al universo que ahora también incluía a Lina. La niña, calmada del todo, se le había dormido en el hombro.

–Me acompañarás en cuanto sea posible.

El eco de esas palabras se le incrustó en la cabeza. La nieve debía de haber dado paso a la lluvia. Las gotas chocaban ruidosamente contra los cristales. Parecía como si un perro corriese sobre el parqué. En cuanto fuera posible. Tendría que tapar los rosales del jardín, tendría que tapar las ventanas del cenador. Tendría que ocuparse de todo ella sola. En cuanto fuera posible. En cuanto fuera posible. Albert la miraba como si esperase una respuesta.

III

A partir de entonces Sophie se sobresaltaba cada vez que oía el timbre de la puerta. Aunque esa vez sólo era Corinna. Venía sin aliento, con el rostro extrañamente sonrojado, luciendo la estola de zorro plateado. Pasaba de visita.

–¡Mira, mira! –exclamó–. Tres empleados alemanes de la oficina de correos de Tietsin y un cartero chino han enviado una tarjeta para celebrar el primer envío postal que ha recorrido Siberia entera. –Corinna, adoptando la pose de un heraldo medieval, se lanzó a declamar–: ¡De Levante a Poniente, de Poniente a Levante! La gran obra se consumó. Bastó pensarlo y a nuestra casa nos llevó. Levante y Poniente cantan su talante: ¡Vivan los trenes y el correo que nos comunicó!

Sophie no estaba de humor para bromas.

–¿Son o no son auténticos poetas? –añadió Corinna–. Creí que la noticia te daría ánimos. Figúrate, cuando Albert esté en China podréis escribiros. Pero –extrajo un paquete de su bolso– traigo otra cosa... Venga, ábrelo, tengo ganas de ver cómo te queda.

Mientras lo abría Sophie la observó de soslayo. ¿Qué le pasaba a su hermana? Del envoltorio surgió un quimono de seda verde bordado con flores rojas y doradas.

–¿Te gusta? Ahora está de moda todo lo japonés. En el hotel Metropol hay hasta ceremonias del té según la costumbre japonesa. Yo ya me he comprado unas zapatillas de seda y también té verde.

Sophie se puso la prenda y se miró al espejo. Descubrió ante sí a una extraña que la miraba. De niña se disfrazaba con los vestidos de lentejuelas de su madre y se ponía sus largos guantes de noche. La imagen que vio en el espejo le infundió temor. Era miedo ante el imperativo de tener que elegir, ante cualquier fijación definitiva de las cosas. Nunca había dejado de pensar que quizá había otras vidas diferentes; cada cual podría meterse en ellas como quien se cambia de ropa. Tuvo buen cuidado de que su hermana no notase su turbación. Se dio rápidamente la vuelta:

–Te tiene que haber costado un dineral, Corinna. ¡Es precioso!

Su hermana, apoltronada en la butaca, cogió una manzana de la fuente que había encima de la mesa.

–¿No me invitas a nada? ¿Ni a una copa de vino? –observó en un tono que no dejaba lugar a dudas sobre el concepto que tenía de su hermana como anfitriona.

Sophie fue en busca de unas copas, sirvió vino tinto y cortó un trozo del pastel que tenía preparado para Albert. Corinna se bebió el vino con un desasosiego poco común y Sophie volvió a llenarle la copa. Ensimismada, su hermana giró el pie de la copa entre sus dedos. De repente soltó:

–Me he enamorado.

Sophie intuyó de quién se trataba. El joven arquitecto de Odessa, que tan buena impresión había causado a su hermana.

–Lo nuestro es una relación en toda regla.

–¿Y Ludwig sabe algo?

Corinna negó con la cabeza y exclamó repentinamente con un hilo de voz:

–¿Qué puedo hacer?

Sophie se sentó contra el respaldo de la butaca de su hermana, como en otros tiempos. Notó que Corinna estaba a punto de llorar. Le acarició el pelo. Siguieron sentadas en silencio. Era como si alguien hubiese cortado la línea del horizonte por cada extremo, pensó Sophie. Por sencillas que fuesen, todas las cosas adquirían una dimensión insólita. Las palabras que debían servir para nombrarlas se volvían densas y pesadas, estorbaban, se resistían a ser utilizadas.

Aparentemente, el objetivo de su cámara podía captar cada cosa por separado y con su aureola de luz: matrimonio, familia, hogar, dicha. Sophie se vio a sí misma y a Albert, a Corinna y a Ludwig. Todo le parecía trasladado a una dimensión inasible. ¿Acaso Albert no iba también a marcharse y a dejarla sola?

Siguió los pasos de su hermana desde la ventana. Notó el frío del cristal en la frente. En la habitación contigua, Marja jugaba con la niña. Bien estaba. Lina también tenía que habituarse a la niñera en lugar de depender tanto de su madre. No había nada peor que la dependencia. En días como aquél Sophie tenía la sensación de ver cómo se transformaban las cosas a su alrededor. Cosas que hasta entonces jamás se habían movido, pero que se habían ido transformando en un proceso lento, casi invisible. De un momento a otro podía cambiar todo, el sosiego podría tornarse inquietud, la alegría, angustia.

Un pájaro dio unos brincos en el jardín dejando su impronta en la nieve. Las huellas empezaban en un punto y terminaban donde había arrancado a volar. *Déjà vu, dejà vu.* Eran signos de una lengua que continuamente intentaba leer. Sophie se daba cuenta de que lo importante era dejar que las cosas siguieran su curso. Causas y efectos no guardaban relación entre sí. Quizá estuviese también fijado de antemano el lugar donde se cruzarían las huellas de todos ellos o donde terminarían de repente. Únicamente les quedaba recorrer el camino hasta el punto en cuestión.

IV

Pasaron los días que faltaban para que Albert se marchase. La mañana del último Sophie se despertó, observó el rostro de su marido en la penumbra que creaban las cortinas verde mar, un rostro de niño desconocido. Aunque tampoco deseaba conocerlo mejor. Se enfundó el albornoz y notando el frío de las baldosas caminó descalza hasta el mirador; abrió las ventanas y se acurrucó en la silla de mimbre. La neblina, esponjosa, era un velo sutil que se posaba por todas partes; notó cómo se le humedecía el pelo y los rizos adquirían una grávida consistencia. Cuando entró en el comedor, Albert ya estaba desayunando. Sophie cogió la tetera que llevaba la criada en la mano y sirvió el té ella misma.

«¿Te interesa saber qué viene hoy en la sección Nacional/Extremo Oriente?», fueron las primeras palabras de su marido.

«¿Y para qué? –pensó Sophie–. Albert no va a dejar de ir.» Pero él ya había empezado a leérselas: «Hoy se sostiene que no habrá guerra. Ayer, que la guerra era inevitable. Mañana probablemente la opinión dominante será que nos hallamos en vísperas de una conflagración con el Japón. –Sin ocultar su malestar, Albert dobló el periódico–. Los rusos insisten en que todo son habladurías de la prensa extranjera, atizadas por el capital inglés y el estadounidense, como todo el mundo debiera saber».

Sophie guardaba silencio. Cuando se despidieron con un abrazo, se vio a sí misma besándolo, susurrándole inútiles recomendaciones: «Cuídate. Ve con mil ojos». O bien: «Mira que ya te echo de menos». Sentía que su vida había alcanzado aquel valor preciso de *x* donde los valores de *y* quedaban fuera de control. Un campo inesperadamente abierto. Un margen de posibilidades nunca imaginadas hasta el momento. La situación contenía todos los giros posibles. Alivio. Miedo.

Desde el piso de arriba, observó cómo Albert subía a la calesa, se asomaba antes de partir y se despedía de ella con la mano. En un instante se perdieron de vista coche y caballos. El hueco se llenó con los crisantemos del mercado de noviembre. Soles oscuros. Aroma acre que se unía al sentimiento de la despedida.

Sophie recogió mecánicamente los trastos del desayuno, los platos y las tazas, aquellos pequeños satélites cuyas órbitas giraban alrededor de su vida. Guardó el pan y la miel. Gestos habituales que le serían de ayuda. Gestos ajenos al sueño y a la vigilia, emancipados entre ambos reinos, naturales de esa tierra de nadie; naturales de ese mundo como los pájaros con los que tropieza la vista sin pensárselo; siluetas oscuras, sin detalles. Formaban parte de ella, al igual que su piel.

Llevó a la mesa el atlas encuadernado en piel con inscripciones doradas que tantas veces había consultado, el viejo Atlas Andrée publicado en Leipzig; abrió la página doble dedicada al imperio ruso y recorrió con el dedo la distancia que mediaba entre Petersburgo y Moscú, luego la línea férrea hasta los Urales, el trayecto entre Omsk e Irkutsk y el lago Baikal; de ahí cruzó Manchuria hacia el sur en dirección a Harbin, Mudken y la península de Liao Tung hasta el Mar Amarillo. En el extremo se encontraba Port Arthur, al este del golfo de Tientsin, cerca de Pekín, enfrente de Corea. Allí, como en Venecia, cuando saliese el sol el mar debía de ser un espejo rojo.

Aquel día el sol aún se dejó ver como un resplandor lechoso por entre la cortina de niebla, como si hubieran bordado unos hilos de oro en el centro de un suave lienzo blanco; Sophie llevaba a su hija de paseo en el cochecito de mimbre, por los senderos resbaladizos del parque Woehrmann... ¿Quién podía saber a qué edad empezaba la capacidad de recordar cosas? Quizá Lina se acordase alguna vez de ese día... Un columpio se balanceaba atrás y adelante como si lo empujase una mano fantasma; acababa de soltarlo un niño que ya se había perdido de vista, únicamente quedaba el puro movimiento. Como si el movimiento tuviera que continuar y lo invisible tuviese que hacerse visible, Sophie compró en la papelería un diario importado de Japón que se cerraba con una cinta y una caña de bambú. El forro de color naranja tenía un tacto áspero. Las hojas, sueltas, eran de delicado papel de arroz y estaban hechas a mano. Escribió:

Los días me resultan como leones que nos atacan con las mandíbulas desencajadas... Y corremos el peligro de hundirnos en esas fauces rojas y negras; el torbellino es tan fuerte... sin nada que nos proteja. ¡Ay, si las franjas de tela que somos todos pudieran coserse y pudiésemos formar la carpa de un circo! Una carpa blanca y roja con acróbatas haciendo cabriolas en el interior. Así podríamos domesticar a los leones, encerrar el tiempo en ese redondel oscuro con el aire enrarecido, olor a arena y hedor a fiera, así un día tras otro.

Sophie cogió la hoja –su tacto era de hojarasca húmeda, parecía absorber directamente la luz–, la colocó junto a las que estaban aún en blanco dentro de la carpeta y ató la cinta con la caña de bambú. A partir de entonces las hojas se irían juntando, irían acumulándose los renglones verdiazules que escribiera con su letra puntiaguda. Más reales que el presente, fotografías fieles de su mente.

V

El dormitorio estaba prácticamente a oscuras. Sólo el espejo del armario reflejaba las últimas luces del crepúsculo. Sophie estaba tumbada en la cama. Hacía semanas que había dejado de contemplar desde aquel mismo sitio a Albert escogiendo traje y corbata, vistiéndose, colocándose los gemelos, enfundándose finalmente chaleco y americana, retocándose el peinado, guardándose el reloj de oro en el bolsillo del chaleco y dirigiéndose por fin hacia ella para darle un beso: «Hasta la noche, cariño». ¿Quién era aquel ser extraño que tan cerca había tenido? Cada vez parecía más inconcebible que les uniera algo.

La madera oscura del pie y la cabecera del lecho matrimonial se reflejaba en el espejo cual animal antediluviano posado en el fondo del mar. Su rostro en el cristal, cada vez más diminuto, una isla súbitamente absorbida hasta el interior de un buque por cuyos flancos metálicos, agujereados, el agua penetraba a raudales. Hacía tiempo que no tocaba fondo, flotaba pasando junto a grandes cajones cuyo peso los mantenía inmóviles en el fondo entre los restos del naufragio. Aunque al cabo de poco tiempo todo flotaría ingrávido. Cientos de aves de alas fláccidas y grises lograron levantar el vuelo de la cubierta donde habían estado pegadas. Como si se hubiesen puesto previamente de acuerdo, todas se encaminaron hacia la salida para dirigir sus ojos saltones hacia Sophie. Ella quiso chillar, pero no pudo emitir ningún sonido. Se vio impotente en medio de la caterva gris y se desplomó hacia atrás para caer deslizándose en el agua. No notó el frío que reinaba en el exterior del barco; sólo vio cómo se cerraba el mundo por encima de ella con unas olas que parecían de gelatina.

En el reloj del pasillo sonaron cuatro tenues campanadas. De la lejana calle llegó un trote de caballos. Pasó una calesa, cesó el ruido. Pero ¿todo aquello era real? Sophie buscaba una medida con la que contar el tiempo que había entre ella y Albert. Riga y Port Arthur. Tiempo por partida doble. La vida de Albert discurría medio día antes que la de ella. Cuando en un lugar era de noche en el otro aún era de día, cuando en uno oscurecía en el otro estaba a punto de amanecer... como si un gigantesco fotógrafo fuese trabajando alternativamente con ambas mitades del mundo.

Tenía la sensación de estar entrando continuamente en escena justo en el instante en que la luz caía sobre la otra parte del mundo. Una vida en penumbra constante, donde habían desaparecido los colores y donde todos los objetos habían perdido el contorno que les correspondía. Sophie parecía ser el único habitante de la zona oscura, mientras que todos los demás habían logrado llegar a tiempo a la luminosa. No acababa de decidirse a cambiar de lado. ¿No se había propuesto seguir su propio camino? Pero cuánto frío llegaba a pasar. Era inútil taparse con una manta de lana. El frío venía de adentro.

Por fin llegaron noticias de Albert. Un paquete entero de sobres pulcramente atado con un cordel; todos de golpe, aunque la última carta estaba fechada en Port Arthur. Su marido había ido escribiendo a lo largo del recorrido, pero

¿por qué llegaban todas las cartas a la vez? ¿Las habrían ido juntando en el propio tren hasta llegar a Mukden, para allí facturarlas, acumulando así el retraso del regreso a las semanas transcurridas en la ida?

«Querida Sophie –decía Albert en una carta–, conviértete en mi Roger Fenton y ven conmigo. Mientras yo trabaje tú sacarás tus fotografías.» En su última carta le contaba que le había buscado un guía manchú; se llamaba Tung, aunque el nombre se pronunciaba Tong. Le enviaba un retrato de él, obra de un japonés, por cierto. Sophie buscó en vano el dibujo. Seguramente Albert había olvidado meterlo en el sobre. Lo que más le importaba lo repetía en cada carta: «Ven conmigo».

Sophie juntó las cartas y volvió a atarlas cuidadosamente formando un paquete. Se le fueron los ojos a la mesa del cuarto de estar. Encima habían quedado las estrellas de paja, las guirnaldas de celofán de colores, la cola y las tijeras abiertas, formando una X plateada. En medio, una de las noticias que había recortado del periódico: «La expulsión de los japoneses de las inmediaciones del ferrocarril de Manchuria ha sido ejecutada de manera tajante. No se descartan represalias por parte nipona».

VI

–Querida hija –el padre de Sophie carraspeó y la cogió del brazo mientras caminaban–, tendrías que sentar cabeza y ver qué haces con tu vida.

¿Cómo se las ingeniaban para que las conversaciones con su padre tomasen siempre el mismo giro? Entre ellos nunca había ocasión para una conversación tranquila. Sophie notaba en su brazo el peso del cuerpo del padre. El hombre caminaba inseguro sobre la nieve helada.

–No olvides que Lina depende completamente de ti. Albert sabe lo que quiere. Es un hombre y se las puede apañar sin ti.

Estaban dando el clásico paseo de la sobremesa de los domingos, antes del café, tan familiar desde la más tierna infancia. Era un día brumoso de finales de diciembre.

–Imagínate que empieza una guerra.

–Pero, padre, en primer lugar, en eso ya he pensado. En segundo lugar, aún no lo tengo del todo decidido. Y en tercer lugar, me parece que Corinna tiene razón cuando dice que ese viaje sería un momento culminante de mi vida. A fin de cuentas, lo mío no es convertirme en ama de casa.

Su padre negó con la cabeza:

–Ya sabes lo que piensa tu madre a ese respecto. Que...

–Padre, por favor –le interrumpió Sophie.

–Quizá hubiese sido mejor hacer ese viaje hace unos años, con míster Ashton.

–O haber seguido dando clases en el Politécnico –replicó Sophie contundentemente.

Su padre guardó silencio. Sin haber hablado nunca abiertamente del particular, algunos comentarios habían hecho ver a Sophie que su padre había intervenido en su despido. Prosiguieron camino sin cruzar palabra. Al rato, Sophie levantó la cámara.

–Aquí me gustaría hacer la fotografía. Con los tres abedules y el río al fondo.

Su padre la esperó mientras ella llevaba el trípode hasta el terraplén del río. Las hierbas resecas del verano estaban heladas y las espigas negras formaban un sugestivo contraste con la nieve. La silueta oscura del padre de Sophie ante la superficie blanca, los troncos blanquinegros de los abedules. Era sorprendente comprobar cómo la cámara siempre permitía salirse de una situación. En ese instante el sol salió por detrás de una nube e hizo brillar el río, transformando la turbia bruma invernal en hilachas plateadas. Los reflejos ascendieron por el terraplén del río, la corteza de los abedules y el abrigo oscuro del padre, constituyendo el conjunto un único plano en el reflejo de la luz. Sophie, involuntariamente, volvió a ver el cabrilleo del Sena durante su luna de miel, paseando descalzos los dos, taza en mano, por la hierba aún húmeda del rocío junto al río. La máquina perpetua de Albert. Volvió a mirar por el objetivo. Su padre esperaba pacientemente a que le hiciese el retrato. La expresión de su rostro revelaba un cansancio nuevo en él. Apostada tras la cámara, la hija sintió poco menos que pena. ¿Cómo reaccionaría si le dijera que en aquel instante acaba de tomar la decisión de partir de viaje y reunirse con Albert?

*

Había que pensar en muchas cosas: comprar los billetes, reservar un departamento de primera clase, pedir las cartas de presentación que pudiesen hacer falta en las vicisitudes de tres semanas de viaje, solicitar el permiso para llevar equipo fotográfico. Sin una autorización expresa le podían decomisar las cámaras. Había que aprovisionarse de placas. Desmontó cuidadosamente la cámara oscura, envolvió cada componente y lo envió todo por anticipado. Tenía que acordarse del catalejo de Albert y del pantógrafo que le había pedido. Comprar regalos para la señora de la misión danesa. El abrigo de piel, vestidos de verano, libros. El mundo entero convertido en un baúl, la tapa azul del cielo acogiendo en su seno un paisaje bien estibado.

Hubo un encargo de Albert que tuvo desconcertada a Sophie durante unos días: no debía olvidarse de incluir en el equipaje ciertos dibujos que bajo ningún concepto debía enviar por correo, pues eran originales y de ningún modo podían extraviarse. Ya sabía ella a cuáles se refería –indicaba Albert en una carta–: aquellos de su estudio, tiesos como palos de escoba y pesados como ladrillos. Por supuesto, ahora sus manos ya no le estorbarían, le decía, pero también debían quedar al margen –y aprovechaba para anunciarle su llegada– las de la persona que llegaría del Real Sitio.

Finalmente Sophie cayó en la cuenta de lo que quería Albert. Pero ¿por qué no le decía simple y llanamente: «Haz el favor de traer los negativos de mis proyectos, pero no los planos»? En efecto, al día siguiente se presentó una persona del ministerio cargada con voluminosos legajos. El funcionario encareció a Sophie a que preservase el secreto a toda costa: «Bajo ningún concepto se separe usted de estos documentos hasta que llegue a Port Arthur».

Sophie fotografió toda la documentación sin darle mayor importancia. Luego reveló las películas y guardó los negativos en una cartera de piel. Continuó haciendo el equipaje entre ideas dispersas. Desde la visita de míster Ashton cuatro años atrás había soñado con un viaje como el que estaba a punto de emprender. Había sueños que se hacían realidad. Otros no dejaban de flotar inasibles entre el deseo y la intuición, como imágenes en un estanque oscuro.

Una noche soñó que le robaban la cartera. Se despertó y se levantó inquieta de la cama. Todo estaba como lo había dejado. Pero ¿qué ocurriría en el viaje? ¿No daba a entender la cartera que contenía documentos de importancia? Buscó algo mejor por la habitación. Desde la repisa sus siete *matrushkas* la miraban con ojos negros y redondos. Como le ocurría siempre, Sophie sintió que le reprochaban algo. El mismo día que le regalaron el juego de muñecas encajables se le perdió la pequeñita, que provocaba el triquitraque del interior. Su madre se había enfadado mucho y le había recriminado que nunca podían confiarle nada de valor. Sophie echó las culpas a la mayor de las siete muñecas, una gordinflona tocada con un pañuelo de rosas rojas; estaba convencida de que en un descuido había engullido a la pequeña. Las muñecas continuaban ocupando un lugar de honor porque constituían un delicado trabajo de talla, obra de un ebanista kirguís. Quizá había llegado la hora de darles una función. Sophie cogió la segunda y abrió la junta que la partía en dos por la barriga. El hueco que había en su interior era bastante grande. Cabían varios rollos de negativos. Sophie sacó las películas de la cartera, las enrolló apretándolas cuanto pudo y las embutió en el vientre de la muñeca. «Ahí vas, preñada de negativos», pensó. Luego cogió la más vieja, la desenroscó, metió dentro la muñeca preñada y volvió a colocar la parte superior, la del rostro monitorio, en su lugar.

«¡No me mires así!», dijo Sophie mientras daba otra vuelta a la pieza, giraba la cara de la muñeca hacia atrás y provocaba una pequeña grieta en el pañuelo de rosas rojas que ahora le caía sobre el pecho. A nadie se le ocurriría pensar que dentro iban documentos importantes.

–Hermana, mira qué sorpresa te traigo.

Corinna había entrado sin que Sophie lo advirtiera. Eso la ponía de mal humor.

–¿Será posible que andes siempre con ese sigilo?

–Pero hija, si te he avisado. Eres tú quien últimamente estás en la luna. Así preocupas a cualquiera. ¿Cómo vas a superar un viaje como el que te espera? Tienes que cuidarte bien y prestar más atención. Por eso te he comprado esto. Pero prefiero no dejártelo debajo del árbol de Navidad.

Corinna le enseñó entonces un paquetito envuelto en papel gris que ocultaba tras la espalda.

–¿Y esto qué significa? –Sophie tenía la voz enronquecida.

–Míralo tú misma. Pero ¡no te enfades de buenas a primeras!

Corinna le dio el paquete. Dentro había algo duro. Era una pistola. Pequeña y negra, con la empuñadura de nácar. En la mano tenía el mismo aspecto que la de juguete que un día hubo de conseguirle a su primo para que guardase silencio.

–La necesitas. ¿Cómo si no vas a defenderte si os atacan? –se apresuró a puntualizar su hermana–. Y esta tarde empezamos las prácticas de tiro.

Sophie miró estupefacta el artefacto que tenía en la mano. Aquel día del granero –según se dio cuenta más adelante– había terminado para ella la infancia... La infancia pura e inocente, la que nada sabe de sí misma ni puede repetirse. Conque prácticas de tiro... Desde luego, Corinna tenía un talento especial para realzar la vena dramática de todo.

–¿No estará cargada?

–No, desde luego. –Corinna se echó a reír–. Pero hay tiempo para todo. Bueno, ya sabes, esta tarde. Que no se te olvide.

Sophie contempló el arma con aprensión. Era ligera y manejable. Apuntó hacia la vitrina donde guardaba la vajilla que le regalaron por la boda, hacia la piel de oso que había en el suelo y hacia el espejo; luego dirigió el cañón hacia su frente.

–Pero ¿qué estás haciendo?

La madre de Sophie apareció en la habitación por detrás de ella. Por un instante las cabezas de ambas quedaron fijas en el espejo, formando un sorprendente duplicado. Sophie apretó el gatillo. Se produjo un leve chasquido. Se volvió hacia su madre:

–Corinna está convencida de que tengo que aprender a usar pistola.

–Me parece una idea espléndida. Me quedaría mucho más tranquila sabiendo que llevas una.

«Con lo que vienes a decirme –pensó Sophie– que al menos quedas eximida de toda responsabilidad y no necesitas preocuparte, ¿no es verdad, *chère maman*?» Pero no lo articuló en palabras. Su madre habría rechazado enérgicamente cualquier ocurrencia de ese estilo.

–Sobre todo no se agarrote. Procure respirar hondo y verá cómo deja de temblarle la mano.

El joven le colocó enérgicamente la mano en el brazo intentando inspirarle calma. Se acercó tanto a Sophie que ella pudo distinguir los puntos marrones que salpicaban el verde de sus ojos.

–Vamos, que se me quedan los pies helados –exclamó Corinna desde detrás.

–¿Preparada? –El joven miró a Sophie; por debajo del gorro de piel asomaban sus rizos pelirrojos. Ella asintió con la cabeza y él retrocedió un paso–. Pues adelante.

Sophie levantó el brazo y apuntó al abedul central del conjunto de tres donde el amigo de Corinna había colocado un papel rojo. Apretó el gatillo. El disparo restalló de tal modo que ella misma se asustó. Enseguida vio cómo Corinna salía corriendo hacia el abedul para comprobar el estado del papel. Hacía sólo unos días que Sophie se había apostado tras la cámara en ese mismo lugar para fotografiar a su padre. Por un instante ambas imágenes, la del recuerdo y la del presente, parecieron fundirse en una sola instantánea. La bala había dado a su padre en pleno corazón. Acierto en el remo.

–No está nada mal, hermana. La última ha hecho impacto al lado mismo del papel. Aprendes deprisa. –Corinna regresaba sin aliento–. Ahora me toca a mí. Después de todo, la idea ha sido mía.

Sophie le dio la pistola. El joven arquitecto de Odessa cargó el arma. Corinna la cogió con una sonrisa resplandeciente. Sophie notó un escalofrío por la espalda. ¿Cómo acabaría aquella historia?

*

Cuando ya se hubo ido toda la familia, Sophie cogió a su hija de los brazos de Marja y se sentó con ella en el sofá. Lo había preparado todo previamente: el diafragma colocado en el punto de apertura adecuado, el tiempo de iluminación calculado y la paleta del flash ajustada al instrumento. Todo estaba listo. Finalmente cogió a su hija, que la miró con ojos muy serios, y tras haberse sentado con ella en el sofá, disparó la fotografía.

El viaje

Riga-Port Arthur, 1904

I

El sol de enero reverberaba en las superficies heladas. Olas congeladas en pleno movimiento; las delicadas espigas grises de los juncales se mecían al viento en la orilla. En el otro extremo del departamento viajaba una niña de unos siete años. Las trenzas rubias le caían sobre un vestido rojo con estampado de lunares; junto a ella tenía su muñeca, vestida igual pero de color azul. En Riga la había acompañado al tren una señora mayor vestida con abrigo de pieles, instándola a que no bajara hasta la estación de Sigulda, donde la recogería su abuela. En ese momento la niña se estaba comiendo un bocadillo de queso mientras miraba por la ventana con expresión seria, como haría un adulto. Sophie tuvo la súbita sensación de que no hacía tanto tiempo ella misma había sido una niña como aquélla.

Aunque conocía el hotel porque ya antes se había alojado en él, al entrar en la habitación le dio la impresión de verlo por vez primera. Al cerrar la puerta de la habitación la lámpara de brazos se meció y con ella giró la luz por las paredes. ¿Había estado siempre tan deslucido? ¿O le habían dado una habitación de las peores porque era mujer y viajaba sola? Tenía que quedarse un día entero en San Petersburgo. Hasta última hora no acudiría Tung, el chino que había contratado Albert para acompañarla en el viaje. Sophie anduvo sin rumbo por las calles; finalmente recorrió la del Teatro, flanqueada por sendos edificios alargados y similares del italiano Rossi, entre el Teatro Alexandrinski al norte y la plazuela del muelle de Fontanka. Las calles estaban impolutas y blancas por la nieve recién caída. Veía las siluetas oscuras de los transeúntes acuciados, mudos, sobre el fondo de los grandes portales, como en una película.

En las carteleras del Teatro Meriyinski había un cartel de Leon Bakst anunciando un ballet ruso, el cuento *El caballito jorobado*. Cuando Lina fuese mayor la llevaría al ballet. En una juguetería de las Galerías Petersburgo compró un dragón de papel de vistosos colores y se lo regaló a un niño desharrapado que la seguía desde hacía un rato.

Anduvo luego junto al río, cubierto de un hielo gris, azotado por el viento y la nieve. En el lecho, embutidos en gruesos abrigos de piel, había unos hombres pescando con caña por los agujeros que habían practicado en la capa de hielo. A lo lejos se distinguían el puerto y la desembocadura. Apenas se divisaban los mástiles y los brazos de las grúas; la niebla había engullido la fortaleza de Kronstadt. En los astilleros había estado con Albert una o dos veces. La flota del Báltico. El pequeño acorazado *Aurora*. En aquel lugar había gente que conocía a Albert.

Media hora antes del momento convenido Sophie esperaba en el vestíbulo del hotel. Los espejos, enmarcados en cornucopias de oro, reflejaban columnas, fuentes y palmeras con desconcertante prolijidad.

«Lady Utzon? My name is Tung.»

Sophie se estremeció asustada. No lo había visto llegar. Tenía súbitamente ante sí a un joven de aspecto frágil que le dedicaba una reverencia tan marcada que Sophie pudo ver desde arriba el dragón de plata que llevaba bordado en el gorro de seda. Sophie bajó la mirada y se inclinó también, siguiendo a rajatabla el código chino de cortesía, tal y como le habían enseñado. Los pantalones de color ciruela del hombre estaban atados por abajo con un cordón de fieltro negro. Al incorporarse Sophie, Tung le hizo una nueva reverencia. El extremo de su trenza, negra como el tizón, le rozaba los zapatos. «Recuerde que se vería degradada si el individuo tuviera que mirarle directamente a los ojos –la había aleccionado Johannes, el arquitecto de Corinna–. En China sobre todo, tiene que hacer acopio de paciencia.» Sophie se irguió definitivamente. Después de todo aún no habían llegado a China.

«Viajaremos juntos a partir de Moscú. Antes tengo que resolver otro asunto –dijo el joven en un inglés casi perfecto. Volvió a hacer una reverencia–. My pleasure to be at your service.»

Al verlo salir por la puerta giratoria del hotel, Sophie experimentó una sensación de alivio. La trenza le brincaba de un lado a otro de la cintura. Siendo así, ¿por qué no habían concertado la cita directamente en Moscú? Tampoco tenía sentido dar más vueltas al tema en aquellos momentos. Sophie era incapaz de recordar los rasgos del rostro del joven chino; en todo momento había mirado hacia abajo. Una sensación incómoda, en cualquier caso. Siguiendo un impulso espontáneo, Sophie se dio la vuelta y en lugar de dirigirse a la habitación tomó el camino del bar del hotel, situado detrás de una cristalera. Era su última noche. Se sorprendió a sí misma añadiendo mentalmente «en una sociedad civilizada». Le apetecía distraerse. Durante el viaje de novios, en otros tiempos, cada noche se tomaban una grappa antes de irse a dormir.

«Una grappa, por favor», pidió en la barra levantando la voz un poco más de lo debido.

El camarero asintió y cogió una botella de una repisa rodeada de espejos. Las mesas estaban ocupadas. Tras un momento de duda Sophie acercó uno de los taburetes tapizados y, sujetándose firmemente en la barra, se acomodó en el asiento. «¿Y qué pasa?», pensó con rebeldía al descubrir la mirada sorprendida del hombre que tenía al lado, quien dejó caer el monóculo con ánimo de contemplarla más detenidamente. Ya podía sorprenderle lo poco habitual de su actitud, porque ¿acaso su situación era tan normal?

–¿De verdad tiene intención de ir al país de los micos?

La sorprendida era ahora Sophie:

–¿Cómo dice? ¿Al país de los micos?

–A Japón, digo. Los japoneses descienden del mono. ¿No lo sabía? En el siglo cuarto embarrancó en la isla un barco cargado de micos amarillos, o sea, los antepasados de los habitantes actuales.

–Por lo que me dice, usted debe de ser un darwinista rematado.

El hombre se echó a reír. En su enorme boca brillaron varios dientes de oro. A juzgar por su tez cetrina debía de ser francés, aunque bien podía ser italiano. Al menos parecía tener sentido del humor.

–No cabe duda –prosiguió Sophie–, tanto la especie humana, japoneses incluidos, como los primates comparten unos mismos ancestros. Con todo, creo que el calendario evolutivo que usted maneja es un poco corto.

El camarero le sirvió una copa llena a rebosar. Era imposible beber sin verter nada.

–Ajá, conque le gusta la polémica. Bravo, muy bien... Verá usted... Es que es así. En el caso de los japoneses el período evolutivo es, en efecto, extremadamente corto. De lo que se deriva única y exclusivamente una conclusión: no registran una evolución particularmente intensa. Usted no recordará cierto incidente que ocurrió hace unos años, pero es sobradamente conocido.

Sophie lo interrogó con la mirada. Daba breves sorbos a la copa. El aguardiente le ardía en la lengua, dejando a su paso el sabor agridulce que tanto le agradaba.

–Cuando el zar, nuestro Nicky, aún era el heredero hizo un periplo por Extremo Oriente que incluyó una escala en Tokio. Un día que lo paseaban en silla de manos entre la muchedumbre estupefacta, uno de esos macacos lo atacó por la espalda con una espada samurai. Lo cierto es que no pasó nada y que él reaccionó con grandes dotes de diplomacia. Pero desde entonces odia a los japoneses. Y con razón, le diré si me pide la opinión. –Sophie recordaba el percance de manera muy imprecisa–. Sabrá usted qué es el arqueópterix –dijo a Sophie su compañero de barra, quien arrimaba cada vez más su asiento–. Un pájaro con rabo de reptil que se encontró en Baviera en mil ochocientos sesenta y uno. Hace cuarenta años, vaya. Pues a este paso no debe de faltar mucho para que se descubra el individuo de la especie humana con rabo de macaco.

Sophie se acordó de la trenza negra de Tung. Un símbolo de la dinastía manchú, según le había contado también Johannes. Servía para distinguir amigos de enemigos.

–No sería mala idea. Quizá de ese modo el mundo terminaría siendo menos humano. –Su interlocutor la miró intrigado–. Después de todo –añadió Sophie en tono provocativo–, los monos no hacen guerras.

Apuró la copa de un último sorbo.

–¿Y qué deseaba de usted, si me permite la pregunta, ese japonés disfrazado?

–Era chino. Supongo que sabrá que en Asia no todo el mundo es de la misma raza.

«¿A qué se debía la defensa a ultranza de ese país, antes siquiera de verlo?», se preguntó sorprendida.

–Naranjas de la China... Como si servidor no hubiese ido pocas veces a Asia y no supiese distinguir entre esos malditos japoneses, chinos y coreanos.

Sophie se sintió de nuevo angustiada.

–¿Cuánto le debo? –preguntó al camarero, que acudió enseguida.

–¡Qué pena! –musitó su vecino de barra–. Me hacía ilusión haber encontrado compañía interesante.

Sophie deslizó el importe de la consumición y la propina sobre la barra.

–Pues ¿por qué no prueba a dar una vuelta por el zoológico? –espetó Sophie sin volver la cara mientras se retiraba.

Al llegar a la puerta del vestíbulo Sophie se volvió. Tal y como había supuesto, el individuo no le quitaba los ojos de encima, sorprendido. Y pensar que un momento antes había creído que se trataba de su última noche entre gente civilizada.

El transbordo en Moscú supuso otra larga espera. Las salas de primera y segunda clase estaban llenas, y en el salón de té tampoco quedaba libre ni una sola butaca. El comedor, por el contrario, parecía muerto. Viendo el blanco deslumbrante de los manteles, las copas colocadas del revés y las tiras negras del respaldo de los asientos, parecía que alguien hubiese logrado conjurar fotográficamente la espera.

Pasó un rato hasta que Sophie descubrió en el interior a una anciana junto al samovar, un camarero de pelo cano vestido con librea y una japonesa de aire despistado que realizaba sus tareas vestida con un quimono blanco... todos congelados en el espejo que pendía por encima del mostrador. En el sitio adonde iba, Sophie daría al cabo de unas semanas la misma sensación de forastera que aquella mujer de la flor blanca y el pelo firmemente peinado hacia atrás. En ese instante se descompuso la imagen. La japonesa le sonrió e hizo una seña al camarero, que salió del mostrador bandeja en mano. Se abrió la puerta corredera que conducía al salón contiguo. Un grupo de mongoles ataviados con túnicas de brocado acababa de comer y se había acomodado en los sofás, fumando y charlando en voz baja. No se percibía ningún atisbo de impaciencia. Nadie que entrase en ese momento en el salón podría imaginar que todas aquellas personas estaban a punto de emprender un viaje que las conduciría por medio globo terráqueo.

Sophie pidió un *darjeeling*. En el recinto caldeado el aire era extremadamente seco. No olía a nada y los ruidos sonaban amortiguados, como en los museos. Un instante después un hombrecillo de baja estatura vestido con el uniforme de la compañía ferroviaria abrió la puerta del comedor y recitó monótonamente una retahíla de ciudades: Tomsk, Irkutsk, Baikal, Harbin, Mukden, Port Arthur. Sophie se sobresaltó. Por primera vez el nombre de Port Arthur designaba algo que existía de verdad. Los mongoles se levantaron de sus asientos y salieron del restaurante blanquinegro ataviados con sus atuendos de brillos rojizos, como sombras de colores extraídas de algún álbum antiguo. Sophie, distraída, comentó al camarero que le cobró el té:

–Así pues, esa ciudad existe.

El camarero se pasó displicentemente la mano por los rizos canosos de su cabeza:

–¿Qué ciudad, señora?

Alguien había practicado un agujero en la capa de hielo del barril del agua potable, como los pescadores en el Neva. Sophie sacó el vaso de viaje forrado de piel que llevaba en el equipaje y la cantimplora plateada. Mientras la llenaba notó a su lado el bamboleo de una trenza morena.

–¿Ha tenido que esperarme?

De nuevo se estremeció al oír la detestable voz aguda de Tung. Sophie se incorporó atropelladamente, asustada por la manera que tenía aquel individuo de acercarse sin hacer ruido.

–De ninguna manera. Sé que puedo fiarme de usted. ¿No oye? Ahora suena la primera campanada.

Tung le hizo una reverencia. Al alzarse llevaba en la mano una navaja. La abrió y empezó a limpiarse las uñas.

Sophie desplegó el camisón nuevo; le habían fascinado los bordados. Lo colocó sobre la litera abatible, que ya estaba hecha. En la mesita de la ventana colocó un retrato de Lina. Luego sacó la *matrushka* de los negativos. ¿Dónde guardarla? En el pasillo se oía hablar inglés, también francés y, de vez en cuando, alguna voz profunda en ruso.

–This train is by far less comfortable than the international one –se lamentaba una señora de edad.

–True, but you don't have to book a month in advance –replicó una voz más grave, agradable al oído, con acento americano.

En ese momento alguien descorchó con gran estrépito una botella de champán; la señora lanzó un grito teatral, cautivada por el contratiempo. En un santiamén, Sophie escondió la muñeca de madera bajo una chaqueta de lana, apiló luego sus útiles de baño y a continuación abrió la puerta con curiosidad. En el pasillo reinaba un gran tumulto; no bien hubo salido alguien la increpó en alemán:

–Y usted, ¿hasta dónde va?

–Hasta Port Arthur –dijo Sophie acentuando la segunda sílaba, como hacía Albert.

–Otro socio del club –dijo la voz americana detrás de ella.

Sophie se volvió y se topó con un hombre alto y robusto que rondaba la cuarentena. Era moreno y con el pelo rizado, ojos asombrosamente azules y una peca minúscula en el labio inferior. Sostenía en la mano una botella de champán recién descorchada mientras examinaba a Sophie con tanta atención que ella tuvo la sensación de que le leía el pensamiento. Se sobrepuso y, confusa, logró bajar la mirada. Se produjo un breve silencio.

–Bienvenida al club de los sabios necios –dijo el viajero con un fuerte acento americano sin dejar de sonreír a Sophie–. Permítame que me presente: Charles Stanton, de Chicago, en ruta hacia China como corresponsal de la Telegram Company de Reuter. Le presento a monsieur el cónsul en Pekín y a su esposa, madame le consul, sin olvidarnos, desde luego, del simpático Sissy, el perrito.

El simpático perrito era un fox-terrier blanco que una delicada dama de edad indefinida llevaba en brazos, entre los amplios pliegues de sus mangas. Le flanqueaban la frente unos cortos rizos canosos que tremolaban a cada movimiento. El marido tendría entre cincuenta y sesenta años; tenía el rostro liso y enrojecido por la bebida. Sissy ladraba como un poseso. Alguien ofreció una copa a Sophie y Stanton se la llenó con gesto resuelto. La joven había superado su desconcierto y también se presentó.

–El resto del pasaje bajará antes de llegar a Port Arthur –observó el corresponsal de Reuters mientras posaba la mano sobre el hombro de la persona que tenía a su lado, un hombre pelirrojo a quien sacaba tres cabezas, dueño de una reluciente barba bermeja de proporciones desmesuradas–, como Cecil, John Houston Cecil the Third, grandson of J.J. Cecil's Insurance Empire de San Antonio, Texas.

–Company, Insurance Company –rectificó Cecil the Third, algo turbado, e hizo una reverencia.

–La encantadora mistress Rose, de Londres –prosiguió Stanton, a lo que una señora mayor replicó levantando la mano para saludarla–, y míster Randolph Cox, que es ingeniero en Manchester.

Un caballero que hasta ese momento había estado mirando por la ventana se volvió. La factura cuadrada de su rostro resaltaba con el corte de pelo a cepillo. A Sophie le recordó a Albert. Quizá fuese por la profesión.

–Además nos acompañan dos oficiales rusos que acaban de poner rumbo al vagón restaurante.

–Siendo así –dijo Sophie mientras alzaba alegremente la copa sonriendo a Stanton–, *bottoms up!*

El americano la miró sorprendido:

–¿Traseros arriba? –tradujo él lentamente.

Sophie no se sentía de humor para estar con gente, pero en los días siguientes seguro que tendría tiempo de sobras para estar sola.

–¿Nadie lleva una máquina de fotografiar? –preguntó desconsolada mistress Rose.

Sophie abrió la puerta de su departamento, ante la cual

se hallaban reunidos, y sacó su máquina. Había poca luz, pero bien podía intentarlo.

–Una sonrisa, por favor.

Y para satisfacción de la dama inglesa, los pasajeros posaron sonriendo ante la cámara. Finalmente una sacudida recorrió todo el tren. Todos miraron por las ventanas mientras pasaban las luces de Moscú.

–Empieza la aventura –dijo Stanton al lado de Sophie–. ¿Está nerviosa?

–Por el viaje no, desde luego –respondió ella con osadía–. A fin de cuentas, la compañía es espléndida.

–Qué tranquilizador resulta saber que tenemos cerca a una mujer valiente. Da ánimos ante lo que pueda suceder.

Sophie no podía verle el rostro. ¿Se estaba riendo?

Se retiraron tarde a los departamentos. Sophie, a pesar de que estaba cansada, sacó de nuevo su diario. Pero tras abrirlo y leer las últimas anotaciones, de Riga aún, se le olvidó qué quería escribir. Anotó, pues, las palabras de Stanton, que traducían su estado de ánimo: «Empieza la aventura». Acto seguido añadió:

Un viaje alrededor de medio continente. De un mundo a otro. Puede que los extremos estén fijados... Pero el viaje en sí mismo ¿qué representa? Si existe sólo en el curso del pasado al futuro... en el presente. Tengo la sensación de estar transmutándome ya.

Sorprendida por cuanto escribía, Sophie dejó de hacerlo y cerró de golpe la carpeta.

El revisor volvió a pasar para llevar una botella de agua a mistress Rose, al departamento vecino. A continuación sólo quedó el traqueteo del tren en plena noche, cubriendo el trayecto que unía Moscú con Irkutsk.

*

En el vagón restaurante se encontraban los militares rusos, fumando copiosamente. A juzgar por su aspecto, debían de haber pasado la noche allí. Sophie tomó asiento en la mesa que había junto al piano, frente a un gran espejo. Desde allí dominaba el vagón. Buscaba el reflejo de los espejos de manera involuntaria, como si tuviese que demostrarse que existía. En los bordes esmerilados del espejo, el paisaje discurría como una cinta de colores. Sophie siguió distraída el movimiento que se le ofrecía a la vista, hasta que reparó en unos ojos azules que no cesaban de mirarla. Se volvió. Era Stanton, el periodista de Chicago. Después de doblar el periódico se había levantado. Sophie advirtió entonces lo alto que era. Todo un deportista, habría dicho míster Ashton.

–¿Me permite? –sin esperar respuesta, Stanton tomó asiento ante ella.

De repente Sophie se acordó de la reacción que había tenido la víspera. Ese hombre había logrado desconcertarla. Como si necesitara algo donde asirse, Sophie echó mano de la carta.

–El típico desayuno ruso, abundante y bastante aconsejable para distraerse de lo que le rodee a uno –dijo Stanton–. Huevos y jamón, *kvass*, puré de salvado, nata y compota.

–¿Y todo esto se conoce en Chicago?

Sophie dejó la carta sobre la mesa. ¿Se equivocaba o estaba tomándole el pelo otra vez?

–No. En Alaska –respondió el periodista–. Mi familia vivía allí antes de que los rusos vendieran el territorio a los americanos.

–¡Qué emocionante! De modo que sus antepasados eran... ¿cazadores, tramperos, buscadores de oro?

–Todo lo que se le ocurra. Mi abuelo hizo fortuna con el oro y fundó el periódico en Juneau. Luego mi padre amplió el negocio y creó la editorial en Chicago.

–¿Y ahora usted envía sus reportajes al periódico de su padre?

–Así fue durante una temporada. Pero con el tiempo he terminado teniendo mi propia empresa. –Se volvió con impaciencia en busca del camarero. Llevaba el pelo ensortijado por encima del cuello de la camisa, igual que Johannes, el de Odessa–. En estos viajes hay que armarse de paciencia –dijo mientras se volvía de nuevo hacia Sophie–. Se hacen eternos.

–¿Por qué va en tren?

–Es la ruta más rápida.

Sophie se echó a reír. Tuvo la impresión de que no le interesaba tanto que acudiera el camarero como cambiar de conversación. Poco después tenían encima de la mesa un samovar con agua hirviendo. El té recién hervido despedía su intenso aroma. Las raciones de tostadas, huevos, jamón y nata compartían el espacio con la mermelada, la compota y el pan. Sophie se sirvió de cuanto le ofrecía Stanton con la misma naturalidad que hubiera demostrado con Albert un domingo por la mañana. No despertó de su ensoñación hasta que vio en el exterior a una mujer tocada con un pañuelo azul, andando por la nieve en compañía de una cabra negra.

De regreso al departamento Sophie se percató de que la puerta estaba abierta. Oyó un crujido y se quedó sin respiración; dentro tenía que haber alguien. Dudó un instante y abrió de golpe. Tung se incorporó precipitadamente.

–¿Qué hace usted aquí? –preguntó disgustada–. ¿Y cómo ha entrado?

–*Lady Utzon...* –El hombre mantuvo los ojos bajos mientras realizaba una profunda reverencia–. *The door was open. You let me know if you need anything, please?*

¿Eran imaginaciones suyas o realmente se había asustado? Sophie tuvo la sensación de que Tung se había estremecido al darse cuenta de que ella entraba. El gorro de seda bordado, los hombros encorvados. Parecía esperar a que

Sophie le diera alguna orden. Aunque podía haberlo hecho ella misma, Sophie le encargó que fuese a buscar una jarra de agua caliente. Tras otra reverencia Tung salió por la puerta y se encaminó hacia el fondo del vagón, donde en todo momento los pasajeros podían servirse agua caliente del samovar que había sobre unas brasas de carbón. Regresó en un santiamén.

–*Anything else you need me to do for you?* –Sophie le dio las gracias un tanto exasperada–. *And then... here is an egg for you.* –Para asombro de la señora, Tung extrajo un huevo del mandil y lo colocó en la mesita–. *From now on I prefer to travel with my people, if you don't mind. I will wait for you in every important station. The next one is Ufa.*

Tras lo ocurrido Sophie se sintió muy aliviada con la perspectiva de no tener a Tung a su lado en todo el viaje. El hombre le hizo una última reverencia y desapareció rápidamente. Sophie cogió el huevo; estaba templado. ¿Habría querido despistarla? Observó preocupada el rincón donde Tung había dado el respingo. ¿Por qué no había esperado afuera? Revisó el armario. Los ojos lacados de la vieja *matrushka* la miraban fijamente. ¿No había escondido la muñeca debajo de una chaqueta? La desmontó. La segunda *matrushka* le miraba fijamente. En su vientre, pulcramente enrollados, estaban los negativos.

Sophie intentó cerrar la puerta desde afuera. Sonó un chasquido y el pasador quedó limpiamente prendido en la cerradura. Una vez trabada era imposible abrir la puerta sin llave. En adelante tendría que prestar atención y dejarla siempre bien cerrada. Se acercaba gente desde el vagón restaurante. Sophie reconoció la voz de mistress Rose. ¡Por Dios, ya estaba cansada de tanta charla insulsa! Entró apresuradamente en el departamento. Poco después oyó cómo abrían y cerraban la puerta contigua. Se sucedieron un crujido y un suspiro. Mistress Rose tenía que haberse tumbado en la cama. Por poco que uno quisiera, pensó Sophie, no había nada más sencillo que controlar las idas y venidas de los compartimentos vecinos. No costaba nada vigilar cualquier departamento. Le inquietaba la idea de que Tung hubiese forzado la puerta para entrar en el suyo.

Aquella noche la despertó un estrépito, seguido de un tableteo fragoroso de ruedas. Se acercó a la ventana descalza y en camisón, y levantó la persiana. Era un puente enorme. A gran distancia, por debajo, una inmensa superficie helada surcada por un único reguero cuajado de remolinos de espuma: era el Volga, el río sagrado de los rusos. En la orilla, atrapados en el hielo, había fondeados algunos barcos, cual navíos de juguete: embarcaciones de lujo y recreo que surcarían las aguas hasta Astracán, a orillas del mar Caspio, remolcadores para el transporte de troncos, engalanados con vistosas banderolas. Sophie miró el reloj. Habían necesitado seis minutos para alcanzar la otra orilla... una pequeña eternidad. Intuyó que acababa de franquear algo más que un río: nada de cuanto tuviera ante sí podría medirse con los patrones que ella conocía; todo sería ajeno a las medidas de costumbre.

A la luz del alba Sophie vio junto a los raíles grupos de campesinos cargados con picos y palas. Llevaba un camisón sencillo y estaba aterida, pero aun así le era imposible retirarse de la ventana. El mundo exterior discurría ante ella como si se tratase de una película. En su campo visual apareció una figura informe apostada contra el talud de la vía. Por todo abrigo llevaba una piel de animal, con el pelaje vuelto hacia dentro, y los pies embutidos en unas toscas botas masculinas. Bajo la pelliza asomaban una falda corta de algodón y una enagua que en su día debió de ser blanca. En la cabeza, un harapo verde sujeto con una bufanda de reminiscencias rojas. Llegaron a estar tan cerca que Sophie le vio la cara. Era el rostro de una mujer, negro de mugre. Durante una fracción de segundo sus miradas se cruzaron.

Luego la ocultó un pilar. Sophie no había visto nunca unos ojos como aquéllos. Tan vacíos, tan inflamados de odio y a la vez tan desconsolados. Parecían expresar la historia entera del campesinado ruso, sus siglos de servidumbre. Bajó la persiana y se avergonzó del exquisito camisón de encaje blanco en el que había clavado la mirada la mujer. Al vestirse más tarde y notar la suavidad de la ropa interior, la textura de la falda de lana y el tacto de la blusa de seda, sintió una emoción próxima a la gratitud.

Se propuso escribir una carta a Corinna. Tenía que participarle lo que pudiera de sus sensaciones, quizá también para ganar más luz sobre lo que ella misma había esperado al emprender el viaje. Meditó qué le diría para empezar: «Este tren, querida Corinna, te lleva más allá que a regiones desconocidas del imperio ruso. Tengo la impresión de que cada frontera que cruzamos se corresponde con una frontera que tuviera dentro de mí misma... Como si yo...».

–¡Samara! –anunció el revisor delante de su departamento, interrumpiendo de ese modo su concentración.

En el corredor preguntaron:

–¿El balneario?

Sophie reconoció la voz de Stanton. De pronto se le agotó la paciencia para concluir la carta.

–Exactamente. Aquí tiene usted los famosos Baños Kumys, míster –oyó decir al revisor–. Mucha leche de yegua para la anemia y la tuberculosis, y –bajando la voz a un susurro que Sophie pudo percibir– también para las damas que viajan solas. Es una bebida embriagadora que obra milagros.

Sophie salió al pasillo.

–¿En qué recetas le están iniciando? –preguntó al americano.

Al revisor le entró prisa en ese momento.

Se divisaron los tejados verdes de las primeras casas y las

cúpulas de la catedral de Alexander Nevski. Stanton se echó a reír:

–¿No le apetecerá probarlas?

Qué fácil sería imprimir ese giro a la conversación: decir una ocurrencia ingeniosa y mostrarse abierta a cuanto supusiese una distracción en el viaje. Y una vez dicha, la gran gama de posibilidades, una variable por excelencia. Ella, el eje de abscisas, y él, de ordenadas. Juntos constituirían una función. Sin contar, desde luego, con que a partir de un determinado valor de x, el valor de y se perdería en el infinito. Con qué rapidez podían establecerse y destruirse las relaciones, particularmente en viajes como aquél. Lejos de sus domicilios, formaban todos parte de un mundo nuevo que sólo existiría durante el tiempo que durase el viaje. ¿No era lo que había querido decirle a Corinna en la carta?

Stanton había bajado y lanzó una mirada de asombro hacia el interior del vagón:

–Pero ¿cómo?, ¿ no le apetece bajar?

Sophie se puso enseguida el abrigo de piel y cubriéndose la cabeza con la capucha se apresuró a seguirlo. Stanton le ofreció el brazo. Qué tonta era. Lo aceptó sin pensárselo dos veces.

–¿Y qué ocurrió después de pelearse con su padre?

Stanton, como si lo hubiese sorprendido en falta, la miró desconcertado:

–¿Cómo sabe usted eso?

–Usted mismo me ha contado que fundó su propia empresa a pesar de que en Chicago tenía un negocio esperándole... Basta sumar dos y dos.

De repente Stanton pareció vulnerable. Había perdido su aire de suficiencia y seguridad:

–No me interprete mal –añadió Sophie–. Sólo quería darle a entender que me impresionan las personas que logran emanciparse. Levantar algo propio y ser independiente sin admitir componendas.

El periodista había recuperado el dominio de la situación; oprimió la mano de Sophie con el brazo.

–No necesita defenderme, Sophie. Además, lleva toda la razón: mi padre y yo estamos enfadados... –Se interrumpió, para continuar sin ambages–: Ya lo ha adivinado usted: por no hacer concesiones he roto con mi familia. Visto desde fuera puede parecer espantoso –dudó como si le resultase difícil hablar del asunto–, pero estoy convencido de que es lo mejor.

–Y seguramente nada fácil.

–Exactamente –Stanton pareció quitarse un peso de encima–. La mayoría piensa que tomé el camino más cómodo. Pero no se trataba de eso. Al contrario. Sencillamente, me negué a seguir pasando por alto la mentira en que se habían enredado mis padres y mis hermanos. Hay una línea que en cuanto se cruza corrompe la propia libertad. Si no puede cumplirse la palabra, lo mejor es que cada cual siga su camino.

La franqueza que le testimoniaba hizo enmudecer a Sophie. Ella nunca sería capaz de exponer semejantes extremos de sí misma ante alguien a quien apenas conociera. El caso era que Stanton acababa de expresar cosas que ella misma había experimentado alguna vez. Eso le infundía la sensación de que eran viejos conocidos. Cuántas veces se había sentido ignorada, olvidada e incluso traicionada, cuando la trataban como la hija o la hermana mayor de la familia. Siempre se encontró a disgusto en el papel que le atribuían sus padres. A veces tenía la sensación de ser dos personas diferentes bajo una misma piel. Pero nunca había hablado del particular. Estaba segura de que no la comprenderían: le habrían restado importancia intentando convencerla de que eran figuraciones suyas porque todo lo interpretaba al revés. Tanto más, pues, admiró la franqueza de Stanton.

–¿Sus padres aún viven? –preguntó el periodista.

Sophie lo puso brevemente al corriente sobre su familia:

sus padres, Corinna y sus hermanos. También sobre Albert y Lina.

–De modo que su padre ha tenido suerte con los hijos. Los dos siguen sus pasos. ¿Y usted?

–Estudié la carrera de matemáticas –respondió Sophie– y estuve dando clases una temporada.

Entonces guardó silencio. ¿Tenía que contarle por qué tuvo que dejar el trabajo después de casarse? Le daba la sensación de que era la primera persona que comprendería la decepción que sintió ante la indiferencia de su familia y de Albert. ¿Por qué no? Hacía demasiado tiempo que lo llevaba sepultado en su interior.

–Pero lo pasado, pasado está –concluyó–. A todas éstas nuestra hija ya tiene seis meses y a mí me encantaría trabajar como fotógrafa.

En ese momento sonó la campana y tuvieron que dar la vuelta. Mientras subían al vagón Stanton le apretó ligeramente el brazo:

–Es una suerte encontrar a alguien con quien hablar en un viaje tan largo –dijo–. La próxima vez cuénteme más cosas de sus proyectos fotográficos. Creo que es muy interesante, y no hablo sólo como periodista.

De vuelta al departamento Sophie se acordó de sus hermanos varones. Jan debía de tener la misma edad que Stanton... Pero ¡cuántos mundos separaban al uno del otro! Jan nunca había puesto nada en duda y se hizo cargo sin chistar del negocio paterno. Lo mismo cabía decir de Jonathan, por más que anduviera a menudo por París. A ella, como era una chica, la habían descartado para ese papel, aunque lo habría hecho mucho mejor que sus hermanos, según se empeñó en pensar en otra época. Al principio lo vivió como una humillación, pero con el tiempo fue una dicha. El premio a su empeño y su paciencia fue la independencia que consiguió respecto a sus padres. Al cabo de los años no se habría cambiado en absoluto por sus hermanos.

El tercer día, con las últimas luces de la tarde, llegaron a la antigua ciudad tártara de Ufa. Antes de que el tren entrase en la penumbra de la estación, Sophie aún pudo fotografiar la vista sobre las mezquitas y las iglesias. Poco más tarde sonó un estruendo e inmediatamente después pasaron corriendo dos hombres de aspecto harapiento, descalzos. «¡Deténganlos!», gritó alguien. En ese momento Sophie vio al revisor del tren corriendo tras los dos sujetos por el andén.

–Pero ¿qué ha pasado? –Madame le consul miraba aterrorizada a su alrededor mientras cogía al perrito en brazos. Aunque más bien parecía que era el pequeño fox-terrier quien la protegía a ella.

–Acaban de disparar un tiro por una ventana, desde un vagón de tercera clase –refería a voz en cuello el texano pelirrojo. Sin saber cómo, siempre estaba mejor informado que los demás–. Una pelea entre campesinos.

Bajo la lóbrega luz de la estación se adivinaba el gentío que colmaba los andenes. Sin embargo, en un instante se formó un corredor. La muchedumbre retrocedió ante la presencia de un individuo que llevaba la cabeza cubierta con un fez y una pluma blanca que se zarandeaba a cada paso. Vestía un imponente capote con cuello de astracán, botas y relucientes espuelas.

«Qué uniforme tan exagerado», pensó Sophie.

–Véalo usted misma –observó madame le consul en ese instante–. No es más que un simple policía, pero mire con qué porte y dignidad comparece. Así se impone respeto a esta muchedumbre de emigrantes.

Ella, desde luego, no bajaba sin escolta en aquel lugar. Sophie cogió su máquina de fotografiar y se dirigió al fondo del vagón. Como si lo hubiesen concertado, Tung esperaba afuera. Conversaba con un sujeto flaco y de baja estatura. Al advertir que Sophie lo había visto, lo despachó y se encaminó hacia ella.

–*You want to follow me?*

Sophie se apeó entonces del vagón.

En un santiamén se vio rodeada por una aglomeración de hombres que le tendían en silencio la mano pidiéndole limosna. No bien sintió que alguien la tocaba por detrás, se giró bruscamente. Un muchacho dio un respingo y retrocedió, pero enseguida volvió a tenderle una mano sucia. Sophie le dio una moneda de cobre que él se guardó enseguida en el puño. Se adelantó entonces un segundo muchacho de rostro delgado y sonrisa tímida; llevaba los pies, enrojecidos de frío, envueltos en papel de periódico. Antes de que Sophie pudiera reaccionar, el primer muchacho le había escupido y asestado un tremendo golpe en la cabeza. El más pequeño salió corriendo. El primero se volvió ufano hacia Sophie, soltando una carcajada. Le había prestado un buen servicio a cambio de la moneda, ¿o no era así? Tung, por su parte, propinó al primer chico tal empujón que éste salió tambaleándose. Acto seguido el chino se abrió paso sin ningún tipo de miramientos. Se detuvieron en un rincón oscuro de la estación, donde Sophie oyó unas carcajadas que venían de muy cerca. Eran expresiones en ruso, francés y alemán, junto a alguna voz conocida. Bajo el resplandor de las farolas, Sophie distinguió a unos viajeros del tren que rodeaban a un grupo de muchachas vestidas con botines y trajes de volantes.

–*Tung* –gritó dirigiéndose al joven manchú y señalando hacia el corro–, *I'd like to go over there and take a picture.*

Tuvo la sensación de que acababa de truncar un plan de Tung, pero tras dudar un breve instante el chino terminó acompañándola hasta el lugar. Las muchachas parecían ateridas de frío; no cesaban de dar saltos cambiando de pie para entrar en calor. Casi todas iban sin abrigo. En medio Sophie vio a una vieja gorda vestida con un traje estampado de flores y una enorme chaqueta de punto. Los vigorosos ademanes con que agitaba los brazos le hacían temblar el busto y el escote de volantes. Alrededor del grupo, entre carcajadas y codazos, los hombres no cesaban de soltar procacidades. También estaba Cox, el ingeniero británico, según pudo ver Sophie. Cuando levantó la cámara él volvió asustado la cara hacia otro lado como si temiese salir en la foto. También a Sophie le falló el coraje en ese momento. No se atrevió a tomar unas fotografías de las pobres muchachas.

–¿No es una sinvergüenza esa vieja? –Stanton apareció a su lado, llevando en la mano su cuaderno de notas–. Lleva el negocio de alcahueta con auténtica codicia... Todo el dinero que cobran las chicas tienen que entregárselo a ella. Mientras que a ellas apenas les da cincuenta kópeks al día, lo justo para un plato caliente o unas medias. La mayoría no ha cumplido los dieciséis años.

–¿Y cómo sabe todo eso?

–Indago. Hoy día hay gran cantidad de empresarias de este estilo en el imperio ruso. Van por los pueblos más míseros y encandilan a las muchachas prometiéndoles todo lo que quieran. Una vez que las tienen en su poder las explotan sin misericordia. A ésas las llevan hasta Port Arthur, aunque previamente habrán pasado por las manos de los buscadores de oro de los Urales, que se gastan el dinero con ellas sin poner trabas.

Tung se acercó hasta ellos.

–*You can go now* –profirió Sophie–. *I will expect you at the next station.*

Ahora sí pareció disgustado.

–Su acompañante no parece muy contento.

–Es su problema –sentenció Sophie tajantemente.

–¿Ha sacado fotografías de las coristas? –Stanton señaló la cámara.

–No tengo flash.

–Jacob Riis, un colega suyo, tenía los mismos problemas.

–¿Un danés?

Stanton asintió.

–Llegó a Nueva York muy joven y sin recursos. Luego trabajó en el *Sun*, donde escribía reportajes sobre los inmigrantes y sus penalidades. Pero no encontraba forma de que los fotógrafos lo acompañasen a los barrios más sórdidos del Low East. Nadie se atrevía a entrar con él en los callejones siniestros de donde no se podía salir corriendo cuando era preciso si uno se entretenía preparando el flash. Riis acabó comprándose una cámara y se hizo célebre con sus reportajes. El libro *How the Other Half Lives* estremeció a Estados Unidos... fue un alegato documental irrefutable. Incluso se modificó la legislación social a raíz de aquella polémica. –Sophie se sintió aguijoneada. Ella se encontraba muy lejos de semejante fotografía–. Tengo la corazonada de que usted logrará cosas por el estilo.

Parecía que Stanton le hubiese leído el pensamiento:

–¡Qué cosas se le ocurren! –dijo agradeciendo su expresión de aliento.

–Me he estado fijando. Usted observa lo que tiene alrededor de manera penetrante, pero sin quedarse al margen.

Stanton le dirigió una sonrisa.

Ella le correspondió cautivada por su gentileza.

Horas más tarde el tren arrancó lentamente en plena noche. Las coristas seguían posadas cual mariposillas nocturnas en el cerco luminoso de las farolas de la estación. En aquel momento recalaban junto a ellas algunos hombres procedentes de otros convoyes. Sophie retomó la carta que estaba escribiendo a Corinna. Cuántas cosas tenía que contar para poder transmitir sus sensaciones. Qué bien protegidas habían vivido siempre las dos, ella y su hermana. El tren continuaba alejándola metro a metro de su vida anterior.

¿No podía dormir por el té que había tomado? Sophie daba vueltas continuamente en la cama. No cesaba el ruido de las voces de los viajeros que regresaban a sus departamentos desde el restaurante. Los portazos del pasillo, los monólogos de mistress Rose. Y, encima, el traqueteo monótono del tren. Sophie, en ese estado de duermevela, llegó a tener la sensación de percibir cada vuelta que daban las ruedas, de manera persistente, como si llevasen talladas unas muescas en un lugar determinado. Tuvo un sueño. Albert se dirigía hacia ella luciendo la sonrisa de triunfador que a ella le resultaba irresistible. Le tendió la mano y Sophie la aceptó, feliz de no tener que tomar más decisiones. De la mano discurrieron entre una muchedumbre oscura. Cuando él finalmente se dio la vuelta, Sophie no pudo reconocer las facciones de su rostro. Se le habían borrado como si le hubiesen aplicado un potente disolvente. No tardó en descubrir ante sí una cáscara de huevo surcada por las arrugas de su piel.

II

Sophie había hecho más de veinte fotografías, dedicadas a motivos singulares que nunca antes había visto, cuando llegaron a los Urales. Sentía una gran curiosidad por aquellos parajes. Las crestas de las montañas, sumidas en tonos violetas, aparecían tendidas en el horizonte cual gigantescos animales dormidos. El tren redujo su velocidad a causa de la pendiente; hubieran podido ir andando a su lado. Sophie continuaba siendo una de las primeras en levantarse por las mañanas. Sentía una inquietud que no la dejaba dormir, pero ¿por qué? En su interior se debatía algo que no terminaba de comprender. Ese día le había vuelto a ocurrir. Salió al pasillo. Las superficies nevadas y las masas de pinos y abedules se extendían hasta el horizonte, que empezaba a iluminarse con la salida del sol. Los troncos pelados desfilaban ante ella, las ramas pequeñas semejaban cabellos revueltos. En ese instante una masa oscura se deslizó ante sus ojos y rompió con tal vehemencia la monotonía del paisaje nevado que Sophie se asustó. Era el enorme bulto de una locomotora. Debía de estar esperando en un apartadero a que quedase expedito el único carril de la vía. A continuación pasaron los vagones, de mercancías, de pasajeros, con las paredes verdes corroídas por el óxido. Una superficie inacabable. Parecía que el que circulase fuese el otro convoy. Un efecto engañoso del movimiento. El cielo fue haciéndose más luminoso y la luz más intensa. Todas las ventanas del otro tren llevaban rejas; tras ellas, en la penumbra, contornos, capotes, rostros en forma de manchas blancas. De repente el tren de Sophie se detuvo. Los dos vagones quedaron tan próximos que parecían ensamblados. Tras las rejas se veía un grupo de hombres vigilados por un soldado armado y apostado en el pasillo. Como hipnotizada, Sophie siguió de hito en hito la escena que se desarrollaba muda ante sus ojos, como una pesadilla: un hombre al cual sólo se le veía el perfil de la cabeza rapada debía de estar arrodillado en el suelo. Apretaba los ojos y parecía aullar de dolor. Detrás de él había otro individuo, de pelo poblado y barba, que aparecía en la ventana al ritmo de unas sacudidas. Pasó un momento y el barbudo se levantó abrochándose los pantalones mientras se adelantaba otro de los que había en el vagón. Se bajó los pantalones y se apostó tras el primero. Sophie volvió a ver el contorno de la espalda doblada, la sacudida, los aullidos mudos, el estremecimiento del de debajo hasta que el otro lo soltó y se levantó mostrando fugazmente la claridad de su trasero; para entonces ya otro se desabrochaba los pantalones. El tren se puso de nuevo en marcha y en un instante, bruscamente, terminó el desfile de vagones. Siguió la soledad de nieve, pinos y abedules. Como si se tratase de una pantalla de proyección, la blanca superficie de nieve reflejaba la imagen que Sophie conservaba en su interior.

Soltó un profundo suspiro. Al fondo del pasillo se iluminó la lumbre de un cigarrillo. No estaba sola.

–¿Ha visto eso? –preguntó con la voz ronca, sin volver la vista.

–*Stalipinski* se llaman esos trenes –respondió Stanton. Para Sophie fue un consuelo que el pasillo siguiera en penumbra–. Es un convoy de presidiarios camino de Ekaterinemburgo.

–¡Dios mío –exclamó Sophie–, qué mal me encuentro!

–Vayamos a la plataforma.

Stanton fue hacia ella y le tendió la mano; Sophie la cogió y fue tras él como había seguido a Albert en su sueño, por los diversos vagones, hasta el final del tren.

No se soltaron hasta que hubieron llegado a la plataforma cubierta del último vagón. El frío se calaba por la ropa. Las traviesas se sucedían unas a otras, ensartadas entre los raíles relucientes. El tren de presidiarios ya se había perdido de vista. Sophie temblaba.

–Espere un momento, que voy a buscar mi abrigo.

Stanton regresó apresuradamente a su vagón.

Otra vez circulaban tan lentamente que habrían podido ir andando junto a los vagones. Al lado de la vía había piedras azules y verdes. Se trataba de concentrarse y mirarlas, esforzarse por mirarlas para que las demás imágenes chocasen con ellas; había que evitar que entrasen en la conciencia. Las piedras podían recogerse, podían guardarse, podían coleccionarse como quien atesora conchas. ¿Cuántas habría guardado? Sin saber bien por qué ni para qué, para encontrárselas más tarde, en pleno invierno, dentro de cualquier bolsillo, aunque sin el esplendor del día en que las había recogido, sino grises, gastadas, insustanciales. Las tiraba, ya llegaría otra vez el verano. Sophie descendió de la plataforma, aturdida. Qué blando era el suelo. Y qué tranquilo. Se acabó el traqueteo, se acabó el ruido, qué silencio. ¿Aquella planicie no era como el mar? Los raíles, la playa, una línea que se ondulaba, con cada ola se formaba una nueva ensenada... El tren se alejaba lentamente, imparable. Como una culebra marina. Pero ella tenía la sensación de que el convoy nunca se dejaría atrapar. Una asíntota que no valía la pena perseguir. Frío el mundo entero, inmóvil. Tras el cristal.

Sintió un tirón. Una opresión en el brazo que le hizo daño, un dolor de cabeza que se siente en los brazos, pensó mientras tropezaba. Enfrente, un rostro, un cero blancuzco y borroso, aliento cálido en la piel, en el cuello, en los labios. Se le nublaba la vista. No dejaban de repetir su nombre. La estaban llamando. Pero ¿no llevaba un rato al otro lado? ¿No había notado la capa de cristal posada en su cabeza, encima de los ojos, de las órbitas? Ella había oído cómo crecía el cristal. También le había entrado en la garganta cerrándole la boca mientras la campanilla le aumentaba de tamaño y se le metía por el caracol del oído.

Stanton iba a su lado gritando su nombre, arrastrándola, tirando de ella para que subiera los escalones al llegar a la plataforma. Le ardían los labios. Stanton la empujó por el pasillo hasta el restaurante; le ordenó que tomase asiento, se esfumó y regresó con una taza de café. Sophie se lo bebió a pequeños sorbos. El líquido caliente templó el ardor de sus labios.

–¡Sophie! ¡Sophie! ¡Vuelva en sí de una vez!

De repente Sophie oyó que pronunciaban su nombre. Los labios de Stanton no cesaban de moverse. El café descendió por su interior produciéndole escalofríos.

Su compañero la cogió del brazo para que no se desplomara y la acompañó hasta su departamento. La ayudó a acostarse y la tapó. Ella tendió los brazos en torno a él y lo atrajo hacia sí.

–¡Béseme! –dijo–. ¡Béseme!

Y él la besó en los párpados, en la frente. Luego en los labios. Notó los labios de él durante mucho rato. Se durmió con la sensación de estar besándolo sin parar, eternamente.

*

En el sofá forrado de seda hay una niña sentada. Balancea los pies, calzados con zapatos de charol. El vestido de rayas blancas y lilas lleva un cuello de pico que le pincha cuando baja demasiado la cabeza. «¡Ponte recta!», le ordena su madre. Ésta lleva vestido de noche y se está mirando al espejo del tocador, a través del cual puede controlar a la niña. «Tienes que aprender a portarte como es debido.» La niña contempla el crepúsculo reflejado en el espejo, el cielo que se adivina detrás de los visillos. Quizá no existan los espejos sin cielo. Si pudiera, atravesaría el cristal plateado y se iría al otro lado, como la niña del libro que le lee de vez en cuando la institutriz, sostenido por sus blancas manos. Al otro lado se imagina que hay un universo donde los objetos son transparentes. Atrapan la luz en su interior y nunca oscurece.

–Si no te portas bien te llevo a la cama –le dice su madre mientras se pone las joyas–. Tú eliges.

–A la cama no –responde la niña–. Me quedaré callada.

Le da miedo quedarse sola en su cuarto, rodeada de espesas cortinas. Oscuro, el cuarto parece mayor, las paredes desaparecen igual que en el salón del tío. Al armario que tiene junto a la cama le salen caras, le aparecen manos que quieren atraparla. A veces se despierta y la asquerosa tela fofa de la cortina se le pega en la cara.

–Pues bien. Ven –dice la madre, y la niña baja deslizándose del sofá para acompañar a su madre a la gran reunión, llena de señoras vestidas con ropas que se escurren entre los dedos y señores vestidos de negro.

Mientras soñaba era consciente: la niña del sofá no era sino ella misma. La madre, su madre. Aunque a la vez vio en el espejo a su propia hija, que ahora se despertaba por las noches asustada. Y ella era la madre. El miedo. Un miedo indefinible. El miedo se desplazaba a través del tiempo, una negra corriente subterránea.

III

«Pero ¿qué me ha pasado?», escribió Sophie en su diario. Luego titubeó. Ni siquiera podía dejar aquellas páginas al albur de la casualidad. Como si aún temiera que lo leyese su madre en cuanto saliese por la puerta. Por esa razón había dejado de llevar el diario siendo niña. «Béseme», se oía decir de nuevo a sí misma, y notaba que enrojecía hasta la raíz del pelo. Continuó escribiendo:.

Las reglas, tal y como yo las conozco, ¿dejan de valer en un viaje como éste? Hasta la escritura parece que me esté cambiando. Qué desasosiego siento. La vaga sensación de que muchas decisiones que he tomado hasta ahora no son sino casuales, irreflexivas, quién sabe si equivocadas. Como si muchas cosas que consideraba partes inseparables de mí –hasta el punto de que no existiría sin ellas– fuesen en realidad perfectamente intercambiables. A una profundidad mucho mayor de lo que hasta ahora me había atrevido a mirar hay otra capa completamente desconocida. Ahí, o por lo menos así me lo parece, residen las auténticas fuerzas. Mi auténtico ser, mi yo, el que sólo conozco cuando me muevo a oscuras. A veces, y quizá ya haya tenido momentos de una intuición semejante, cuando me fijaba en el espejo... a veces tengo miedo de mí misma.

Llamaron a la puerta. Sophie se asustó. «Por favor, que no sea Stanton», pensó. Por un momento no supo si lo que oía eran sus latidos o los golpes que daban en la puerta.

–¿Sophie? –No era Stanton. Sophie respondió. Era la voz del monsieur–. Organizamos en el restaurante una pequeña celebración en honor de mis compatriotas. Nos encantaría que se uniese a nosotros y trajese su máquina de fotografiar.

Sophie hizo un esfuerzo.

–Voy enseguida.

Tras un instante de reflexión, escribió:

¿Cuándo llega el momento en que todo regresa a su situación original? Hablando en términos matemáticos: ¿tiene solución el problema de los tres cuerpos?

Un muchacho de pelo extraordinariamente rubio tocado con una gorra de color rosa sonreía a la cámara. Parecía saber bien lo apuesto que estaba con la indumentaria que llevaba, el abrigo gris de cordones dorados, los pantalones celestes y los zapatos de charol con hebillas plateadas. La dama de considerable estatura que tenía a su lado también sonreía; al parecer, ninguno de los dos dominaba otro lenguaje que el de las miradas.

–¡Por el gran ferrocarril ruso! –exclamó un ruso de cara abotargada, a todas luces borracho, cuya papada pendía sobre el cuello de la camisa.

El ambiente se había caldeado a ojos vistas; sonó el brindis desde todos los rincones:

–¡Por nuestro gran estratega y amigo personal mío, Sergei Witte, el mayor genio del imperio! –exclamó monsieur le consul.

–Ése ha hecho una fortuna en el negocio de la madera con Corea –oyó Sophie que contaba el inglés a su lado–. Ahora tiene una mina en los Urales.

A Stanton no se le veía por ningún lado. Monsieur le llevó una copa a Sophie.

–Me alegro de que haya venido. Aquellos paisanos míos –y señaló hacia el otro extremo del restaurante, a un grupo de hombres– se bajarán dentro de poco. Van a probar fortuna en las minas de oro de los Urales. –Tenía el rostro encendido.

–¡Vivan los buscadores de oro! –profirió Cecil, el texano, alzando demasiado la voz, según tenía por costumbre.

Todos levantaron entusiasmados las copas:

–¡Por los buscadores de oro!

El más joven del grupo, frágil y casi infantil aún, parecía inquieto ante la aventura que le esperaba. Su cara, al menos, no reflejaba ningún entusiasmo.

–Ése está muerto de miedo, ¿no? –dijo la dama que posaba junto al muchacho del uniforme vistoso–. De miedo ante las propias agallas. –Tenía acento de Berlín–. Después de todo, vista desde Europa, Asia es como un abismo, ¿no?

Sophie sintió lástima del joven.

–¿Y usted? –preguntó volviéndose hacia la señora alta; llevaba la cabellera morena recogida en un moño. Con los labios pintados, su boca semejaba una anémona de mar.

–Yo soy modista. Voy de Berlín a Irkutsk. Mi novio y yo vamos a abrir una sombrerería.

–Una sombrerería en Irkutsk –repitió Sophie incrédula. Calculó que la dama debía de tener aproximadamente su edad. Imaginarse vendiendo sombreros de moda en plena Siberia... El arrojo de la señora le infundió respeto.

–*Oh, wonderful!* –exclamó el pequeño magnate de los seguros; llevaba todo el tiempo merodeando alrededor de la berlinesa–. Me gustaría encargar un sombrero de verano. Para el año que viene.

«Sátiro y de Texas», pensó Sophie.

La apartaron a un lado:

–Señora, haga sitio, por favor. Aquí hace falta música.

La esposa del cónsul en Pekín se sentó al piano, pero en cuanto hubo tocado un par de compases su fox-terrier comenzó a aullar.

–*Oh, Sissy!* –exclamó desconsolada–. *Mon rossignol!*

Sophie notó cómo paulatinamente se relajaba la tensión que la oprimía. «Por algo será que todo el mundo bebe tanto en este viaje –pensó–. Debe de ser la única manera de vencer el agobio y la claustrofobia.»

El ruso cebón que hacía un momento había brindado

por el mayor genio de todas las Rusias se plantó de repente a su lado. Sophie observó que llevaba los dedos cuajados de anillos de oro y piedras preciosas.

–No hace tanto tiempo que Witte y yo barajábamos la idea de rusificar todo ese maldito Oriente, hasta el mar de Japón. Yo... –un ligero eructo le dificultó el habla– estaba allí cuando plantaron la primera piedra de Vladivostok, cuando el famoso viaje de Nicky por Extremo Oriente. –Se había acercado tanto que Sophie notaba el hedor agrio y pesado del champán en su aliento. Pero en cuanto ella tomaba distancias el ruso las acortaba de nuevo–. Este año terminarán el desvío del Baikal, y cuando esté acabado, no me diga usted que no... ¡China será nuestra!

Cuando terminó de pronunciar estas palabras regresó vociferando con paso inseguro al centro del vagón, mientras levantaba cuanto podía una minúscula mano enjoyada. Sophie aprovechó la oportunidad para retirarse.

En la puerta del departamento le habían dejado una nota. La cogió. Era de Stanton. Instantáneamente sintió que se le aceleraba el pulso y el cuerpo entero le temblaba bajo una descarga de adrenalina. Lo leyó sin moverse del pasillo:

Mi querida Sophie:

He venido tres veces a verla. Espero que no haya vuelto a bajarse en mitad del camino. No estoy de humor para hacer vida social, pero si le apetece no deje de pasar a verme por mi departamento.

Suyo afmo.,

Charles Stanton

Sophie arrugó el papel, atemorizada. No, no quería verlo. No en ese momento. Seguía muy confundida. Y además, ¿en qué coche viajaba? No lo sabía. Rápidamente entró y se encerró en su compartimento.

Afortunadamente llevaba libros. Los nuevos métodos de la mecánica celeste de Poincaré, novelas, reportajes sobre la expedición de Nansen al Polo, artículos sobre fotografía e iluminación. Se acomodó junto a la mesa de la ventana e intentó leer bajo la pantalla desportillada del quinqué, de color verde. Pronto cogió su diario. El papel japonés conservaba el tacto húmedo y suave de una hoja vegetal, la misma sensación tranquilizadora del día en que lo compró. No costaba nada escribir en aquel papel:

Hay leyes físicas, creo, que también describen una parte de nuestra alma. Las fuentes de luz son cuerpos sólidos brillantes, como estrellas o soles. Los cuerpos transparentes pueden ser atravesados por la luz, los opacos la retienen. Los cuerpos no brillantes sólo pueden ser vistos en la medida en que reflejan la luz de una manera dispersa. ¿Acaso los cuerpos humanos no podrían distinguirse según el mismo principio? ¿Corinna no es uno de esos cuerpos transparentes, suaves y delicados como piel de cebolla? Y yo misma uno de los que reflejan la luz de una manera dispersa, un planeta, digamos. Stanton...

Se detuvo. Stanton podía ser una estrella. ¿Y Albert?

En ese momento oyó pasos en el pasillo. Llamaron a la puerta. Sobresaltada, Sophie guardó completo silencio.

–*I believe your friend has gone to the dining car* –oyó que decía mistress Rose–. *I have seen her there about half an hour ago.*

–*Thank you* –oyó que contestaba Stanton.

Acto seguido los pasos se alejaron de su puerta.

Soltó la pluma. Cómo habría agradecido volver a ser transparente.

IV

«¡Chelyabinsk!», anunció el revisor. Sophie se apresuró a terminar su lectura. La última página de la novela que narraba el mejor de los mundos posibles. Las puertas empezaron a abrirse y cerrarse. En el pasillo el murmullo iba en aumento. «¡Chelyabinsk!», repitió el revisor. ¿Le había temblado la voz o se lo había parecido a ella? En un instante, el ritmo premioso del viaje acababa de dar un vuelco. Se aceleraba hasta hacerse arrollador. También ella en ese momento fue presa de la impaciencia. Dejó el libro sobre la cama, se puso el abrigo, se encasquetó el gorro de piel y cogió su cámara. Se vio fugazmente en el espejo: sus ojos centelleaban. «No es solamente Siberia lo que te pone tan nerviosa», se dijo.

–¿Preparada para el nuevo continente, Sophie?

Le tembló la mano mientras cerraba el departamento. Stanton la había estado esperando. La voz le falló cuando replicó:

–¿Y usted?

No tardaría en preguntar por qué se había desentendido de su mensaje.

–Creo que tengo que tomar fuerzas antes de que Siberia nos devore.

Conque era Siberia. Por un momento Sophie había dudado acerca del continente a que se refería. Cuanto más se dilataba el viaje, tanto mayor era la sensación de que lo auténticamente desconocido era su propio interior. El alma, *terra incognita* de la persona, manantial de corrientes ignotas del sentimiento. Hizo un esfuerzo por aparentar que estaba animada:

–¿No le apetece un poco de cédride confitada, con café y pistachos? –propuso Sophie pensando aún en la novela.

–Suena delicioso. Me pongo bajo su manto protector.

Aunque... ¿lo más apropiado no sería que su asistente chino estuviese pendiente de usted, y no usted de mí?

Sophie asintió. De todos modos, no le dijo que en el fondo se alegraba de que Tung no hubiese comparecido. Tampoco se tomó ninguna molestia por dar con él entre la muchedumbre.

Con resoplido ensordecedor, una locomotora soltó una ráfaga de vapor mientras en otra vía hacían maniobras con gran estrépito de vagones y silbidos. Era imposible hablar. No obstante, Stanton dijo a voz en cuello algo que Sophie captó a medias. «En este viaje los paisajes interiores a veces dejan pequeños a los reales que se ven afuera», creyó entender Sophie. ¿Se refería a ella? Sujetando firmemente la cámara, procuró no alejarse de él. En medio del gentío era impensable tomar una sola fotografía.

Siberia. No cesaba de oír esa palabra. Zumbaba en el aire como una lluvia de dardos. Ya podían ser viajeros adinerados o campesinos rusos, mendigos o enfermos, deportados o condenados a trabajos forzados, tártaros, baschkires, sartos o cualquier otra suerte de emigrantes, a todos, como a cada uno de los miles que se apiñaban entonces en la estación –medio millón por lo menos la semana anterior, según el revisor–, la palabra «Siberia» les suspendía el aliento.

–¡Cuidado! –gritó Sophie a Stanton, pero ya era demasiado tarde.

Desde el cajón donde hacía sus piruetas, el pequeño simio de una malabarista había arrojado al americano un puñado de grava. Acto seguido salió huyendo entre brincos, pese a que estaba atado a una larga correa. Stanton se llevó la mano a la sien. Cecil apareció en ese momento para ponerlos al corriente de las últimas novedades:

–¡Ha ocurrido una desgracia! Me lo acaba de contar el jefe de la estación. A unas verstas de aquí ha descarrilado un tren. Hay que esperar a que dejen la vía libre.

Continuó apresuradamente su camino y ellos se dirigieron hasta el final del andén. Allí se habían reunido otros viajeros en espera de pormenores. Decían que había centenares de muertos. Era un convoy de quinta clase, cargado con los más pobres de los pobres mezclados con cabras y gallinas. Poco después salía de la caseta del jefe de estación el revisor de su tren:

–Es cierto. Ha descarrilado un mercancías –confirmó–. Cinco muertos. Prepárense, porque habrá que esperar unas cuantas horas.

–¡Dios bendito! ¡Eso es terrible! –exclamó madame con voz estridente, aunque quedó en el aire la duda de si se refería al siniestro o a la perspectiva de pasar tanto tiempo en aquella estación.

–¿Y si aprovechamos la ocasión y nos acercamos con un coche a la ciudad? –Stanton la cogió de la mano con naturalidad–. Debe de quedar a media milla de la estación.

–Pero ¿cómo vamos a ir? No he visto una sola calesa.

–Eso corre de mi cuenta y de mi olfato periodístico.

Se la llevó de inmediato en la dirección deseada.

Qué vuelcos podía dar todo. Si por un momento Sophie había imaginado que el tumulto la dispensaría de conversar con Stanton, al rato suspiraba de resignación recorriendo en calesa una pista forestal que cruzaba un bosque de abedules, guiada por un cochero mudo, camino de un restaurante que debía de ser famoso por su exquisita cocina.

–Moca, confite y pistachos... ¿no era lo que me había dicho?

–Cédride confitada, piñas de cedro –repitió Sophie en voz baja.

Se sentía cohibida ante la proximidad física de él y el insólito silencio del bosquecillo.

–O palosantos –exclamó Stanton absorto–. Palosantos maduros como los que recogíamos en el huerto de mi casa.

–Me suena la palabra por un libro de cuentos orientales. –Sophie se alegró de haber encontrado un tema de conversación–. Siempre me gustó, sin saber bien qué significaba. Me imaginaba que eran bolitas doradas de un aroma indescriptible.

–A mi abuelo le regalaron dos árboles traídos de China. Es una especie muy delicada. Dan unos frutos de aroma exquisito y piel reluciente, de color amarillo. De pequeños trepábamos al árbol, los arrancábamos y nos los comíamos allí mismo. –Se inclinó hacia Sophie, que observó la minúscula peca del labio, ya familiar–. Me encantaría poder obsequiarla en este momento con un palosanto.

Entonces el coche se detuvo ante un gran edificio de una sola planta. Salió un camarero, saludó al cochero con la confianza de un viejo conocido y mientras ellos se apeaban se enfundó a toda prisa una chaqueta pringosa que en su día debió de ser blanca. Los condujo a través de diversas salas que olían a rancio. Stanton miró a Sophie con incredulidad. Finalmente llegaron hasta un bufé donde se exhibía una selección de entremeses, celebrados como si fueran auténticos manjares por el camarero, pero que ya estaban pasados. Se miraron. Sin decir una sola palabra se dieron la vuelta.

–No era precisamente lo que me había figurado –dijo Stanton decepcionado–. Pero me apuesto lo que quiera a que en algún sitio hay un comedor. A fin de cuentas, aquí hacen escala todos los colonos para el despacho de pasaportes y el reparto de títulos de propiedad.

Stanton le pasó el brazo por encima del hombro. Pero lo abrupto del terreno y la forma de conducir del cochero, que malquistado como estaba parecía precisamente no perdonar ni un accidente del camino, le obligaron a retirarlo. Sophie lo agradeció. Al llegar a la estación notaron desde lejos un penetrante olor a sopa de col.

–¿Y qué le dice ahora su olfato periodístico?

Sophie no pudo reprimir la malevolencia. De repente se acordó de la incapacidad de Albert para distinguir los olores. La expresión de Stanton reveló que no sabía cómo encajar la observación. Contracción súbita de las pupilas, alteración mínima en la frente.

–Creo que se está riendo de mí. –Pero antes de que ella pudiera replicar, espetó–: ¿Era de verdad usted quien hace un par de días me dijo «béseme»?

Sophie notó cómo se sonrojaba. Contra toda lógica, confiaba en que lo hubiese olvidado. En ese momento el cochero detuvo la calesa y reclamó el importe del viaje.

*

Apenas hubo entrado en el departamento, Sophie se encontró a Tung detrás de ella, como si hubiese brotado del suelo. De nuevo le había sido imposible verlo llegar y no pudo disimular un respingo. Llevaba la trenza por encima del hombro y, aunque vuelto hacia Sophie, el rostro le quedaba sumido en sombras. Sus ojos oscuros brillaban por el reflejo de una farola situada ante la ventana. Por la barbilla desfilaban unas sombras que terminaban de dar un aspecto inquietante a la aparición.

Antes de que Sophie pudiera decirle nada, Tung la abordó reprobándole su ausencia:

–*I have been waiting for you. It is my job to provide protection for you. But what can I do if you keep running off with that American?*

–*When I needed your protection you were gone.*

Tung pasó por alto la objeción:

–*This station is dangerous. I want you to stay in your compartment until we leave!*

Era a todas luces una amenaza. ¿Lo habría contratado Albert con esa finalidad? Sophie le dio a entender que se marchase.

Al cabo de un momento lo vio en el andén, dirigiéndose al mismo individuo con quien ya lo había visto en Ufa. Hablaban acaloradamente. El otro era de pequeña estatura y llevaba gafas; tenía el pelo corto y muy moreno. Sophie no sabía con precisión qué le disgustaba de aquel conciliábulo. De Tung, todo. Desconfiaba de él. En aquel momento, cuando amparado en la sombra de la farola señaló hacia su departamento, Sophie se retiró asustada de la ventana.

En esos instantes un convoy se puso en marcha en otra vía, en dirección al lugar del siniestro. De todos los rincones acudieron pasajeros pensando que ya partían. El revisor los desengañó: «Los de ese tren han llegado diez horas antes que nosotros. Transbordarán donde se ha producido el descarrilamiento a un convoy que les está esperando. Un poco de paciencia. No hay tantos vagones de refuerzo».

Poco después de medianoche Sophie notó luz delante de su ventana y se despertó. Miró al exterior. Seguían en la estación. Había llegado un tren, se abrieron las puertas y bajaron las muchachas de Ufa. Levantándose las faldas y desplegando los paraguas bajo la ventisca, recorrieron dando saltos la nieve que les separaba de la sala de espera, donde las acogieron calurosamente los viajeros que esperaban allí; enseguida las invitaron a compartir asiento. No tardaron en oírse risotadas y tintineo de botellas.

Ciertamente, no desperdiciaban la mínima ocasión de divertirse. Como si cada vez fuese la última. Se percibía por doquier el miedo que infundía Siberia. A Sophie le pasaba algo parecido. Además, estaba Stanton. No se le iba de la cabeza. Lo había dejado plantado sin darle ninguna explicación... Tampoco sabía cómo salir del aprieto. Tenía la sensación de tenerlo demasiado cerca. ¿Dónde estaría en esos momentos? ¿Estaría solo en su compartimento o en compañía? Se sentía atraída y repelida a la vez. Si un momento sentía deseos de ir en su busca, enseguida rechazaba categóricamente la idea. ¿Qué quería de ella? ¿O qué quería –pensó Sophie tras recapacitar un instante– ella de él?

Hasta las cuatro de la madrugada el tren no volvió a ponerse en marcha. Poco después llegaba lentamente al lugar del siniestro. Podía verse la enorme locomotora negra que había caído talud abajo. Las ruedas parecían aún rodar en el aire. Había arrastrado consigo cinco vagones que estaban volcados, incrustados unos en otros. Había cristales rotos por todas partes. Hubo que usar hachas para romper puertas y ventanas y liberar a los pasajeros.

Tuvieron que hacer transbordo. Un empleado de la compañía de ferrocarriles les precedió con una antorcha, indicándoles el camino en plena noche helada. En aquel tramo los raíles habían saltado de cuajo y parecían alambres retorcidos. El lugar era un hervidero de hombres apresurándose de un lado a otro. Una enfermera reclamaba a gritos que le mandasen un médico. Sostenía en el regazo a un niño con la cabeza bañada en sangre. A escasa distancia del talud habían plantado unas precarias tiendas de campaña donde médicos y enfermeras desarrollaban una actividad frenética. Cientos de trabajadores procedentes del campo de emigrantes situado en las inmediaciones se esforzaban por dejar libre la vía.

«Esa locomotora ha estallado –dijo Cox, el inglés, con un gesto de desaprobación–. La presión del vapor de agua la ha hecho saltar y empotrarse contra el ténder del primer vagón. Luego han caído rodando todos. Esas calderas son impresentables. Una auténtica chapuza.»

Monsieur preguntó si en su tren podría ocurrir algo así. Cox no le respondió.

*

Stanton había insistido en pasar a recogerla, pero Sophie le había dicho que no se encontraba bien y prefería quedarse en el compartimento, aunque le resultase una auténtica tortura. Afuera, desde hacía días sólo se veían campos nevados, estepas cubiertas de nieve y más campos nevados.

La atmósfera gravitaba sobre el estado de ánimo, y ese peso se notaba hasta durmiendo. El tren continuaba parándose de noche, deteniéndose durante largo rato en lugares donde no parecía que hubiera nada que hacer. Las dimensiones de aquellos territorios sin límites aparentes le inspiraban miedo. Miedo a poder perderse. Miedo a perderse a sí misma. Los sueños eran pesadillas. Y afuera, única y exclusivamente la palidez lunar del yermo. Antes de bajar del tren, mistress Rose le había regalado un libro sobre Australia asegurándole que era la mejor distracción posible. Durante algunos momentos Sophie logró moverse por paisajes cálidos y ensenadas cuyas rocas criaban anémonas blancas. Pero con la lectura tampoco consiguió zafarse de cuanto la rodeaba. El paisaje exterior se le colaba entre las páginas, era insoslayable, se imponía de tal modo que el libro terminaba abandonado a un lado. Y en cuanto dejaba de leer la lontananza se llenaba de imágenes: la de Stanton preguntándole si se estaba riendo de él, la de Lina el día en que partió de viaje.

El tren iba vaciándose a ojos vistas. En su vagón sólo quedaba Cox, el inglés. Los buscadores de oro, los aventureros, las familias campesinas, los militares y los funcionarios habían ido bajando, muchos de ellos lo habían hecho en Omsk. La monotonía del recorrido aumentaba aún más el atractivo del vagón restaurante, caluroso de bien caldeado. El día que el revisor les anunció uno a uno que era su santo y que para celebrarlo habría *pascha*, nata montada y pastel glaseado, todos fueron a felicitarle. Ahora bien, en lugar de recrearse en los parabienes, el revisor emitió un hondo suspiro y se enjugó la frente con un pañuelo de color rosa intensamente perfumado:

–¡Deme una hoja de papel, señora! –pidió el revisor a la esposa del cónsul, que estaba sentada entre Sophie y Stanton. Todos siguieron con curiosidad cómo inclinaba su gran cabeza pelirroja sobre la hoja y trazaba una serie de enigmáticos círculos y líneas. Cuando hubo concluido, dijo–: Vean ustedes. Ahora me están deseando todos que viva muchos años. Pero me ha llegado la señal –y señaló lo que había pintado– de que moriré en el plazo de diez años. No cabe duda. –La expresión de su rostro adquirió un tinte sombrío.

–Pues siga haciendo garabatos, que lo mismo le salen veinte años más –soltó un individuo macilento, un ruso-alemán con la mejilla a costurones que con su respuesta se granjeó la antipatía de todos, no sólo del revisor.

–Así y todo no se me pongan tristes –replicó éste–. Sé muy bien de lo que estoy hablando. Yo conocí al ministro del Interior que hace poco tiempo mataron en San Petersburgo. Y conocí a la reina de Escocia y estoy en contacto con el delfín de Francia.

El ruso-alemán se reía para sus adentros. El resto seguía con interés y extrañeza las afirmaciones del revisor. El hombre movió las manos sobre los dibujos cabalísticos asegurando que la corriente que circulaba entre sus dedos convocaba a los espíritus. El suspense fue en aumento. Sophie captó una mirada de Stanton que parecía inquirir: «¿Y nosotros, cuándo entraremos en contacto otra vez?».

–Muchos han sido los espíritus de familias reales que han venido a visitarme de noche –prosiguió el revisor dirigiéndose a la señora del cónsul, depositaria aparente de su confianza en aquel momento–, los conozco a todos.

Madame se inclinó hacia Sophie susurrándole:

–Qué personaje más chocante, ¿no le parece, querida?

El hombre macilento no pudo reprimir otra impertinencia acerca de revisores perfumados organizando sesiones de espiritismo. Madame lo oyó:

–Si quiere discutir, mejor vuelva a su departamento.

El macilento respondió enfadado que no se metiera donde no la llamaban. Sus palabras actuaron como detonante de una trifulca que llevaba tiempo gestándose, de forma que en un instante estaban todos gritando en todas las lenguas sin que ninguno supiera ni lo que él mismo decía.

–Charles. –Sophie se le acercó.

–Vaya, por fin me llamas por mi nombre. Ya temía que no fuera a ser en este viaje. ¿Cómo sobrellevas Siberia? A mí me pone enfermo, sencillamente. Lo único que puedo hacer es trabajar. He estado escribiendo artículos y tomando apuntes; tengo un cuaderno lleno. –Le mostró una agenda de cuero color burdeos.

–Pero ¿sobre qué?

–Es un ensayo donde observo cómo reaccionan las gentes de cada nación cuando actúan de forma colectiva. Es un proyecto que vengo acariciando desde hace tiempo... incluso tengo una teoría al respecto. ¿No ha visto usted tres vagones más adelante a los mongoles hacinados como gallinas? No se inmutan por nada, ni bajan casi nunca del tren. Mientras que los rusos, o se pasan el día rociando perfume... –Le dio a oler su manga, que despedía el intenso olor de un perfume empalagoso–. En un despiste imperdonable, estando en la puerta del departamento, pasó un empleado del tren blandiendo su enorme frasco... o se pasan el día comiendo. No salen del vagón restaurante. Y en cuanto el tren hace un alto bajan como locos a la estación en busca del bufé de la cantina.

Sophie lo interrumpió:

–Mientras que los americanos siempre están hablando a voces de cuestiones técnicas, especialmente del Ferrocarril del Pacífico, dejando aparte que ya lo han visto todo siquiera una vez.

Stanton la miró sorprendido:

–¿Tú crees? –Parecía desconcertado.

–No lo tomes como una cuestión personal, pero ¿no oyes cómo habla Cecil the Third?

–¿No sabías que nació sordomudo? Lo operaron a los cinco años y aprendió a hablar en una clínica... –Sus palabras se confundieron con un griterío.

–¿Qué hace ese chino en nuestra clase? –exclamó irritado el gordo que se había empeñado en rusificar Corea–. Esa gente va en tercera.

Sophie aún pudo ver cómo Tung se daba la vuelta y salía apresuradamente del vagón. Quedó desconcertada. ¿Por qué habría ido hasta allí? ¿Por qué no se atenía a lo que habían acordado y se limitaba a esperarla en las estaciones donde hicieran parada? Lo llamó, pero él no la oyó o no quiso oírla.

–¿Y usted por qué trata así a mi asistente? –se encaró con el ruso, aprovechando la ocasión de recriminarle siquiera una cosa al individuo.

–¿Qué dice? ¿Que ése va con usted? Pues yo la consideraba más razonable.

Sophie, desorientada, buscó la mirada de Stanton.

–Vámonos. Tengo que decirte una cosa –le susurró su amigo mientras la conducía hacia fuera.

El departamento de Stanton era exactamente igual que el suyo, pero con la disposición invertida. En la mesa plegable de la ventana había una montaña de cuadernos usados. Stanton la llevaba aún de la mano. Sophie retiró la suya.

–¿De qué conoces a tu asistente?

–¿A Tung? Lo envió mi marido. Se me presentó en el hotel de Petersburgo y viajamos juntos desde Moscú. ¿Por qué?

–Porque hay cosas que no encajan. Me sorprende, por ejemplo, que domine tantos idiomas.

–Antes estuvo al servicio de un inglés.

–No, no me refiero al inglés, sino a cómo habla japonés. Sin ninguna dificultad, por lo que parece.

–¿Y cómo lo sabes? ¿Hablas japonés?

Stanton negó con la cabeza:

–Desde luego, no pongo la mano en el fuego. Pero estoy convencido de que ha estado hablando con un japonés, y no en inglés.

«¿Y por qué tendría que ser tan raro?», pensó Sophie. Recordó el día que Tung la conminó a no ausentarse del departamento. Luego se había parado a hablar con un individuo. Ella se asustó cuando él miró hacia su ventana. De repente se dio cuenta de lo que entonces le había dado miedo. El individuo en cuestión no llevaba trenza, sino el pelo corto. Los chinos llevaban el pelo largo, como era bien sabido. Debía de ser el japonés que decía Stanton.

–Quiere decir... –Sophie se interrumpió, como si al formularla confirmase la sospecha.

Hay que precaverse antes de que empiece a llover. Recordó con claridad esa expresión en labios de Johannes. ¿Cuánto tiempo hacía de eso? Fue en la primera celebración del nacimiento de Lina, en la casa de Jurmala. Conservaba en la memoria el comentario, a pesar de que entonces no le había prestado especial atención: «Los japoneses han desarrollado una compleja red de espionaje –les había contado a Albert y Ludwig–. Los jefes militares hablan todos ruso. Muchos han llegado a instalarse en la Siberia occidental. Por el aspecto parecen enteramente cantoneses». Corinna había hecho incluso alguna broma al respecto.

–No ignoras las cosas que pueden llegar a ocurrir –observó Stanton–. Estás perfectamente al corriente. De todas formas, tendría que ponerlo a prueba.

Sophie había desconfiado de Tung desde el primer momento. Al principio de manera instintiva, pero luego lo había sorprendido en su departamento. De pronto se llevó asustada la mano a la boca. ¡Los bocetos de Albert! ¡Los planos del puerto de Port Arthur, con el empeño que había puesto! Luego, el emisario que llegó de Petersburgo. Le dijo que era un asunto secreto y que no se lo confiara a nadie. Pero ¿cómo no había relacionado todo ello con Tung?

¡Podía ser un espía en lugar del asistente chino que fingía ser! Sin mayores explicaciones Sophie se dirigió corriendo a su departamento, abrió de par en par el armario y rebuscó directamente en la repisa, detrás de la chaqueta de lana. La *matrushka* panzuda del pañuelo rojo seguía en su sitio, entre su ropa. Desenroscó las muñecas, primero una y luego la segunda:

–¡Gracias a Dios!

Stanton la había seguido. Tenía ante sus ojos los negativos que Sophie había guardado dentro de la muñeca.

–¿Son los documentos de tu marido?

Ella asintió; le había puesto en antecedentes acerca del trabajo de Albert.

–Escondidos en el vientre de una muñeca. Sólo puede ocurrírsele a una mujer.

–¿Tú crees?

–Desde luego. Un hombre piensa de otra manera... No se pone en el papel de un cuerpo así; se lo mira desde afuera.

Lo que dice vale sin duda para Albert, pensó ella involuntariamente.

–Pues, tal como están las cosas, vendría a ser el escondite perfecto.

–Exactamente. Además, tampoco va a pensar nadie en unos negativos.

Estaban uno al lado del otro. Sophie notaba la presión de su brazo. Hacía días que no estaban tan cerca. En la estrechez del departamento sus caras se rozaron al darse ella la vuelta.

–Será mejor que no te alejes de mí –dijo Stanton.

Sophie notó la boca reseca. Se veía incapaz de articular ni una sola palabra. Estaba exasperada por el desenmascaramiento de Tung. Y para ser sincera, no sólo por eso.

–¿No prefieres que me encargue yo de la muñeca? –prosiguió el americano–. Mientras no encuentren lo que buscan no te pasará nada.

Todo discurría demasiado deprisa para Sophie. Hubo de pasar un rato para que poco a poco se diera cuenta del peligro que suponían para ella esos documentos. Con el agravante de que ni siquiera sabía de qué trataban. ¿Albert le había confiado realmente algo tan importante, algo que los japoneses quisieran conseguir a cualquier precio? ¡Su marido no podía exponerla a ese riesgo! ¿O sí? Le asolaron las dudas. Le había contado muy poco de lo que hacía. Ya de buen principio. Qué deprisa había sucedido todo. La decisión de irse. Su partida. Notó cómo el miedo que sentía empezaba a transformarse en cólera. Buscó su pistola. No estaba en el cajón. Palpó los bolsillos del abrigo, abrió la maleta, se agachó para inspeccionar el fondo del armario. Nada. Miró en derredor. No había vuelta de hoja.

–¿Echas de menos algo?

–Llevaba una pistola pequeña.

–La muñeca y la pistola –dijo pensativo Stanton–. La pistola se la ha llevado.

Sophie dejó de prestar atención. Se le fueron los ojos al retrato de Lina y ella. Sintió náuseas. Todo le dio vueltas y tuvo que sentarse. Dichoso viaje... no se acababa nunca. Se acordó de Lina. La fuerza de la imaginación fue tan intensa en ese momento que le pareció estar tocando con los labios el cálido rostro de su hija, soplando en su rubia cabellera. Veía a Lina durmiéndose en sus brazos con la cabecita reposando en su hombro. No oyó cómo salía Stanton cerrando la puerta trasde sí.

*

–Tomsk fue fundada por Boris Godunov. –El texano estaba apostado ante su departamento y la había despertado con su voz engolada.

–¿No fue la prisión de la esposa de Pedro II? –preguntó la modista de Berlín.

–Exactamente –respondió solícito Cecil–. De todas formas, actualmente además de rusos viven muchos finlandeses, alemanes y judíos. En Tomsk se encuentra la única universidad de Siberia. Tiene facultad de derecho y de medicina, y unas importantes colecciones de minerales y de restos arqueológicos.

–La de minerales se entiende. Con las reservas de minas que tienen...

Sophie se acabó de despertar . Era la voz de Stanton. Había estado apostado afuera todo el rato. ¿Había montado guardia, como un soldado? De repente le vino todo a la memoria. ¿Estaba a punto de caer en la histeria?

–Habrá visto las piedras preciosas que pueden comprarse en las fondas de las estaciones de carga de carbón –comentó Stanton–. Malaquita, diamantes, lapislázuli.

–Y zafiros, rubíes o amatistas del tamaño de una nuez... –añadió el texano con ansiedad–. Adivine cuánto piden.

–No tengo idea –respondió la mujer–. Si entendiese de piedras preciosas no tendría que ir con mi prometido a abrir una sombrerería en Irkutsk.

A su novio no lo había visto nadie. Por lo visto no salía del departamento porque estaba delicado del estómago. Quizá fuese el miedo de ir a Irkutsk.

Sophie salió al pasillo. Por el otro extremo se aproximaba el cónsul trayendo tras de sí al fox-terrier, que tiritaba.

–¡Qué país más peculiar! Bajo tierra está repleto de tesoros y por encima es horroroso –apuntó la berlinesa–. Basta con mirar: tabernas, aserraderos, secaderos de sosa y se acabó. ¿Qué alegrías pueden tener aquí, monsieur?

–Tiene toda la razón, mademoiselle –replicó complacido el cónsul–. La única distracción es la caza. En una noche un solo cazador puede abatir trescientos patos. De todos modos, confieso que hay que tener estómago.

–Eso es una auténtica carnicería –objetó Stanton.

–¿Y qué quiere? Aquí ya no estamos entre gente civilizada. *Viens, Sissy.* –Amo y perro siguieron hacia el vagón restaurante–. Quizá consigamos una racioncita de paté.

Stanton expresó su desaprobación con un gesto.

–No sea tan severo con él –dijo la berlinesa, quien se aprestó a seguir los pasos del francés para recelo de Cecil–. Es un monsieur tan simpático...

–¡Charles! –Sophie no estaba de humor para bromas–. Acabo de darme cuenta de una cosa. A propósito de lo de Tung, digo. Las cartas que mi marido me escribió durante el viaje a Port Arthur llegaron todas a la vez. Como si las hubieran juntado para luego darles curso. El retrato de Tung que me anunciaba en una de ellas no apareció por ningún lado.

–Hay que asegurarse. Las sospechas no bastan. Y Tung no tiene que notar nada. Pero da la impresión de que han preparado el asunto desde hace tiempo.

Alguien más entró en el pasillo. Era el revisor. Los saludó con un gesto y anunció: ¡Krasnoyarsk!

–Será mejor que bajemos –propuso Sophie.

En la cantina no les molestó nadie. Sophie encargó espontáneamente la consumición de los dos.

–Se me ha ocurrido una cosa –Stanton la cogió del brazo–. Antes que nada tendríamos que sacar una fotografía de Tung. Utilízalo de modelo, colócalo en primer plano y procura que salga la cara. Eso es lo más importante. Y en segundo lugar –todo adoptaba la impronta estratégica de un estado mayor–, pronto cruzaremos el Yenisei por un puente bastante singular. Le indicas a Tung que te interesa tomar una fotografía del lugar para tu marido y que no es la primera construcción que fotografías para él. Luego es cuestión de esperar. Si nuestra sospecha es fundada, Tung volverá a registrar tu departamento, pero esta vez en busca de fotografías y negativos, en lugar de carpetas, cuadernos o tubos de planos. Y ahí lo atrapamos. Los negativos no los encontrará porque los tendré guardados yo.

Sophie guardó silencio. No terminaba de estar conforme, a pesar de que el plan era plausible. ¿No exageraba Stanton? Quizá se tratase de algo muy diferente. En ese momento Cecil the Third descubrió también la cantina. Se abalanzó sobre ellos:

–¡Es fantástico! Tienen museos y teatro. También hay hospitales y una biblioteca, y periódicos... ¡Los que quieran! Aquí hay un ambiente intelectual en toda regla, y estamos en plena Siberia oriental.

–Sí, si prescindimos de la censura –terció Stanton, aunque ello no pareció empañar en absoluto el entusiasmo del texano–. He comprado todos los periódicos y revistas. Ya se los prestaré.

De repente descubrieron a Tung en el andén. Se les acercó respetuosamente, juntando las palmas de las manos. Finalmente se detuvo a cinco pasos de Sophie con la cabeza gacha, como si esperase instrucciones.

–Voy a necesitarle dentro de un rato en mi departamento para cambiar las placas. –Tung la miró intrigado–. Quiero tomar unas fotografías del puente sobre el Yenisei.

V

Los dos raíles discurrían brillantes hacia un punto en la línea del horizonte donde se cortaban. Diferente con cada versta que avanzaban y siempre a la misma distancia. El cuarto postulado de Euclides: el axioma de las paralelas. Dos rectas se cortan en el infinito. Desde la ventanilla del tren se ponían gráficamente de manifiesto los orígenes de la geometría: una técnica de medición del espacio, ante todo.

Tras la curva se adivinaba el gran puente de hierro. Albert le había adiestrado la vista para descubrir construcciones singulares. Debajo, el majestuoso Yenisei, helado de orilla a orilla. Sophie tenía la cámara en la mano, preparada para disparar. Fotografió a Tung antes de que él pudiese percatarse de lo que ocurría. Pero no había contado con su reacción. Se enfureció y se adelantó hacia ella con el puño levantado; probablemente la habría golpeado si el tren no se hubiera detenido en ese preciso instante. Las puertas se abrieron y dos individuos vestidos de uniforme recorrieron armados el pasillo anunciando en ruso: «¡Control!». Tung retrocedió. Esbozó una sonrisa, pero por más que lo intentó no pudo borrar la cólera y el odio que reveló durante una mínima fracción de tiempo. Puso todo su empeño en protegerse detrás de Sophie.

–¡Control! ¿Lleva una cámara, señora? ¿Me enseña el permiso?

Sophie entró en el departamento en busca del documento mientras buscaba febrilmente una salida. El comportamiento de Tung confirmaba sus sospechas. Los agentes le habían permitido entrar con la cámara. En el compartimento reemplazó velozmente la película usada por una nueva. Uno de los agentes llamaba en ese momento a la puerta con impaciencia. Sophie le entregó la autorización.

–¿Ha sacado alguna fotografía del puente? –preguntó.

Sophie veía detrás a Tung. Ante todo, no debía notar nada.

–Sí –respondió–. He hecho dos fotografías.

–Tiene la autorización en regla. Pero nos tiene que dar la película. Está prohibido tomar fotografías de puentes en la zona fronteriza.

Sophie, sin delatar en lo más mínimo su pequeña victoria, extrajo la película. Observó cómo se relajaba la expresión de Tung.

–Me hubiera gustado enseñárselas a mi marido –explicó Sophie a los agentes–. Es ingeniero, y le he fotografiado ya muchas obras.

–*Spassiba*. –El agente, que parecía un boxeador de pesos pesados, se guardó la película en el bolsillo–. Está prohibido. No estamos lejos de la frontera con China y los tiempos que corren son peligrosos. Hay espías por todos lados. Ese hombre –y señaló con el pulgar a Tung–, ¿va con usted?

Sophie lo confirmó con un gesto:

–Me acompaña hasta Port Arthur.

El agente se alejó a paso ligero por el pasillo. Sophie se quedó sola con Tung. Ahora parecía la propia imagen de la amabilidad. Sophie le devolvió la sonrisa. Le preguntó si al menos podría sacarle otra fotografía.

–*Please, do not* –fue su respuesta–. *You must not take my soul.*

¿Era ése el motivo? ¿La superstición? El ingenioso plan de Stanton no había tenido en cuenta ese elemento. De todas maneras, el instinto le decía que a Tung no le había importado tanto el alma como la identidad.

A la hora del té se encontró con Stanton en el vagón restaurante. El joven de pelo largo que Sophie tenía por un clérigo estaba aún almorzando, mientras que el dueño de las minas de oro estaba ya cenando. A esas alturas del viaje nadie sabía a qué hora tomar las comidas ni cuándo echarse a dormir. Habían pasado ya cuatro husos horarios. Obviamente en las estaciones figuraba la hora local, pero en el tren la vida se guiaba por la hora de Petersburgo.

–La primera parte del plan está cumplida –informó Sophie mientras se sentaba junto a Stanton–. A pesar de los pesares tengo la fotografía de Tung y él cree que le he hecho otras a mi marido. Me he librado de una paliza por los pelos. El sujeto es peligroso.

Stanton se asustó. Le cogió la mano.

–Por Dios, Sophie. Ha sido por mi culpa. Tenía que haberlo tenido en cuenta. Te he expuesto a una situación peligrosa.

Parecía contrariado. El camarero sirvió a Sophie un plato de sopa. No necesitaban espectadores, de forma que guardaron silencio; mientras, la joven desplegó la servilleta. Stanton posó de nuevo la mano en su brazo, como tantas veces en los últimos días. Una pulsera de carne y hueso.

–Mejor deja la servilleta en su sitio –dijo–. Cada noche recogen manteles y servilletas, pero lo único que hacen es rociarlo todo con un poco de agua para poderlo planchar. A la mañana siguiente nos las vuelven a poner como si estuvieran recién lavadas.

Sophie la apartó con expresión de asco. A menudo había visto cómo se sonaba la gente en las servilletas.

–Podría darme de bofetadas. Soy capaz de prevenirte de tonterías como ésta, Sophie. Pero cuando se trata de cosas realmente importantes te lanzo al desastre.

Por el talud trepaban muchachos y muchachas con cestas colgadas del brazo. Cada vez que el tren se detenía en plena vía acudían como enjambres hasta los vagones para vender leche, nata agria, zumos, huevos o caviar a los pasajeros. Acercaban de puntillas el género, atrapaban el dinero y devolvían el cambio.

–¿No prefieres comprar provisiones ahí afuera? –propuso Stanton.

–Me parece una idea espléndida. Ahora ya estamos en paz –dijo Sophie sonriéndole mientras se levantaban e iban hacia la puerta.

No bien hubieron salido al pasillo atestado de pasajeros ávidos de mercancías, la dama de Berlín preguntó a Sophie:

–¿No se ha enterado? Al ruso rico le han robado. Todas las joyas, los relojes, los anillos, las agujas de corbata... Todo. Acaban de ir a buscar bromuro para tranquilizarlo al botiquín del vagón de delante.

«Al menos han acertado», pensó Sophie sin mostrar un interés especial en el percance. Con sus continuos alardes de buenas relaciones, aquel sujeto le había resultado antipático desde el principio.

–¿Y han cogido al ladrón?

La modista negó con un gesto:

–Les echa la culpa a esos muchachos. –Y señaló con la cabeza hacia los jóvenes vendedores.

Al final del pasillo se oían gritos iracundos. Cecil profería acusaciones de esclavismo y el ruso desvalijado colmaba de improperios al odiado explorador americano, reprochándole su ridículo espíritu misionero. Por lo visto, cuando acusaron a los niños del robo, el texano había endosado al ruso un sermón sobre la dignidad humana con el que terminó ganándose un sopapo. Luego siguió una especie de combate de boxeo. El cónsul francés intentaba separarlos:

–Messieurs –repetía una y otra vez–, sean ustedes razonables, por favor.

Él mismo estuvo a punto de enzarzarse en la reyerta. En ese momento arrancó el tren y los dos hombres se soltaron al instante.

–¡Paren enseguida! –gritaban desde afuera.

–Hay que avisar al maquinista. ¡Ha pasado algo! –gritó un inglés desde el vagón restaurante.

Junto a la vía corría un hombre con grandes aspavientos. No cesaba de agitar las manos exigiendo que parasen. Finalmente el convoy se detuvo con gran estrépito de frenos. Todos los pasajeros se agolparon en las puertas, asomándose cuanto les era posible para no perderse nada.

Al fondo del último vagón estaba el revisor. Intentaba echar de la plataforma, donde se había escondido, a un campesino que se había subido con una cabra. El empleado del ferrocarril no tardó en propinarle una sonora bofetada.

–Pues ése se la ha merecido –comentó Cecil, satisfecho de ver a otro recibiendo los golpes–. Es una locura jugarse la vida de ese modo.

–¿Cómo dice? –Su contrincante se enfureció de nuevo–. ¿De modo que aprueba una injusticia que clama al cielo?

El ruso se arrojó iracundo al exterior y se dirigió a zancadas hasta el revisor.

–¿Cómo se atreve? –vociferó al pobre empleado del ferrocarril–. ¡A las personas hay que tratarlas como personas, da igual que sean chinos o campesinos!

Y para sorpresa de todos, después de haber vituperado a los niños vendedores llamándolos chusma y ladrones, sacó una bolsa de dinero e indemnizó a la víctima de la injusticia con tres rublos.

–Ya está, lo de siempre –malició Cecil–. Dando limosna a los siervos se aumenta el valor propio.

Antes de que el tren reanudara la marcha, Stanton susurró a Sophie:

–Sophie, por favor, ajusta bien el pestillo esta noche.

¿Era el temporal que soplaba con inclemencia sacudiendo todo el tren? No, aquello no era el temporal. Estaba a oscuras. Sophie prestó atención. Se oyó otra vez. Más bajo que la primera vez. Un ruido. Como si rascaran. Se incorporó en la cama. Seguía el ruido. Venía de la puerta. Pareció moverse. Sophie saltó de un brinco de la cama y chocó con la lámpara de petróleo. La pantalla de cristal cayó hecha añicos. ¿Fue imaginación suya o de verdad oyó una carrera por el pasillo? En el departamento vecino golpearon contra el fino tabique, una voz preguntó en ruso si había ocurrido algo. Era el clérigo de ojos irritados. «Spassiba», respondió Sophie alzando la voz. Se arrimó al armario, el corazón le salía por la boca. El ruido de la puerta había cesado. También el zarandeo. Creyó oír que se cerraba la puerta del vagón. Si hubiera habido alguien delante de su departamento habría tenido tiempo de sobras para quitarse de en medio.

Ya no pudo seguir durmiendo. La esfera de plata del reloj de bolsillo marcaba las cuatro y media. Se puso la bata. Según el horario de Stanton, él debía de estar a punto de levantarse. Se dirigió hacia su departamento. No le abrió enseguida; era evidente que dormía profundamente. Sophie le contó sin rodeos lo ocurrido.

–En la puerta había alguien, seguro... intentando abrirla. Tengo miedo de quedarme sola –dijo Sophie–. Había pensado que quizá podría...

Su amigo entró de nuevo en el departamento y la dejó pasar, desplegó con desenvoltura la litera de arriba y sacó la manta de lana del armario.

–Échate, por favor, y procura dormir.

Sophie trepó por la pequeña escalera, mientras Stanton apagaba la luz y también se echaba en su litera.

–Me tranquiliza que hayas venido a buscarme.

Sophie se acordó de otra ocasión en que durmió en la litera de arriba de un tren; fue en el viaje de Riga a París.

–En la casa de veraneo siempre dormía en la litera de arriba. Mi hermana Corinna tenía miedo a caerse. A mí me daba la sensación de ir volando en globo por encima de la tierra.

Cuando se figuraba que Stanton debía de estar durmiendo, porque no se oía ningún ruido abajo, él la animó:

–Cuéntame cosas de tu vida, Sophie. ¿Dónde está esa casa de veraneo? ¿Cómo es Corinna?

Sophie tuvo la sensación de que Stanton había doblado la almohada para colocársela debajo de la nuca y poder escucharla más cómodamente. Empezó a desgranar, entrecortadamente al principio y de corrido después, imágenes de su niñez, recuerdos de sus padres, impresiones sobre Corinna y los olores de la casa de Jurmala al principio de cada verano... Habló acerca de sus fotografías, de la luminosidad que reinaba por San Juan y de cómo se encendían el ventanuco de la pequeña iglesia y el vestido rojo de la dama. Ni siquiera le sorprendió la confianza que le inspiraba aquel hombre que se limitaba a escuchar y quizá se hubiese dormido. «¿Se habría sentido decepcionada en ese caso?», intentó preguntarse. Pero antes de dar con la respuesta el sueño la había vencido.

Se despertaron tarde. Stanton fue al vagón restaurante a buscar té y bocadillos. Estaban desayunando mientras el tren cruzaba una estepa elevada y rala.

–Qué pena que en el tren no haya fresas. –Sophie lo miró intrigada–. En plena oscuridad me has tenido embelesado con lo que contabas. Como en los buenos tiempos en que no podía conciliar el sueño y mi madre me contaba historias desde la sala de al lado, con la puerta cerrada. Yo no perdía de vista la rendija de luz que se filtraba bajo la puerta. Sabía que mi madre estaba allí sentada y que aquella franja de luz me mantenía unido a su mundo, protegiéndome así de los fantasmas de mi cuarto. Se me había olvidado por completo esa imagen, hasta esta madrugada; el recuerdo no ha vuelto a emerger hasta que te he oído contándome con tu voz suave cómo eran la luz del mar, los amaneceres de junio y la pareja representada en el ventanal de la iglesia. Incluso he podido paladear las fresas, como si yo fuese el infortunado novio. De repente me has transportado a la niñez. He tenido ante mis ojos a mi madre, joven y guapa, vestida con un vestido largo; he notado la calidez de su piel y el aroma de su pelo. He sentido una añoranza tan grande... –Stanton se interrumpió, para proseguir poco después–: Esta noche me he propuesto escribirle. Quizá aún podamos vernos. Quién sabe cuánto va a vivir, la pobre. Un buen día se habrán acabado las ocasiones.

Afuera no se veía más que nieve. Súbitamente, como minúsculas gotas de sangre que cayesen al suelo tras pincharse con un huso, Sophie vio las fresas en la nieve. Y ella que se lo había imaginado durmiendo mientras no dejaba de hablar.

Se produjo un breve silencio. Luego Sophie oyó el zumbido metálico de las ruedas. Stanton dio cuerda a su reloj.

–Dentro de una hora tendríamos que llegar a Irkutsk. Un lugar poco acogedor, te lo aseguro. Con el penal del zar Alejandro y la fundición del zar Nicolás; ¿te suenan de algo? Es donde van a parar los condenados a trabajos forzados. La ciudad está atestada de presidiarios y colonos forzosos. Cada año llega un millar de desterrados nuevos, según me ha contado el dueño de la mina de oro. En otoño llegó a haber doscientos cuarenta asesinatos en un mes.

–¿Lo sabrá la muchacha de Berlín?

Siguieron comiendo los bocadillos. De repente se oyó un alarido muy cerca de ellos. Tan penetrante que Sophie, del susto, derramó el té y se quemó los dedos. El revisor volvió a pasar corriendo por el pasillo. Stanton asomó la cabeza por la puerta del compartimento.

–Vigíleme a la señora –apremió al revisor–. No la deje salir de aquí.

–¿Ha oído? –El revisor se volvió hacia Sophie.

Ella asintió celebrando no tener que moverse. Stanton se tomó el té sin sentarse. Luego se puso la chaqueta.

–Voy a echar un vistazo. –Cerró la puerta con la misma delicadeza que emplearía al salir del dormitorio de un niño.

El tren circulaba por la orilla de un cauce ancho. Era el río Angara. Sophie se sentó en la litera de Stanton. Creyó sentir aún su aroma y la calidez de su cuerpo. El corazón le latió más deprisa. Qué próxima se sentía a aquel hombre, cuánta confianza le inspiraba al cabo de los días. Era como si se conocieran de siempre. Comenzaron a aparecer árboles bajos y casas de madera. El tejado verde de una iglesia en cuya espadaña doblaba una campana, de la sombra a la luz y vuelta a la sombra, insonora tras el doble acristalamiento. La luz del atardecer se deslizaba por los raíles y el río. Súbitamente su mirada topó con un hombre que se alejaba corriendo del tren. Sophie, inquieta, salió del departamento y recorrió el pasillo en la dirección que había seguido Stanton. Había una puerta abierta por donde se oía sollozar a alguien. Tumbado en la litera había un joven a quien Sophie no había visto nunca, llorando desconsoladamente. Debía de ser el enfermo, el prometido de la berlinesa. También vio ante sí una mancha oscura de tamaño cada vez mayor. Stanton también estaba allí.

Tuvo que ser ella quien gritó. Stanton no logró retenerla. Una sola mirada bastó para que Sophie se hiciera cargo de la situación: la moqueta manchada de sangre, los ojos desorbitados de la modista de Berlín tumbada en la cama en medio de un charco de sangre, con una espantosa herida en el cuello por la que se veía el esófago. Todo manchado de rojo, igual que en un matadero. De niña, Sophie había contemplado la matanza del cerdo en una calle vecina. Se echó a temblar desde la coronilla hasta los pies. Luego rompió a llorar irrefrenablemente, sollozando sin consuelo. Se tapó los ojos con las manos como si de esa manera pudiera borrar lo que habían visto. Veía por entre los dedos la sangre de la moqueta, una mancha en la que cayó de pronto la luz del atardecer, haciéndola brillar como si fuese una enorme flor repulsiva.

Con la mano apoyada en su hombro, Stanton la condujo de regreso. Sophie respiró hondo y rompió a llorar otra vez. El revisor salió tras ellos del compartimento, que cerró cuidadosamente una vez hubo comprobado de manera fehaciente la muerte de la mujer.

–Mande que registren el tren –le dijo Stanton–. El asesino tiene que seguir escondido en algún sitio.

–Esto no es asunto mío. Es competencia de la policía de Irkutsk.

La mano de Sophie temblaba de tal modo que le costó introducir la llave en la cerradura.

–Pero fíjese, por favor. No hace tanto rato que esa mujer está así. Ni media hora. La sangre aún no está seca –dijo Stanton; parecía un inspector de la brigada criminal–. ¿Quién más viaja en el vagón?

–Sólo ellos dos. Luego viene un vagón vacío y a continuación la tercera clase. El novio está enfermo; viaja en el compartimento de al lado.

Todo cuanto dicen cala muy lentamente en la conciencia de Sophie. Tiene ante sus ojos la planicie bañada de luz con el hombre corriendo. Con qué rapidez lo engullen las sombras. Tenía que ser el asesino, pero sólo recuerda el gesto con que se había apresurado a pasar de la luz a las sombras, acompañado del cimbreo de la campana en el tejado de la iglesia.

En cuanto llegaron a la estación el revisor corrió en busca de la policía. Regresó con dos hombres vestidos de uniforme que parecían atenderle a disgusto. Sellaron el vagón y condujeron al novio a la estación. Sophie permaneció en el departamento de Stanton. El revisor le había dicho que quizá tuviese que declarar. Oyeron desde el pasillo cómo Cecil buscaba a la berlinesa para despedirse de ella. Los demás pasajeros aún ignoraban lo que había ocurrido.

–Se habrá bajado ya –replicó sarcástica al texano la señora del cónsul–, con gran pesar de los caballeros. –Por hacer enfadar a Cecil, añadió–: Sólo el cura le ha podido dar un beso de despedida, el guapo del pelo largo.

Stanton y Sophie se miraron. También madame le consul estaba al tanto de las pequeñas maquinaciones de la mujer.

–Pero ¿por qué no viene nadie a tomar nota de los pasaportes? –preguntó enseguida–. Suele ser lo primero que hacen. A mí al menos me tranquiliza, así no se pierde nadie.

–Es muy sencillo –bramó el dueño de las minas de oro–. Aquí manda la corrupción, y la policía no es mejor que la chusma. Basta que alguien facilite sus datos personales para dar pie a un delito en el momento menos pensado. Es demasiado peligroso.

–Pero ¿qué quiere decir este señor? –preguntó madame asustada.

Cecil no desperdició la ocasión para pasar cuentas. Complacido, puso al corriente a la señora:

–Muy sencillo, madame: que aquí hay mucha gente sin papeles ni ganas de quedarse a perpetuidad en Irkutsk; antes prefieren hacer lo que sea. La cuestión es tener un pasaporte, y la fotografía es secundaria. Y un pasaporte es tanto más fiable si sabes que el dueño se ha ido de este mundo.

–¡Ay! –exclamó la dama con un grito para ir a encerrarse acto seguido en su departamento a cal y canto.

Al cabo de una hora regresó el revisor acompañado de los dos policías. Efectivamente, a Stanton y a Sophie les hicieron bajar del tren. Mientras él entraba con uno de los agentes en un anexo de la estación, Sophie fue conducida a una oficina húmeda y angosta. «Qué manera más rara de proceder», pensó mientras esperaba a que acudiese alguien a tomarle declaración. Las paredes estaban pintadas de un color verde chillón. De afuera llegaba la luz de una farola a través de una ventana baja. Debía de estar colgada de un alambre, porque las sombras se movían como olas por la pared; Sophie tuvo la sensación de hallarse en un acuario. No se oía ningún ruido. ¿Se habrían olvidado de ella? Hacía rato que habían dejado de oírse los pasos y las voces que siguieron a Stanton. Y por desgracia se había dejado el reloj.

Finalmente se levantó de la silla y se acercó a la ventana. Tuvo que agacharse un poco para mirar. En sentido oblicuo se divisaba la estación; en el andén había un carro cargado de sacos; unos mendigos acurrucados parecían esperar la llegada del tren siguiente mirando a las musarañas. Y, de repente, Tung. Estaba muy cerca; reconoció su perfil a la luz de la farola. Su primera intención fue golpear el cristal para llamarlo, pero enseguida le asaltó el desagrado que le causaba y se abstuvo. En la mano, como advirtió Sophie en ese instante, llevaba la navaja. Tung volvió la cabeza hacia su ventana y Sophie se retiró rápidamente a un lado. A continuación se proyectó una sombra en el interior. En la ventana, alguien hacía visera sobre los ojos para ver mejor dentro. Sophie contuvo la respiración. Se hallaba en un rincón invisible desde afuera. Finalmente la sombra se desvaneció. Ella permaneció inmóvil durante un rato. ¿Qué estaba buscando Tung?

Tras un rato que se hizo eterno Sophie oyó ruidos en el pasillo. Una voz iracunda. Reconoció a Stanton. Parecía furioso y le gritaba a alguien. Se oyeron unos pasos presurosos ante la puerta. Luego dieron la vuelta a la llave. ¿Había estado encerrada? Entró un empleado que llevaba un candil en la mano; tras él, Stanton.

–Sophie –exclamó tranquilizándose mientras apartaba al empleado–. Ven conmigo. En esta estación están locos. Llévenos al tren inmediatamente –ordenó al funcionario.

A la luz del candil, lo siguieron por el andén.

–No me han tomado declaración –observó Sophie con sorpresa–. Tampoco ha venido nadie.

–Te habían detenido. Y te habrían retenido hasta que se marchara el tren de no haber sido por mí. Encerrada, sin más, esperando que nadie se diera cuenta.

–Pero ¿por qué, Dios mío? –Sophie sintió un escalofrío de espanto.

Stanton le echó el brazo por el hombro y la atrajo hacia sí:

–Más vale no pensar en ello.

–Pero ¿por qué habrán querido retenerme? ¿Y dónde está Tung? ¿No me ha buscado?

Stanton la soltó con gesto consternado.

–No hay rastro de él. No ha aparecido por ninguna parte; se ha esfumado. Lo cual da que pensar, como es natural. Date por satisfecha habiéndote deshecho de él.

–Pero yo sí lo he visto en la estación.

–¿Estás segura de que era Tung? –Ella reafirmó con un gesto–. Pues no deja de ser interesante. Después de todo, si puede deambular por la estación queda descartado como autor del asesinato.

–No sé bien por qué, pero he sentido un pánico terrible.

En el vagón, con la puerta abierta, esperaba el revisor, que los recibió con gestos de alivio:

–¡Vaya, por fin! –exclamó–. ¡Todo el mundo a bordo! ¡En marcha!

A aquellas horas pendía en el sur una luna rojiza que parecía absorber luz en lugar de darla. Pronto se ocultó, cerrándose una de las noches más oscuras que pudieran verse. Sophie estaba echada en la litera de Stanton, intentando poner orden en sus ideas: así pues, Tung había desaparecido. ¿Habría estado implicado en el asesinato de la mujer? ¿Sabría algo de su detención? Y la peor suposición: ¿tendría algo que ver? ¿Habría sido maquinación suya?

Estaba abatida. El miedo se le había metido en el estómago. Había una escena que no se le iba de la cabeza, era como una fotografía terrible: imaginarse el cuerpo de la mujer de Berlín esperando la autopsia en cualquier habitáculo verdoso y helado del cuartel de la policía de Irkutsk. En torno a la cabeza, la cabellera como una corona ondulada y morena. La belleza que aún conservaría bajo la sábana. Hombres vestidos de uniforme pasando por la estancia, alguno levantaría el lienzo que cubriera el cuerpo desnudo.

La noticia del asesinato de la joven se propagó casi sin palabras entre los viajeros, como si la crueldad con que habían matado a la mujer los privase del habla. Quienes se enteraron de la repentina desaparición de Tung vieron en ello una confirmación de su culpa. Con ello se complicó la situación de Sophie. Stanton era la única persona con quien podía hablar. No salió de su departamento. Gracias al empeño que puso su amigo, Sophie se serenó un poco. No podían acusar de lo ocurrido ni a ella ni a su falta de malicia, sino a las espeluznantes condiciones de vida de un Irkutsk donde un pasaporte costaba una fortuna. El tren, en la oscuridad de la noche, prosiguió su recorrido por el último tramo de la línea Moscú-Baikal. Cuando estaban llegando Sophie se decidió a regresar a su departamento para hacer el equipaje.

Apenas abierta la puerta, se percató de que habían registrado el departamento durante su ausencia. La fotografía de Lina y ella, que tenía encima de la mesa plegable, estaba vuelta del revés. Alguien le había puesto las manos encima para luego dejarla de cualquier manera. En la ventana se reflejaba el rostro de las dos: madre e hija, transparentes y espectrales. Tan rápidamente como pudo, metió sus cosas en la maleta. Cómo engañaba el rostro acogedor del tren.

VI

En la distancia se distinguía el haz circular de un faro. Señalando como los dedos de una mano blanca, penetraba en las tinieblas de la noche. Allí quedaba el lago. Situado tras la línea del horizonte, el paso del foco realzaba la franja oscura de tierra que había en medio. Sophie se sintió crispada ante la panorámica de la gigantesca masa helada. No pudo evitar sentir que todo cuanto hicieran, cuanto dijeran, tendría siempre un calado insospechado.

Poco después, adormilados y a trompicones, los pasajeros salieron en busca de los maleteros, que debían abandonar el mundo de sombras para acarrearles maletas, cestas y sacos hasta los trineos. Pero aún no podían subir a bordo; tuvieron que esperar junto a la cantina del lago, cerrada a esas horas. Cox, el inglés parco en palabras, exhibió entonces una locuacidad inagotable: «Porque los raíles que se tienden sobre el hielo no pueden usarse antes del veintiocho de febrero. Así pues, nosotros iremos con el *Angara*, un pequeño rompehielos, hasta donde se pueda avanzar, y luego en trineos. El rompehielos grande, el *Baikal*, hace unos días que está fuera de servicio. Es un barco espléndido. Se construyó en un astillero de Inglaterra y lo trajeron desmontado; aquí se montó bajo la supervisión de un ingeniero británico. –Por fin todos entendieron la razón de su entusiasmo–. Yo también participé en el proyecto. –Sus explicaciones revelaban el orgullo que le embargaba–. El *Baikal* se construyó con acero de Siemens y de Marti, tomando como patrón el cascarón de la nuez, igual que el *Fram* del noruego Nansen. La presión del hielo no le afecta lo más mínimo, la nave se limita a elevarse. No debe olvidarse que en cada trayecto llega a transportar hasta treinta vagones de ferrocarril, una locomotora y doscientas personas».

La trompeta que en ese momento sonó en la orilla interrumpió su verborrea. Llegó la hora de embarcar cruzando un puente de madera».

La madrugada estaba despejada. En el cielo, cuajado de estrellas, apuntaba una primera franja de luz crepuscular. El aire era gélido. Abrigados con sus pieles, los pasajeros contemplaron desde la cubierta cómo estibaban la carga de los últimos trineos. Acababan de traer un paquete con destino a Port Arthur. A esas alturas la etiqueta resultaba grotesca. ¿Acaso había destinos? Finalmente sonó con gravedad la sirena del buque y zarparon. La orilla se alejó rápidamente y las luces del muelle de madera redujeron su tamaño. El *Angara* se abrió camino en el hielo con gran estrépito. Las sierras que rodeaban el lago parecían filos de tijeras.

–El reino del dios blanco –dijo alguien–. Aquí traen los chamanes y los lamas a sus víctimas propiciatorias.

–Estamos navegando sobre un abismo de mil setecientos metros de profundidad –apuntó Cox convocando de nuevo a su auditorio–. Ahí abajo crece una esponja especialmente dura. En Irkutsk los plateros la emplean para pulir.

–Y hace poco tiempo también se ha encontrado un mineral tan solicitado como el lapislázuli –añadió monsieur–. *Azurinum ultramarinum*..., azul ultramar.

–Pero el fenómeno más interesante del lago es el pez araña. –La voz desproporcionadamente alta de Cecil atronó en el aire helado–. Tiene una cabeza enorme y unas aletas dorsales largas y delgadas. Vive en los lugares más profundos del lago, bajo una presión atmosférica descomunal. La tensión interna del animal se encuentra en correspondencia con la presión exterior.

«Como le pasa a él», pensó Sophie. Tuvo la sensación de que, súbitamente, a todos les iba la vida en hablar. Como si tuvieran que contrarrestar el angustioso ruido del hielo quebrándose; también a ella le causaba escalofríos.

–Las fuertes corrientes que se producen ahí abajo arrastran al pez araña hasta la superficie, donde estalla como un globo aerostático que estuviese demasiado inflado. Nadie lo ha visto nunca vivo, únicamente se conocen los restos oleosos que alcanzan la orilla. Brillan con los colores más bellos del arco iris.

¿Era el agotamiento o de verdad estaban cambiando las cosas a su alrededor de una manera extraña? Sophie tuvo la sensación de que en el horizonte las montañas se fundían unas con otras, que peces de colores tornasolados y ojos gigantescos saltaban fuera del agua y, cada vez que cerraba los ojos, estallaban en miles de jirones minúsculos. Ésa era la sensación que tenía desde el asesinato: el mundo se había desplazado, estaba enfermo y deformado. Ya no encajaba nada, todas las relaciones que hasta entonces obedecían a una evidencia de naturalidad quedaban trastocadas. El mundo, la gente y ella misma se disolvían en un conjunto de partículas abandonadas a su suerte. Tenía la sensación de que la locura de la realidad resultaba más difícil de comprender que los sueños. Se dirigió a proa como si esperase hallar puntos de orientación más fiables. Observó cómo se abría paso el rompehielos empujando los bloques de hielo bajo el agua. Las placas desaparecían con estrépito en las oscuras profundidades, la superficie helada quedaba atravesada por rayas verdiazules cuando se rompía la corteza. El surco volvía a cerrarse enseguida tras ellos. Al cabo de un rato nadie podría notar que acababa de pasar un barco.

Qué pocas huellas se dejan. Sophie recordó esa tarde en Riga en que observaba el trazo que dejaban los saltos de un mirlo en la nieve. El dibujo de las patas sobre la superficie blanca, similares a signos gráficos, se interrumpían de repente en el punto donde el ave había arrancado a volar. Entonces se le ocurrió por vez primera que la vida no conocía más orden que la casualidad.

Según los cálculos de Cox, debían de haber recorrido ocho millas cuando llegaron a las proximidades del *Baikal.* Las trompas de las sirenas apuntaban hacia ellos con sus inmensas aberturas; cuatro gigantescas chimeneas pintadas de amarillo despedían un espeso humo negro, como en los dibujos infantiles. De la misma manera que un chiquillo se alegra de hallar el juguete que creía perdido, el inglés no cabía en sí de gozo contemplando el buque: «Venga, venga. No se lo puede perder. –Estirándole de la manga, se llevó consigo a un sorprendido Stanton–. Tres calderas de seis mil caballos y tres hélices. Dos trabajan detrás y la de delante absorbe el hielo, lo hunde y lo lanza triturado al fondo. Las tres máquinas se caldean con quince calderas cilíndricas. Una soberbia condensación de fuerzas».

En el *Angara* cesó repentinamente el fragor sordo que sacudía el barco desde que habían subido a bordo. Los motores se apagaron y por un momento tuvieron la sensación de estar en un mundo diferente. La sensación de que todo era mayor y más vasto. Sólo rompían el silencio las voces de los cocheros y el resoplido de los caballos. Sophie sacó la cámara, pero el objetivo quedó rápidamente empañado a causa de las bajas temperaturas. Entre la neblina, vio cómo descendían los pasajeros por una escalera que no cesaba de zarandearse y cuyo último escalón no era sino un pequeño cajón. ¡Con qué cautela pisaban todos el hielo! Como si fuera a quebrarse bajo su peso.

El panorama abrió con dolorosa claridad un estrato de su memoria: la silueta oscura de los trineos contra el fondo del barco atrapado en el hielo, las figuras embozadas de los cocheros fumando en grupo, como en la parada de Riga; los caballos, rascando el hielo con los cascos mientras exhalan vaharadas. A tan temprana hora de la mañana parecía que hubiesen volcado por el cielo un cántaro de leche azul. Los pasajeros del tren expreso tenían derecho a un trineo reservado por la compañía. Pero, según informaron a Sophie, era un armatoste que para cubrir las cuarenta millas que separaban las estaciones de Irkutsk y Misovaya necesitaba casi todo un día. Y hacía frío. Quince grados Réaumur, había comunicado monsieur. Así pues, la mayoría optó por las troicas conducidas por tres veloces caballos.

–*N'est-ce pas trop dangereux?* –La voz revelaba la preocupación de madame.

Tradujeron la pregunta al cochero. El hombre se echó a reír e hizo un alarde de humor negro; afortunadamente la esposa del cónsul no entendió ni una palabra. Contó que siempre se perdía algún trineo en el lago, cuando se abrían brechas de varios metros de ancho y cientos de largo, que ningún cochero podía predecir. Si el agua no lo engullía todo, había que abrir deprisa con el hacha una zanja alrededor del trineo y formar una balsa de hielo que flotase en el agua. Luego todo consistía en guiarla hasta el siguiente reborde consistente, dar un buen salto y seguir adelante. El caso era que no siempre todo el mundo tenía suerte.

–¿Ese hielo aguanta? –preguntó Sophie preocupada a uno de los conductores de trineo.

–Desde luego –respondió el hombre, un barbudo cuyos ojos a duras penas se veían entre la pelambrera del rostro–. Lo que cuentan ahí detrás no pasa hasta la primavera, cuando se ablanda el hielo.

Sophie siguió esperando a Stanton. Cuando llegó, sólo quedaban trineos de un pasajero.

–¡Qué mala suerte!

Preguntaron en vano a cada uno de los cocheros; fue imposible dar con un vehículo de dos asientos. ¿Por qué no se le habría ocurrido reservar uno?, se reprochó Sophie. No había nada que hacer. Impotentes, se despidieron con un abrazo envueltos en sus abrigos de piel.

–¿Tienes miedo, Sophie? Podríamos pedirles a los cocheros que se mantengan siempre a la vista.

–No sé. Desde luego no puedo liberarme de la sensación de andar por un paisaje encantado que podría desvanecerse en cuanto abra los ojos.

Como ella, Stanton se acomodó en el cubículo de mimbre del trineo, protegido con haces de paja y pieles; la miró confundido.

–O, dicho en términos matemáticos: aquí se oculta un punto de discontinuidad. El punto donde el curso de las cosas puede convertirse en catástrofe.

El comentario de Sophie se confundió con las voces del cochero. Los caballos empezaron a trotar con el estrépito ensordecedor de las campanillas. Sophie volvió por última vez la vista. En el *Angara* la tripulación seguía apostada en la borda. Unos pasajeros rezagados se apresuraban a subir a las troicas aparejadas con pacientes caballos. Ante la cantina se agolpaban los pasajeros de tercera clase.

Cuando poco después adelantaron al *Baikal*, Sophie oyó el fragor de los motores y el estrépito del hielo quebrándose. ¿No pasaban demasiado cerca del barco? El cochero fustigó a los caballitos con el látigo. «¡No no no ovah!», arreaba. De todos lados llegaban las mismas voces.

Salió el sol. En el aire gélido las montañas de la otra orilla parecían poder asirse. En las crestas se adivinaban hondonadas batidas por ráfagas de nieve. Debían de ser profundos precipicios, cuyas masas de nieve habrían sepultado ciudades enteras. El resto de los trineos se perdió de vista, también el de Stanton. Después de cinco o seis verstas el trineo pasó a circular al trote y el cochero se volvió hacia ella:

–¡Eh, ama! A mitad de camino hay una taberna. ¿Me invitas a un trago?

–¿Por qué no, si guía bien el trineo? –replicó Sophie.

Dicho lo cual el hombre soltó un potente silbido. Los ponis giraron con tal ímpetu que el trineo levantó una polvareda de hielo. Llevaban horas sin oír nada más que las campanillas de los caballos y el crujido de los patines contra el hielo. Sophie estiró las mantas procurando taparse cuanto pudo. Si Corinna la viera en ese momento, pensó. Le encantaría hacer aquel recorrido. De niñas habían ido a menudo en trineo de caballos. Alguna vez oyeron aullar a los lobos en parajes solitarios.

De repente el cochero se levantó del pescante y comenzó a fustigar enérgicamente a los caballos. Manteniéndose en vilo, sin llegar a sentarse, arreó a los animales con una sarta incomprensible de palabras que soltó a voz en cuello. Miraba sin cesar hacia el lado, donde por el horizonte había surgido una mancha negra que parecía un espejismo. Finalmente Sophie creyó distinguir una partida de jinetes que se dirigía hacia ellos. Pero en un momento determinado giraron bruscamente, dejando tras sí una nube de hielo. Poco después tenían a la vista una construcción de madera pintada de color blanco con un remate de almenas y pequeñas torres que recordaba un castillo. Salía humo de la chimenea. Debía de ser la taberna. Los caballos resoplaban y el cochero no parecía menos exhausto cuando llegaron al figón, plantado sobre patines; la construcción entera había sido trasladada sobre el hielo hasta aquel sitio. En la puerta, sobre una chapa de latón ovalada, figuraba «Zarskoye Selo» con trazos vigorosos; habían escogido precisamente el nombre de la residencia de verano del zar. Si no hubiese estado tan cansada, Sophie se habría echado a reír.

Dentro reinaba una atmósfera densa, cargada de humo de tabaco, efluvios de té y vodka y tufaradas de caballo. Sophie notó que se le cortaba el aliento. La caseta estaba atestada de gente y en un primer momento le sentó bien el ambiente caldeado. No obstante, pronto se sintió incómoda. No se percató del motivo hasta que el cochero pidió dos vodkas: nadie decía ni media palabra. El silencio era tan absoluto que podían oírse unos ratones que roían papeles en un rincón. Su cochero despachó los dos vasos sin cruzar una sola mirada con el resto de cocheros que llenaban el local con aire ensimismado. Enseguida apremió a Sophie a seguir camino, pese a que ella prefería terminar de entrar en calor. Después de todo aún les quedaba la mitad del recorrido. También fracasaron sus esfuerzos por hacer hablar al hombre. Sin decir una palabra se sentó en el pescante y esperó con la impasibilidad de una estatua de piedra a que ella subiera y se acomodase. La joven no tuvo elección. No obstante, antes de subir inquirió:

–Dígame, ¿este hielo aguanta de verdad?

El cochero se volvió hacia ella con parsimonia:

–Créame si le digo que es mucho más delgado el hielo que usted pisa en la vida de cada día.

Sophie, desconcertada por la respuesta, subió al vehículo. Con ello se reanudaron el monótono traqueteo de los cascos y el inagotable tintineo de las campanillas.

Al cabo de unas horas Sophie descendía del trineo en Misovaya. No había sala de espera para los viajeros. Tenían que protegerse del viento tras un precario parapeto de madera. Allí esperaban, confundidos y ateridos, los que habían llegado antes, monsieur y madame entre ellos. En cuanto hizo aparición un individuo de baja estatura vestido con uniforme, se abalanzaron sobre él. Dispuesto a atajar cualquier reclamación, avanzaba con las manos levantadas repitiendo *nyet*. Tenía los ojos del mismo color azul que el hielo.

–Tienen que esperar a que llegue el trineo de la Compañía de Ferrocarriles. –Fue toda su información. Hizo ademán de marcharse.

–Pero ¡pueden pasar horas! –exclamó madame con la voz quebrada.

El hombre miró su reloj y respondió impávido:

–Dentro de seis horas seguro que habrá llegado.

Acto seguido los dejó plantados y se refugió en una minúscula caseta de donde surgía una recta columna de humo. Los pasajeros le siguieron iracundos y entraron en tropel en la caseta de control, un recinto caldeado en una de cuyas mesas estaba sentado el jefe de estación ante una montaña de doradas empanadas.

–No estamos dispuestos a consentir que se nos trate de esta manera –protestó monsieur enfadado, tras lo cual todos esgrimieron sus cartas de presentación.

Amenazaron con regresar a Petersburgo e informar de todo al zar; el americano haría lo propio ante el presidente Roosevelt.

–¡En cuanto regrese le diré a Kuropatkin que en Manchuria su nombre vale menos que el cubo de basura! –advertía en vano el dueño de las minas de oro.

Todo era inútil. Hasta que madame proclamó:

–¡Pues nos quedamos todos aquí!

Entonces el hombre reaccionó. Se chupó los dedos manchados de grasa, bebió un trago de una botella oscura, dobló cuidadosamente el papel parafinado y lo guardó en un portafolios. A continuación hizo un gesto al empleado que poco antes había intentado quitárselos de encima. Éste rezongó algo y se levantó a regañadientes de su silla, pero terminó saliendo con ellos de la caseta para conducirlos a una vía que quedaba oculta tras un tren de mercancías. Allí ya estaba formado el expreso del Ferrocarril de la China Oriental.

–Otra exhibición de poderío de un mequetrefe –resolló iracundo monsieur.

Todos subieron. Sophie se acomodó en el departamento contiguo al de la pareja consular. Antes de decidir si esperaba o no a Stanton, se había quedado dormida, tapada como mejor pudo con el abrigo de pieles.

Ante la ventana Sophie vio la sombra de un hombre de elevada estatura. Dio un respingo. No acababa de orientarse. ¿Dónde estaba?

–Sophie, no te asustes, por favor. –Era Stanton; Sophie se serenó–. Perdona que haya entrado, pero otra vez estaba sin echar el pestillo.

–¿Ya hemos salido?

–No, ni siquiera se ha avistado el trineo del tren. Afuera hay algo que vale la pena ver. Mira.

Sophie se levantó y se acercó a la ventana. Había un vagón cuya cubierta había sido convertida en una cúpula curvilínea propia de las iglesias orientales, rematada con una cruz dorada; las ventanas presentaban la forma apuntada del arco gótico y los laterales estaban decorados con relieves. En aquel momento subían dos hombres tocados con sombrero negro por la escalera de madera de la iglesia; junto a ella había colgada una campana.

–Esos dos me llamaron la atención en Irkutsk. Llevan unas cámaras espléndidas, con placas de cuarenta por cincuenta, como los fotógrafos profesionales.

–Al más alto lo conozco. Son turismo en ciernes, querida. Los agentes de las guías Cook & Sons y de Baedeker.

–¿Y viajan juntos?

–Casualidades de la vida. Han dado el uno con el otro como si se hubiesen buscado. Visitan juntos los lugares pintorescos, hoteles y restaurantes de la ruta, en busca de los sitios que merezcan las estrellas del Baedeker siberiano.

–Parece un contrasentido: Baedeker y Siberia.

–A lo mejor sí, de entrada. Pero créeme si te digo que en cuanto concluyan su trabajo los turistas vendrán como moscas. Son la avanzadilla de un enorme ejército, sin duda.

–No creo, mientras no terminen el rodeo del lago Baikal. –Aún llevaba metido en el tuétano el paseo matutino en trineo–. Me apuesto contigo una caja de champán.

–Acepto. –Stanton le tendió la mano. Sophie se la estrechó sonriendo. Él le retuvo la mano un instante más de lo necesario–. ¿Vamos, pues? Echaremos un vistazo a la iglesia ambulante.

Sophie cogió su cámara.

Al entrar en el vagón les asaltó el aroma a incienso. En la penumbra apenas se distinguía nada. Sophie tropezó y chocó con alguien. Pidió disculpas. Era uno de los fotógrafos. A continuación la ayudaron a pasar. Por la vidriera de gruesos cristales entraba una luz mortecina y amarillenta que integraba en un único mundo cuanto se veía: los santos pintados en grandes cuadros de fondo dorado, los individuos de luengas barbas que rezaban arrodillados en unas esteras orientales, los fieles postrados ante el iconostasio que dividía la zona reservada al altar. Apenas salía alguien de la iglesia entraba otro parroquiano que se santiguaba antes de subir los escalones. La afluencia era constante.

–Fíjate en los candelabros de plata –susurró Stanton a Sophie mientras salía–. Todos atornillados.

–Para que no se caigan, como en los barcos –dijo Sophie.

Al salir Sophie vio que su amigo se estaba riendo.

–¿Qué ocurre?

–Ah, Sophie. Cómo confías aún en la bondad del género humano. Eres incorregible.

Le disgustó que la tratasen de ingenua: los pillos y los ladrones tenían otra pinta, ¿o no?

–Porque, a ver, ¿quién crees que entra a rezar y a implorar bienaventuranzas a Dios?

–Colonos, fundamentalmente. Gente que ha tenido que dejarlo todo porque se le ha muerto el ganado o ha perdido la cosecha; gente pendiente de llegar a tener algo en esta vida. Avatares de cada día en esta parte del globo.

–Pues eso, campesinos pobres y honrados –dijo Sophie con énfasis.

Se separó unos pasos y se acuclilló para obtener el ángulo que deseaba para su fotografía. Quería sacar la cruz del tejado en todas sus proporciones. Sólo tenía que esperar a que alguien entrase en la capilla. Stanton la miró sorprendido. No conocía esa faceta polémica de Sophie. Cuando terminó las fotografías y regresó junto a él, Stanton le preguntó:

–¿Prefieres quedarte sola?

¡Con qué tacto parecía captar su estado de ánimo!

–Sí –respondió ella–. Quisiera escribir unas líneas.

Su compañero desplegó los brazos dando a entender que nada le disgustaría más que interponerse en su camino.

*

Querido Charles:

Al subir en este tren esperabas hallar algo que ni siquiera sabías que estabas buscando. A mí quizá me ocurra algo parecido. Creía que me ponía en camino para reunirme con mi marido y me encuentro con un viaje cuyo fin se nubla a medida que progresa. Cada vez que te veo a ti, alguien a la vez familiar y desconocido, me veo a mí misma a punto de poder expresar la pregunta que con tanto ímpetu pugna por abrirse paso entre mis ideas. Pregunta que lleva consigo la respuesta.

Sophie se interrumpió y cogió otra hoja. Una carta a su hermana. Ésa sí la enviaría.

Mi querida Corinna:

Ojalá pudiera tenerte cerca siquiera un momento. Con todo, la misma posibilidad de escribirte es ya un consuelo... por saber que hay alguien más fuera de este mundo agobiante del tren (¡y mira que todo es grande!), claustrofóbico y tremendamente absorbente. Hoy acabamos de pasar por el punto donde se bifurca la ruta postal china que va hacia el sur, hasta la frontera de Kiachta, la tierra de Gengis Khan. Actualmente es el centro del mercado del té entre China y Rusia. Al norte queda Siberia, y al sur, Mongolia. También es la cuenca que sirve para dividir el este del oeste; los rusos han colocado los letreros correspondientes: «Dirección Océano Atlántico», «Dirección Océano Pacífico». Precisamente donde no hay más que gatos polares, linces, lobos, tigres, serpientes cascabel y lagartos, donde se capturan potros salvajes y camellos, y donde desde hace casi doscientos años los condenados trabajan en las minas de plata. En un sitio así no hay nada tan irreal como el mar.

Se detuvo. No era lo que deseaba escribirle a Corinna. De repente se la imaginó: sentada contra la estufa alicatada, con la carta en la mano, intrigada sobre si continuaría en el tren el tal Stanton, que ya había salido a relucir. Corinna, emocionada, releería la carta en pos de confesiones en clave; ella, el ama de casa solitaria con su lío de Odessa no podía ansiar sino contar con una aliada. Aun así, continuó:

Estamos en tierra de los buriatos; su idioma no tiene alfabeto, de forma que no pueden fijar nada por escrito. A pesar de lo antigua que es, su historia está a punto de extinguirse. ¡Se saben además tan pocas cosas sobre la Transbaikalia! Puede que tenga razón Stanton, y que todo cambie cuando terminen de construir el tren. Hay unos pastos excelentes para los miles de camellos que se necesitan en la exportación del té.

Se detuvo de nuevo; releyó las últimas frases comprobando que había mencionado a Stanton. Ciertamente, no dejaba de ser una especie de informe. El esfuerzo de objetividad era innegable. Pero Corinna no se dejaría enredar.

Como en las estaciones de Manchuria habían dejado de ofrecer servicio de comidas y en China sólo les sirvieron sopa agria y filete –de perro, a decir de los rusos–, todos celebraron que por fin volvieran a abrir el vagón restaurante. Sophie coincidió con el agente de Baedeker, inusualmente desocupado y sin compañía.

–¿Permite que me siente con usted?

–Desde luego. Durante todo el viaje ha estado sacando fotografías, ¿no? Chuck me ha hablado de usted.

–¿Chuck?

–Charles Stanton. ¿Usted para quién trabaja?

–Ése sería mi sueño, trabajar como fotógrafa..., pero por el momento no he vendido ni una sola fotografía. Son fotos personales. Ojalá las cosas cambien pronto.

–*Private pictures... well.*

Sophie no entendió a qué se refería.

–En Port Arthur espero poder atender encargos –prosiguió la joven–. Traigo conmigo la cámara oscura.

–¿Dice Port Arthur? –El hombre emitió un silbido y la miró con renovada atención–. Va usted a la zona más crítica. Es la mejor manera de hacer las fotografías que luego pueden venderse, téngalo en cuenta. Todos los periódicos, grandes y pequeños, están destacando corresponsales en Japón y Pekín. Todo el mundo cree que habrá guerra.

–Quizá tenga suerte –dijo Sophie sin captar la ironía.

–Veo que os habéis conocido. –Stanton se les acercó; llevaba el cuaderno rojo en la mano y arrimó una silla de la mesa de al lado.

–No sé qué le pasa a mi máquina –dijo Sophie–. No puedo fijar el diafragma. ¿Le importa echarle un vistazo? –Alcanzó la máquina al agente de Baedeker y llamó al camarero–: Una botella de champán y tres copas.

–Me sorprende. No conocía esa faceta tuya –observó Stanton–. Te acordarás aún de lo que apostamos, ¿no? Una caja de champán...

–... que tendrás que pagar tú. Pues claro. ¿Cómo se me iba a olvidar?

El fotógrafo los miró regocijado:

–¿Cómo sobrellevar este viaje sin beber? ¿O no tengo razón? De vez en cuando va bien para amodorrar la conciencia. No se preocupe por la cámara. Un tornillo flojo en la guía del fuelle. No cuesta nada arreglarlo con este instrumental. –Sacó una bolsa de piel de la cartera–. Por cierto, en Port Arthur –dijo mientras sacaba un destornillador minúsculo– ahora mismo hay locales sumamente atractivos.

–¿No me diga? –preguntó Sophie por educación. Se propuso agenciarse un juego de herramientas como aquél en cuanto tuviera ocasión.

–Oye, Ed. Tú conoces la ruta de Chabarovsk. ¿Cuánto tiempo se necesita?

–¿La ruta del Amur? En barco es una calamidad.

–Pero ¿cómo...? En un viaje como éste un trecho en barco podría ser una distracción –dijo Sophie.

–Tampoco es una ruta fluvial propiamente dicha. Los barcos embarrancan continuamente. El río tiene tan poco calado que sólo puede navegarse una tercera parte del año. Está plagado de bancos de arena, bajíos... –Pronunció el término con desdén–. Ni los más expertos logran sortearlos. A nosotros tardaron días en liberarnos, directamente con pico y pala. Menos mal que tuvimos buena compañía de señoritas a bordo... Pasamos doce de los veintiún días del viaje bloqueados en bajíos.

–¡Es increíble! –exclamó Stanton entusiasmado.

–De noche es imposible navegar, por lo que hay que amarrar la barca. Qué noches más románticas, te lo aseguro. Era como en un pueblo: las mujeres lavando la ropa en el río, los niños jugando, los hombres encendiendo hogueras, las parejas buscando un rincón; no dejábamos de hacer apuestas.

El camarero regresó y les sirvió una fuente de empanadillas con una salsa roja y unos palillos.

–¡Ah, *won tons*! –El agente cogió una empanadilla de la fuente con destreza–. Estamos un paso más cerca de China.

Sophie llenó las copas e intentó imitar al fotógrafo, que acababa de usar los palillos con tanto dominio de la situación. Falló en la tentativa.

–Tienes que agarrar los *chop* así –le dijo Stanton.

Tampoco lo logró. Su amigo le cogió la mano, colocó los palos entre sus dedos y la condujo hasta la fuente. Sophie notó la calidez de una piel sobre la otra, la proximidad de su rostro.

–Los japoneses entienden mucho de erotismo –observó el fotógrafo guiñando un ojo–. ¡Una sonrisa, por favor!

Antes de que Sophie pudiera reaccionar, el hombre había disparado una foto con la cámara de ella:

–Simpática pareja en la ceremonia de la comida, reza el pie. Por favor, resérveme una copia. –Le devolvió la cámara con una sonrisa pícara.

Confundida, Sophie soltó los palillos y sacó el *won ton* de la fuente con los dedos.

–¿Y qué os habéis apostado? –preguntó a Stanton volviendo a la conversación anterior.

–Quién llegaría antes a su destino, si la barca del correo, que había salido tres días antes, o nosotros. La adelantamos mientras estaba encallada en un bajío y le sacamos varios días de ventaja. Pero ganaron quienes apostaron por el correo.

–Y yo que pensaba que nuestro viaje sería un dechado de aventuras.

Sophie bebía a breves sorbos el champán. El vino espumoso, insólito a esas horas, se le subió a la cabeza. Una esfera de cristal rellena de aire que provocaba la risa. Le faltaba poco para salir volando. Entraron más pasajeros en el restaurante. Ed observó a las damas con tal atrevimiento que éstas le volvieron indignadas la espalda.

–Tampoco faltan –dijo al cabo de un rato–. Ayer asaltaron el tren.

–¿Asaltado? –exclamó Sophie.

–¡Chist! –El fotógrafo se llevó el índice a los labios–. He jurado que no contaría nada.

–Desde luego –aclaró Stanton–. Nosotros no vamos a decir nada. Cuéntanos.

En el espejo, Sophie vio cómo se arrimaban las tres cabezas. Sobre el fondo del mantel parecía que se juntasen tres máscaras teatrales: los rizos morenos de Stanton, la cabellera pelirroja del fotógrafo y su moño.

–Fue cruzando el Baikal. Los tártaros asaltaron la caravana que salió delante de nosotros. No quieren que el ferrocarril les arrebate el correo. No dejaron un solo pasajero vivo. Nuestro tren iba también sin escolta militar. Lo sorprendente es que no lo atacasen.

–Pero Ed, déjate de fábulas. ¿Cómo van a dejarnos a nuestra suerte?

–¿Y qué quieres que hagan? ¿Enviar al ejército? ¿Con el tiempo que hace, con estas temperaturas, sin sitio donde acuartelarlo ni manera de aprovisionarlo?

Sophie miró por la ventana. Nieve y hielo. Hasta el horizonte. Jinetes que les acompañaban un rato y de repente dejaban de hacerlo. Pensó en Riga, en Lina. Qué lejos quedaba todo. Luego vio a una niña delante de ella: la que llenaba el cubo de conchas en la playa de Jurmala. Al vaciarlo se echó a llorar; con el peso de las de arriba las de abajo se habían aplastado. Al final había sólo un montón de esquirlas de colores. No, no podía ser su hija; si aún dormía en la cuna.

El fotógrafo había encendido mientras tanto un cigarrillo; aspiró el humo con avidez. Stanton anotó algo en su cuaderno. Junto al tren galopaba un caballo salvaje con la crin al viento, como si intentase resistir la carrera, cuando no ganarla. Sophie le hizo una seña al camarero. Sirvieron otra botella. La joven llenó las copas a rebosar.

–¡Por el futuro!

Bebieron con avidez y llenaron de nuevo las copas.

–A propósito del futuro. En Port Arthur hay una famosa casa de citas, El Samurai Alegre –terció de nuevo el agente de Baedeker–. La regentan dos poetas tronados de París que vinieron a Extremo Oriente por sus ganas de gozar. Usan vestidos de mujer pero llevan bigote. Tienen cada muchacha... –Hizo un chasquido con la lengua– ...con unos culetes sonrosados y unos muslitos blancos... ¡Gatitas que tocan divinamente la nagaika...! –Sophie advirtió que se estaban emborrachando–. Y con unos pechos... ¡y cómo les gusta el látigo!

Stanton le conminó a que se callase. El fotógrafo se levantó sin decir palabra.

–¡Qué grosero! –dijo Stanton enfadado. Al cabo de un rato propuso–: ¡Vámonos nosotros también, Sophie!

La joven dejó en la mesa un billete de cien rublos. En el pasillo el periodista la cogió del brazo y la condujo hasta el departamento de ella. No había nadie a la vista. Sophie abrió con la llave. Como si se hubiese quedado sin fuerzas para dominarse, le hizo entrar. Un instante después se daban un beso. Cuando abrió los ojos, Sophie vio la sombra de sus cabezas proyectada contra la colcha blanca de la cama. Tras una eternidad, así le pareció a Sophie, se soltaron. En ese momento apareció ante la ventana, cabalgando sobre un camello, un hombre vestido con blusón rojo y altas botas negras, con un máuser cruzado en la espalda. Sophie se asustó. El hombre la miró directamente a la cara. El tren tomó entonces una curva y todo pasó, como una visión espectral.

Sophie bajó la persiana en un intento de dejar afuera el mundo de los demás. Acto seguido, como si todo hubiese de evolucionar de aquella manera, empezaron a desnudarse. Torpes de movimientos en la estrechez del recinto, chocaron una y otra vez el uno con el otro. Stanton se tendió en la cama y cruzó los brazos en la nuca observando cómo Sophie se deshacía del corpiño y quedaba por fin desnuda ante él. El corazón de la mujer latía con fuerza, tenía los pies helados de frío. Cuando se disponía a tumbarse a su lado, el tren frenó y provocó tal sacudida que Sophie cayó encima de él. Instantáneamente se percató de la consistencia del otro cuerpo. Había semejanzas con el que ya conocía, de la misma manera que, al desplazarse el patrón, la silueta que deja tras de sí se le asemeja. Las manos de Stanton se deslizaron por sus hombros, por el cuello, por la espalda; la cogieron por la cintura y la alzaron despacio. El aliento cálido y húmedo de él, sus labios en la oreja, en el cuello, entre los senos. Lentamente fue entrando en calor. La piel de él, increíblemente suave, el olor de su pelo... todo nuevo y desconocido. Paulatinamente notó cómo cedía la tirantez. Con cuidado de no hacerle daño, Stanton se colocó encima de ella, que ladeó la cabeza. En el espejo ovalado que tenía delante, Sophie observó la pálida espalda de él, sus omóplatos como sombras. Acto seguido, la mano protectora acariciaba y retiraba la hoja imaginaria del punto vulnerable. «Sangre de dragón, sangre de dragón», se repetía Sophie mientras contemplaba por el espejo cómo una mano recorría su espalda y su cintura. ¿De quién era aquella mano? Cerró los ojos.

En ese mismo instante vio a la niña. Era su hija esta vez. Lina. Expresión grave en el rostro de un bebé, expresión que a pesar de todo se parece a la del padre. Rojo. Todo se empañó de rojo. El sol de invierno lanzó cual herida sangrante sus últimos rayos contra la persiana. Sophie volvió la cabeza y miró a Stanton a los ojos. Él se incorporó casi asustado.

«¿Qué ocurre, Sophie?»

Ella no respondió. Su compañero dejó de acariciarla, apoyó el codo, le retiró con una caricia un mechón de pelo del rostro. Luego estiró la manta sobre los dos. Seguían tumbados en silencio el uno al lado del otro cuando el tren arrancó de nuevo y se reanudó el monótono traqueteo de las ruedas, como si en un lugar determinado llevasen tallada una muesca.

VII

Las luces se sucedían a pequeños tramos en plena oscuridad. Fogatas flameando unas más cerca, otras más lejos. Sophie bajó de la cama para ver mejor qué pasaba. ¿Iban contra ellos? Deseó tener cerca a Stanton. Lamentó haberle pedido que se marchase.

–¿Es por la gente? –le había preguntado él.

–No, es por mí.

Tenía los ojos fijos en la oscuridad cuando alzaron una antorcha justo delante de ella; bajo el resplandor rojo de la llama vio a un cosaco de elevada estatura vestido con un capote que le llegaba a los pies. Estaba en lo alto del terraplén y sujetaba una estaca de la que pendía una bola encendida de estopa impregnada de brea. En el rostro, sombras flameantes, bajo el reflejo espectral del fuego parecía un ídolo protector chino contra los malos espíritus. «Son rusos», pensó Sophie tranquilizándose y se tumbó de nuevo en la cama: la hilera de antorchas persistió toda la noche.

Cuando se hizo de día pudieron comprobar que el ejército vigilaba el trayecto. A partir de la frontera de Manchuria vieron a intervalos regulares bastiones de vigilancia construidos en piedra con troneras para disparar, cual avanzadillas de una campaña bélica. Las banderas ondeando al viento señalaban dónde se encontraban los establos, la cocina, el polvorín, y en cada punto elevado, en los depósitos de agua, los tejados o cualquier montículo había cosacos apostados con sus armas. Escudriñaban con catalejos el horizonte, como si esperasen un ataque en cualquier momento. De día las banderas sustituían a las señales con hogueras.

–Dice el zar que, por supuesto, sus súbditos se están retirando de Manchuria. –Monsieur le consul hablaba enfrente de su puerta–. Aquí no se aprecia lo más mínimo. Este alarde de soldados no se explica sólo por la vigilancia del recorrido. Y en mi opinión, a los japoneses les sobran motivos para desconfiar de las declaraciones rusas. ¿Qué dice nuestro inglés?

Sophie salió de su departamento. Monsieur y el británico le hicieron sitio.

–Si Rusia no mantiene sus garantías –afirmaba Cox en ese momento–, Japón empezará la guerra.

El exportador de madera ruso replicó acaloradamente:

–¡Japón! ¡Vamos, hombre, un enano declarándole la guerra al oso ruso! –El individuo afectó una carcajada–. Un país tan pequeño no se atrevería nunca a hacer algo así.

–Yo en su lugar no estaría tan seguro. –Cecil the Third de San Antonio no pudo resistir la tentación de intervenir. Bastaba que el ruso hablase para entrar él al trapo–. El coloso ruso tiene los pies de barro, es evidente. La marina de guerra se encuentra en la desolación. La oficialidad entiende mucho de celebraciones, pero nada de combates. El deslumbrante uniforme blanco se les tiñe a menudo de rojo, pero no de sangre, sino de Margaux y Saint Emilion.

El ruso hizo un ademán de desdén:

–¿Qué sabrán en Texas de eso? Lo único que les interesa a los ingleses y a los americanos es sacar provecho.

–Lo que digo es que los japoneses llevan diez años preparándose para esta guerra. Han fabricado armas, han construido barcos de guerra y han tendido una red perfecta de espionaje, como bien sabe todo el mundo, a excepción de los rusos, por lo visto. Y, sobre todo, han sabido despertar el espíritu de combate. En las escuelas de Japón todos los niños aprenden cosas relacionadas con la milicia. Están bien preparados para la guerra. Mientras que a los rusos los sorprenderán sin haberse preparado. Me apuesto lo que sea a que estalla hoy o mañana.

–No se arriesgarán. Sería jugárselo todo a una carta.

–¡Oh! –El grito agudo de madame los sobrecogió a todos. El terrier empezó a ladrar–. ¡Fíjense! Qué casa tan bonita. El tejado entero rematado con monos y dragones de hierro forjado. Ahora sí hemos llegado a China.

Los caballeros, que hasta ese momento habían estado discutiendo, cruzaron sonrisas de complicidad. Monsieur se sonó con estrépito. Los frenos empezaron a rechinar y pronto se detuvo el tren. Sophie, tras pasar la noche en vela, se sentía irritable y agotada. Vistas desde fuera, las claves de su existencia se le antojaban absolutamente precarias. ¿De verdad había estado tumbada en la cama, desnuda, acariciando a Stanton? Le resultaba aterrador.

Deambuló por la estación como si anduviese en sueños. Eran unos barracones de madera levantados sobre un suelo congelado. Los maleteros de cara renegrida esperaban acuclillados ante chozas de adobe, pendientes de que no se apagasen las pequeñas fogatas sobre las cuales tenían colgadas las teteras de rigor. ¿Quién era ella? Dos saltimbanquis mostraban sus habilidades paseándose juntos sobre las palmas de las manos, pequeños y rechonchos como ranas. Luego formaron una cinta y se dirigieron hacia Sophie bailando en torno suyo; la rodearon dejándola en el centro como si deseasen protegerla, en una muestra de sensibilidad hacia las tribulaciones ajenas que ya había observado entre quienes viven en las fronteras de la sociedad. Sólo hizo falta, sin embargo, que se encaminasen hacia ellos dos policías uniformados con casacas de color rojo para que los saltimbanquis salieran corriendo. Detrás de la estación había plantadas tiendas de lona, un gran campamento de cosacos y gitanos. Mujeres de recias trenzas morenas rematadas con monedas de plata vendían su mercancías discurriendo entre los viajeros. Sophie, inconscientemente, tomaba nota de todo: abanicos baratos pintados a mano, cigarrillos elaborados con tabaco de campesinos, ratones blancos, juguetes de madera, navajas, plumeros de vivos colores para espantar moscas y adornar caballos...

Un viajero montó su praxiscopio, el pequeño tambor que permitía ver imágenes en movimiento. El entusiasmo con que los jóvenes cosacos y los manchús contemplaban el interior de los tambores negros, agolpándose y empujándose como criaturas, era para los dueños un espectáculo tanto más divertido que las propias imágenes. Una muchacha bailaba con los brazos al aire, girando de modo que le volaba la falda. Con gesto ausente, Sophie sacó una fotografía.

Sintió entonces que le estiraban de la manga. Al darse la vuelta se topó con el rostro de una anciana cuya frente quedaba casi oculta bajo el vistoso pañuelo que llevaba en la cabeza. Agarrándola firmemente por la manga, le dio a entender por señas que quería enseñarle una cosa. «Tiene ojos de rapaz», tuvo tiempo de pensar Sophie mientras la acompañaba hasta un rincón apartado de la estación. El tren se encontraba en el otro extremo; por allí, muy lejos, demasiado para llamarlo, vio también a Stanton. Quizá la estuviera buscando. La vieja le había agarrado la mano e intentaba captar su atención a toda costa. Le hablaba en otra lengua. Sophie hizo un débil esfuerzo por liberarse, pero la anciana la sujetaba con fuerza nada habitual. Con un índice renegrido al que le faltaba media uña le señaló las líneas de la mano; bajó la cabeza y repasó detenidamente el rastro.

Sophie jamás habría recurrido a los servicios de una adivina, pues rechazaba de plano cualquier predicción del futuro. Pero bajo la aprensión, experimentada íntimamente los últimos días, de que el curso de las cosas es insoslayable y la sensación de que el destino se imponía de manera inexorable, no halló fuerzas para alejarse de aquella mujer embebida en las líneas de su mano, particularmente visibles en aquel momento. Sophie nunca se había visto la mano de aquella manera.

Al cabo de un rato la vieja alzó la cabeza y la miró fijamente con sus ojos de ave de rapiña: «El amor –dijo en un ruso perfectamente claro– tiene dos corazones, dos bocas y cuatro ojos. Habla una lengua incomprensible».

Sophie sintió que el corazón le latía con fuerza, el sudor le invadía la frente. Se le presentó ante los ojos el departamento con la persiana bajada y la luz bermeja del sol invernal. Intentó retirar otra vez la mano, pero la vieja prosiguió con voz ronca: «El camino está lleno de piedras y no se acaba nunca. Todas las piedras son negras de un lado y blancas del otro. Cuando se ve el color negro todo está en sombras. La luz sólo alcanza a quien puede ver las piedras blancas. Hay un punto en el espacio y en el tiempo donde la luz transforma las piedras negras en blancas. ¡Que tengas mucha suerte, hija!», dicho lo cual se perdió de vista como había aparecido, sin ruido, sin pedir tampoco dinero en pago a su servicio.

Sophie, aturdida, regresó al convoy siguiendo la vía del tren. Poco a poco notó cómo la invadía la cólera. ¡Cuánta palabrería de amores, luces y sombras! Pero ¿por qué no se había ido? Se sentía sucia después de que la hubiera tocado la vieja. Buscó el espejo en el bolso, pero no dio con él. Había desaparecido. El espejito con mango de marfil que su abuela le había regalado hacía tantos años. Por eso debió de salir corriendo la gitana.

–Sophie. –Era Stanton, enfadado–. Estaba preocupado.

–¿Me estaba esperando? –De modo que volvía a tratarlo de usted; acababa de darse cuenta. Él pareció titubear:

–¿Dónde ha estado tanto rato?

–¿Tanto rato?

–Casi una hora.

Sophie estaba convencida de que la escena con la vieja no había durado más de unos minutos. Cuando advirtió la mirada de Stanton, bajó inmediatamente la vista. El amor tiene dos corazones y dos bocas, recordó que había dicho la anciana. Se negaba a establecer una relación entre una cosa y otra. Pero caía por su propio peso. Qué equivocación tan grande había sido hacer entrar a Stanton en el departamento. Todo lo había hecho mal. ¿Por qué no podría desaparecer, sin más? Irse a la cara negra de las piedras. Donde no había luz ni se arrojaban sombras.

–Será mejor que me vaya –dijo el periodista.

–No, espere, Charles –se apresuró a decir Sophie–. Vamos a una de esas cantinas, a tomar algo.

¿Por qué no se le ocurría algo mejor?, se reprendió a sí misma.

Él asintió. Como dos viajeros que casualmente acabasen de cruzarse empezaron a buscar un sitio. Pero a esas horas ya estaba todo cerrado. El revisor bajaba del tren. Al verlos se dirigió hacia ellos. «Ése se cree que somos una pareja», se le ocurrió a Sophie con un estremecimiento.

–El asesinato del tren, antes de llegar a Irkutsk –exclamó el revisor haciendo una pausa como si desease dejar constancia de que le resultaba violento hablar del asunto– aún no se ha resuelto. Pero la policía está convencida de que el autor era japonés.

–¿Tienen pruebas? –Stanton había sacado instintivamente su cuaderno.

–Pero que no llegue a oídos de la prensa, por lo que más quiera. –Stanton volvió a guardar el cuaderno. Lo retendría todo en la memoria–. Por lo visto, el corte del cuello se hizo con una espada de samurai. Además, el criminal dejó inscrita una marca encima del esternón, un minúsculo símbolo japonés. La policía cree que debió de ser un asesinato ritual.

Stanton expresó sus dudas con un gesto:

–No tiene mucho sentido matar a una mujer, la verdad. Los condenados a trabajos forzados que necesitan pasaporte son todos hombres.

–Exacto. Eso mismo dije a la policía. –El revisor parecía satisfecho de poder corroborar sus apreciaciones–. Según parece, el novio trabaja para un magnate maderero ruso. Ya había estado alguna vez en Corea. A ninguno de los dos deben de faltarle enemigos, especialmente japoneses.

Sophie miró a Stanton. Desde Irkutsk, Tung no había vuelto a aparecer. ¿No debería denunciar sus sospechas? Tenía una fotografía con sus facciones.

–Menos mal que en nuestro tren no viajaban japoneses –puntualizó el revisor en ese momento, visiblemente aliviado–, de modo que me puedo desentender por completo. ¡Por cierto –dijo alzando la voz mientras se alejaba–, tienen que cambiar de vagón por última vez!

El recado levantó una oleada de indignación.

–¿Cómo? –gritaron los viajeros que se hallaban cerca–. En Irkutsk nos aseguraron que no nos moveríamos más en todo el recorrido.

El empleado de los ferrocarriles intentó marcharse, pero los pasajeros no le dejaron pasar.

–Créanme que lo siento –gritó mientras levantaba impotente los brazos–. La compañía pondrá a su disposición otros vagones, mejores incluso, y se encargará del transbordo. No tienen que preocuparse de nada.

Como si el fastidio le abriese los ojos, Sophie se formó una rápida composición del panorama: un estúpido puñado de pasajeros ofendidos, recorriendo el andén nevado de un rincón perdido de Manchuria, y un americano de elevada estatura abrigado con un capote azul y gorro de castor, caminando taciturno al lado de una dama enfundada a su vez en abrigo y gorro de piel, también callada.

–Charles. –Sophie lo cogió del brazo y lo llevó andén arriba. Stanton parecía dejarse guiar a regañadientes–. *I am sorry about what happened* –dijo–. De repente sentí pavor. –La nieve virgen que tenían a sus pies crujió haciendo notar cada cristal–. No pude pensar más que en mi marido y en Lina. Sobre todo en Lina. No habrían sido más reales si hubiesen estado en ese momento en el departamento.

Sophie se detuvo y lo miró. Cuando vio su cara, le soltó el brazo. En lugar de responderle, Stanton se ajustó el abrigo y se llevó las manos al pecho. Hombros y piel blanca, hombros desnudos y vulnerables, una sombra en el óvalo del espejo. Sophie volvió a experimentar la misma combinación de miedo y dicha. Quiso abrazarlo y decirle cualquier cosa. Decirle que ni siquiera sabía si seguía queriendo a su marido. Que era él, Stanton, quien ocupaba su mente todo el tiempo. En Alaska, de niño, debía de haber tenido ese aspecto. De pronto lo vio en las tinieblas de su cuarto infantil, la franja de luz bajo la puerta. Sabía tan pocas cosas de él. ¿Qué debía de estar pensando? No era un desaprensivo. Ni un mujeriego.

Stanton se alejó un paso. Sophie sintió que le fallaban los recursos; finalmente añadió:

–Tampoco querría que desperdiciásemos la ocasión que tenemos de tratarnos. Nunca había tenido un amigo así. ¿No sería posible que... como antes...? Quiero decir antes de...

El revisor llamó por segunda vez. Llevaba la lista de pasajeros e iba a repartir los vagones. Stanton lanzó un suspiro:

–Creo que deberíamos ir para allá, Sophie –dijo.

Regresaron aligerando el paso. En la nieve se distinguían las huellas que habían dejado junto a la vía, en una dirección y en la opuesta. «Todo el disparate queda recogido en estas pisadas», pensó ella.

El revisor adjudicó los nuevos vagones. Sophie y Stanton no coincidirían en el mismo. Charles pareció satisfecho con el lance del destino.

Se instalaron por última vez en los departamentos. Al coger la fotografía de Lina, Sophie dudó un instante antes de colocarla de nuevo. Notó que el viaje había cambiado algo en su fuero interno. La vida había dejado de resultar una obviedad. Contempló largo rato el retrato antes de volver a meterlo en la maleta.

Después de guardar la ropa en el estrecho armario se tumbó en la cama. ¿Qué había cambiado exactamente? No sabía decirlo, como tampoco sabía el punto en que se hallaba: en ningún eje de coordenadas de la vida, ni en el de las abscisas ni en el de las ordenadas. Ni desde luego en el punto donde la luz transformaba las piedras negras en blancas. Al contrario, era un sitio donde la niebla penetraba hasta el centro de todas las cosas. No encajaba nada. Sophie y Lina, intentó decir moviendo los labios, aunque sin llegar a pronunciar los nombres. Sophie y Albert. Lina y Albert. Sophie y Charles.

En el nuevo departamento había también un espejo ovalado. Las luces de la estación se sucedieron reflejándose fugazmente en él, iluminando por un momento el cristal y dejándolo a oscuras. ¿Adónde iba a parar su vida? No se distinguía nada. Además de engañar a Albert y a Lina, también había engañado a Stanton y se había engañado a sí misma. Todo lo hacía mal. Inspiró hondo y exhaló largamente el aire, procurando sacudirse la presión que notaba sobre los hombros, la nuca y el pecho. Parecía que se le hiciese imposible respirar. Sophie se volvió y hundió el rostro en la almohada. ¿Qué iba a contarle a Albert? ¿Cómo se presentaría ante él en Port Arthur? ¿Llegaría él a comprender cómo se había sentido? ¿Era ésa la pregunta que cabía hacerse? ¿Sólo contaba esa otra posibilidad? ¿Sin preguntarse si Stanton podía ser de verdad el hombre a quien empezaba a querer, ahora que casi parecía demasiado tarde? Stanton y Albert. Albert y Charles... del uno al otro. Charles y Albert. Sortija, sortija de mano en mano... Siguiendo el ritmo de las ruedas, las palabras le daban vueltas en la cabeza, adormeciéndola, inhibiendo cualquier pensamiento ordenado. Si pudiera romper ese círculo. Quizá debiera volver a llevar el diario. Anotando la longitud y la latitud para determinar la posición; registrando la temperatura y las precipitaciones referidas a su propia intimidad; la velocidad y la intensidad del viento para calcular el futuro. ¡Cómo añoraba de repente datos de ese estilo! ¡Cómo añoraba la precisión! En algún lugar tenía que haber un punto donde ella tuviera la sensación de haber llegado y estar en el sitio acertado. ¿Ese punto sería el final del viaje? ¿Sería Albert?

«Charles», dijo de pronto en voz alta, en un arrebato de melancolía.

En un mar verdoso y sucio cuyas olas rompían entre los patios de una gran ciudad, arriba y abajo, arriba y abajo, se batían limones partidos corroídos por la sal, crías de gato que no cesaban de maullar, desperdicios de todo tipo. En medio, dos monstruos negros y voluminosos, mitad manatí mitad serpiente, se abalanzaban sobre Sophie. Intentó huir, pero las dos cabezas, las dos bocas, los dos corazones estiraban de ella en direcciones opuestas, de forma que no se movía del sitio. En el sueño todo se veía doble, ella era la maharaní que nadaba en el desierto...

Se despertó sobresaltada por sus propios sollozos. Contuvo el aliento y no oyó nada. Afortunadamente, los departamentos contiguos parecían estar vacíos. Se avergonzó de sí misma.

VIII

Tenían ante sí la cordillera china. En Irekte engancharon una segunda locomotora y tiraron del convoy montaña arriba por una vía sinuosa. Había que salvar más de mil metros de altura. Las vistas eran estremecedoras: valles anchurosos, desfiladeros escarpados, precipicios abruptos a pie de vía. En lo alto del puerto había una minúscula estación donde una mujer vendía tarjetas postales en su puesto ambulante. En un abrir y cerrar de ojos se vio asediada por los pasajeros. Al cabo de un momento todos habían formado pareja: los unos se inclinaban permitiendo que los otros se apoyasen en su espalda para escribir las postales, para intercambiarse a continuación los papeles. Sophie buscó a Stanton en vano. Cuando por fin lo avistó, sintió una punzada: él también había comprado una postal y se encontraba al lado de una joven que en ese momento se daba sonriente la vuelta e inclinaba gentilmente la espalda para que él escribiera su tarjeta.

–¿Le apetece saborear algo extraordinario? –El joven clérigo de pelo largo se le había acercado. No se esperaba de él una pregunta de ese estilo.

–Pero ¿cómo van a traer nada especial a este rincón del mundo? –Sophie se dio cuenta de que estaba respondiendo en tono casi agresivo.

–Pues sí, señora. Unos melocotones californianos espléndidos. Pero... –No terminó la frase.

Sophie se figuró de qué se trataba: debían de costar una fortuna.

–¿Y dónde es? –preguntó.

Al joven se le iluminó el rostro. Sophie le agradeció que le prestase atención. Iría, con tal de sacudirse el aburrimiento. El clérigo la condujo hasta un puesto de hortalizas; tenían sobre todo cebollas. No obstante, en medio de la mercancía había una lata cuya etiqueta exhibía unos frutos de color naranja oscuro. Qué extraños caminos habría seguido para llegar hasta un puerto de montaña como aquél. Un larguísimo periplo por medio mundo, como todos ellos, sólo que desde el otro lado. Desde la tierra de Stanton, penso instintivamente Sophie. La vendedora debió de adivinarle en la cara lo que suponían para ella esos melocotones. Vendió la lata por una suma abusiva.

–Tengo cucharillas en el compartimento –dijo el clérigo en un alarde de previsión insólita–. También abrelatas.

Poco después, cuando el convoy reanudó la marcha y comenzó a descender, estaban los dos sentados en el departamento de Sophie degustando la suave fruta bañada en espeso almíbar. Ojalá hubiese podido comérsela con Stanton... Sophie se tragó las lágrimas que estaban a punto de saltársele con ayuda de un gran bocado de melocotón.

Al acercarse al puente de hierro sobre el río Nun, el joven se despidió de ella; iba a recoger su equipaje. Bajaba en Tsitsihar, donde hacían falta carpinteros; ése era su auténtico oficio.

–Sólo le falta llamarse José –comentó Sophie.

Él la miró sorprendido:

–¿Cómo lo sabe?

El convoy estaba entrando en una llanura donde todo parecía estar en obras. Indiscutiblemente, los rusos estaban levantando a marchas forzadas una ciudad entera.

«Y lo están haciendo en territorio chino –constató Cecil dirigiéndose al ruso–. ¿Qué tiene que decir nuestro pacifista al respecto?» Nunca se cansaba de provocar al maderero dueño de las minas de oro.

Subieron numerosos pasajeros. Como ocurrió en otros compartimentos, Sophie tuvo que compartir el suyo con una señora que al poco de llegar se metió en la cama y no volvió a levantarse. Dos americanas, una señora de más de ochenta años y su hija, no encontraron sitio ni en primera ni en segunda clase. Sólo les quedaba la tercera clase o el tren de los presidiarios. Los buenos oficios de Cecil no sirvieron de nada. No podía ocultar su repugnancia cuando regresó de hablar con el revisor:

–Quien haya visto los vagones de tercera sabrá que son un atropello para cualquier europeo. Bancos de madera dentro de una caja de zapatos. Y lo peor es el pasaje. Qué escándalo... comiendo, eructando y soltando ventosidades. Desde luego, lo peor que te puede pasar allí no es que te peguen piojos.

–Es verdad, los europeos tienen otras medidas –le replicó complacido su adversario ruso. Todos dirigieron sus miradas intrigadas hacia el dueño de las minas, quien había guardado silencio un buen rato, malhumorado. ¿Adónde iba a parar?–: Lo que para un europeo civilizado es un atropello, para un americano es más que aceptable.

Sophie empezó a desear fervientemente que el viaje terminase de una vez. Aunque a la vez experimentaba una sensación próxima al miedo. El interregno que la eximía de todo vínculo estable y a la vez le permitía jugar con todas las posibilidades desembocaría inevitablemente en la decisión que le tocaría tomar al final del viaje. Con Stanton ya no coincidía nunca. Diríase que él la esquivaba. Sophie fue a buscarlo alguna vez a su departamento, pero nadie respondió. ¿Estaría haciendo compañía a la otra mujer, como antes a ella? Durante unos días apenas hizo fotografías. Fue incapaz de aproximarse a nadie, de ponerse en situaciones que no la afectasen directamente. Llegado un momento casi se obligó a fijar el mundo exterior tomando instantáneas. La cámara la ayudó a tomar distancia. Ejercer de fotógrafa se le antojó la única posibilidad real.

Por la pradera pasaban mongoles montados en pequeños caballos. Sobre los uniformes rojos y azules llevaban colgados sus máusers. Una yurta medio tapada por la ventisca. Una posta de camellos. El río Sungari trazando un gran lazo en el paisaje. Sophie esperó a que el hielo reluciese a contraluz y captó la imagen. El primer junco chino. Cosida como una gran persiana, la vela de paja de arroz relucía a la luz del sol en tonos amarillentos.

A diez verstas del río se hallaba Harbin, la nueva gran ciudad donde se bifurcaban las líneas férreas de Vladivostok y Dairen. A gran distancia se distinguía el piélago de casas bajas en cuyos tejados relucía el sol. Las chimeneas de las fábricas se alzaban cual faros en la costa; se echaban de menos cúpulas de iglesia.

–He aquí lo que yo llamo una gran ciudad. –Era una voz que Sophie no había oído desde hacía días. Ed, el agente de Baedeker–. Y Harbin apenas llegará a los seis años de antigüedad.

–¿Se baja usted aquí? –preguntó Sophie con amabilidad.

El hombre asintió:

–Esto es asfalto en efervescencia. –Chasqueó sonoramente la lengua. Vaya por Dios, otra vez con las mismas fantasías–. Ahí hay más gente depravada y corrupta que en cualquier otro sitio. En tiempos del levantamiento bóxer, Harbin desempeñó un papel poco honroso.

A Sophie no le apetecía nada hacerle preguntas. Recordaba su último encuentro con sentimientos contrapuestos. Pero, por otra parte, suponía un vínculo con Stanton:

–¿Cómo es eso? –preguntó.

El agente de Baedeker sonrió, como si hubiese adivinado los pensamientos de la mujer. Agrandando la boca, afiló los labios:

–Seis mil chinos de los alrededores sitiaron la ciudad, defendida por ciento cincuenta extranjeros, muy bien armados, eso sí. A los dos meses llegaron los rusos para auxiliar a los sitiados y la falange de seis mil bóxers se desvaneció como la niebla con el sol matutino. Se habían delatado unos a otros. Fueron vencidos por su propia cobardía y su vileza. Como si nunca hubiesen existido. –El tren entró en la estación–. Por el contrario –añadió el agente ya a punto de bajarse–, hay que reconocer que la perversidad que se alcanza en las casas de citas y restaurantes de Harbin no tiene parangón en todo el mundo, y es una pena.

Apenas se hubo detenido, el tren se vio asediado por solícitos chinos que pugnaban por llevar el equipaje a los pasajeros. Se desataron peleas por hacerse con las maletas, en las que de poco servían puñetazos y patadas. El agente de Baedeker, experto en esas lides, agitó con gesto amenazador un látigo de cosaco e hizo huir a los chinos como perros asustados, aunque acabaron riéndose como niños traviesos en cuanto se vieron a salvo.

También aquella estación estaba atestada. Rostros agrestes, chinos de todas las regiones posibles, coreanos, gitanos, manchús. Como una roca en pleno rompiente, tres mercaderes persas ataviados con bellas túnicas mantuvieron la compostura incluso cuando dos sucios chuchos pasaron entre ellos. En las nuevas latitudes el sol exhibía una fuerza extraordinaria. Muchas personas de aspecto humilde llevaban modernos sombreros de paja medio raídos, en acusado contraste con el resto de su indumentaria. Otros paseaban con altanería paraguas con la sombrilla de fantasía desfondada y las varillas torcidas. Todo reliquias de la vía férrea, desechos de viajeros que habían pasado por allí.

Sophie ya había visto al agente de la guía Baedeker en el andén, pero en un determinado momento vio que regresaba haciéndole señas, así le pareció al menos a ella, para decirle algo. Ella se acercó a la puerta aún abierta del extremo del vagón:

–Tenga usted mucho cuidado en este lugar –dijo el agente levantando la voz–. El director del Banco Chino-Ruso me acaba de decir que esta noche han apuñalado a siete personas. ¡Siete muertos en una noche!

–Pues aplícate el cuento, Ed –gritó Stanton, que por primera vez se dejaba ver por el vagón de Sophie–, especialmente en esos tugurios que frecuentas.

–¿No te vienes conmigo, Chuck? –El agente se despidió de Sophie con una mirada–. Éste ha cambiado mucho, de verdad.

–¡Hala, hala! ¡Vete al diablo!

El agente de Baedeker se alejó despidiéndose con la mano.

–No puede uno creerse todo lo que diga Ed. –Stanton quitó hierro a las palabras del otro–. Disfruta dando rienda suelta a su imaginación. Son cosas del oficio.

Sophie estaba dispuesta a creerle a pies juntillas. Sencillamente, estaba encantada de volver a verle por fin. Stanton se asomó:

–Los soldados rusos se las ven y se las desean para mantener el orden.

Después de haberlo sentido durante su ausencia tan próximo en el pensamiento, ahora que lo tenía al lado parecía infinitamente distante. También Sophie se asomó. Un soldado ruso acababa de azotar a un mozo de cordel con el sable y otro le había propinado una bofetada a un chino. Pero nadie, ni siquiera las víctimas de aquella arbitraria justicia, se alteraba ante la rudeza de modales.

–Aquí lo mejor es no bajar del tren –dijo Stanton–. Voy al vagón comedor, ¿se viene?

En cuanto llegaron, Sophie se arrepintió de haber ido. El recinto estaba abarrotado. Los militares rusos, parroquianos habituales desde que habían salido de Moscú, parecían sentirse incómodos porque los demás les hubiesen invadido el territorio, y se habían puesto todos a fumar puros, en una especie de reacción defensiva. Había también unos ingleses dando grandes voces –Cecil estaba con ellos–, cruzando apuestas sobre quién sería el vencedor en el combate canino que se había entablado entre Sissy y un golden retriever. Sophie logró esquivar uno de los ataques refugiándose junto a la barra, repleta de candelabros, botellas de vino, fuentes de pasteles, fruta confitada, pescado crudo... amén de ceniceros llenos de colillas y servicios de té. Stanton terminó al otro extremo del vagón, junto a los ingleses. Era impensable abrirse paso hasta su amigo. Sophie se había hecho ilusiones pensando que podrían mantener una larga conversación y dejar de dar vueltas siempre a lo mismo. Estuvo a punto de echarse a llorar. El tiempo pasó y ellos se comportaron como dos desconocidos.

Ante las lunas del vagón restaurante asomaron rostros de campesinos curiosos. Se empujaban y pegaban las narices contra el cristal para ver mejor el interior. El vagón en su conjunto debía de parecerles poco menos que un parque zoológico. De repente, al que estaba delante se le resbaló la caja y se le cayó. Estaba llena de huevos. Las yemas pasaron a flotar en el suelo sobre la transparente viscosidad de las claras. El hombre, aterrorizado, se quedó de piedra mientras el resto de mirones se desternillaba de la risa dándose palmadas en las piernas.

–¡Por Dios! –exclamó madame–. Si tiene que ser una fortuna para él.

–Pero esta gente es también feliz aunque sea pobre –la aleccionó otro viajero francés que poco antes había tratado con impertinencia al revisor–. Hace un momento hablaba con un chino que se defendía muy bien en francés. Por lo visto vive desahogadamente, con tres esposas y varios hijos, con el equivalente a tres centavos americanos y medio al día. Algo inconcebible para nosotros. Con lo que se demuestra que la felicidad no depende sólo del dinero.

Los perros callejeros se disputaban los huevos rotos y engullían la masa pastosa que quedaba en el suelo. Sophie estuvo tentada de preguntar qué entendía él por desahogadamente. ¿Acaso el pobre hombre de quien hablaba podía siquiera imaginarse lo que en Europa no eran sino comodidades? Mientras conservase el dudoso privilegio de vivir junto a una vía de tren, siempre podría llevarse algo a la boca y no morirse de hambre... «¿Acaso no lo ve usted?», prosiguió su disputa mental. Pero prefirió no decir nada. No tenía sentido hacerlo ante gente acomodada, empeñada en que nada ni nadie les quitase el sueño, convencida de que el mundo se regía por una armonía preestablecida. La composición que se hacían del mundo estaba mejor preservada contra la realidad que cualquier tesoro arropado por los sueños.

Cuando el tren volvió a ponerse en marcha estaba oscureciendo. En la ciudad se encendieron faroles de papel que, pendientes de varas dobladas, llegaban hasta casi el centro de las calles. Se iluminaron farolillos rosas, naranjas, turquesas y blancos de todos los tamaños y formas. En las tinieblas quedaron suspendidas flores de manzano y estrellas... un cuadro prodigioso que permitía olvidar la mugre y la porquería. Sophie se acordó del agente de Baedeker. Estaría en la ciudad, paseando por cualquier calle, entrando en algún restaurante o entretenido en las casas de farolillo rojo.

–¡Alto! ¡Paren! –gritaron de repente unas voces muy alteradas–. ¡Paren el tren!

Con grandes aspavientos llegaban corriendo desde el otro extremo del andén dos pasajeros que se habían retrasado e intentaban atrapar el convoy. No sirvió de nada. La locomotora prosiguió su marcha.

–¿Y qué van a hacer? Llevan todo el equipaje en este tren.

La gente rodeó indignada al revisor. Éste se encogió de hombros:

–Para cierta gente ir de viaje parece que sea pasarse el día bebiendo té o champán. Pasa más de lo que ustedes se imaginan. Pero no hay razón para inquietarse. La policía de la estación se hará cargo de ellos; sólo tendrán que esperar veinticuatro horas, hasta que pase el siguiente. La mayoría llega a destino.

–¿Cómo puede aguantarse un viaje así si no es bebiendo? –observó alguien.

Sophie conocía ese comentario. Era Stanton. Sophie lo atisbó detrás del revisor. A continuación, Stanton pudo acercarse por fin hasta donde se encontraba ella.

–En la siguiente parada larga –dijo–, en Mukden, le pido que me reserve una hora.

Sophie sintió que se libraba de un peso que la cohibía.

–Será un placer.

Observó su estatura mientras Stanton se retiraba. ¿Sería verdad lo que había dicho Ed de él? Le costaba creerlo.

IX

Después de cruzar esa mañana el último brazo del río Sungari, el tren había tomado definitivamente rumbo sur. No era aún la época, desde luego, para que se prodigasen los anticipos de la primavera, pero todos creyeron percibir que paisaje y clima se estaban transformando. Entre los pasajeros se propagó una curiosa expectación tan pronto como se dio por cerrada la etapa de los grandes eriales y se anunció la llegada a Mukden; rápidamente evocaron fabulosas fantasías de valles cuajados de cerezos en flor y mares de flores que desbordaban cuanto abarcase la vista.

Sophie, movida por ese mismo regocijo impreciso, se puso aquel día su nuevo vestido de lana. Monsieur la observó sin rodeos:

–Hoy parece usted una novia, querida Sophie. Pero... –se interrumpió, pues nada más oírlo la joven se ruborizó tan encendidamente que estuvieron a punto de saltársele las lágrimas.

Confundido, el cónsul se volvió hacia el ingeniero británico, que miraba por la ventana. Sophie regresó rápidamente a su departamento en busca de la máquina de fotografiar. La cámara le inspiraba confianza. Sin que ellos lo advirtieran, fotografió en el pasillo a Cox y a monsieur, que habían iniciado una viva discusión con el ruso acerca de la situación en Port Arthur.

–Alexeyev, el gobernador, llegó al cargo porque en Marsella salvó de una paliza a un tío del zar –oyó que decían–. El mando supremo en Oriente se lo otorgaron, pues, en premio a semejante hazaña.

Sophie, mientras fotografiaba a los chinos que habían subido al tren a comprar monedas de oro de los pasajeros –a razón de cinco rublos de oro a cambio de siete de plata y cincuenta kópeks de papel–, oyó que Cox decía:

–En efecto. Alexeyev es un barómetro excepcional para

medir el estado de ánimo. Si se complica la situación en Port Arthur y hay peligro, él será de los primeros que pongan tierra por medio. Mientras tanto, los negocios no corren peligro.

Al escucharlos, a Sophie se le despertaban sentimientos contrapuestos. Albert apenas le había contado nada de la situación que se vivía en el enclave. Quizá no hubiese tenido ocasión de averiguarlo.

El convoy había adquirido para entonces una longitud considerable. Habían añadido más de treinta vagones de mercancías, ocupados en su mayoría por hombres. Viajaban apiñados en las puertas, con los pies fuera. El revisor previno a Sophie: muchos no eran sino ex presidiarios que iban a probar suerte en las minas de oro o recolectando ginseng; eran capaces de cualquier cosa. Para buena parte del pasaje el viaje terminaba en Mukden. Allí se bifurcaba la línea que se dirigía a Pekín.

Quedaban sólo trescientas millas hasta Port Arthur, calculó Sophie.

Animado por el presentimiento del final del viaje, Cecil dio rienda suelta a su locuacidad: «La antigua ciudad imperial encierra el segundo conjunto de palacios en importancia, después de la Ciudad Prohibida de Pekín, ¿lo sabía? El paso al casco antiguo está controlado por ocho puertas de doble arco. En Mukden tuvo su sede la dinastía manchú de los Ching, que empezó a reinar en mil seiscientos cuarenta y cuatro y controló toda China, después de destronar a los Ming, que a su vez habían desplazado a los mongoles. Hoy día tiene doscientos mil habitantes».

«¿Por qué pensará la gente que a los demás pueda interesarles lo mismo que a ellos y con su mismo entusiasmo?», pensó Sophie disgustada. La ciudad –sus muros grises y decrépitos– sólo podía verse desde lejos. La estación de Mukden, donde el tren tenía su parada, era, por el contrario, otra pequeña fortaleza de construcción reciente. Se hallaba rodeada por un conjunto de extrañas lomas de frondosa vegetación encima de las cuales había hombres y mujeres apostados.

«¿A que no adivina qué está a punto de fotografiar? –preguntó Cecil mientras Sophie ajustaba el tiempo de exposición. ¡Por Dios bendito! Pero ¡si aquel individuo ya se había despedido!–. Pues un antiguo cementerio chino. Esa gente está sentada junto a las tumbas de sus antepasados. Desde aquí distinguirá los ataúdes abiertos. En la revuelta de los bóxers estos cementerios fueron una de las causas del conflicto: los chinos se empeñaron en echar a los extranjeros que habían hecho obras en el terreno de sus antepasados sin ningún tipo de consideración. El ferrocarril lo atraviesa literalmente. ¡Adiós, que siga usted bien!»

Unas mujeres mandarín elegantemente vestidas con ropas de seda se indignaron al descubrir que Sophie las enfocaba con la cámara. La desvió enseguida, pero ellas se subieron en unas pequeñas calesas y se alejaron del lugar por unas calles de aspecto amplio y limpio.

Sophie llevaba un rato buscando a Stanton, que por su estatura tenía que sobresalir por encima de la multitud de chinos. Por fin vio que se aproximaba, como si flotara por encima de la multitud. Levantó la cámara y lo fotografió, aunque a cierta distancia, pues no quería que se diese cuenta. Era la única fotografía que tenía de él.

–Me gustaría enseñarle un lugar extraordinario –dijo Stanton al llegar hasta ella.

A escasa distancia de la estación se alzaba la mole de una pagoda construida en adobe:

–Es aquí.

En la entrada montaba guardia un chino de finísimo pelo cano. Stanton le dio una moneda y él les franqueó el paso. El interior estaba en penumbra y necesitaron un rato para que los ojos se habituasen a la luz. Se notaba un olor extraño y denso. Stanton iba delante sin hacer ruido. Sophie lo seguía. En una celda había dos hombres en cuclillas, con la vista fija en un punto indeterminado; no se inmutaron al pasar ellos. Al lado había sentado otro individuo, leyendo a media voz un códice antiguo. De vez en cuando interrumpía la lectura y con la mano derecha arrojaba hojas secas en un brasero. Se producía así un humo espeso, nada desagradable, que intensificaba el olor que habían percibido al entrar. Sophie reparó en las pipas de opio que había en el suelo. Stanton le hizo una seña para que siguiese adelante. Lo acompañó hasta el sanctasanctórum. Encima de un pedestal vieron una urna de cristal en cuyo interior había guardado un ídolo. La figura, de jade claro y oscuro, representaba a un personaje mitad hombre y mitad dragón. De cintura para arriba era un hombre; por debajo se transformaba en una coraza de escamas.

–Dé una vuelta alrededor, por favor –dijo Stanton.

«Por lo visto esto era lo que deseaba mostrarme –pensó Sophie–. ¿Para qué?» Rodeó lentamente la pequeña estatua.

–¿Ha visto lo que pasa?

En ese momento Sophie descubrió a qué se refería: desde cierto ángulo se veían la cabeza y la cara de un hombre, y desde otro diferente, la cabeza de un ser con aspecto de dragón.

–Es una obra maestra, por la ocurrencia, por el conocimiento del ser humano que revela y por la pericia artística –comentó Stanton exaltado–. Es el ser humano en pugna consigo mismo.

Sophie se aproximó a la estatuilla, se inclinó sobre ella para apreciarla mejor y dio de nuevo una vuelta en derredor: desde luego, la cara parecía mudar continuamente. Si el dragón resultaba amenazador, el rostro del hombre parecía dudar, incluso desesperadamente. Y cuando el dragón sugería debilidad, el hombre inspiraba ímpetu y coraje.

Tuvo la impresión de que la estatua la observaba a ella. Pero en ese momento lo que descubrieron sus ojos fue la mirada de Stanton.

–La primera vez que vi esta figura comprendí lo poco que llegamos a conocernos –explicó–. Éste es el efecto que se atribuye a esta obra. El artista sabía que a veces hay que saltarse los límites que uno tiene marcados, Sophie.

Los límites que uno tiene marcados. Sophie dio un paso hacia Stanton con la intención de tocarle la mano. Pero en ese momento apareció en la puerta el chino del códice. Su gesto indicaba que debían salir.

–No nos queda mucho tiempo, Sophie –dijo Stanton cuando hubieron salido–. El tren sale enseguida.

–Charles –dijo ella cogiéndole la mano–, me gustaría que volviésemos a vernos. Sé que te he ofendido. No era mi intención. Me acuerdo mucho de las cosas que me estuviste contando de tu vida. –Sophie titubeó–. Ojalá pudiéramos pasar más ratos juntos –añadió tras un instante de duda.

Stanton la atrajo hacia sí y aproximó su rostro al de ella. Sophie cerró involuntariamente los ojos. No sucedió nada. Abrió los ojos y vio que él estaba sonriendo. Revivió la sensación que tuvo cuando lo conoció, de pensar que le tomaba el pelo. Stanton la soltó.

–Vamos, Sophie. Tenemos que darnos prisa –le dio unos golpecitos con el dedo en la punta de la nariz–. Es la hora.

El periodista echó a correr, se volvió hacia ella y le hizo señas. Sophie le siguió. Pero a cada paso tenía la sensación de estar corriendo contra su propia voluntad. De repente tuvo un presentimiento: un punto de discontinuidad. ¿Y si perdiéramos este tren, sin más? Pararse... saltarse los límites. Sophie se detuvo. Pero Stanton ya le había pedido a voces al jefe de estación que retuviese el tren. «Demasiado tarde», pensó la joven mientras echaba también a correr hacia el andén y subía los escalones del vagón en el último segundo. «Demasiado tarde.»

Lentamente recorrían los puentes tendidos sobre zonas silvestres y pantanosas en dirección al sur. Por todas partes había fortines para proteger el ferrocarril, encomendados a los cosacos. Apenas faltaban treinta kilómetros hasta Liaoyang. A partir de ahí sólo seguirían en el tren quienes se dirigiesen a Dairen o a Port Arthur, y como si obedeciesen a una cita previa los últimos pasajeros volvieron a reunirse en el vagón restaurante en torno a unas copas de champán.

–¡*Conducente* –gritó monsieur–, siéntese con nosotros, por favor! Vamos a intercambiar nuestras direcciones.

El revisor se sentó exhalando un suspiro. También había acudido Stanton. Tomó asiento junto a Sophie.

–¡Si supieran cuánto me afecta todo esto! –El revisor se enjugó la frente con su pañuelo rosa–. Podría uno pensar que cada vez es más sencillo. Al contrario. Cuanto más veces hago este trayecto, peor lo paso al despedirme. –Acarició al pequeño fox-terrier–. Con las direcciones que he reunido, hace tiempo que podría haber dado la vuelta al mundo.

–No obstante, ¿nos promete que vendrá a vernos a París? –le apremió madame como una centella.

–Mientras siga vivo...

Esta vez nadie hizo ningún comentario.

–¿Y por qué adelantar tanto los acontecimientos? –le preguntó Stanton en un susurro.

Instintivamente Sophie ocultó la mano en la que llevaba el anillo de boda. ¿Se habría dado cuenta? Stanton le sonrió y levantó la copa invitándola a que hiciese lo mismo.

–*Bottoms up!* –brindó el periodista con regocijo, y vació la copa de un trago.

Los demás fueron saliendo del vagón restaurante y ellos se quedaron solos.

El mantel que Sophie tenía ante sus ojos parecía desvanecerse. Vio la trama de hilos de tal tamaño que hubiera podido asirse a ellos. Stanton, con una cucharilla de plata, trazaba líneas uniendo unas manchas con otras.

–La marrón –dijo de buenas a primeras– es Port Arthur. –Y rodeó una mancha de salsa–. La roja es Japón. –Y la cucharilla trazó el contorno alrededor de una mancha aún reciente de vino tinto–. Y en medio queda el mar.

–El Mar Amarillo, que es de color azul –comentó Sophie–. Por donde navegan barcos: transbordadores, mercantes, grúas flotantes. Que vienen de Japón, de Tientsin.

En la ventana surgieron los edificios bajos de una ciudad china.

–Pero ¿estamos ya en la estación? No puede ser.

–Parece que sí. Me tendría que acompañar para recoger su *matrushka*. No creo que siga habiendo peligro.

Sophie asintió asustada. No había vuelto a pensar en los negativos. Hasta ese momento no se le hizo presente el mundo exterior. Albert. Faltaban unas horas para que la recogiera en la estación. El convoy redujo la marcha. A ambos lados de la calle principal, una pista sin pavimentar, colgaban de las casas unos farolillos encendidos. Pero, como si el panorama la hubiera hecho enmudecer, Sophie no pronunció una sola palabra. Eran demasiadas las cosas que hubiera querido decir a la vez. Las voces que sentía en su interior parecían ahogarse mutuamente.

Los pasillos estaban atestados de equipajes. Ante el departamento del cónsul francés se amontonaban las cestas llenas de recuerdos del viaje. Encima de una gemía el foxterrier. En el departamento de Cox, Sophie vio a una joven vestida con ropa muy ligera. El inglés le entregaba unos billetes. Cuando la muchacha descubrió que Sophie estaba asistiendo a la escena por la rendija, corrió enseguida la puerta. El tren se detuvo. Los maleteros no tardaron en tomarlo al asalto en busca de equipajes.

Por fin llegaron al departamento de Stanton. Él le entregó la muñeca envuelta en una hoja de periódico americano. Sophie la cogió y volvió su rostro hacia él. De pronto se besaron apasionadamente, reacios los dos a interrumpir el beso. La puerta se abrió de golpe; un chino se asomó anunciando algo a voces. Se separaron. Stanton cogió su maleta y descendió. Sophie lo vio salir desde la ventana, aturdida. Él se giró, la buscó con la mirada y se despidió levantando la mano. Ella alzó la suya, extraordinariamente pesada de repente, y llegó a devolverle el gesto, pero para entonces él ya seguía su camino. Con cada paso que daba parecía más próximo a ella; Sophie miró su espalda, la línea de sus hombros, el hueco vulnerable entre los omóplatos... Ante sus ojos se desencadenó una danza frenética, la gente que tenía alrededor, el chino de la bata azul que no cesaba de hacer reverencias a Stanton, como si se estuviese despidiendo de él para la eternidad.

En el momento en que la alta figura de Stanton entró en el edificio de la estación, el chino que lo acompañaba se dio la vuelta. Sophie casi gritó de espanto: ¡el chino vestido con blusón azul y gorro de seda no era sino Tung! Él advirtió su terror y las facciones se le contrajeron en una malévola sonrisa. De nada sirvió que Sophie se retirara rápidamente de la ventana. Tung se echó a reír, señaló la dirección en que se había ido Stanton y se puso a correr cruzando el andén.

En los vagones de primera clase reinaba un absoluto silencio. En los pasillos, las puertas estaban abiertas, los departamentos vacíos. Tampoco había nadie en el vagón restaurante. Sophie estaba asustada. ¿Por qué habría vuelto a aparecer Tung? De modo que había estado escondido. ¿Cómo tenía que comportarse? El lugar más seguro era su departamento. Guardó la muñeca en el fondo de la maleta, cerró la puerta con pestillo y se tumbó en la litera. Estaba mareada. El rostro de la estatua de jade, la cara de Stanton mientras se besaban, la de Tung, todas parecían fundirse en una sola. Miedo y pena, todo lo experimentaba a la vez.

¿Qué debía de pensar de ella? ¿La habría besado si le hubiese sido indiferente? ¿Se habría molestado en llevarla a ver la estatua de jade? ¿Por qué había dejado pasar tanto tiempo sin decidirse, sin volver a hablar con él? Sabía, en todo caso, que le hubiera sido imposible actuar de otra manera. No era sólo falta de coraje. Se había quedado como paralizada. Necesitaba considerar con lucidez su propia persona. Averiguar de una vez qué quería hacer en la vida.

Pese al desasosiego Sophie debió de quedarse dormida. Cuando abrió los ojos no sabía dónde estaba. El sol brillaba. Las colinas ralas que se veían por la ventana parecían casi doradas bañadas con aquella luz. «Albert», pensó. Estaba a punto de volver a verlo. De repente tuvo la sensación de que el viaje terminaba demasiado pronto, después de lo que había ansiado que concluyese. La realidad dejaba atrás las ilusiones concebidas. Por la ventana surgió el mar, primero a la derecha y luego también a la izquierda: la bahía de Corea y el golfo de Liaotung. El sol proyectaba una red plateada sobre las aguas. Sophie, asediada por la desazón, se dispuso a hacer el equipaje por última vez.

Port Arthur, 1904

I

Albert no estaba en la estación. Sophie se recogió la falda, se fijó en dónde ponía los pies y bajó los tres escalones que la separaban del andén. Se sentía observada. Sin mirar a ningún sitio en particular, se dio la vuelta. Cual autómata, como si le gobernasen piernas y brazos, cogió la maleta de manos del revisor. «El equipaje se lo llevarán más tarde», dijo.

Sophie le dio las gracias. Sus labios, artilugios mecánicos.

Al encaminarse hacia el edificio de la estación tuvo la sensación de que la vertical del edificio se tambaleaba. Los pilares de hierro de la marquesina se acercaban y se alejaban. Su único soporte era la dura asa de la maleta, que Sophie llevaba firmemente agarrada. Por fin fue asentándose el cuadro. Gentío, un sinfín de rostros. ¿Dónde estaba Albert? En sueños había sido incapaz de reconocer sus facciones. Una superficie ovalada con arrugas en la piel. Hizo un esfuerzo por borrar esa imagen de su mente y prosiguió camino por el andén principal entre maleteros, porteadores de literas y vendedores de golosinas. Quizá estuviera esperando en el vestíbulo. Las agujas de hierro del reloj marcaban las doce. Era asombroso. Después de un viaje tan largo habían llegado el día y a la hora que correspondía.

Tampoco estaba en el vestíbulo. Sophie se detuvo en la amplia escalinata que conducía desde la fachada de la estación hasta el puerto. Las colinas que rodeaban la ciudad relucían bajo el sol. El hielo parecía bañado en sudor; resplandecía como esmalte bruñido. Se protegió los ojos con la mano. En el puerto había barcos fondeados listos para zarpar. Una maraña de mástiles. En la calle, sobre un charco de nieve, se apilaban metros de cajas de madera para botellas de vodka. El hormiguero de *rikshas* y calesas empezaba a despejarse. Sophie no pudo reprimir su decepción. ¿No había podido ir a recogerla después de un viaje tan largo y fatigoso? ¿Le habría ocurrido algo y no habían podido avisarla? Inquieta, soltó la maleta y buscó el sobre verde escrito con la letra ampulosa de su marido. Cuando dio con el pliego arrugado de la carta donde ponía la dirección, alguien le estiró levemente del abrigo.

«*Madam?*» Un muchacho chino vestido con un blusón acolchado de algodón se apostó ante ella juntando las palmas de la mano. «*You lady Utzon?*» Hizo una profunda reverencia. «Como Tung aquella vez», pensó Sophie. Le dio un sobre en el que figuraba su nombre escrito con la letra de Albert. La nota decía:

Querida Sophie, un asunto urgente me reclama en Chifú. Es una tragedia, pero me ha sido imposible quedarme hoy aquí. El sirviente se llama Wei Min. Te llevará a tu nueva casa. Volveré en cuanto me sea posible.

Wei Min la condujo hasta una *riksha*. Mientras él colocaba la maleta detrás, Sophie se acomodó en el asiento tapizado, inclinado por la posición del carro. Luego él se colocó entre los palos, se ató una soga alrededor del cuerpo y arrancó arrastrando el vehículo al trote. El ruido de los chanclos de madera no era tan diferente del repique de los cascos de un caballo. En Riga había proclamado solemnemente que jamás toleraría que un ser humano la llevase como si fuese un burro. La trenza del sirviente se zarandeaba al ritmo de sus pasos; la ciudad se había convertido en una gigantesca pantalla que alguien fuese moviendo arriba y abajo: colinas nevadas y fortalezas, los destellos del mar al que se abría la rada del puerto, las montañas que lo rodeaban. Se detuvieron ante un sencillo edificio de dos plantas construido en piedra. Sophie siguió a Wei Min, que subía los dos escalones de la puerta principal. En la planta baja se encontraba la sala de visitas. Con las cortinas verde pistacho, la vitrina reluciente del aparador, un acuario y los muebles de color verde oliva, la sala recordaba un fondo marino cubierto de verdín trasplantado directamente a ese lugar. Se abrió una puerta y entró una mujer delgada, de largas piernas. Sonreía de una manera enigmática. En ese momento entró la luz del sol, que iluminó su espléndida cabellera rubia, hilos de oro que descendían sobre un vestido chino de seda roja bordada... «Esto no puede ser verdad», se dijo Sophie, debía de ser una ensoñación, cuando la dama empezó a hablar en alemán con el acento danés que tan familiar le resultaba: «Estoy encantada de conocerla por fin. Albert habla tanto de usted... Le doy la bienvenida a Port Arthur».

Sophie permaneció en silencio. Estaba desconcertada. Esperó un momento sin poder ocultar su desconfianza. La mujer le cogió con desenfado una mano: «Albert me ha pedido que la reciba y la atienda hoy. Ha tenido que salir para Chifú por un asunto urgente. Yo... –Sophie creyó notar que dudaba un instante–. Soy Johanna Andersson. Albert viene mucho por nuestra casa».

Se trataba de la misión danesa, naturalmente. Albert mencionaba a Johanna en sus cartas, le había encargado que le trajese algún regalo desde Riga. Finalmente Sophie respondió al saludo. Un chino de edad avanzada vestido con blusón y faldón blancos se acercó a saludarla prodigándole ceremoniosas reverencias. Le dijo algo en su lengua: «Quiere enseñarle la casa –tradujo Johanna–. Mientras, veré si nos traen un té y algo de comer. Después de un viaje tan largo necesitará tomar algo para entonarse».

En el dormitorio Sophie se acercó a la ventana. Podía verse el mar, casi como en Jurmala. «Has pensado en todo, Albert.» Probó a decir su nombre. Se quitó la ropa y se tumbó en la cama. El edredón de plumas blanco era un paisaje nuevo, frío. Tenía un olor peculiar. Fue lo último que notó.

Al despertarse vio en el espejo los tonos verdosos con que se reflejaba la última luz del atardecer. Estaba bañada en sudor. Mientras dormía había sentido una opresión en el pecho, algo grande y oscuro de lo que no pudo liberarse respirando. La misma opresión que sentía siendo niña. Le tenía miedo a la oscuridad. No tenía escapatoria; hubo de contemplar inmóvil cómo la luz del sol se ocultaba lentamente. Los rincones que un momento atrás aún estaban iluminados de rojo empalidecieron para ser devorados por las sombras que amenazaban con adueñarse de toda la estancia. Sombras que habían dejado de ser negras, violetas o azules para convertirse en aire oscuro. Tuvo que salir para no ahogarse. Los peldaños crujieron escandalosamente al bajar la escalera. Sin que se lo esperase, el chino viejo apareció en la oscuridad del recibidor.

«Deme mi abrigo, por favor.» La voz de Sophie sonaba áspera del susto que se había dado. ¿Por qué andar con tanto sigilo?

El sirviente le llevó el abrigo de piel sin decir una sola palabra. De repente se acordó de la danesa. Se había ofrecido a pedir algo de comer. Qué falta de educación no haberle hecho caso.

En la sala de estar la mesa estaba preparada. Una mesita de laca con cuencos de porcelana azul y blanca. Habían servido unas setas negras con forma de nubes, unas bolas blancuzcas de pasta de cereal y una especie de pastel de aspecto acuoso. Johanna Andersson estaba sentada en un sillón con sus largas piernas cruzadas, fumando. Al entrar Sophie, dejó a un lado el libro que estaba leyendo, colocó un cenicero encima y le hizo un gesto con la mano invitándola a que tomase asiento.

«¿Ha podido descansar un poco», preguntó. Luego se levantó, se fue hasta la puerta y encargó al sirviente que estaba en la cocina que sirviese el té.

Sophie se sentó en una silla de la mesa del comedor. La vista se le fue al libro: era la versión danesa de *Ana Karenina* que le había comprado a Albert en Copenhague. A juzgar por el punto de lectura, Johanna debía de llevar leída la mitad del volumen.

«Creo que Albert vuelve esta misma noche –dijo Johanna–. Al menos eso dijo antes de marcharse.»

El sirviente llevó el té. Johanna sirvió para las dos. Tomó un sorbo de su taza sin sentarse y dijo: «Lo siento, pero tengo que irme. Me esperan en la misión».

Sophie no tenía inconveniente. Le apetecía salir a dar un paseo. El mar reflejaba el color lila de los atardeceres tempranos de enero. Las luces de posición de la bocana del puerto se reflejaban en el agua, gráciles bailarinas sobre las olas. «Sólo les falta fumar», pensó Sophie. En los montes donde debían de estar las fortificaciones observó cierta iluminación; delante de algunas casas ya había farolillos colgando. Subió por la calle. Aspiró hondo el aire frío y limpio que descendía de los montes anunciando la caída de la noche. Olía a mar, brea, sal, hierro. También olía a comida: de muy cerca le llegó el aroma amargo de las judías rojas y el jengibre. El aliento de la nueva ciudad. Lentamente entró en calor, las manos notaban el esfuerzo hecho al subir la ladera. Qué bien sentaba. Pensó en Stanton. A esa hora ha bían estado juntos tantas veces... Era la primera noche que pasaban lejos el uno del otro. Deseó que él también se acordase de ella y la echase de menos.

Oyó pasos. Se dio la vuelta atemorizada. Alguien la seguía cuesta arriba acelerando el paso. Ya no había luces, las últimas eran las de las casas que había dejado atrás hacía rato. Qué inconsciente había sido saliendo sola en una ciudad desconocida, donde podía pasar lo mismo que en

Irkutsk. Se acordó de Tung. ¿Y si la seguían? ¿Debería echar a correr? Pero ¿hacia dónde? No conocía el lugar y el camino seguía cuesta arriba; aquello aún era más solitario.

Era un hombre, y por su altura no parecía chino. Durante un instante su silueta se dibujó contra el espejo débilmente iluminado del mar. Llevaba sombrero. Sophie veía la silueta del ala sobre el fondo del cielo. Le lloraron los ojos del esfuerzo, sentía palpitar la sangre en los oídos. Tenía la espalda sudada, estaba aterida. El hombre iba hacia ella. Sophie recapituló febrilmente. Quizá bastase con darle el bolso prometiéndole a cambio que no presentaría denuncia, cuando en ésas oyó que pronunciaban su nombre, era una voz conocida.

–¡Albert! –exclamó Sophie. Sorprendida y extrañada a la vez por la situación, clavó los ojos en la figura.

–Cariño –ahora sí lo reconoció–, es muy peligroso salir así a pasear.

–Albert... –repitió Sophie incrédula.

Tenía un aspecto magnífico. Efectivamente, no había conservado bien sus facciones en la memoria. Los ojos azules, el pelo rubio, la expresión pícara de mozalbete que tanto le había gustado de buen principio. Su marido llegó hasta ella. Se abrazaron. Le resultaba raro sentir su presencia; sintió cómo el pelaje corto y duro del cuello del abrigo le pinchaba en la cara.

–Sophie, no sabes cuánto me alegra que hayas venido.

Poco más tarde Sophie entraba en la casa por segunda vez. Albert le preguntó ufano:

–¿Te gusta?

Sophie asintió con la cabeza, pendiente de que en el momento más inesperado apareciese Johanna con su vestido rojo.

–Tendrás hambre. Ven. El cocinero se ha empeñado en prepararte algo.

Albert la llevó hasta el comedor. Había una mesa servida

con un gran número de cuencos y una olla lacada de color negro con arroz aún humeante. Albert le puso en las manos sendos palos de marfil cuyos extremos tenían forma de cabeza de dragón.

–¿Sabes manejar los palillos chinos?

Sophie asintió de nuevo con la cabeza. Notó cómo el rostro se le sonrojaba. Albert le cogió la mano y no se la soltó hasta que entró el *boy* en el comedor.

–Estás aún más guapa, Sophie –le susurró–. Por cierto, se me olvidaba. –Se levantó y se sirigió a la sala contigua, de donde regresó con un papel en la mano–. Toma, lee tú misma.

El telegrama de su hermana decía: «Primer diente de ratita. Stop. Gran alboroto. Nada de particular. Corinna».

Sophie no podía levantar los ojos de la expresión «diente de ratita». Era típica de Corinna. Recordó la voz de su hermana, sus risas. Luego se le hizo presente la minúscula punta blanca que le habría salido a la niña en su boquita encarnada. ¿Sentía añoranza? Albert debió de imaginárselo. Como queriendo distraerla, le acarició la mano diciéndole:

–Ahora me cuentas cómo te ha ido el viaje. ¿Te ha gustado el asistente que te mandé?

Sophie lo miró con incredulidad. Claro, ¿cómo iba a saberlo? Se hizo muy tarde mientras le contaba toda la historia: empezando con la aparición de Tung en San Petersburgo, los comentarios del hombre del bar del hotel, pasando por el extraño comportamiento de Tung en el tren, su desaparición tras el asesinato de la berlinesa, las sospechas que albergaba, el retraso en el correo de Albert, la ausencia del retrato del chino y, por fin, la reaparición de Tung al final del viaje.

Albert se levantó bruscamente de su asiento:

–¿Y hasta ahora no me pones al corriente de todo? ¿Por qué no me enviaste un telegrama durante el viaje...? Sospechas de asesinato, incluso –masculló entre dientes sacudiendo la cabeza y de pronto se detuvo–. No. Si hubiera sido así, no habría aparecido por aquella ventana. ¿Y en Port Arthur lo has vuelto a ver? ¿Te ha seguido alguien hasta aquí? –Sophie sacudió la cabeza. Estaba demasiado confundida como para fijarse–. Pero ¿traes la documentación? –Ella asintió–. Tenemos que hacer algo.

Albert se dirigió apresuradamente al teléfono. Descolgó el auricular, marcó y volvió a colgar antes de que se estableciera la comunicación. Luego regresó a la mesa y se sentó al lado de su mujer.

–Recapacitemos. No tiene sentido precipitar las cosas. Si ahora llamo al comandante de la fortaleza, un tal Stössel, y mareo a todos por culpa de ese individuo, mañana lo sabrá toda la ciudad. Sólo serviría para entorpecer las investigaciones. No sabes cómo funcionan aquí las cosas. Es imposible guardar nada en secreto. Cualquier información delicada, máxime si lleva el sello de secreto, se pregona a la mañana siguiente.

Sophie recordó la conversación que mantuvieron Cox y el cónsul en el tren.

–Ni siquiera tenemos una idea de las proporciones del asunto. Si ese Tung fuese efectivamente japonés, estaría más que justificada la sospecha de espionaje. Pero ¿y si el asesinato hubiera sido fortuito...?

De repente Albert clavó la mirada en Sophie como si no la hubiese visto hasta ese momento.

–¿Qué te ocurre? –preguntó Sophie.

Los ojos de Albert se abrieron con espanto:

–¡Por Dios! –exclamó.

Se levantó, cruzó las manos sobre la espalda y comenzó a recorrer la habitación de un lado a otro.

–Albert, dime la verdad. ¿Qué clase de documentos son ésos? Si por culpa de ellos ha ocurrido todo lo que acabo de contarte, tiene que tratarse de papeles muy importantes.

Durante el viaje me lo he preguntado muchas veces. Por una parte no me cabía en la cabeza que me utilizases de correo sin avisarme... Por otra...

Sophie se interrumpió. Albert se había detenido ante el acuario, contemplaba las evoluciones de los peces, el aleteo de sus apéndices transparentes. No estaba segura de si su marido la había escuchado. Albert estuvo en silencio largo rato. Al cabo, se volvió bruscamente y dijo:

–Mañana informaré personalmente al jefe de la guarnición. Hay que atrapar a ese japonés si sigue en la ciudad, y es probable que así sea.

Entonces Sophie se acordó de la fotografía que había tomado de Tung. En cuanto montase la cámara oscura la podría revelar.

–¡Fantástico, Sophie! Tus cajas ya han llegado. Están en la estación. Mañana hacen la entrega y puedes empezar enseguida. Conociéndote, supongo que era lo que pensabas hacer.

Más distendido, se sentó junto a ella y sirvió vino para los dos.

–¿Podrás darme los documentos esta noche?

Sophie sacó de la maleta la *matrushka* del pañuelo rosa.

–¿Ahí dentro llevabas guardados los negativos? Extraña ocurrencia.

–Pero ha dado resultado –repuso Sophie mientras su marido los guardaba en un cajón secreto del escritorio de caoba.

Después, ya en la cama, Albert posó la mano sobre el hombro desnudo de Sophie. Ella sintió un estremecimiento. Se quedó inmóvil durante unos instantes; luego se la retiró con suavidad: «Estoy rendida, cariño».

Albert la besó en la frente y se acurrucó bajo el edredón. Al poco rato sonaba su respiración regular. Qué familiar resultaba. Sophie sintió cierto alivio. Se había desvelado.

II

Negras columnas de humo recorrían la rada. Los cruceros de la escuadra, con la bandera rusa al viento, estaban preparados para zarpar. Sophie, desde la ventana del dormitorio, podía ver cada buque de la flota, tan nítidos a contraluz como si los hubiesen recortado con unas tijeras afiladas.

Albert le había dejado una nota en el tocador: «Te dejo dormir, cariño. Te hacía falta. Aquí tienes un croquis de la ciudad. Mi despacho está marcado con una cruz. Ven pronto. Te espero».

Lo había dibujado todo con lápiz afilado, con la precisión de un plano de arquitecto. Sophie apartó la hoja. «Ya has llegado –dijo dirigiéndose al espejo–. Aquí estás. En este preciso momento. Con Albert. Los mismos rizos morenos. Los mismos ojos verdes, la misma piel... por fuera todo igual que en Riga. Pero cuántas cosas han cambiado desde entonces.»

Acercó su rostro al cristal, que quedó empañado con su aliento. ¿La vida no era más que una serie de casualidades? ¿Cada vuelta, un proceso irreversible? Cuánto importaba estar en el lugar adecuado en el momento oportuno. Cogió la cámara. La miró con afecto.

«Me ayudarás a orientarme», dijo. Al menos en la fotografía todo dependía de que se reaccionase en el momento oportuno.

El puerto, una ensenada natural con un estrecho paso a mar abierto, era el corazón de la ciudad. Cual tribunas de anfiteatro, alrededor se alzaban los montes pelados. Por el sur, hacia el mar, quedaba limitado por una península alargada y estrecha en cuya cara interna había muelles y cobertizos de madera. Sophie leyó la descripción que le había dejado Albert y trató de localizar cada lugar: la estación de trenes, el Monte de Oro con la estación telegráfica, Signal Hill, Electric Hill, Old Town con los barrios chinos y New Town. La pequeña península se llamaba Cola de Tigre. El amplio paseo flanqueado a un lado por hermosas casas de dos pisos con vistas sobre el puerto debía de ser la Alianza. Allí, en un edificio que se imponía poderosamente al resto con su aspecto de castillo escocés, se encontraba el palacio, la residencia del gobernador. Ante la estación, Sophie descubrió las cajas de vodka amontonadas. El despacho de Albert se dibujaba en primera línea del puerto.

Lo vio llegar desde muy lejos; lo reconoció por sus andares enérgicos, algo desgarbados.

–Temía que te hubieras perdido –exclamó su marido.

–¿Cómo querías que me perdiese con un plano tan meticuloso? –Sophie se protegió los ojos con la mano–. Este lugar tiene que ser el orgullo de los rusos –comentó–. Un puerto libre de hielos en Oriente. Bien protegido por la naturaleza por todas partes y, encima, con fortificaciones en cada monte. Una plaza inexpugnable, ¿no? –Albert no respondió–. ¿No te parece?

–Montañas, mar y murallas fortificadas no bastan para hacer segura una ciudad. Como sabes, todo se puede hundir desde dentro. Con lo cual, por cierto, hemos tocado el asunto más importante. Ven. Tenemos que aclarar la cuestión de Tung.

Un borracho les salió al paso dando tropezones, un marinero de alguno de los mercantes. Al pasar ante Sophie, eructó sonoramente.

–He aquí la otra cara de Port Arthur. Los veinte mil marinos que recalan en la ciudad tienen bebida y mujeres a discreción, cuanto quieren y más. Media ciudad son tabernas y cafetines donde pueden hartarse de *grog*, ya lo verás.

Las coristas. También viajaban hacia Port Arthur. Aquella vez Stanton la había cogido del brazo para invitarla a un té.

–¿En qué pensabas? –preguntó Albert–. Estabas sonriendo, absorta.

Sophie, asustada, se inventó lo primero que se le ocurrió. Tendría que hacer un esfuerzo de concentración. No podía notarse que aún le faltaba tanto para llegar de verdad a su destino.

En el dique oriental se hallaba la dársena de la marina de guerra; a su lado se estaba construyendo el dique seco.

–¿Y tu grúa? ¿Tu *grulla*? –añadió Sophie, para su sorpresa bajando la voz. Albert no pudo evitar reírse.

–¡Sophie, qué contento estoy de que estés aquí! A mi preciosa grulla le falta aún bastante para desplegar las alas. *Nitschevo* ruso. –De repente la cogió del brazo como si un instante atrás le hubiese leído el pensamiento–. De todos modos, tampoco verás mucho. Tenemos que trabajar con discreción de cara afuera. Trabajar con los rusos es complicado.

Habían llegado a su oficina. Un pequeño edificio de piedra, de una sola planta. Cuando entraron, Albert dijo:

–Esta mañana he puesto a Stössel al corriente. Dará orden de búsqueda y captura. En cuanto tenga tu fotografía divulgará la orden. Necesita, además, otros datos: número del tren, número de vagón, etc., y el nombre del hotel de San Petersburgo. Te alojaste en el Hotel de l'Europe, ¿no?

Sophie asintió con un gesto y tomó asiento en el escritorio con el propósito de anotar los datos que le pedía Albert.

–También estaba al corriente del asesinato de la mujer, un caso sorprendente pendiente aún de resolver.

Sophie le dio el papel. Albert lo miró:

–Pero hasta Irkutsk, ¿en qué departamento estuviste?

Sophie dudó. Aquella noche se había cambiado al departamento de Stanton; no iba en el suyo. ¿Cómo explicárselo en ese momento?

–Bueno, da igual. –Albert parecía impaciente–. Lo que cuenta es el número de vagón. Pero esta noche se me ha ocurrido otra cosa, Sophie. ¿No le pediste a aquel sujeto nada, ni pasaporte, ni una carta, cuando se presentó ante ti en San Petersburgo? –Sophie sacudió la cabeza–. Pues, la verdad, no lo entiendo. No se me ocurrió insistirte en que lo hicieras. Es de lógica.

«Se le nota en la voz que está enfadado», pensó Sophie. Para ella el hecho de que el hombre hubiese acudido a la hora acordada al vestíbulo del hotel y que supiera su nombre habían sido credenciales suficientes. Aunque si Albert la había llegado a poner en peligro sin que ella lo supiese, tendría que haber tomado precauciones más serias. ¿No intentaría tapar sus remordimientos con el enfado?

–Pasaré por telégrafo estos datos. Luego podemos ir a la estación a recoger tus cajas. Espérame fuera, si quieres.

Sophie se sentó en una roca, buscó el sol y cerró los ojos. Con sonoridad grave se oyó una sirena en el puerto, tres toques muy seguidos, la señal de regreso, chirridos de una grúa, gritos de estibadores. ¿Habían pasado ya tres años desde que en el muelle de Riga Albert le confiara que en una ciudad portuaria se sentiría siempre en su casa? Entonces se enamoró de él. Albert le había pedido que le describiera los olores que se percibían alrededor; casi los mismos que en Port Arthur: cabos y sogas, brea, cáñamo de Manila, hierro oxidado, aguarrás, aromas de habichuelas y cebollas, de curry, sal, pescado, té, pimienta, canela. Y mezclado con todos ellos un aroma entre dulce y denso que no le era del todo desconocido. Tardó un rato en identificarlo como humo de opio. La memoria desplegó un rápido surtido de imágenes: la pagoda roja de Mukden, el chino del códice, la figura de jade, la frase de Stanton: «A veces hay que saltarse los límites que uno tiene marcados». Sophie notó que alguien le hacía sombra. En ese momento oyó a Albert:

–Ya estoy aquí. Podemos irnos.

Como si se hubiese hecho el propósito de ser amable, Albert le explicó los pormenores de cuanto les salió al paso con una minuciosidad rayana en la exageración. La cúpula de rayas azules y rojas era el gran circo ambulante Baratowski, venido de Europa. Se pasaba prácticamente todo el año actuando en la plaza Pushkin. Detrás quedaban el hipódromo y la pista de patinaje. El edificio nuevo de la ladera era un hotel de lujo. Al cabo de unos meses superaría al Grand Hotel de Yokohama, el mejor de todo Extremo Oriente. De todas maneras, Sophie no se dejó confundir con la verborrea de Albert. Notaba que escondía un enfado cuyo origen le resultaba un misterio.

–¿Y el virrey? –preguntó Sophie.

–¿Alexeyev? En el circo tiene palco propio. ¡Si te apetecen los refinamientos...! Todo el mundo le alaba el gusto, exquisito según dicen. Muebles antiguos, cortinas de seda recamada, porcelana china... La mesa de su despacho está hecha de una sola placa de jade. El arte del saqueo. No deberías perdértelo.

Sophie conocía demasiado a Albert como para que le pasara desapercibida la irritación que le causaba la situación que describía. En efecto, la apostilla no se hizo esperar:

–En este remoto rincón del imperio ruso se cumple al pie de la letra lo que repiten en Riga, tan dados a la diversión: el cielo queda muy alto, y el zar, muy lejos. Ya sabes a qué me refiero.

*

Cuando hubo convertido en cámara oscura el cuarto de baño estrecho y maloliente, Sophie recuperó por vez primera después de largas semanas la sensación de hallarse en su sitio. Era el único lugar donde se encontraba a gusto; el espacio particular donde nadie tenía por qué entrar. Al desembalar el equipaje y montar la ampliadora todo le era familiar, las piezas y los pasos que debían seguirse. Había llegado todo: las cubetas y el líquido de revelar, la tintura de oro, las sales de fijación, el reloj, el aceite de amapolas, la potasa y el pincel, también el potasio y el magnesio para el flash. El fuelle de la cámara vieja se había soltado, pero sólo necesitaba un repaso. Alguna placa de cristal se había roto durante el largo viaje, pero allí también había tiendas de fotografía. Compraría unas cuantas; aunque pesaba, la placa de cristal seguía siendo garantía de calidad.

Después de revelar los negativos del paso del tren por el Yenisei y tenderlos para que se secasen, Sophie rebuscó a la tenue luz encarnada de la pantalla de rubí los negativos que Stanton había custodiado por media China para que llegasen a manos de Albert. Estaban mezclados con otras fotografías de Riga, de su padre, de su hija. «Esto parece el reino de ultratumba, en fotografía», se le ocurrió de repente con un estremecimiento. Gracias al haz de luz podía reintegrar a quien le apeteciese al reino de la luz, era dueña de pasar el negativo a positivo. El poder que le daba su trabajo era enorme.

Se ocupó del retrato de Tung. Estaba tomado a contraluz. En cuanto lo hubo depositado en el baño de revelador se dio cuenta de que las facciones habían salido demasiado oscuras. Se le podía reconocer, pero se le tenía que haber visto antes. Probablemente no sirviera para una orden de busca y captura. Así pues, finalmente Tung había logrado ocultar su rostro. Un maestro del camuflaje.

Albert se quedó decepcionado. Creyó que gracias a la foto sería posible apresar al individuo. En cualquier caso, no dejaba de ser un dato. Sophie le entregó las fotografías de sus bocetos, que el marido agradeció efusivamente.

–Como recompensa, mañana te vienes a Chifú. Nos quedaremos en el Hotel Beach; el comedor tiene una espléndida galería acristalada que da a la playa. Y adivina qué tienen... –Albert chasqueó la lengua.

–¿Meses con *r*?

–Nada menos que las mejores ostras de toda la costa. Otto Schwarz se moriría de envidia.

«Desde luego», pensó Sophie. Su marido podía llegar a ser muy cariñoso. Pero ¿por qué a ella no le parecía siempre así?

Esa noche Albert no aceptó negativas. La había tenido lejos durante demasiado tiempo. ¿Acaso ella no lo había echado de menos? El cuerpo de Albert, tan conocido en su día y ahora tan extraño y diferente de otro. Sophie tuvo que imponer paciencia y serenidad a su propia piel. Tiempo, quizá sólo necesitase tiempo.

Después de quedarse Albert dormido, Sophie siguió notando sus besos en el cuello. Rígida en el borde de la cama. En medio de la sábana, una mancha húmeda y fría.

III

La reacción de Stössel a su denuncia inquietó a Albert. La policía secreta rusa tenía constancia de la actividad de un buen número de espías en Port Arthur. ¿No sabía que los japoneses estaban muy interesados en conocer los avances que se habían producido en la construcción del puerto? El dique y la grúa flotante eran objetivos privilegiados. Cuando Albert insinuó además que su mujer había hecho de correo de documentos de la marina de guerra, el general se limitó a preguntarle:

–¿Es que quiere irse con otra, y por eso la expone a un peligro así?

Albert no pudo evitar sonrojarse. Su reacción fue poco diplomática:

–¡Mi vida privada no le interesa a nadie, y menos a usted!

A partir de ese momento se propuso no dejar sola a Sophie en Port Arthur. Llevándosela a Chifú estaría tranquilo.

El Hotel Beach era una maravilla. Sophie disfrutó de aquellos días sin sospechar la desazón que consumía a Albert. La última noche, al socio de Albert, Wu, se le ocurrió que podrían ir al teatro chino. Albert intentó explicarle que al teatro sólo iban hombres; no había mujeres ni entre el público ni actuando. Pero Sophie no entendía que por ello tuviera que quedarse sola en el hotel. Hacía tiempo que algunas europeas habían conseguido romper algunas costumbres del país, porque –así persuadió a Albert– a los ojos de los chinos las mujeres de Europa no terminaban de ser mujeres de verdad. Satisfecho de que todo hubiese salido medianamente bien, Albert no quiso negarle el antojo: «Pero prepárate para aguantar mugre y malos olores. En el teatro también se come, y ya te puedes figurar lo que pasa».

El teatro se encontraba en un pequeño edificio del barrio chino. Las calles, sin pavimentar, servían a todas luces de letrina y vertedero; el hedor a hortalizas podridas y a orina sólo podía soportarse porque el frío lo mitigaba. Las entradas se vendían en una caseta de madera que servía de vestíbulo. Detrás había un edificio de piedra adornado con pequeñas torrecillas y aleros curvos. Un chino los condujo al interior de un recinto débilmente iluminado, en el fondo del cual estaba el escenario. Los camareros sirvieron aguardiente de arroz en unas copas en forma de tulipán, castañas, caramelo de azúcar, pipas de melón, unas pequeñas frutas amarillas similares a la manzana, pasteles y té verde. A continuación les sirvieron unas toallas de hilo empapadas en agua caliente para que se limpiasen las manos y la cara. Sophie miraba con curiosidad cuanto se ofrecía a la vista. No había osado llevarse la cámara hasta aquel recinto vedado. «Pero qué espléndidas fotos podría haber sacado», pensó en ese momento. En los divanes corridos de la pared sólo había hombres. Como pudo comprobar inmediatamente, su presencia era recibida con sorpresa, cuando no con repulsa. El olor a ajo y humo de opio le subió por la nariz. Wu aún no había comparecido cuando se formó sobre el escenario una pequeña orquesta de tambores planos, gongs y sorprendentes violines. Para empezar, los músicos profirieron prolongados sonidos nasales, modulaciones insólitas, irritantes para oídos europeos; se oyeron también un gong, unos estentóreos tambores a ritmo muy vivo y una campana que recordaba un cencerro. De todas partes llegaron eructos en señal de aprobación; en el país no se acostumbraba a aplaudir.

Finalmente, una mujer vestida con traje de seda repujado en oro subió al escenario; lo lujoso del atuendo contrastaba vivamente con la porquería reinante en el local. No se apreciaba en absoluto que se tratase de un hombre en vez de una mujer. Su porte era perfecto: pelo largo, líneas estilizadas, manos delicadas, incluso dulzura en la voz. El peinado, ricamente elaborado, estaba adornado con cristales tallados que simulaban el brillo de auténticos diamantes. Con ayuda de un espejo de mano, el personaje desarrollaba diálogos mudos consigo mismo; el haz del reflejo discurrió velozmente entre el público, y en un momento determinado se posó en el rostro de Albert, quien tuvo que protegerse los ojos con la mano. Tras la mujer se había apostado con sigilo un hombre que no se dio a conocer hasta que se despojó del paño oscuro que lo tapaba; entonces ella, al verlo reflejado en el espejo, reparaba con profundo espanto en él. Sophie miró con ansiedad hacia Albert. ¿Comprendía el desarrollo de la acción? Pero su marido apenas seguía lo que ocurría en el escenario. No cesaba de mirar en derredor, pendiente de que Wu llegase por fin.

–¿Albert, estás seguro de que Wu se refería a este teatro? En la ciudad hay otros.

–Completamente seguro. Tendrá sus razones. Y sospecho que no viniendo quiere darnos a entender algo.

–¿Crees que no ha venido adrede?

Albert se limitó a fruncir los labios. ¿Cuál podría ser la razón?, especulaba Sophie. Habían estado negociando el suministro de una partida de cable de acero; el socio de Wu en Shangai la enviaría con el próximo barco. El trato ya estaba cerrado, y lo único que faltaba, conforme a la antigua tradición china, era sellar las buenas relaciones. ¿Sería porque ella había ido al teatro? ¿Era una afrenta?

Se sintió desconsolada. La ropa de los hombres que ocupaban el recinto despedía un olor nauseabundo. Casi todos exhibían una gran mancha de grasa en la espalda, donde terminaba la trenza. El público seguía complacido el desarrollo de los diversos números. Pero Sophie estaba a punto de marearse por el olor a rancio. Bebió un sorbo del aguardiente confiando en que ahuyentase sus remordimientos. Lamentaba haberse empeñado en asistir a la función. ¿Se lo reprocharía Albert si lo reconocía?

Subieron unos acróbatas al escenario y exhibieron su repertorio de volteretas y cabriolas. Desde un diván llamaron al camarero, señalaron un punto en un pequeño libro de seda azul, y a continuación el hombre fue al escenario a hablar con los actores. Los espectadores, según le había contado Albert, podían cambiar de obra si la que se ofrecía no les gustaba. Los actores dominaban un repertorio de trescientas piezas sin necesidad de apuntador. Por una pequeña suma interpretaban lo que se les pedía.

–Y hoy ¿qué representaban? –preguntó Sophie por hablar de algo.

–*El marido engañado*, por lo visto, si han representado la función que Wu me dijo.

Miró el reloj. Sophie sintió un estremecimiento y agarró su copa. ¿Qué sabía Albert? Pero él no parecía prestarle atención. En ese instante se reanudó la música, disonante y estridente. Un hombre subió al escenario, husmeó unos recipientes imaginarios y de repente mostró en su mano un huevo de tonos azulados.

Sophie hizo un esfuerzo por concentrarse y olvidarse del curso de los propios pensamientos. ¿Quién le había contado que esa variedad de huevos podridos era una delicia? Se maceraban durante cuarenta días en vinagre y ceniza de sosa hasta que quedaban completamente transformados: la yema, gelatinosa como arrope en invierno, y el resto del huevo, frágil y transparente como el ámbar de vetas... ¡Ah, sí! El agente de la guía Baedeker. Pero de él precisamente no deseaba acordarse en ese instante.

Los camareros regresaron y Sophie observó con repugnancia que les servían nuevos cuencos con frutas brillantes, hortalizas y carne. Si sus ojos no la engañaban, tenía ante sí una salsa negra con patas de pollo. Albert se acercó a la mesa con ganas de saciar el apetito. Sophie bebió un tercer aguardiente y notó que se le subía a la cabeza. Cogió mecánicamente los palillos chinos. Arroz, una especie de avellanas que sabían a algas. Luego mordió una cosa blanda y de textura escamosa a la vez, e instintivamente lo escupió todo. Tuvo la sensación de que en el momento menos pensado vomitaría.

–Albert, por favor, vámonos de aquí.

Su marido soltó los palillos con gesto brusco. Al cabo de poco consiguieron verse en la calle, rodeados de heces y verdura putrefacta.

–Tenía que habérmelo figurado. Eso no es para ti. Con lo aprensiva que eres a los olores y la porquería –dijo Albert.

De regreso al hotel no intercambiaron una sola palabra en todo el camino. «Aprensiva.» La palabra retumbaba con cada oscilación de la *riksha*. Ciertamente, tenía que haberse quedado en el hotel. En otra época Albert la admiraba por su sensibilidad para percibir olores.

En el vestíbulo ricamente iluminado del Hotel Beach esperaban los sirvientes chinos.

–¿No quieres tomar nada más? –preguntó Albert. Ella negó con la cabeza–. Como quieras –respondió su marido sin soltar el mango de la puerta giratoria–. Yo me acerco al bar a tomar otro trago.

Sophie se dirigió apresuradamente a la habitación y abrió la ventana que daba a la playa. Las olas batían sosegadamente en la orilla. Cuanto entraba en la bahía terminaba depositado por las olas junto al hotel. Hedía a pescado podrido, algas y moluscos. En todo el viaje no se había sentido tan sola como se sentía en ese instante, a pesar de que ahora tenía a Albert cerca. O quizá precisamente porque estaba con él. ¿A qué se debía la tensión que se palpaba entre ellos? ¿Era culpa suya? ¿Notaba él que no era sincera? ¿Volverían a recuperar la confianza mutua?

*

Escarabajos recorriéndole el cuerpo. Escarabajos pequeños y tozudos, que no conocen sino el peso del brillante caparazón que llevan en el lomo. Unos recuerdan minúsculos dragones, brillantes, en tonos dorados y verdes. Otros son de color marrón, parecen repeinados; con el empecinamiento de su especie se desplazan por encima de Sophie sirviéndose de unas patitas finas y negras, como ideogramas chinos. Sophie mira hacia abajo. También se han instalado debajo de sus senos. Los agarra y los tira al suelo, insectos sin alas. Puede oír cómo zumban esos hatos de quitina; al levantarse las alas de afuera dejan al descubierto otro par debajo. Transparentes, negras, frágiles. Entonces nota que se le agranda la espalda. Le salen un par de alas negras y untuosas.

En ese momento se despertó, desorientada en un primer momento acerca de dónde estaba. Dichosa China. La volvían loca su violencia y su suciedad. Albert seguía sin volver. ¿Qué hacía? ¿Se vestía e iba a ver si lo veía? En ese instante alguien introducía con esfuerzo la llave en la cerradura y giraba el picaporte. Sophie cerró los ojos y fingió que dormía. Pasó un buen rato antes de que Albert se tendiera en la cama. Olía a whisky.

IV

Durante casi toda la travesía de regreso, Albert anduvo paseando inquieto de un lado a otro de la cubierta; Sophie intuía que su comportamiento no se debía sólo al enfado por el fracaso de la cita con Wu. Cuando avistaron la fortaleza de Port Arthur, Albert dijo: «Fíjate. ¿Quién sería capaz de conservar este puerto en caso de guerra? Con una bocana tan estrecha, basta una sola acción de bloqueo para dejarlo fuera de combate. Habría que volar el extremo de la península del Tigre».

A Sophie le constaba que había presentado repetidamente ese proyecto, sin que nunca le prestaran atención. La bocana era tan estrecha que la salida de la flota requería varias mareas. No pocas veces la escuadra entera tenía que fondear delante del puerto por esa razón. Ese mismo día estaban el buque insignia del almirante y una serie de cruceros. Para Albert las naves eran como antiguos conocidos. Sophie empezaba ya a reconocerlas, distinguiendo características y tripulación. En uno de los flancos del puerto brillaba una franja amplia de arena. Con la bajamar sólo pasaban sin problemas los pequeños sampanes chinos cargados de sacos y hortalizas. Sophie cogió la cámara de fotos.

«Exacto. Retén este triste panorama. Ya ves qué ocurre. Más eficaz que el enemigo más fuerte, la marea baja es capaz de dejar encerrado cualquier barco de guerra en el puerto. Cada vez que insistimos al gobernador en que debe dragarse, responde con un "Todavía no". Porque podría ser interpretado como un preparativo bélico.» Albert tenía aspecto cansado. Lo acusaba una profunda arruga alrededor de la boca, también el pliegue vertical que arrancaba de la nariz y le cruzaba la frente.

¿Eran nuevas? ¿O Sophie las veía por primera vez? ¿Serían los remordimientos, que le hacían prestarle más atención? Sophie sintió alivio cuando por fin desembarcaron y subieron en la *riksha*. Camino de su casa, de pronto, por entre las plúmbeas nubes de nieve, un brillo plateado de gran intensidad. Las nubes parecían brillar por dentro. Momentos mágicos. Una luz así... Lo habría dejado todo, habría cogido la cámara y empezado a disparar fotografías sin parar. Aquello era lo que deseaba fijar, la transición instantánea de la luz en sombra, de la sombra en luz: mudanzas, puntos de discontinuidad. ¿No eran acaso los únicos momentos auténticos? Llevaban el negativo incorporado... como ella, la sombra de la duda en todo cuanto hacía durante esa época.

Aquella noche le costó dormirse. Albert preguntó de repente en la oscuridad:

–Sophie, ¿qué es lo que ha cambiado entre nosotros?

«Cambiado.» La palabra quedaba tan lejos. ¿A qué viene eso? ¿Qué quieres decir? No. Qué cansada estaba. Terriblemente cansada.

–Contéstame. Tengo que saberlo.

Rostro rígido. Labios de autómata. Por boca, un tarugo de madera. Al cabo, con premiosidad infinita:

–No lo sé. No. Cambiar, no ha cambiado nada entre nosotros.

Sophie tenía el corazón en un puño. Por lo que más quisiera, todo menos tener que hablar con Albert. Especialmente en esos momentos, cuando ella misma no sabía nada. En otra ocasión. Había que ver qué pasaba. Era cuestión de quitar hierro al asunto. Nada, no había cambiado nada. Su marido guardó silencio.

Al cabo de un rato, la mano de Albert sobre su hombro. La atrae hacia sí, la acaricia. Una calidez que ella percibe en todo el cuerpo. Los pezones duelen de tan inflamados. Sophie le deja hacer. Los labios húmedos de Albert. Su olor. Las uñas clavadas en la espalda de Albert, el rostro de él ha desaparecido, sólo se ve la mata de su pelo cuando Sophie levanta la cabeza. Nota el fluir vertiginoso de la sangre por todo su cuerpo. Las ganas de abofetearlo y a la vez de besarlo. Si pudiera darse la vuelta a la piel, como un calcetín, a sí misma. Poner a orear la piel de dentro. Blanda, sedosa, necesita aire fresco. Darle la vuelta como si se la fuese a arrancar. Tras los párpados cerrados, un rostro. Una voz remota. La proximidad de un hombre, el olor de su pelo. Stanton, Stanton, Stanton. Abrir los ojos. Clímax del apetito masculino. Exhausto. Caricias en el pelo. Albert reposa su pesada cabeza sobre sus hombros. Lágrimas por dentro. Tromba de lágrimas. Stanton. Anoche me acordé de ti. Una noche tras otra.

–Estoy tan contento, Sophie –Albert suspiró hondo–. ¿No es eso lo único que cuenta?

Ella se sintió como si tuviera cien años.

Ese mismo día llegó una carta para Albert de la ciudad. El chino viejo la recogió en la puerta. Sophie advirtió el sello de la misión danesa y una letra infantil de grandes trazos. Al aproximarse Sophie, el viejo guardó el sobre bajo su túnica. Le hubiera gustado averiguar si era de Johanna, pero aquel individuo no le habría dicho nada.

Aquel día Albert regresó a casa antes de lo acostumbrado. Ya estaba sentado en el comedor cuando entró Sophie.

«¿Te has recuperado del viaje a Chifú? –preguntó Albert con tono insólitamente animado. ¿Se lo imaginaba ella o efectivamente su marido acaba de esconder con gran celeridad el sobre que tenía en las manos?–. Si me dices que sí ya puedes ir preparándote para la siguiente invitación. El almirante Stark celebra el ocho de febrero el santo de su mujer y de su hija pequeña. Te lo pasarás bien. Los Stark son célebres por el esplendor de sus galas, también a bordo del buque insignia. Por si no lo sabías, el almirante pasa por ser la máxima autoridad del Lejano Oriente en materia de protocolo y sociedad.»

Albert le entregó un gran sobre blanco con el cuño del almirante. Letra puntiaguda y afilada. Era un sobre diferente al de la mañana. Sophie hubiese querido preguntarle a Albert por la otra carta. De repente, sin embargo, sin saber bien por qué, se abstuvo de hacerlo.

El chalé de los Stark estaba iluminado con el resplandor de un sinfín de velas y nuevas lámparas eléctricas. Las casas vecinas mostraban muchas ventanas iluminadas, como si la onomástica se celebrase particularmente adornándolo todo con luces. Las calles resplandecían gracias al sinnúmero de lamparillas que portaban las *rikshas*; los muelles del puerto y los barcos atracados exhibían todos sus faroles. La bruma que pendía sobre la ciudad reflejaba la luz varias millas a la redonda. Debían de haberse congregado un centenar de invitados. La niñera de los Stark recibía a los recién llegados con una sucinta reverencia a la europea.

–Es miss Massey –susurró Albert–, una antigua enfermera inglesa.

Luego le presentó a tanta gente que Sophie no tardó en sentirse confusa: Me Lyng, una mujer china de baja estura que vestía un traje de seda amarillo, su marido era el director del Banco Chino-Ruso; Zur Mühlen, un ingeniero de Libau; Merveille, corresponsal de prensa francés; Jack, un joven periodista estadounidense tocado con una boina de lana, completamente discordante en Port Arthur, pero que en Estados Unidos ya había publicado alguna novela; Moses Ginsburgh, un caballero elegante y amable, fundador de una cadena comercial implantada en todo Extremo Oriente; militares rusos, la señora Stark, su hijita, Johanna Andersson, mistress Snow... Sophie aprovechó la primera ocasión que tuvo para ir al lavabo y quedarse un momento sola. Se repasó el carmín ante el espejo. No se le iba del pensamiento mistress Snow. Alta, distante y fría, apenas mayor que ella, la inglesa le había tendido la mano diciéndole:

–¡Ah, sí! Si es la mujercita de Albert... Qué encanto.

En ésas había llegado la danesa. Albert la había cogido del brazo y le había dicho algo en su idioma que la hizo reír sin disimulo. Por un momento Sophie creyó tener frente a ella a sí misma y a Stanton.

Entonces mistress Snow observó maliciosamente:

–Sí, sí. Otra dama encantadora.

Se abrió la puerta y entró una hueste de mujeres jóvenes. En un momento el lavabo quedó abarrotado; las risitas se adueñaron del lugar. Sophie tensó los labios y los apretó para repartir el carmín.

–¿No ha visto lo nerviosos que están nuestros maridos? –oyó que preguntaba una pelirroja que tenía a su espalda.

Debían de ser esposas de militares.

–Sólo hablan de relaciones diplomáticas y del punto en que están. Hoy debe de haber echado chispas el telégrafo entre Tokio y San Petersburgo.

–¡Ah! La misma monserga de siempre, si habrá o no habrá guerra... Estoy harta. Tampoco vamos a cambiar nada nosotras. Lo que quiero hoy es divertirme.

Sophie regresó al salón, donde en ese momento los músicos de un cuarteto de cuerda afinaban sus instrumentos. Vio a Albert cerca. Se dirigía hacia él cuando advirtió que estaba hablando con Johanna. De nuevo estaban riéndose. Sophie se detuvo automáticamente. Hacía mucho tiempo que no veía a Albert así de relajado y contento.

–¿Qué tal, querida? ¿Pensativa? –Mistress Snow debía de haberse dado cuenta–. Acaba usted de llegar, ¿no es así? Aquí a los nuevos se les nota enseguida. ¿Le gusta Arthur?

Por un momento Sophie pensó que hablaba de un hombre. Asintió con la cabeza. Y cuando se percató de su confusión asintió de nuevo. Albert llegó para llevarla con su grupo, al que se había incorporado el americano de la boina, con una botella de whisky en la mano. Mistress Snow los siguió sin esperar a que la invitaran. Al pasar una bandeja con ostras, se sirvió dos ejemplares con estudiada negligencia. Jack, ni corto ni perezoso, cogió una, la sorbió y dejó la concha vacía en el plato de mistress Snow.

–Es una pena, pero sólo tolero un molusco de éstos –dijo Jack a la inglesa–. En cuanto tomo el segundo me sale urticaria.

–¡Calle, calle! –exclamó mistress Snow dándose la vuelta con repugnancia–. No nos interesa lo más mínimo.

Jack sonrió malévolamente y bebió un trago de la botella que llevaba en la mano.

–Créame –insistía Albert conversando con Zur Mühlen–. Vienen de Europa, compran juncos chinos en Shanghai, apalabran una tripulación con gente de todo el mundo y por un puñado de dinero los tienen dedicados a la piratería.

–*All you need is the stinkpot* –observó el americano joven, que tenía él mismo aspecto de pirata–. Un tonel lleno de cohetes incendiarios y bombas fétidas. Se dispara contra los puentes y pañoles antes del abordaje y todo el mundo cae asfixiado.

–¡Qué horror! –Johanna expresó su repugnancia.

–Como le pasó al bergantín danés en Hong Kong –intervino mistress Snow lanzando una rápida mirada a la danesa. Parecía recrearse recordando que las víctimas habían sido de la misma nacionalidad que Johanna–. Lo apresaron delante del puerto. Mataron al capitán, hirieron al primer oficial y amarraron al resto de la tripulación en la bodega. Una vez trasladada la mercancía a su barco, agujerearon el casco del bergantín. El resto se lo pueden imaginar.

–¡Por Dios bendito!

–No se preocupe, Johanna. Esa vez los marinos lograron liberarse e incluso pusieron el barco a salvo. Pero nueve de cada diez barcos desaparecidos han sido atacados por piratas. –La inglesa cogió una ostra y sorbió la verde concha para comerse la carne–. Muchos cadáveres de mercantes cubren el fondo del mar por aquellas aguas. ¿No es impresionante, Johanna?

La danesa se irguió en toda su estatura:

–¿Sabe, mistress Snow? Trabajando de misionera se descubren vistas sobre los abismos del alma humana más profundas de lo que se imagina la gente. *Homo homini lupus*. Desgraciadamente, es cierto. Por favor –dijo volviéndose hacia Jack, que acababa de encender un puro–, ¿me da fuego?

–*Sorry*, me he quedado sin cerillas.

–Un momento. –Albert se apresuró a ofrecerle una cerilla encendida–. Yo tengo fuego.

–Vistas profundas sobre los abismos del alma humana, ¿no es verdad? –preguntó mistress Snow con intención a Sophie.

El cuarteto de cuerda comenzó su actuación y la sobrina del almirante se levantó de un brinco de su asiento. Había esperado con impaciencia a que empezase el baile, el centro de sus atenciones desde hacía semanas. Su vestido era una pequeña nube de seda brillante con lacitos y cintas brillantes, hecho expresamente para aquella noche. A su lado no faltaba un admirador, un joven francés de ademanes torpes que debía de sentir veneración por ella. Mientras que las facciones de la muchacha mostraban sucesivamente júbilo, expectación e impaciencia, según mirase a los invitados, a los músicos o a su acompañante, éste aparecía humildemente apostado a su lado, temeroso de que la linda mariposa echase a volar en el momento menos pensado.

–¿Y nosotros? –susurró Sophie–. ¿Bailarás conmigo?

Albert la miró:

–¿Quieres bailar?

–Si a ti te apetece.

Sophie empezó a disfrutar de la fiesta. Bailó con Albert y después con otros caballeros que fueron siéndole presentados uno tras otro.

Hacia medianoche se oyó un estampido sordo parecido al trueno de una tormenta que empezase a descargar. Ahora bien, aquélla no era época de tormentas, de modo que todos se miraron sorprendidos. La música cesó y los invitados se asomaron a las ventanas. El puerto estaba a oscuras. Se distinguían las luces de posición de la flota rusa, que navegaba frente al faro de la península del Tigre.

–Ha sonado igual que una salva de artillería –observó el compañero de baile de Sophie, un caballero mayor a quien mistress Snow llamaba Lordie–. ¿Acaso estarán de maniobras a estas horas de la noche?

En ese momento se elevaron tres cohetes disparados desde la estación de comunicaciones del Monte de Oro.

–¡Son fuegos artificiales! –exclamó encantada la sobrina del almirante–. Es mi tío, que ha encargado fuegos de artificio para celebrar el día de mi santo.

Su tío era el almirante Stark, que se hallaba a bordo de su barco y, de entrada, no contaba con poder sumarse a la fiesta de su esposa y de su hija. Los invitados, indecisos, permanecieron un rato ante las ventanas. Pero no ocurrió nada más. La sobrina, aterida en sus ligeras galas de seda, se dirigió en cierto momento al estrado y pidió a los músicos una canción desenfadada. Finalmente se cerraron las ventanas y todos regresaron al champán y al baile.

El almirante tampoco acudió pasada la medianoche, contrariamente a lo que su mujer había imaginado. Los criados chinos, famosos porque su sistema de comunicación superaba en rapidez al telégrafo, se enteraron por el palacio del gobernador de que, en efecto, parecía que había habido maniobras nocturnas. Contaron que Alexeyev, sin levantarse del sillón del salón ni dejar la lectura que tenía entre manos, mandó también un sirviente a que averiguase la causa de los estruendos.

Sophie advirtió que algunos invitados, como el joven americano o el corresponsal francés, iniciaban una enérgica discusión y se dirigían a una sala contigua al salón de baile. Los siguió y se detuvo en la puerta.

–¿Y no puede tratarse de un ataque japonés en toda regla? –preguntó el individuo que ese momento daba la espalda a Sophie. Su pelo formaba una fina diadema de color blanco; una corona, habría dicho míster Ashton.

–Pero ¡si no se ha declarado la guerra!

–Por poco que puedan, los japoneses aprovecharán la baza que tienen y lanzarán un ataque preventivo. No hacerlo sería una solemne tontería. –La botella de whisky de Jack estaba medio vacía.

–Por lo visto hoy mismo se han roto las negociaciones diplomáticas..., pero a la vez anunciaban que las reanudarían dentro de unos días.

–¿Quién se va a creer eso? ¿Qué hicieron en mil ochocientos noventa y cuatro? La guerra entre chinos y japoneses empezó sin que mediara ninguna declaración.

–Lo cierto es que hace dos días el embajador Kurino pidió autorización al conde Lambsdorff, ministro de Exteriores, para marcharse de San Petersburgo –dijo el francés.

El de la corona contó que el 6 de febrero había estado observando lo que hacía un pequeño vapor británico, el *Foochoow*:

–Zarpó con absoluta discreción. Debió de llevarse a toda la colonia japonesa de la ciudad. Antes pude ver la cantidad de comerciantes y hombres de negocios que subieron a bordo, a juzgar al menos por los gorros de astracán, los abrigos y los guantes de piel que llevaban. Las mujeres llevaban a los niños pequeños sujetos a la espalda. Los hombres se acomodaron en los fardos e hicieron correr las botellas de sake. Parecía una evacuación en toda regla.

–Y esta noche, gratis, han tenido el mayor despliegue de alumbrado de la plaza fuerte –observó el francés.

Albert apareció en la puerta de enfrente. Hizo una señal a Sophie. Ella respondió con un gesto. Sí, ya era hora de irse. Oyó cómo los periodistas se citaban para el día siguiente: «¿Nos vemos en el Effimoff, como siempre?».

–¿Qué es el Effimoff? –preguntó Sophie a Albert de vuelta a casa.

–Un hotel. Se alojan sobre todo periodistas. Está en la Ciudad Vieja. Desde hace un tiempo le hace la competencia el Nikobadze, de la Ciudad Nueva.

Effimoff. Tenía que acordarse, se dijo Sophie. Quizá pudiese enseñarle sus fotos a alguien.

–¿Y qué clase de fuegos artificiales eran ésos, tan cortos?

Albert soltó una breve carcajada.

–Pura fantasía de la muchacha.

–Los periodistas no descartaban que se tratase de un ataque japonés.

Albert se encogió de hombros, pero no despegó los labios.

Mientras Sophie, como tantos otros civiles, pronto estaba durmiendo, otra buena parte de la ciudad vio cómo la despertaban. Patrullas de soldados recorrieron los locales de diversión y las salas de juego para transmitir a los oficiales y a la tropa de permiso la orden de embarcarse. La noticia de las maniobras nocturnas no tardó en ser rectificada: la escuadra japonesa había atacado.

Las naves enemigas, protegidas por la nevada de aquella noche, tan copiosa en el mar que no se distinguía la proa de los barcos desde el puente, se aproximaron de nuevo unas horas más tarde. Pero poco después el cielo empezó a despejarse y la luna privó de protección a las embarcaciones niponas. Esa vez las tripulaciones rusas estaban alerta.

Sophie se despertó con la luz que entraba en la habitación. Se puso una chaqueta y se acercó a la ventana. El insípido resplandor de la luna alumbraba un paisaje espectral. A esas horas, al contrario que antes, se habían apagado todas las luces de los barcos. En contraluz se veían sombras presurosas reflejadas en el cabrilleo del agua; parecía haber una gran concurrencia en los muelles.

V

El amanecer fue gélido; cielo y mar se fundían en una única tonalidad encarnada. Sophie y Albert, enfundados en sus abrigos de piel, paseaban en silencio junto al mar. El sol no tardaría en salir. Sophie recordó la madrugada adel lago Baikal.

De todas partes acudía gente hasta el puerto para interesarse por el origen de los disparos de la noche anterior. A primera vista se apreciaban daños en dos navíos rusos.

–Precisamente el *Retvisan* –dijo Albert.

La nave había quedado atravesada en plena bocana, con la proa hundida. Un poco más lejos estaba el *Zesarevich*, escorado a estribor y con la popa sumergida. Al oeste de la península del Tigre también estaba el *Pallada*. En torno al *Zesarevich* se habían congregado remolcadores y barcazas para retirarlo del lugar. Se había ido a pique por no embestir contra el *Retvisan*, decían.

–¡Maldita sea! –Albert dio un puntapié a una piedra–. Los japoneses han ido a escoger el momento perfecto. Pillan a los rusos absolutamente desprevenidos. –Volvió a propinar un puntapié a la piedra.

Sophie había empezado a tomar fotografías. El perfil de los navíos de guerra sobre el fondo de mar y cielo, la marinería esperando desconcertada en tierra. Aquello, pensó de manera instintiva, eran fotos de valor histórico.

–Los japoneses no podían haber encontrado un momento mejor. Habría sido una tontería no aprovechar la ocasión, ahora que los refuerzos militares están comprometidos en la zona del lago Baikal. –Albert dio rienda suelta a su indignación.

Recorrieron el contorno de la rada hasta el Monte de Oro. A la altura de la estación de comunicaciones llegó hasta ellos un cosaco de ordenanza espoleando su caballo: ¿dónde estaba la estafeta del telégrafo? En ese instante se oyeron disparos provenientes de la playa. Albert se detuvo y miró por el catalejo. Un barco se dirigía a toda máquina hacia la costa.

–El *Boyarin* está mandando señales con las banderas. –Albert dudó un momento y luego tradujo–: Fuerzas enemigas a la vista. Y le sigue el *Askold*. Vienen disparando hacia atrás, mandan más señales... Un momento... Avance enemigo en toda línea... –Albert pasó el catalejo a Sophie–. ¡Por Dios! ¿Para qué necesitan las banderas? A los japoneses se les ve a simple vista.

En efecto, en el horizonte se perfilaron unas sombras grises.

–Delante va el *Mikasa*, el buque insignia del almirante Togo –dijo Albert. Volvió a mirar por el catalejo–. No los distingo bien. Pero detrás seguro que van el *Yashima*, el *Asahi*... buques de viajeros convertidos ahora en flota pesada.

El puerto se colmaba de gritos y órdenes, a bordo de los barcos los soldados corrían despavoridos de un lado a otro, en los muelles los hombres gritaban..., pero la flota rusa no se movía. Todos parecían hipnotizados, pendientes del buque insignia del almirante, que permaneció inmóvil.

–¿A qué esperan? ¿A que los japoneses tomen al asalto Port Arthur?

Tras una eternidad, o así al menos lo pareció, por fin desamarró el *Petropavlovsk*, y el resto tras él, en fila. Mientras, un pequeño vapor zarpó del muelle dirigiéndose a toda máquina hacia el buque insignia. Todo discurrió con tanta rapidez que Sophie apenas pudo fijar las imágenes. El barco maniobró para aproximarse, una persona subió a bordo por la escala de gato e izaron la bandera con la cruz de San Andrés, la enseña de que el almirante en persona se hallaba a bordo. En ese momento fue cuando los rusos empezaron a replicar en los disparos. Súbitamente cayeron las primeras bombas ante el puerto.

–Sophie –Albert la agarró por los hombros. Estaba pálido–. No tenía que haber insistido nunca en que vinieras. Ahora me doy cuenta. Pero ya es demasiado tarde. Escúchame bien. De momento vuelve inmediatamente a casa y ponte a recaudo. Cualquiera sabe lo que puede pasar de aquí a diez minutos.

–¿Y tú? ¿Te quedas aquí?

–Te prometo que iré en cuanto pueda. Pero primero tengo que ir al astillero. Ya ves lo que está pasando. Lo mejor es que vayas a la misión danesa. Está resguardada por la primera cadena de colinas; allí no caerán bombas y estarás protegida. ¿Me lo prometes?

La excitación de Albert parecía desproporcionada. De regreso a la ciudad, le salieron al paso oleadas de personas que se encaminaban al Monte de Oro para tener una panorámica de lo que estaba ocurriendo. Pero la insistencia de Albert en que le prometiera que se quedaría en casa demostraba que la conocía mejor de lo que ella pensaba. No tenía la menor intención de ir a la misión.

En la terraza del ayuntamiento vio a un grupo vestido con sus mejores galas oteando con catalejos. Seguían los sucesos de mar abierto comentándolos acaloradamente. Sophie enfocó a una señora que observaba la flota japonesa con unos gemelos de nácar. Un instante después cayó una bomba en las proximidades y los invitados salieron despavoridos. Desde el lugar relativamente seguro donde se hallaba, Sophie fotografió el humo que dejó el impacto. Una columna delgada que deshizo el viento.

El fuego de las baterías se intensificó, y pronto empezaron los disparos, no sólo en la colina del centro de comunicaciones, sino también en el casco antiguo, en los barrios nuevos y en pleno paseo del puerto, junto a la Alianza. La ciudad se transformó en un abrir y cerrar de ojos. El americano dueño de la joyería situada junto al puerto salió corriendo a la calle con un collar de perlas en las manos. Al empleado y a la cliente que lo observaban boquiabiertos desde la puerta del establecimiento no cesaba de gritarles: «I'm out of hier!». La joven china que los había contemplado por el escaparate abrigó a su hijo con una toca y salió corriendo entre gemidos. Los curiosos que momentos antes habían acudido en multitud a la orilla del mar regresaban apresuradamente a protegerse tras las colinas que rodeaban la ciudad. Un niño chino, descalzo, aprovechaba la confusión general para encaramarse a un carro cargado de melones. Cogió cuantos pudo llevarse. Pero al bajar, el carro se tambaleó y terminó por volcarse, de modo que los melones salieron rodando calle abajo haciendo tropezar a quienes subían por ella. Sophie trabajaba con tal rapidez que sólo usaba una de las dos placas de cada estuche: una vez disparadas las dejaba en el suelo a su lado, intentando así evitar que, con ese bullicio, se equivocase y utilizase dos veces la misma. Fue un arrebato febril. Como si la cámara la protegiese con el objetivo, se sentía tan segura como si estuviese detrás de una muralla. Sólo pensaba que si no las tomaba, aquellas instantáneas se perderían para siempre.

Poco después las calles estaban desiertas. Sólo los sijs se mantuvieron impertérritos en su lugar de costumbre, ante las oficinas de Ginsburgh y ante la sede del Banco Chino-Ruso, como si no hubiese pasado nada. La plaza de Pushkin era un paraje deshabitado, los del circo se habían esfumado, junto con sus elefantes y camellos, los edificios de la Novy Kray estaban desiertos, los reporteros habían desaparecido. Al hotel Effimoff, pensó Sophie. Quizá podría averiguar más cosas. Delante de correos un grupo de gente discutía acaloradamente sin dejar de mirar a uno y otro lado, como si las bombas circulasen por las calles.

Sophie llegó al hotel, una construcción de una sola planta y aspecto de barracón. Las puertas estaban abiertas de par en par. El propietario, el gerente, el cocinero, los camareros... todos habían desaparecido. Sólo quedaban dos muchachos chinos con uniforme de botones, que montaban guardia asustados en el vestíbulo. Sophie se acercó al mostrador y hojeó el registro. Las veinticuatro habitaciones parecían estar ocupadas. El corresponsal del *Daily Mail*, otro de Reuters, dos periodistas franceses y uno americano, además de diversos nombres ingleses y alemanes. Como nadie la atendía, Sophie se internó en el pasillo, desde donde se veían las habitaciones, oscuras y pequeñas. El mobiliario era igual en todas: una mesa, un catre, una jarra y una palangana con el esmalte saltado. Por todas partes, telarañas de hilos renegridos. Una habitación estaba decorada con el anuncio de una cerveza americana; debajo, encima de la mesa, la fotografía enmarcada de una mujer joven, risueña y morena. Sophie la cogió. Abajo, a la derecha, el sello de un estudio de fotografía de Iowa. De pronto una gallina saltó cacareando desde el alféizar; Sophie, terriblemente asustada, volvió a dejar el marco en la mesa.

Salió del Effimoff, tomó una bocacalle y se dirigió a la Ciudad Nueva. Allí estaba el Nikobadze, el otro hotel para extranjeros, donde encontró a quienes buscaba. Al parecer, aquel sector de la ciudad se había librado por el momento del efecto de los ataques, pues la gente hablaba del asunto con tal sosiego que la acción bélica parecía estar ocurriendo a gran distancia de allí. Un americano fornido y pelirrojo, vestido con chaqueta azul marino, gesticulaba exclamando:

–¡Dios santo! ¡No entiendo a estos rusos! Unas horas antes de que Kurino comunicase la orden de retirada de su gobierno, los japoneses habían hundido dos mercantes rusos. Entre Kwantung y Corea. Eso era el seis de febrero. A la vez estaba en marcha el transporte de tropas y material hacia Chemulpo, en Corea. Salió en la prensa de todo el mundo, menos en los periódicos rusos. El gobierno ruso, sencillamente, no le dio importancia. Algo absolutamente incomprensible, en mi opinión. –El americano advirtió la presencia de Sophie; le dedicó una suerte de reverencia y señaló a la cámara–. ¿Es usted colega?

–¡Siempre con la monserga de la prensa extranjera! –replicó irritado un ruso de baja estatura que llevaba un delantal blanco lleno de manchas–. Sólo saben provocar. Sólo les importa segarle la hierba a nuestro zar.

El americano no se dejó impresionar:

–Señor Nikobadze, que le estoy dando datos. En mi país solemos tenerles respeto. –Se dirigió a quien tenía a su lado, un hombre de aspecto enfermizo, con gafas de montura dorada, que parecía sumergido en su inmenso abrigo negro–: Y por otra parte, dígame si no, comendador, ¿no le llamó la atención que los japoneses estuvieran vendiendo últimamente el género a precios sorprendentemente bajos? –El viejo asintió–. Si parecía una liquidación por cierre... Y lo que dicen que pasó ayer debe de tener su fundamento. Ayer el cónsul japonés visitó la plaza a bordo del *Foochow*, pero acompañado en realidad por un agente del Ministerio de Marina japonés. Dejaron fondeado el barco y bajaron a tierra el cónsul y su ordenanza. Camuflado así, el agente de la marina pudo anotar en su mapa con toda la tranquilidad del mundo los puntos de atraque de los buques rusos. Ya en alta mar, el *Foochow* fue al encuentro de la escuadra japonesa para transferir al agente y todas sus observaciones.

–Pues de poco les ha servido –repuso Nikobadze.

El americano sonrió ante el empeño del ruso:

–Creo que si los japoneses hubiesen imaginado lo debilitadas que están las defensas rusas, anoche no se habrían retirado después de la primera ofensiva. Si me permite mi modesta opinión, podrían haber arrasado. Ahora, sin embargo, aunque con desperfectos, los rusos están ya sobre aviso.

–¿Desperfectos? ¿Desperfectos lo llama usted? ¡Todo un barco de la marina hundido por el fuego enemigo y lo llama desperfecto! ¡Vean adónde llega el periodismo! Y eso no es lo peor. ¡Aquí no se escandaliza nadie porque no haya habido declaración de guerra! Tenga por cierto, caballero, que el zar Nicolás no quería la guerra. ¡Ni mucho menos!

Sophie levantó la cámara y esperó a que el del delantal blanco se situase entre los dos hombres vestidos de oscuro. Luego los fotografió.

–Pero ¿qué se ha creído usted? ¿Para qué son esas fotografías? –El ruso increpó a Sophie con tal vehemencia que por un momento temió que pudiese pasar a las manos.

–Son recuerdos, completamente personales –se apresuró a explicar Sophie–. Una guerra no estalla cada día.

En ese momento cayó una bomba a unos edificios de distancia y abrió un boquete en la calle.

–¡Ésa podría habernos caído encima... y cómo! –gritó Nikobadze, quien en ese momento pareció hacerse cargo de lo real del ataque y entró enseguida en el hotel.

–¿No es demasiado peligroso para usted? –preguntó el americano a Sophie–. El ataque aún no ha terminado.

–Francamente, apenas he pensado en eso. Cuanto más me acerco a la situación, tanto mejores son las fotos.

–Desde luego. He ahí una actitud auténticamente profesional –observó admirado el periodista–. Mi divisa es la misma. Me llamo Campbell. Escribo para el *Herald Telephone*, el *Chicago Tribune* y varios periódicos más.

¿Sería compañero de Stanton? Sophie titubeó un instante dudando si preguntárselo.

–¿Stanton? ¿No es el corresponsal de Reuters en Japón? –dijo el americano–. Por lo que sé, tenía intención de venir a Port Arthur. ¿Quiere que le dé un recado?

Era lo último que Sophie podía imaginarse. Campbell captó su desconcierto.

–Podré siempre que el telégrafo ruso continúe despachando los mensajes que envío.

Ofreció a Sophie un cuadernito, parecido al de Stanton. Al advertir que Campbell estaba esperando, Sophie garabateó apresuradamente unas líneas: «Ya he aprendido a usar los palillos chinos. ¿Cuándo volvemos a vernos?», y acto seguido le devolvió el bloc. El periodista se guardó el papel teniendo la delicadeza de no leerlo. Su rostro tierno y juvenil revelaba ya un halo de finas arrugas en torno a los ojos. Por entonces Sophie estaba convencida de que la de la fotografía de la dama sonriente y confiada de Iowa era su habitación. El recuerdo le dio coraje.

–¿Necesita quizá fotografías para sus reportajes?

–Desde luego. ¿Qué tipo de cámara lleva?

Sophie se la enseñó.

–Cuando puedo trabajo con placas de cristal. Es un engorro, pero compensa por la calidad que se consigue. También tengo instalada una cámara oscura. Si quiere le enseño el material que tengo de esta misma mañana.

–Sería magnífico. ¿Cuándo cree que lo puede tener listo? –El periodista sacó un calendario, como si se encontrasen en cualquier despacho–. ¿Pasado mañana?

–¿Dónde?

–Le propongo a las diez en el Effimoff. En mi hotel. ¿Lo conoce?

Sophie asintió.

–Dígame –preguntó ella de improviso–, ¿su esposa es una morena guapa que tiene un lunar en la mejilla?

Campbell la miró atónito:

–¿Esa cámara es vidente?

Sophie se rió. Se sentía triunfante. Las fotos que había tomado eran buenas. No le cabía la menor duda. Aquello podía suponer su entrada en un mundo nuevo. Desde el puerto llegó el estruendo de una explosión que les recordó la situación que se estaba viviendo, y se despidieron.

Sophie regresó al muelle. En menos de dos horas se había producido una rotunda transformación. No se veía ninguna barca de las muchas que acostumbraban a transportar alubias, cebollas, harina, té o especias. Las olas batían contra un espigón desierto donde el bullicio era lo habitual; parecía una playa deshabitada. Tampoco quedaba un alma en el astillero, donde generalmente se veían centenares de hombres vestidos con mono azul. La presencia humana se reducía a los pocos guardianes apostados para vigilar las reservas de vodka, cereales y comida. Las olas mecían el casco desvencijado de un bote de salvamento hundido en el ataque. Las bombas habían hecho impacto en algún edificio de la Alianza, como la oficina de telégrafos. La doble hoja de las ventanas que daban a la fachada estaba reventada y las aceras cubiertas de esquirlas. El enlucido de las paredes caía desmenuzado, el boquete de las ventanas confería un aire espectral a las casas. Aún no habían empezado las labores de desescombro.

Cuando Sophie pasaba junto a la catedral ortodoxa rusa, se abrieron las pesadas puertas de roble y salieron a la calle los asistentes a una boda. Grupos de niños vestidos de rojo y blanco repartían flores, la pareja de novios apareció ostentosamente en el portal. Sus rostros reflejaron el horror ante el cambio operado en el exterior de la iglesia. Según la costumbre rusa, la ceremonia debía de haber durado muchas horas; probablemente había empezado antes del primer ataque. Sophie plantó rápidamente la cámara y logró disparar una fotografía. Aquélla era también una faceta –la más auténtica quizá– del estallido de una guerra: las situaciones grotescas. Las cosas pequeñas actuaban siempre como reflejo de las grandes. Aquello era, en suma, recapituló Sophie, el comienzo de la guerra ruso-japonesa.

*

–¿Sophie, estás en casa?

Era Albert. Ella contestó desde la cámara oscura.

–Enseguida termino.

–Ya ve usted –oyó que decía una voz conocida–. No había motivo para alarmarse.

–Gracias a Dios. –Albert pareció quitarse un peso de encima. Sophie recordó cómo le había insistido Albert en que se refugiase en la misión danesa. Quizá hubiese pasado por allí–. ¿Le apetece un jerez, Lapas?

Efectivamente, era Lapas. Ya había trabajado con Albert en Kronstadt.

–Me sentaría bien. Gracias. ¿Se ha dado cuenta? Ahora todos echan la culpa al almirante Stark por no haber tenido prevenida la flota, pero el jefe de la escuadra no es el responsable del asunto.

–Bueno, no me diga que fondear con todo el alumbrado encendido, y los motores parados, sin tender redes antiminas ni enviar avanzadillas... –repuso Albert enfadado.

Sophie oyó cómo abrían la botella de jerez y llenaban dos copas.

–La noche del ocho al nueve había programadas maniobras de contraataque y habían salido cuatro torpederos a la mar. Pero de repente se aplazaron las maniobras. Se dio orden a los barcos de dirigirse a Dairen. Lo malo fue que a nuestra escuadra no se le comunicó el cambio de planes. Por eso a las once de la noche, cuando se avistaron torpederos muy bien iluminados, pensamos que eran embarcaciones propias. ¿Quién podía figurarse que el enemigo estaba atacando? Los primeros torpedos y las sirenas de los barcos impactados nos hicieron ver qué estaba ocurriendo.

–La desidia rusa no me cabe en la cabeza –replicó Albert–. A este paso nos va a costar la plaza entera.

–Aun así, el responsable no es el jefe de la escuadra, aunque ahora lo retiren el mando.

Sophie cogió las pinzas y sacó una fotografía del revelador; la escurrió, la depositó en la cubeta intermedia y finalmente en la del fijador. Escenas de aquella mañana en el puerto. El hombre que trepaba por la escala de gato.

–¿Por qué han permitido los rusos que los japoneses entrasen prácticamente hasta el puerto sin que pasara nada? La gente estaba exasperada –dijo Albert.

–¿Qué se imagina que hemos soportado en el *Angara*? Estábamos en primera línea, a merced de sus cañones. No necesitábamos sirenas. Veíamos con nuestros propios ojos cómo se acercaban los japoneses. Me pide una explicación. Se la puedo dar con toda exactitud. El gobernador había vuelto a convocar en su despacho al jefe de la escuadra para darle nuevas instrucciones. Nosotros, en ese momento, no lo sabíamos. A bordo había muertos y heridos, a pesar de que el combate propiamente dicho aún no se había producido. El *Angara* se ha quedado sin timón, los botes de babor están destrozados y desde las chimeneas hasta los conductos de ventilación la chapa es un auténtico colador. Por suerte, el único proyectil que nos alcanzó de pleno no estalló. Atravesó el costado y penetró en un camarote de primera clase. El pañol quedó destrozado, pero la granada se posó, gracias a Dios, en un colchón de muelles. Parece un chiste... –Lapas se interrumpió y sacudió la cabeza.

–No me cabe en la cabeza que no informaran de inmediato a Alexeyev mandándole un mensaje al palacio.

Lapas rió con sarcasmo.

–Ya sabe usted que la estación de comunicaciones del Monte de Oro es el lugar previsto para que se recojan todas las alertas; no en vano tiene mejor campo visual que cualquier barco fondeado. Y la central de comunicaciones tiene hilo telefónico directo con el palacio del gobernador. Fue el primero en ser informado, pero debió de decir: «No, no conviene responder aún». Si no llega a ser por el jefe del estado mayor, quien por su cuenta y riesgo ordenó levar anclas sin esperar al almirante, no sé qué habría pasado.

Con este comentario dieron entrada a Sophie. Retiró el papel fotográfico, encendió la lámpara, enjuagó la foto de Stark trepando por la borda y salió de la cámara:

–Aquí lo tenéis. Precisamente el instante que he captado. –Dejó el papel aún mojado ante ellos.

–¡Enhorabuena! –Lapas se inclinó sorprendido sobre la

instantánea–. Puede decirse que es un momento histórico. Esta foto entrará en los anales.

–Y tengo comprador –dijo Sophie disfrutando de la sorpresa que expresaron los ojos de Albert–. Un periódico estadounidense.

–Hasta ahora sólo me constaba que la fotografía era una afición bonita y cara a la vez –observó desdeñoso Albert–. Pero hoy no me iré a dormir sin saber una cosa más.

Lapas se despidió. Mientras Albert lo acompañaba hasta la puerta, Sophie leyó el telegrama que había encima del aparador:

Port Arthur, 27 de enero (9 de febrero), 1:45. Hace breves instantes la escuadra japonesa ha efectuado un ataque sobre los barcos de nuestra marina fondeados en el puerto. Han sufrido daños los acorazados rusos *Retvisan* y *Zesarevich*, también el crucero *Pallada*. 11:25. Ante la presencia del enemigo en aguas de Port Arthur se declara el estado de guerra en la ciudad.

Albert regresó. Estaba enfadado.

–En menuda te he metido. –Cogió una copa del aparador y sirvió jerez también a Sophie–. Me tenía que haber dado cuenta. Ahora sólo puedo hacer una cosa: conseguirte billete en el tren lo antes posible. Hablaré en cuanto pueda con Stössel.

–No, Albert. No estoy de acuerdo.

Su marido sonrió y la rodeó con el brazo para atraerla hacia sí:

–Sé qué vas a decirme. Que la decisión fue estrictamente tuya. Pero, Sophie, nunca me perdonaría si te llegase a pasar algo. Piensa qué sería de Lina, pequeña Stieglitz.

Sophie quedó desconcertada al oír de nuevo aquel apelativo casi olvidado. Le costó contestarle:

–Albert –dijo por fin–, primero tienes que escuchar lo

que tengo que decirte. –Se desembarazó de él–. Efectivamente, tú no eres el responsable de esta situación. La decisión fue mía y sólo mía. Y lo mismo ahora: no tengo intención de marcharme de aquí.

–¡Sophie! –replicó Albert con una mezcla de emoción y curiosa desesperación–. Es un disparate que te quedes aquí por mí. Me paso el día en el puerto; la reparación de los barcos es ahora más urgente que nunca, y a saber cuándo conseguiré salir de aquí. Si te quedases no serviría absolutamente para nada.

–No estoy tan convencida. En situaciones como éstas siempre hay muchas cosas que hacer. Seguro que podría serte de ayuda. Además... –Sophie se interrumpió y tomó aliento–, hay otra razón importante para quedarme. Me han hecho un encargo. –Por un momento se sintió impostora; a fin de cuentas no había nada seguro–. A un periodista americano le interesan mis fotos. –Sophie creyó advertir emociones encontradas en la expresión de Albert. Pero su marido se mantuvo en silencio, como si se contrarrestasen unas a otras–. Sabes que para mí supone una ocasión magnífica. Podrían ser los primeros pasos hacia una auténtica carrera profesional.

Al final, Albert pareció encajar la novedad. Se levantó.

–Sophie, está muy bien. Te felicito de corazón. Pero... –negó con la cabeza– quítatelo de la cabeza, de verdad. Eres una mujer y eres madre. Una guerra es peligrosa y cruel. En estas circunstancias Port Arthur no es el lugar indicado para ti. Es demasiado arriesgado. Nadie te garantiza una mínima protección. Te lo repito: piensa en nuestra hija, que está en Riga. ¿Qué pasaría si te ocurre algo?

Sophie guardaba silencio y lo miraba. Sentía cómo la desilusión le atenazaba la garganta. Era lo mismo que había dicho su padre. Tampoco toleraba que su marido le dijera aquello. ¿Acaso la niña no era de los dos? Albert pareció comprender qué le decía su mujer con la mirada:

–¿Y qué hago yo cuando se sepa que mi mujer trabaja para Estados Unidos, el enemigo declarado de Rusia? –añadió.

Acababa de vencer Sophie. Sabía que desde el principio Albert había sentido remordimientos por colaborar en los preparativos de una guerra. Siempre había preferido ignorar la evidencia, atraído por la dimensión técnica de la tarea que tenía encargada. Si ahora ella tomaba partido por el denominado bando contrario, la responsabilidad quedaría compensada.

–Cada uno con su propia manera de trabajar por una causa, ¿no se consigue así una espléndida neutralidad? –preguntó Sophie sonriente–. Tú apoyas a los rusos y yo trabajo para los americanos. Visto de otra manera, en su momento soñaste con construir un *perpetuum mobile*, y en el fondo no has dejado de buscarlo. Ahora me tienes que dar la oportunidad de hacer realidad mis sueños. Espera y verás, voy a enseñarte una cosa.

Sophie terminó la copa de un trago y fue a la cámara oscura a recoger el resto de fotografías. Los sijs ante las oficinas de Ginsburgh, gente corriendo despavorida –porteadores, gente acomodada, chinos elegantes: gente que nunca se mezclaba–, el hotel Effimoff vacío, la zozobra del grupo de Nikobadze. Señaló a Campbell:

–Éste es el periodista que quiere mis fotografías.

Albert lo miró detenidamente antes de devolverle el retrato.

–Vaya por Dios, Stieglitz... –exclamó exhalando un breve suspiro.

«Me veo impotente. Ella hará lo que quiera», recordó Sophie que decía su padre. Albert se le parecía más de lo que desde un principio estuvo dispuesta a aceptar.

VI

El orgullo había hecho mella en Sophie. Nunca se había sentido tan cerca de la meta. Se había decidido por la cámara manual porque, en la variedad de motivos que se daban, plantar el trípode requería a veces más tiempo de lo que duraba el instante que le interesaba.

Captó el momento en que un soldado izaba la bandera de la Cruz Roja sobre el circo Baratovski. La carpa de rayas rojas y azules fue transformada en hospital de campaña. Los pequeños ponis que cada noche habían bailado con las crines adornadas con lazos rojos fueron requisados por el ejército para realizar labores militares. Sophie siguió la recua hasta el patio del cuartel, donde esperaron pacientemente a que les cargaran unos pesados sacos. De improviso, la banda militar ejecutó los aires de una marcha y los caballitos, habituados al baile, sacudieron con brío las crines, empezaron a rodar en círculo y deshicieron la formación de la tropa.

Todos los mulos, caballos y burros de la ciudad e inmediaciones fueron requisados. Los escasos propietarios de calesas y *rikshas* que pese a todo lograron conservar el suyo pasaron a ganar en un día hasta cien kópeks. Un inglés preservó su caballo de la incautación militar montándolo todo el día y escondiéndolo de noche. Sophie se lo encontró varias veces disfrazado con toda suerte de atuendos; de ordenanza cosaco, de alguacil de requisas o de mozo de recados.

La mayor parte de los civiles habían huido de la ciudad tras el primer ataque, pero regresaron al cesar el estruendo de las detonaciones. Unos para volver a abrir sus tiendas, otros para ultimar los preparativos de su partida definitiva. Muchos necesitaron dinero de improviso y recurrieron a Moses Ginsburgh, quien lo prestó sin exigir garantías a cambio ni preguntar por el punto de destino de sus clientes.

Cuando veían llegar a Sophie con la cámara se tapaban el rostro.

El barrio chino recuperó también la animación. Volvieron a oírse las voces, *ayo-ayo*, con que aguadores y mozos de mulas se abrían paso entre la multitud. En la primera reacción de pánico, la mayoría de los vecinos se dirigieron a Dairen, el puerto situado a cuarenta millas hacia el norte; pero en el camino se toparon con columnas de chinos de aquel lugar que a su vez se dirigían hacia Port Arthur. Sólo siguieron abandonados los establecimientos japoneses. Los establecimientos de la calle de los barberos fueron ocupados por soldados rusos para garantizar que la gente pudiese afeitarse y cortarse el pelo. Sophie fotografió a un barbero militar enjabonándole la cara a un parroquiano.

En su mayoría, los locales de diversión del puerto vieron condenadas sus puertas con clavos y tablones. La observación de la oscuridad nocturna amedrentó a la clientela. Los vecinos lo celebraron. A todas luces preferían la modalidad de esparcimiento impuesta por la autoridad competente, como los conciertos de la banda militar. Si antes los oficiales aparecían como muy temprano a mediodía por el exquisito Club Naval, ahora se les veía cruzar los muelles a paso ligero a primera hora de la mañana, cargados de carpetas de variantes tácticas bajo el brazo. La disciplina se convirtió en el lema que todos tenían en los labios. Por ello resultaba tan sorprendente la libertad de movimientos que existía. Como otros periodistas extranjeros que no siempre simpatizaban con la causa rusa, Sophie comprobó sorprendida que podía entrar sin dificultad en los muelles, en los talleres y hasta en las áreas de instrucción de los soldados. A los reclutas se les sacaba con gestos maquinales del cuartel para conducirlos hasta la explanada, siempre con la misma cantinela: «Da zdravst - vujet nasch obo - zajemij - car im - per - at - or ura!... ¡Viva nuestro señor amado y respetado, el zar!». «Un pie de foto espléndido», pensó Sophie.

Sacó fotografías de los primeros trenes de pasajeros que salieron de Port Arthur. Vagones atestados donde la gente viajaba instalada incluso en plataformas y pasillos: cantantes y bailarinas de Rusia y Azerbayán, cocineros y músicos, antiguos camareros y porteros, europeos de distintas nacionalidades, matrimonios, familias enteras, con niñera y jaula de pájaro incluidas. En la ciudad decían que se necesitaban veinte mil asientos, pero que la mayoría de los convoyes se estaban destinando al ejército. En las taquillas sólo vendían billetes de primera y segunda clase, aunque luego en el tren no hubiese más que tercera. Entre los viajeros no había chinos. De nuevo alguien había descubierto un negocio. El crucero alemán *Hansa* atracó ante la Alianza con objeto de evacuar hasta Tientsin a cuantos nacionales fuera posible. Sophie fotografió la precipitada partida de los alemanes y cómo se apresuraban las mujeres a subir a bordo con sus hijos. Una ciudad en estado de guerra.

–Utiliza usted la cámara como si fuese un fusil –exclamó repentinamente una voz femenina. Sophie bajó la máquina. Mistress Snow, la inglesa, se le acercó–. ¿Qué tal? ¿Cuántas piezas lleva cobradas?

–Tiene usted una forma muy peculiar de ver las cosas, todo sea dicho. Yo no mato a nadie... al contrario. Consigo que perduren momentos como éste, les doy vida. Me gustaría reproducir las cosas como son.

–Es espantoso. –Sophie no sabía si mistress Snow la había escuchado–. Vengo de la sastrería. El dueño es chino. ¿Sabe cuánto me pide ahora por los vestidos que había encargado? El triple. En fin, vámonos a tomar algo y a refrescarnos.

Fueron al Effimoff. En el comedor estaban ocupadas casi todas las mesas. Como antes de la guerra, aunque esta vez por la mañana. Los parroquianos degustaban una *sakuska* en toda regla, con jamón, arenque, aceitunas, ensaladas y demás fuentes, además del ineludible aguardiente.

Reinaba la intensa hediondez del alcohol y el tabaco. Sophie buscó a Campbell, pero no logró dar con él.

–Y a su marido, ¿cuándo lo conoció?

Mistress Snow depositó la taza en el plato sin evitar que chocaran, se recostó en el sillón de mimbre y retiró con la punta de los dedos unas migajas de su blusa. Sophie comprendió que la inglesa ardía en deseos de hacerle esa pregunta; debía de ser ése el motivo de su invitación.

–Fue hace tres años, en el trabajo.

–O sea, una relación de negocios, digamos –observó incisiva mistress Snow.

«Relación de negocios», ¡qué manera de degradar las cosas! Sophie notó cómo aumentaba su incomodidad. Recordó la noche pasada en casa de los Stark. La inglesa era una cínica de tomo y lomo. Poseía la capacidad de descubrir los temores incluso en personas que no conocía, y eso la hacía poderosa.

–No, ni mucho menos –contestó Sophie vehemente, como si ella misma tuviese que convencerse de lo contrario.

Mistress Snow registró su reacción con un leve movimiento de las aletas de la nariz. Sin más comentario se llevó la taza a los labios con delicadeza.

–Desde aquí puede verse el mar –observó Sophie por decir algo.

–Sí –respondió mistress Snow–. Estamos en un territorio espantoso. ¿Cómo termina uno precisamente aquí? Si al menos fuese Pekín o Tokio. Pero esto no es ni Rusia, ni China, ni Japón. ¿Así que ha venido por su marido?

Sophie se limitó a asentir.

–¿Y cómo eran los vestidos que tenía encargados?

Sophie intentó cambiar de tema, pero eso le traía sin cuidado a mistress Snow.

–Nada de particular. En cualquier sitio me los hacen igual. Y dígame... ¿A la danesa de la misión la conocía usted ya antes?

–¿A Johanna?

Mistress Snow sonrió. ¿Quién si no?, pareció dar a entender. Sophie tuvo la impresión de que la inglesa sabía algo sobre lo cual ella a lo sumo albergaba sospechas. Pero no se lo contaría tan fácilmente. Estaba en liza quién era la más fuerte.

–Johanna es una vieja amiga –dijo Sophie.

–Pero ¿de hace mucho? –preguntó la inglesa–. Al fin y al cabo es una mujer joven... y atractiva –añadió–. Un peligro para cualquier hombre.

Sophie no se inmutó. Al día siguiente se reuniría con Campbell en aquel mismo sitio, pensó.

La inglesa llamó al camarero:

–La cuenta, por favor.

Afuera había empezado a nevar.

–Nieva. Mire, mistress Snow.

Sophie alzó alborozada la cabeza y se dejó llevar calle abajo envuelta por los copos. Caían como trazos blancos ante los abetos japoneses, pardos como plata deslustrada. De repente remontaron el vuelo impulsados por una ráfaga de viento, adquiriendo en contraste con el cielo un tono plomizo, pura transformación de lo negativo en positivo. Sophie intentó atrapar alguno con la lengua, como hacían Corinna y ella. Curiosamente eran cálidos y secos; se fundieron al instante. Un imposible: degustar el sabor de los copos de nieve. Mistress Snow tomó una bocacalle. Sophie se alegró de perderla de vista. Ardía en deseos de recluirse en su cámara oscura.

VII

El Effimoff estaba casi vacío. En el ambiente seguía suspendido el humo de la víspera. Sophie miró alrededor para comprobar que no estuviese mistress Snow en cualquier rincón. Era muy capaz. Sólo había un hombre en el local, leyendo un periódico francés. Sophie dejó en la mesa la carpeta con las fotografías y pidió un café. Se había retrasado. Las últimas fotos no estuvieron listas hasta aquella misma mañana y tardaron en secarse. No cesaba de mirar a su alrededor.

–¿A quién espera, si me permite la pregunta?

El individuo dejó el periódico. Sophie lo reconoció. Era un francés de los que habían discutido sobre los supuestos fuegos de artificio en la residencia de los Stark.

–Estaba citada con uno de los americanos. Se aloja en este hotel.

–Pues se puede pasar todo el día esperando. Anoche los ciudadanos de las potencias consideradas hostiles fueron expulsados de Arthur.

–¿Cómo? Pero así, sin previo aviso, no pueden... –Sophie titubeó confusa, incapaz de articular una idea clara.

–Pues así es –subrayó el francés con un gesto–. Me he pasado la noche yendo de una punta a otra para conseguir una autorización especial. Todo sucedió muy deprisa. Si aparece Campbell por aquí se arriesga a que le impongan una multa importante o lo metan en la cárcel.

Potencias enemigas. Para Rusia, Estados Unidos lo era desde hacía mucho tiempo. El café se difuminó ante los ojos de Sophie. Tenía que dominarse. Sólo le faltaba echarse a llorar ahora, pensó. Qué desilusión tan grande. Un joven chino de elevada estatura entró en el local. Se dirigió a Sophie:

–*Are you the lady waiting for someone at ten o'clock?*

Con un gesto de la cabeza, el chino dio a entender a Sophie que deseaba hablar con ella afuera.

–*I'll be with you.*

Sophie pagó y salió.

La trenza morena del chino se bamboleaba a cada paso. Sin cruzar palabra, condujo a Sophie por calles que ella ya conocía bien, hacia las afueras, hasta el pie de las colinas situadas detrás de la ciudad. El mensajero era de Campbell. Pero Sophie no las tenía todas consigo. Sentía aún la espina del asunto de Tung. Su desaparición seguía siendo un misterio. Cuando estaba ya decidida a dar la vuelta y regresar, el individuo soltó un silbido, y otro chino –inusualmente alto también– salió de detrás de una roca. Llevaba las típicas botas y el blusón acolchado, con la cara casi oculta bajo un gorro de orejeras. Sophie tuvo que mirar dos veces para percatarse de que era el americano.

–¡Campbell! –exclamó.

–No quería dejarla plantada. Además, necesitamos las fotos. Este mediodía salgo en tren para Pekín. ¿Tiene las fotografías?

Sophie le entregó la carpeta y él las desplegó con una piedra plana de mesa. Las miró una a una sin decir palabra. A Sophie se le hizo eterno. «¿Un punto de discontinuidad? –se preguntó de repente–. Según lo que decida, mi vida seguirá un curso u otro.»

–Algunas dan la sensación de contar más cosas de lo que ven los ojos –dijo al final el periodista–. Provocan un suspense enorme. Me las llevo todas. Le enviaré el dinero desde Pekín.

–¿Se las queda, pues? –Sophie aún no se lo creía.

–Por supuesto. Ha sabido atrapar los momentos en que la guerra se refleja en la vida cotidiana. Lo humano y lo inhumano. El principio típico de una catástrofe. Y veo que las gentes a quienes fotografía le tienen confianza. De otro modo no saldrían estos retratos.

–Cuando se publiquen...

–... quiere un ejemplar del periódico –Campbell completó la frase–. Desde luego. ¿Adónde se lo envío?

Sophie le dio las señas de Riga.

–Aquí tiene mi dirección de contacto. Mándeme todo lo que considere interesante. –Campbell le dio su tarjeta–.

Mientras continúe usted en Arthur tendremos que recurrir a mi mensajero. Los rusos le pagaban para que me vigilase, pero yo le ofrecí el doble. Es de fiar, por tanto. Lo encontrará siempre en la casa de té del barrio chino. Ahora tengo que irme –dijo Campbell–. Pero volveremos a vernos. ¡Cuídese, y mucha suerte en el trabajo!

El mensajero se ofreció para guiarla de regreso, pero Sophie declinó la oferta con un gesto. Quería quedarse sola y meditar cómo se lo contaría a Albert. ¿Cómo se lo tomaría? Recorrió la calle de regreso a la ciudad. Súbitamente tuvo la sensación de ser capaz de volar. Cuántas posibilidades, de repente. Se imaginó las cosas que podría hacer. Tendría más independencia. Levantó la cara hacia el cielo y rió a pleno pulmón. ¡Por fin, ya era hora!

Un chino que estaba sentado en la cuneta la miró asombrado. Sophie se fue corriendo hasta él.

–¡Hágame una foto! –exclamó mientras le tendía la cámara.

Él lo entendió. Sophie preparó la máquina, le enseñó dónde debía apretar y se alejó unos pasos. Al darse la vuelta vio al chino dejarla en el suelo y salir corriendo. Sophie la recogió desalentada. ¿Lo habría asustado la imagen que salía en el visor? Quizá la había tomado por un malvado espíritu del aire.

*

–La tripulación de los barcos, todos ellos marineros jóvenes, está desquiciada. –Ése fue el recibimiento de Albert–. La espera permanente a que se produzca el siguiente ataque los tiene tan alterados que no puede descartarse una catástrofe. Hoy han avistado dos barcos y han empezado a disparar desde un acorazado, sin que nadie haya dado la orden. Al cabo de un momento hacía lo propio la artillería de otros barcos. Al final resultó que las naves enemigas eran dos barcos mercantes chinos. Se han estado cruzando horas enteras disculpas y mensajes por telégrafo. A este paso –concluyó–, como las baterías rusas no se sepan mejor la lección, estallará un conflicto con China.

«Intenta convencerme como sea de lo peligroso de la situación –pensó Sophie–. Difícilmente va a alegrarse del giro que han dado mis asuntos.»

Empezó a contarle cómo se había desarrollado la cita con Campbell. Su marido se encogió de hombros:

–La expulsión se veía venir. Esta mañana me fui muy temprano y tú estabas en la cámara oscura. No quise molestarte.

–¿Estabas al corriente de esa orden? –Sophie se sintió defraudada. De modo que Albert no la había avisado. Seguramente confió en que se desbarataría el plan de Sophie y le resultaría ocioso quedarse en Port Arthur–. Para que te enteres, me han encargado el trabajo –dijo resuelta. Pocas veces había sido tan contundente. Albert pareció violento.

Llamaron a la puerta. El cocinero chino, el único sirviente que no había escapado, entregó una carta a Sophie. La joven abrió el sobre. Una tarjeta roja con ideogramas chinos. En el dorso, una nota en inglés: «La esposa del director del Banco Chino-Ruso celebraría poder saludar en sus aposentos a la esposa del ingeniero». Le vino a la memoria la delicada figura de una dama oriental vestida de seda amarilla. ¿Se dejaría fotografiar? Con una breve sonrisa de triunfo miró a Albert. ¡Ya lo veía, no todas las mujeres se habían marchado de la ciudad!

–Comprenderás que de ninguna manera puedo dejar plantada a la esposa del director del banco. Sería otro agravio ruso hacia los amigos chinos. Ahora mismo acabas de decirme que los rusos deberían hacer todo lo posible por evitar el conflicto con China.

La expresión de Albert en ese instante era digna de una fotografía. Renunció a discutir moviendo la cabeza con desaliento.

La casa del director del banco estaba situada fuera del barrio chino. Un sirviente condujo a Sophie por intrincadas estancias que parecían apuntar hacia un lugar central. Todas estaban sumidas en una tenue luz blanca. Cuando ya había perdido por completo la orientación, el sirviente le indicó que tomase asiento y se marchó. Una de las paredes de la sala daba a un patio interior. El tabique era una puerta corredera de madera con gran cantidad de pequeñas ventanas de papel. En todos los cuadros se veían unas sombras que parecían obra del polvo. Afuera, el sol alternaba con las nubes. Dentro, el ambiente era suave, discreto y matizado; todo parecía inalterable. Resultaba imposible determinar el punto donde se hallaba el sol. La luz que inundaba la sala tampoco parecía una luz común. Por un momento Sophie se figuró que allí el sentido del tiempo podía perderse sin proponérselo; podían transcurrir años enteros sin percatarse de ello.

La dueña de la casa llegó caminando con pasos diminutos. La saludó en un inglés impecable. Sophie advirtió entonces que en la sala había muebles europeos, dos sillas y una mesa. Parecían cuerpos extraños, meras concesiones a las visitas occidentales. Observó que Me Lyng se sentaba en el borde de su asiento. Les sirvieron un cuenco de un té muy aromático.

–Lo recolecté yo misma y lo puse a secar al sol –explicó Me Lyng–. Las hojas amarillas de jazmín que hay dentro son buenas para ahuyentar los pensamientos de miedo y de muerte. Algo muy importante estos días.

Sophie asintió:

–¿Tampoco tiene intención de marcharse de Port Arthur? –Me Lyng negó con un gesto–. ¿Tiene hijos?

–Un hijo y dos hijas. Todos van al colegio.

–¿Los tres? –Sophie estaba sorprendida. Según le habían contado, las niñas chinas no recibían ningún tipo de instrucción.

–Sí, naturalmente. Incluso van a un colegio inglés. Aunque tampoco estoy segura de que sea la mejor solución, porque en lugar de tocar el laúd ahora oyen flauta y violín, y en lugar de leer literatura china leen a Shelley y a Woodsworth... Pero es demasiado tarde, el tiempo no tiene vuelta atrás.

Mientras la señora de la casa hablaba, Sophie creyó oír a un niño llorando en el jardín. Pronto se impuso de nuevo el silencio. El sirviente llevó a Me Lyng una fuente con frutos de color dorado, que ofreció a Sophie:

–¿Le gusta el palosanto?

Sophie cogió uno.

–No lo he probado nunca.

–Es una especie de fruta del loto –le explicó Me Lyng–. Un fruto de la fortuna.

A Sophie le vino Stanton a la memoria. En la excursión que habían hecho en calesa él le había hablado de los palosantos dándole un aire estival al paisaje nevado. Qué diferente era aquel mundo del de los chinos que había visto hasta entonces. Siempre había tratado con chinos de las capas más bajas, sirvientes y porteadores.

–Muchas mujeres occidentales rehúyen el trato con chinos –dijo Me Lyng inesperadamente–. Piensan que todos son tontos, crueles y sucios. Pero no nos comprenden. No conocen nuestra literatura, no saben que desde hace cinco mil años el pueblo respeta y venera la sabiduría. –El llanto de la criatura se oía perfectamente en ese momento–. Ahí afuera, por ejemplo. –Suspiró–. Por cada par de lirios de oro hay cántaros enteros de lágrimas. –Sophie no la entendió–. Mi sirviente está vendando los pies a su hija. Las mías se negaron en redondo. ¿Y quién sabe si en los tiempos que corren seguirán llevando a una muchacha en litera? Si las obligan a hacer tareas duras, cualquier paso que den se convierte en una tortura.

–Lirios de oro –repitió Sophie.

El simple hecho de llamar de manera tan bella las horribles deformaciones practicadas en los pies ponía claramente de manifiesto la diferencia que había entre los dos mundos. Ya había oscurecido; la sala quedó lentamente iluminada sólo con las brasas del pequeño brasero de carbón. Sophie quiso marcharse, pero aquel mundo nuevo la subyugaba generando sin cesar imágenes sorprendentes. Me Lyng encendió una vela. Bajo la oscilación de su resplandor, brilló en el fondo de la sala una laca de color negro y rojo que causaba un efecto inefable. La taracea de oro relucía de cuando en cuando con un centelleo insondable, como si por ella discurrieran hilos de agua que de repente se remansasen en una poza. El rayo de luz se veía atrapado en los rincones más insospechados para prolongarse enseguida en forma de un fino destello discontinuo y difuso. Qué luminosidad la del oro en la oscuridad. De qué manera amortiguaba las tinieblas en un espacio cerrado.

Me Lyng se percató de su mirada.

–Los asiáticos adoramos la oscuridad –dijo–. Procuramos mantener la luz a distancia. Las mejores piezas de oro se colocan en la oscuridad. Nacieron en la oscuridad y no es sino en la oscuridad donde viven de verdad. Es la diferencia con Europa, donde agrada el brillo de la claridad. Nosotros preferimos el resplandor de lo viejo, la pátina. En nuestra lengua tenemos una expresión específica para ello. Lo llamamos «brillo manual». Aparece cuando algo se toca y se usa durante mucho tiempo pasando de mano en mano, de modo que las secreciones, el sudor, la mugre terminan por penetrar lentamente en el propio material. Nos gustan las cosas que muestran el rastro de la gente, del tizne, del viento y de la lluvia, o colores que nos lo evoquen. Cuando vivimos en casas que presentan esa huella y usamos utensilios de ese estilo, el corazón se serena y los nervios se aplacan.

Mientras la anfitriona hablaba, Sophie percibía sensaciones siempre nuevas, fruto del fulgor de la luz, del brillo de las superficies y de los contornos de las formas. Cuántas cosas le quedaban por hacer con la cámara de fotografiar. Notó una impaciencia súbita, el deseo imperioso de no aplazar el trabajo. Me Lyng pareció percatarse:

–Está anocheciendo. Su marido estará preocupado.

¿Se dejaría fotografiar aquella mujer? ¿Delante del biombo lacado? ¿O del dibujo a tinta que representaba unos campos verde oscuro bajo la pálida luna? En la puerta se atrevió a preguntárselo. Me Lyng se echó a reír:

–Si sólo es eso.

Cuatro hombres de la casa la esperaban con un palanquín. Sophie tomó asiento cuidadosamente. No bien se hubo acomodado, los porteadores se llevaron al hombro las varas de donde pendía la silla como si fuese un trapecio, y emprendieron la marcha rápidamente. Sophie cruzó en volandas las calles a oscuras de la ciudad, imaginándose una serie entera de fotografías: Me Lyng, su casa, el servicio, su familia... testimonios de una época que estaba a punto de desaparecer.

VIII

Resplandor del sol sobre el tejado de un cobertizo; dorado, súbitamente potente.

Una fina capa de hielo quebrándose con la subida de temperaturas; debajo, hojarasca del año anterior.

El reborde plateado y húmedo de la nieve sobre el balasto. Retazos luminosos de un instante. Pasó. Pasó.

La lumbre de un cigarrillo en el pasillo oscuro del tren.

Manos que fugazmente se tocan; estremecidas, veloces.

Tintineo de las copas. Lluvia de champán.

Sentir de nuevo su aliento en el cuello. Los labios de Stanton sobre los suyos, una vez más. Beso asintótico. Fusión de hipérboles en el infinito.

El artificio de toda cronología, menos la del recuerdo.

La visita a casa de Me Lyng había aguzado la visión de Sophie. ¿Cuándo extraería de la cubeta de fijación el cúmulo de destellos de todos aquellos instantes? ¿No se recuerdan precisamente los pequeños momentos toda una vida, mientras que las cosas grandes e importantes terminan borrándose?

*

Japón ya se había declarado oficialmente en guerra con Rusia. A diario llegaban trenes cargados de tropas y armamento. Se reforzaron los fortines, se repararon los barcos, se compró carbón de Gales. El telégrafo enviaba sus señales desde Port Arthur hasta San Petersburgo. De camino hacia Extremo Oriente se encontraban veinte telegrafistas procedentes del Báltico; con ellas llegarían obreros bálticos de la construcción naval. El virrey Alexeyev se había retirado a Mukden en compañía de las legaciones diplomáticas. El almirante Stark fue sustituido por un vicealmirante experimentado, Makarov, destinado hasta entonces en Kronstadt.

Tras los primeros ataques por sorpresa, se habría dicho que a los japoneses se los había tragado el mar. Se propagó la idea de que la guerra terminaría pronto. Esos días se produjo el desafortunado naufragio del *Yenisei.* El mar embravecido soltó una mina que el navío acababa de instalar y lo alcanzó de pleno. Con él se hundieron casi doscientos hombres, además de la carta de navegación donde se registraba la colocación de los explosivos. Cuando poco después el *Boyarin* zarpó para averiguar el paradero del *Yenisei*, topó con una de las minas instaladas y embarrancó en la playa de la isla de Sanshandao.

Sophie salía a la calle cuanto podía. No sólo por las fotografías, como reconocía para sí misma. Se trataba de una especie de huida. Así podía olvidarse de todo lo demás. Albert, Stanton, Lina. Después de unos días con temperaturas inusualmente altas, bajaron hasta varios grados bajo cero. El aire transparente delimitaba perfectamente luces y sombras; todo poseía perfiles nítidos. Eran las condiciones ideales para la fotografía. Sophie, protegida con abrigo de piel, gorro de marta cebellina y manguito, cruzó las vías con la cámara oculta bajo el abrigo y se dispuso a subir el monte Quail. El viento le punzaba en el rostro. Las horas parecían haberse congelado en un bloque de hielo. Tropezó con una única huella, reciente, en la nieve. Confiando en que la conduciría hasta un soldado o un cosaco, la siguió cautelosamente. Los civiles tenían vedado aproximarse a la línea de fortificaciones y, por supuesto, estaba terminantemente prohibido tomar fotografías.

Bajo el resplandor del sol el paisaje brillaba gélidamente; a sus pies, el mar era una concha de nácar. Enseguida llegó a la balsa que surtía a la ciudad de agua potable. Los rayos del sol mostraban las secuelas de las heladas; láminas grisáceas que habían empezado a derretirse se habían vuelto a congelar la noche anterior. En ciertos lugares se veían flores de hielo, helechos y hojas de palmera. El viento traía un leve tintineo que recordaba los móviles chinos. Sophie, paulatinamente, llegó a distinguirlo del crujido de sus pasos. Se detuvo. Era la película de placas de hielo que se había formado en el mar. Con cada ola chocaban suavemente entre sí. Sophie buscó un lugar donde plantar la cámara. Las manos le temblaban por el esfuerzo de la caminata. Además de un sonido, aquello era una imagen.

¿No se había movido algo? En el extremo de su ángulo de visión. ¿O se equivocaba? Se mantuvo inclinada sobre la cámara fingiendo que no había notado nada. Quienquiera que fuese, lo mejor era actuar con desenfado, como si no se hubiese enterado de la prohibición. Pero Sophie ya no tenía los cinco sentidos pendientes del motivo que deseaba fotografiar, sino de lo que ocurría a sus espaldas. Por fin lo vio:

había un hombre agachado junto a los árboles, intentando ocultarse en un hoyo. Sophie notó el destello de un reflejo. ¿La estaría observando con un catalejo? No se atrevía a mirar. Entonces enfocó la cámara hacia los árboles situados junto al hombre. Bajo aquella luz parecían de cristal. El hombre salió de su escondite y dirigió el catalejo hacia la playa. Sophie lo observó por el visor. Como si hubiese notado que ella lo estaba mirando, el hombre se giró de pronto y clavó la mirada en Sophie.

El corazón de la joven empezó a latir vertiginosamente. Notó que le faltaba el aire. Era japonés. Sin ningún género de dudas. Ya sabía distinguir las facciones de unos y otros. Instantáneamente se hizo cargo de lo que suponía su presencia en las inmediaciones de las líneas defensivas. Se sabía que a lo largo de la costa había espías emboscados: entre los roquedales de cualquier promontorio, provistos de focos y el restante equipo de señales. De noche dirigían el haz hacia el punto convenido en alta mar y se comunicaban por morse con los barcos de observación ocultos en lugares estratégicos. La patrulla costera se mostraba impotente ante esas prácticas; sólo podían confiar en el azar. Puesto que aquel hombre estaba arriesgando su vida, debía de estar dispuesto a todo si lo descubrían. Con toda seguridad iría armado. Sin que pudiera explicar la razón, Sophie se incorporó, se desperezó, se dio la vuelta, saludó con la mano, y con su mejor inglés –elogiado por míster Ashton por su acento casi impecable– gritó al hombre:

–*A beautiful morning, isn't it?*

A continuación Sophie dio unos pasos hacia él alabando el tiempo que hacía, celebrando los espléndidos motivos fotográficos que ofrecía el paraje, preguntándole si había visto también las flores de hielo. Por dentro temblaba. ¿Cómo reaccionaría?

El japonés continuó mirándola impertérrito, como si quisiera comprobar que efectivamente se trataba de una inglesa lunática e inocente cuyo entusiasmo la llevaba a ignorar que se hallaba en territorio prohibido desde hacía unos días. «De momento –pensó Sophie–, los ingleses son aliados de los japoneses.» Sophie prosiguió preguntando al hombre con desenvoltura si no tenía frío y si no sabía dónde podían servirse una buena taza de té. Entonces él salió por completo del escondrijo y dio unos pasos hacia ella, aunque con el rostro vuelto de tal modo que Sophie seguía sin distinguir sus rasgos por culpa del contraluz. ¿Lo habrían convencido sus dotes histriónicas? En un inglés pulcrísimo, señal de haber estudiando en buenos colegios, el japonés gritó que la mañana era como mandada hacer para el emperador, dicho lo cual desapareció por el otro lado de la colina. Sophie, bajo el abrigo de piel, estaba empapada en sudor. Tenía que regresar rápidamente a su casa. Desandó el camino a la carrera. Advirtió entonces lo endeble que resultaba el espectáculo que había dado, por poco que uno recapacitase. Porque los ingleses, como el resto de ciudadanos de otras potencias enemigas, habían sido expulsados días atrás de la plaza.

En la cámara oscura Sophie se serenó poco a poco. En la penumbra habitual del quinqué de gas logró concentrarse enteramente en su trabajo. Por fin se distinguían las primeras sombras en el papel: del gris indefinible fueron emergiendo de manera cada vez más clara las líneas negras... el contorno de los árboles. Y luego aquel individuo.

«Ahí lo tenemos», exclamó Sophie con el mismo nerviosismo que si lo tuviera delante. Arrimó la lámpara de petróleo al retrato. Había sido un golpe de suerte. Para acabar aplicó el fijador, enjuagó la fotografía y encendió la luz. Observó al hombre con una lupa. Incluso se veía la expectación reflejada en su rostro, entre la agresividad y la incertidumbre. Menos mal que no se dio cuenta de lo que acababa de hacer Sophie.

Por Levante ya había anochecido en el mar cuando Sophie salió de su casa. No había ninguna farola encendida, sólo algunas ventanas, que fueron apagándose paulatinamente. Prohibición de alumbrado en Port Arthur. El camino más corto para llegar al despacho de Albert era la calle de los Japoneses. La mayoría de los escaparates habían sido asaltados y las tiendas saqueadas. La calle que descendía hasta la Alianza servía de depósito; entre las casas, espectrales y desiertas, habían apilado la carga de sacos de un vagón entero.

Cuando estaba a punto de cruzar la playa, Sophie oyó un silbido. Instantáneamente respondieron desde varias esquinas y el lugar se vio invadido por bandadas fantasmales de mozos de cuerda vestidos con la característica chaqueta gris, que salieron con absoluto sigilo de casas y bocacalles. Se abalanzaron sobre la montaña de sacos, retiraron las lonas y se aprestaron a desmontar las pilas. Trasladaban los sacos con gran celeridad, cargándoselos en la espalda o, si eran dos, agarrándolos por los extremos. Sophie se ocultó en un portal cerrado. Debían de ser un centenar de hombres trabajando en silencio y con rapidez. Ya habían trasladado varias capas de sacos cuando el reflector situado en una calle superior repasó el lugar con su haz de luz.

«¿Qué pasa ahí?», gritaron en ruso. Como no hubo respuesta, se encendieron varias linternas, y una patrulla acudió a paso ligero al lugar. Cuando estaba a punto de llegar se oyó un potente silbido tras el cual las chaquetas grises desaparecieron como por encanto. Poco después la patrulla estaba ante el montón de sacos a medio trasladar.

En ese momento Sophie se atrevió a salir de su escondrijo. Rápidamente alguien enfocó su rostro con una linterna tan potente que tuvo que protegerse los ojos con la mano.

–¿Quién es usted? –preguntó en ruso una voz habituada al mando.

Sophie respondió y la linterna se amortiguó.

Entonces descubrió las proporciones del desaguisado: regueros blancos de harina recorrían la plaza y se perdían por calles vecinas; sacos reventados, esparcidos por todas partes. La Alianza estaba salpicada de los sacos abandonados por los chinos en su huida. Parecían cuerpos inertes.

–No ha durado ni diez minutos –observó Sophie–. Parecía muy bien preparado.

–¡Gentuza de chinos! –maldijo un soldado entrado en años dando una patada a un montón de harina–. Ha quedado la peor chusma. No le tienen miedo a nada. Por un puñado de dinero están dispuestos a lo que sea. No sabe uno dónde tiene que poner los ojos.

Uno de los hombres acompañó a Sophie hasta el puerto.

Afortunadamente, Albert aún estaba en su despacho. Sophie le susurró al oído el motivo de la visita y él la miró con expresión de desaliento.

–¿Qué dices que tienes?

Sophie asintió con la cabeza y se llevó el dedo a los labios; no hacía falta que el soldado se enterase de nada. Desde luego sabía que estaba prohibido ir a la línea de fortificaciones. También que incluso en la ciudad hacía falta una autorización expresa para llevar una cámara. Podían haberla detenido. ¿Y qué? ¿No había salido sana y salva?

Cuando el soldado se marchó, Sophie sacó las fotografías. Albert la miró con atención, miró admirado a su mujer y fijó de nuevo la vista en las fotografías.

–¿Qué ocurre? ¿Lo conoces?

Albert asintió lentamente.

–Es el hombre que escogí para que te acompañara en el viaje. Le di incluso el retrato que te hice en el puerto de Riga. Luego él se lo debió de entregar a Tung porque no podía apartarse de la misión que tuviera encomendada. Esta foto hace pensar que se trata de un experto destacado en Port Arthur.

–¿Crees que me habrá reconocido?

–Es difícil de decir. Con el gorro de piel parece que vayas camuflada.

Sophie lo miró con recelo. ¿Era un chiste?

–Lo que cuenta es que tenemos la confirmación de lo que sospechábamos. Desde luego, la cuestión empezó con el primer chino con el que me tropecé, que podía ser de todo menos manchú. El propio nombre, Tung, tenía que haberme sorprendido. Los manchús son largos, de cuatro sílabas generalmente, y hasta de ocho. Me da la sensación de que todo este asunto lo están llevando desde muy lejos, aunque no termino de entender qué persiguen.

IX

Arthur, 23 de febrero.

Tengo que fijar lo que va ocurriendo. Esta última temporada han pasado muchas cosas. El asunto del asistente para el viaje cada vez resulta más enigmático. Por la foto que hice, Albert ha identificado al sujeto, que en su momento le inspiró toda su confianza. Que no era chino, por tanto. Lo tremendo es que no se haya marchado de aquí. Es como si hubiera un escuadrón entero con la mira puesta en Albert. El supuesto Tung debe de formar parte del mismo grupo, que por lo visto opera desde Irkutsk. Las pesquisas se han complicado enormemente. Stössel ha emitido una orden de busca y captura, pero naturalmente ahora hay otras preocupaciones más urgentes. De todos modos, el asunto me da miedo.

Sophie levantó la vista de su diario. En el puerto habían abierto fuego un rato antes. Ahora todo estaba sereno y a oscuras. Continuó escribiendo:

Albert se queda día y noche en el astillero. Ayer terminaron las reparaciones del *Nowik*. Hoy, con la marea, tienen que entrar el *Pallada* en el dique. Apenas podemos vernos. Frío glacial. Todos están exhaustos y muy irascibles. Reina el miedo constante al siguiente ataque. Se espera con impaciencia la llegada de Makarov.

Se oyó el estruendo sordo de los cañones. Sophie se levantó del escritorio, fue hasta la ventana y la abrió. Desde el barco de pasaje *Retvisan*, varado tras el primer ataque, se inspeccionaba el agua con reflectores. Volvieron a disparar. Silencio otra vez. No cabía en el dique seco, le había contado Albert. Por eso estaban terminando unos pontones que soldarían al casco y se usarían de plataforma. Los reflectores de la fortaleza hacían rápidas pasadas sobre el agua; cerca, en las baterías artilleras, se desplazaban puntos blancos de un lado a otro. Tenía todo el aspecto de zafarrancho de combate. Pero no hubo más novedades desde mar abierto. El aire era gélido, la noche serena. Mientras los cañones guardaban silencio, reinaba una calma inquietante.

«¡Vamos, vamos! ¡El faro! ¡Deprisa, vamos!» Una voz de mando sonó clara y rotunda desde el otro lado de la bahía. En plena oscuridad, la acústica era perfecta gracias al reflujo del agua. Desde el primer montículo de la península del Tigre una voz grave rompió de nuevo el silencio: «¡El de la tercera batería! ¿Estás dormido? ¡No te apartes de la mirilla, pazguato! ¡Faisán siberiano!».

Con la tensión que llevaba acumulada Sophie, aquellas expresiones le causaban un efecto grotesco. Se oyeron los hipidos de una risa nerviosa, a saber de dónde. «Será de Siberia, claro», pensó Sophie. Los de la región eran célebres por la riqueza de su vocabulario. Se reanudó el fuego con mayor intensidad. Le sucedió otro silencio. Sophie cerró la ventana. Así transcurrió una hora entera. Cañoneo. Silencio. En la ciudad y en la escuadra todos parecían contener el aliento, pendientes de captar cualquier ruido que pudiese anticipar lo que ocurría mar adentro. Al cabo de un rato

Sophie volvió a levantarse y abrió la ventana. En ese instante relumbró en el mar un fulgor verde y dorado por la parte del Monte de Oro. Aumentó el número de baterías terrestres que disparaban a lo largo del frente costero. También se oía un tableteo de ametralladoras. Bajo el resplandor del persistente cañoneo el *Retvisan* parecía una montaña escupiendo fuego. Sorprendentemente, del mar no llegaba nada. Sophie volvió a la cama e intentó conciliar el sueño. Poco después de las cuatro de la madrugada se despertó otra vez. Del muelle de Levante llegaban sirenas, desgarradoras y estridentes. Secundadas por tambores. Sonaba como si cada sirena tocase a su aire, sin atender al resto, en un guirigay estremecedor que helaba la sangre.

Así debía de sonar todo en la época de Pedro el Grande. Sophie se dio cuenta de que se le había puesto la piel de gallina; no había reflexión que resistiese semejante sonido. «Cruel y animal –pensó–, como si pudiera prescindirse de la propia condición humana.» Pasar al ataque, dejar de pensar, librarse a la orgía de la muerte, a la ebriedad de la destrucción como en un festín en que se perpetrara sobre los demás lo que más horrorizase a cada cual. Notó que le temblaba todo el cuerpo. En el mar, más allá del faro, se levantaban espesas columnas de humo. Las llamas de color púrpura ascendían hacia el cielo. El humo de la pólvora, la propia oscuridad... todo se teñía de rojo, y en ese preciso instante estalló un auténtico castillo de fuegos artificiales. Las llamas lamieron el cielo. Saltaron chispas por los aires, y densas columnas de humo se desplazaron hacia el sur. Al otro lado del monte del faro debían de estar desencadenándose explosiones colosales. El cielo era todo él un reflejo encarnado.

Era imposible pensar en dormir. Sophie repasó su máquina de fotografiar. El punto encolado del fuelle había aguantado; el obturador se había atascado, pero ahora disparaba perfectamente. Preparó unas placas, limpió con un paño el objetivo, reunió las dosis de pólvora que podía necesitar y las vertió en una funda. Apenas apuntó el alba se encaminó al puerto. En la proa de los barcos los marineros hacían señales con las banderas. En el muelle el gentío se agolpaba como el día del primer ataque. Casi nadie había pegado ojo aquella noche, pero tampoco sabía nadie qué había pasado en realidad. Una vez en tierra, los marineros desfilaban a trompicones por el muelle, gritando eufóricos: «¡Cinco barcos japoneses hundidos!».

La alegría se contagió y al cabo de poco tiempo la ciudad se veía sumida en el regocijo general. Como si se hubiese roto el dique... el miedo a la amenaza del ataque japonés. Sophie notó cómo se diluía el temor de la gente. Muchos la apremiaban a que les hiciese fotos, posando por parejas y tríos. Tomó muchas fotografías. Caras risueñas. Niños alborozados. Parejas besándose.

Tras fotografiar a un hombre mayor, Sophie le preguntó si sabía más detalles de lo que había ocurrido. El anciano le explicó que hacia las tres de la madrugada los reflectores de la fortaleza habían interceptado el paso de cinco vapores. En un primer momento, y puesto que embocaban la rada de Port Arthur, se pensó que eran el convoy de carbón y vituallas que se esperaba desde hacía días. Pero en lugar de navegar en fila, lo común en los mercantes, avanzaban en batería, como si todos a la vez fueran a enfilar la estrecha bocana del puerto. Efectuaron un disparo de advertencia, pero al no detenerse ni responder con la sirena, se descubrió que eran japoneses. El *Novy Kray* había transmitido la buena nueva al Imperial Sitio y enseguida se había recibido un telegrama de felicitación del mismísimo zar. Así, al menos, se lo habían contado a él, dijo el hombre.

En el fondeadero, a los pies del Monte Blanco y del Monte de Oro, podían verse los restos del naufragio. Una embarcación había quedado varada a doscientos metros del *Retvisan*, en el flanco sur de la colina del faro; aún despedía espesas columnas de humo.

Albert formó parte de la comisión que investigó los restos de los buques. Después contó a Sophie que no se trataba de navíos de guerra, ni mucho menos, sino de cargueros a punto de desguace, cascarones cargados de rocas y explosivos; los kamikazes que los pilotaban habían intentado cegar la bocana del puerto. Las andanadas del *Retvisan* no habían servido casi para nada. Por fortuna, un proyectil había impactado en la serviola de babor y había hecho que el ancla se soltase y se aferrase, obligando al buque a fondear accidentalmente. De no haber sido por eso, el barco habría abordado el *Retvisan* y lo habría hecho saltar por los aires con todo su equipamiento de combate.

Esas noticias atemperaron los ánimos de quienes continuaban cantando victoria. A lo largo del día, sin embargo, fueron apresados en las playas varios marineros japoneses completamente borrachos; la marea también había depositado en la playa cantidades ingentes de botellas de coñac. Gracias a ello, la desmoralizada población rusa volvió a sentirse mejor: por valientes que fueran los kamikazes, no dejaban de tenerle miedo a la muerte. El enemigo no daba en absoluto la talla sobrehumana que pretendía.

En medio de tales acontecimientos llegó una carta para Sophie. De Japón: razón suficiente para que el censor la abriese. Sophie, asustada, escondió el sobre al ver el remitente. Albert estaba en la habitación contigua, ante el escritorio. Absorto en su correspondencia, no pareció darse cuenta de nada. Sophie no podía leer la carta en su presencia. Tenía que estar sola. Con el corazón en un puño, subió apresuradamente la escalera y se refugió en el dormitorio, cerrando la puerta tras sí. Comprobó que su marido no subía y extrajo del sobre la hoja escrita por las dos caras con renglones menudos. Empezó a leerla atropelladamente, los dedos le temblaban, las palabras se desvanecían ante sus ojos. ¡Por Dios, qué cosas se atrevía a escribir!

Albert entró en el dormitorio.

–Ah, estás aquí. Te estaba buscando.

Sophie bajó la mano que sostenía la carta como si quisiera ocultársela a Albert. Él vio el sobre encima de la mesita de noche.

–¿Has tenido carta? –Cogió el sobre–. Charles Stanton, Tokio –leyó–. ¿Quién es?

–Un periodista americano –logró decir Sophie.

–¿El que te compra las fotos? –Albert dio la vuelta al sobre y miró el anverso–. No, porque esta carta lleva franqueo de hace más tiempo. –Miró a Sophie con perplejidad. Ella lo eludió–. ¿Y de qué conoces a ese periodista americano que ahora está en Tokio?

–Venía en el tren –respondió Sophie en el tono más desenfadado que pudo–. Iba a Pekín.

–¿Y qué te dice en la carta?

–Nada, que luego lo enviaron de Pekín a Tokio. Cuenta cosas del estallido de la guerra, tal como lo vivió allí...

–¿Me dejas leerla? Son tan pocas las noticias que llegan. Lo que me sorprende es que haya pasado la censura.

–Te leo –se apresuró a decir Sophie dando un paso hacia la ventana.

Pasó por alto las primeras líneas y empezó a leer:

El seis de febrero Kurino salió de San Petersburgo. La víspera, el almirante Togo había impartido la orden de destruir la flota rusa. A la una de la madrugada leyeron la orden imperial a los altos mandos de la marina, reunidos a bordo del *Mikasa*. La escena tuvo un aire macabro: el resplandor de las velas y el blanco de los uniformes, reflejados sobre la caoba pulida del comedor de oficiales. Una vez anunciado que «la guerra contra Rusia había empezado» descorcharon una botella de champán y todos brindaron. Parientes y amigos acompañaron más tarde a la flota desde otros barcos. En Chemulpo, el puerto de Seúl, empezó la ofensiva con un ataque a los barcos rusos fondeados allí. Las tripulaciones no tuvieron alternativa. Ante el alborozo de las masas de coreanos que habían acudido al puerto con antorchas, los marinos rusos volaron sus propios barcos.

Albert se había situado de improviso a su lado. Había estado leyendo por encima de su hombro. Sophie lo miró tras levantar la vista del papel con extrema premiosidad.

–¿Quién es? –inquirió Albert de forma tajante–. ¿De qué lo conoces?

Sophie respondió lo primero que le vino a la cabeza. Como si hablara de otra persona.

–¿Y por qué razón he tardado tanto en enterarme de su existencia? –Albert cogió la carta–. ¿Me permites?

Sophie no le impidió que la cogiera. Albert la leyó. Ella guardó silencio con la vista fija en el suelo. Bajo la cama había el resto de una entrada. Un papel de color rosa. Como si el mundo entero dependiera de ello, Sophie hizo esfuerzos por leer lo que ponía. Era la entrada del Teatro Chino. Cuánto tiempo parecía haber pasado desde aquella noche.

Albert había llegado al final de la carta:

Sophie, te echo tanto de menos... Tantos momentos. Nunca olvidaré tus relatos en la oscuridad, cuando me contaste tus recuerdos de los veranos en Jurmala, del ventanal de la capilla, de las fresas que llevaba aquella dama. En mi interior se desató algo especial, una añoranza de la infancia, una sensación de felicidad vivida ya antes. Cómo me gustaría poder reunirme contigo...

Albert la miró pálido.

–Dime qué pasó. Con él estabas menos callada, por lo visto.

¿No sería venenoso lo que salía del mar? Aquellas columnas de humo de los navíos de guerra; las chimeneas soltaban humo incesantemente. Qué diferente era el mar de Jurmala. ¿Cuándo fue la última vez que había corrido descalza por la playa, esquivando la línea de las olas, recogiendo conchas que terminaría tirando...?

–¡Sophie! –Vio una mano tostada por el sol que la cogía por el brazo y la sacudía–. ¿Qué ocurre?

Qué ocurre. Qué ocurre. En lugar de la playa, otra vez el humo negro de la bahía dominando la vista. El sol deslumbraba. Albert se plantó ante ella impaciente:

–A ver, me gustaría saber qué hay entre vosotros.

–Entre nosotros no hay nada –repuso Sophie enfadada–. Nada de nada.

Ojalá hubiera pasado algo, añadió para sí.

–Por la carta parece que él lo ve de otra manera.

Por qué tenía que llegar la carta precisamente ese día, una de las pocas mañanas de todo el mes en que Albert estaba en casa. Otra vez el azar. Sophie sonrió para sus adentros. ¿Cómo lo había llamado Charles? El maestro con el papel más agradecido de la vida.

–Creo que me debes una explicación. A ver... ¿dónde os conocisteis, cuándo y qué pasó exactamente?

Sophie hizo un esfuerzo por concentrarse. Albert tenía derecho a estar al corriente.

–Lo conozco del viaje. Nos conocimos en el tren.

–¿Dónde? –inquirió Albert incisivo–, ¿antes o después del Baikal?

¿Y qué tendría que ver?

–Al principio, justo cuando empezaba. Me presentó a los europeos que iban en el mismo tren. Habían hecho juntos el viaje hasta Moscú.

–Pero ¿viajó en tu departamento?

–¿Cómo te atreves a imaginar una cosa así?

–De momento soy yo quien pregunta. ¿Cuáles fueron esos momentos comunes?

Sophie guardó silencio. El beso, las manos, su risa. La blancura de su espalda en el espejo. Sangre de dragón. La suavidad de su piel. No había vuelto a acordarse con tanta intensidad de él. Creyó sentir su presencia.

Albert recorrió enfurecido el dormitorio una y otra vez.

–¡Por Dios bendito, Sophie! ¡Quiero que me digas qué pasó y te quedas ahí callada como un muerto!

–No tienes motivos para estar celoso. Te lo aseguro. –Lo mejor era que la situación se calmase–. No tengo absolutamente nada que ocultar.

–Pues ¿a qué viene tanta comedia y que no quieras contarme nada?

–Lo mismo podría reprocharte yo. ¿O me equivoco? ¿Qué ha habido entre Johanna y tú? ¿Te crees que no tengo ojos en la cara?

Albert se detuvo y la miró sorprendido.

–Esos celos son ridículos. No sé qué te imaginas. Y si piensas que el ataque es la mejor defensa, no me vengas con jueguecitos de ese tipo. No intentes despistar. Sin tapujos: ¿qué hubo entre vosotros?

Lo conocía mejor de lo que él se imaginaba. La postura que había adoptado tampoco era convincente. Al contrario: a partir de ese momento Sophie estuvo casi segura.

–¿Sabes que te comportas como un dios todopoderoso? Decides de qué se habla, y decides lo que se te antoja y lo que no. Si de repente defiendes a ultranza la verdad, tendrás que dejarme que te pregunte: y tú, ¿has jugado siempre limpio conmigo? Tanta palabrería con que no sabías qué estaba pasando... cuando sabías perfectamente hasta lo que iba a pasar. Tus misterios con los negativos. Luego, utilizarme de correo sin avisarme del peligro que suponía. Piensas que puedes disponer de mí como de un subordinado tuyo en el astillero. Pero me conoces muy mal, querido: conmigo no cuentes.

Había despachado la furia que llevaba dentro. Albert,

plantado sin moverse del sitio, no dejaba de mover la cabeza con incredulidad, sonriendo como si Sophie hubiese perdido el juicio.

–¡Y para que lo sepas, nos besamos!

La sonrisa de Albert desapareció de inmediato:

–¿Una vez? –preguntó con voz entrecortada.

Como si todo dependiera del número de veces de una acción. Vaya una pregunta. Sophie asintió atormentada.

Albert se acercó a la ventana con las manos en los bolsillos. Miró hacia fuera. Un largo rato. Sophie estaba tres pasos detrás de él. Podía verle la espalda, los hombros, el vello del cuello. A qué extremos habían llegado. Demasiadas cosas por decirse. Un cúmulo en aquel momento.

A Sophie le habría gustado ponerle la mano en el hombro. Pero se contuvo. Cualquier gesto de ese estilo Albert lo habría interpretado como un sarcasmo. A sus ojos el asunto no tenía vuelta de hoja: lo había engañado con otro hombre. Era lo único que contaba. Que él hubiese tenido alguna relación con Johanna era harina de otro costal. De pronto Sophie se percató de que ya conocía ese reparto de papeles. Por sus padres. El pacto que habían establecido de por vida. Lo último que deseaba Sophie era una réplica de aquello. Se retiró un paso hacia atrás, se cruzó de brazos y esperó a que ocurriera algo.

–¿Y bien? –preguntó Albert por fin–. ¿Qué esperas que haga ahora? –Alzó la cabeza, cerró los ojos y respiró hondo. Luego dijo–: Ahí afuera hay una guerra. Y aquí dentro... entre nosotros...

Sophie esperó a que concluyese la frase, pero él se calló.

–Albert...

Otra vez le apetecía tocarle, pero volvió a contenerse. Notó que ella misma estaba a punto de llorar.

–Dime una cosa, Sophie. –La voz de Albert enronqueció–: ¿A partir de ahora no podríamos considerar esa carta como una insignificancia?

Sophie lo miró de hito en hito sin que él se diera cuenta. ¿Tan ingenuo era y tanto le importaban las apariencias? Fue lo primero que se le ocurrió, y se enfadó. ¿Sería algún tipo de sentimentalismo que le privaba de encarar la verdad? ¿O era una maniobra? Si era así... no dejaba de constituir una oferta de paz.

Albert se volvió bruscamente.

–Esta noche volveré muy tarde. No hace falta que me esperes. –Salió de la habitación. En la puerta se volvió otra vez hacia ella–: De hecho había subido para decirte que vale la pena darse una vuelta por el barrio chino. –Parecía que iba a decirle algo más, pero se calló y salió rápidamente.

–¡Gracias! –dijo ella alzando la voz.

Su marido estaba bajando ya por la escalera de madera; poco después se oyó la puerta. Ella se dejó caer en la cama. La sensación de soledad que le invadió le atenazó la garganta.

Albert regresó tarde aquella noche y se durmió enseguida. Sophie estaba despierta. Le picaba la piel, toda ella una superficie blanca, reseca, salada. Escamas que hubiera deseado arrancar. Montoncitos de escamas por el suelo obstruyendo el paso; sentadas en taburetes, había unas pescaderas del mercado que agarraban firmemente el pescado con manos robustas para que no se les resbalase. Ofrecían el género a Sophie con una amplia sonrisa mientras lo rascaban, entre el ruido del raspado y la lluvia de blancos copos de piel vieja. La sábana se cubría de aquella sustancia gris e inmunda. Había que sacudirla, pero Albert estaba tumbado encima y a Sophie le era imposible estirarla por debajo. No aguantaba ni un minuto más. Se plantó de un salto ante la ventana. Albert se dio la vuelta, exhaló un suspiro y siguió durmiendo. La luna iluminaba el mar con su pálido resplandor. Contornos de embarcaciones, fuego esporádico.

–En guerra... –musitó Sophie.

–¿Cómo dices? –Albert tenía la voz pastosa.

–En guerra.

Albert se había vuelto a dormir. Sophie hubiera deseado arrancar las cortinas; su espeso color amarillo volvía el aire sofocante, irrespirable. Por fin apuntaron las primeras luces con un resplandor que aumentó por momentos. De entre el gris del crepúsculo apareció el marrón de las montañas, la maquinaria gris metal del astillero. Poco después la luz fue desbastando los detalles, las chimeneas de los barcos del puerto, los cables de la estación de telégrafos, los tejados de las tiendas. Mistress Snow tenía razón. Aquel sitio era rematadamente feo.

X

La vasija de calabaza del mago chino.

Piel de serpiente y plumas.

Una niña vestida de rojo llorando... el vestido rojo de una niña. Las primeras jornadas de calor en Riga, verano en el parque... una niña vestida de rojo corre girando alrededor de sí misma... la novia... el vestido rojo hallado encima de las fresas... cuánto tiempo debía de haber pasado. Ella se había convertido en otra persona.

Cada día Sophie se acercaba al barrio chino. La conocían ya y la saludaban. Los aguadores. El mago, tocado con su gran sombrero redondo. Un viejo mandarín, una auténtica dignidad con todos sus oropeles. Niños que juegan en la inmundicia, madres sonrientes. Y qué manera de sonreír la de esas madres de pies minúsculos y cabellera rigurosamente recogida y lustrosa. Qué manera de esperar sentadas ante sus casas sucias y minúsculas, con las ventanas de papel hechas trizas. Cuando se instalaron nuevos postes para reforzar el tendido de telégrafos que cubría la línea de fortificaciones, las mujeres no ocultaron su temor.

Los buenos espíritus del aire no podrían pasar. Lo mismo se posaban encima de los horribles cables en lugar de acercarse a los bellos adornos de los tejados.

Una madre confiesa a Sophie que a su hijo predilecto sólo le llamaba feo y tonto, para que los dioses no le tuvieran envidia. ¡Con qué locura podía añorar a Lina!

El barbero que trabaja en plena calle y su cliente; los dos jóvenes sacerdotes chinos.

Los primeros niños chinos que recibían la confirmación en la capilla de la misión de Port Arthur, un sencillo local de madera con la cruz en la pared.

Cuatro operarios en el patio de un taller, uno tocando la flauta.

Un día tras otro Sophie recorría las calles sucias y sin pavimentar, surtidas de puestos de comida en las esquinas, animadas con muleros, porteadores y conductores de *rikshas*. Ladrones expuestos al escarnio, de rodillas, hiciera frío o calor, sin que nadie les prestara atención, aprisionados en cangas que portaban sobre los hombros: un orificio para el cuello y las manos encadenadas. En la plaza del patíbulo, los criminales atados a sus picotas: ladrones, espías. El público congregado en masa. No pierden hito, hacen comentarios al oído mientras comen pipas de girasol. Los sables largos y curvos de la policía de Manchuria reflejando los rayos del sol. Caballos. Sombras de los dos verdugos en el barro, ante el condenado a muerte que está de rodillas. Es un mandarín, susurra alguien. Evitar mirar y, sin embargo, empeñarse en sacar la fotografía. El momento en que la cabeza del reo se desprende del cuerpo. La sangre salpica en el objetivo. La cabeza sale despedida hacia arriba.

A continuación todo se oscurece a su alrededor. El hedor de la carne en descomposición asciende por su nariz y se mezcla con el tufo a orines y polvo. Sophie echa a correr. De repente el suelo da vueltas, se escurre bajo sus pies. Cierra los ojos. Se apoya contra un tosco muro. Los párpados le tiemblan, respira hondo, está sudando a mares, siente ganas de vomitar, rodeada de niños mirones. Hasta que las cosas vuelven a su sitio, y las sombras se distinguen. Los olores cambian, el vendedor de la cercana freiduría ambulante está cocinando en cuclillas unos trozos de carne que vuelca en una enorme olla de arroz. Añade cebollas verdes. Lo vende en cuencos a transeúntes que pasan con prisa. Comen en cuclillas por la calle, usando atropelladamente los palillos; luego siguen su camino.

Conservar el tiempo con ayuda de una máquina de fotografiar. Para reproducirlo en la cámara oscura. Duplicando la realidad. Al encargarle el trabajo, Campbell insistió en que dejase las pesadas placas de cristal y se pasase al rollo de celuloide transparente de las películas americanas. Al sostener los negativos al trasluz no logra reconocer la fotografía. Puntos blancos cual estrellas sobre un cielo oscuro; debajo había una figura blanca. Aunque si fueran estrellas serían negras. Sophie hizo un esfuerzo por imaginarse las zonas claras como oscuras y las oscuras como claras. Fue incapaz. De pronto, en una fracción de segundo, recordó la imagen: un grupo de personas con gorros de piel, chinos embutidos cual muñecos en sus abrigos acolchados, manchús armados montados a caballo, el sol reflejado en los sables. En el centro de la foto, de rodillas, con las manos atadas a la espalda, el reo. Ante él un hombre vestido de seda negra le levanta la trenza, larga y delgada. Al lado, el verdugo empuñando una espada de ancha hoja. Sophie había capturado el momento en que la hoja separaba la cabeza del cuerpo. El agujero del cuello, circular... como si el cuerpo entero estuviese relleno de un líquido oscuro. Las estrellas eran gotas de sangre; en la foto, la cabeza no cesaba de caer. Asustada, colocó el negativo encima de un papel secante, como si así pudiese enjugarse la sangre.

Esa noche, de madrugada, hizo el amor con Albert. Por primera vez desde la conversación de días atrás. La primera vez que le apetecía desde hacía mucho tiempo. Los abrazos de él, su aliento. Era lo único que contaba. Una manera de ganar aplomo frente a la muerte.

Luego lo recordaría, unas horas después, cuando fue a buscar al mensajero de Campbell. Las caricias de Albert en la penumbra. Las lomas bajo el crepúsculo, los tejados grises de los cobertizos, su piel blanca. Cómo mostraba la luz el perfil de cada cosa: las chimeneas de los barcos del puerto, los cables de la estación de telégrafos, la forma de corazón del glande.

*

Al cabo de dos o tres días, la catástrofe al regresar por la tarde a su casa. Sophie vio de lejos cómo sacaban una camilla cubierta con una sábana blanca de la Cruz Roja. Un automóvil parte. Sophie echa a correr, el pecho le arde del esfuerzo. En la entrada ve a un sirviente que no sale de su asombro, Johanna le sale al paso, la rubia cabellera al viento: «¡Una bomba! ¡Os ha estallado una bomba en casa!».

La puso al corriente: era Albert quien acababa de ser evacuado, pero no era nada serio, menos mal. Lesiones leves: «Que se venga a la misión con nosotros. Allí podéis vivir los dos. Albert estará atendido en lo que necesite».

Sophie tiene que verlo con sus propios ojos para creérselo: ha estallado una bomba en la habitación verde. No queda rastro de la puerta, el yeso se cae a pedazos de las paredes, la escalera ha sido arrancada de cuajo. Por el suelo quedan esparcidos los añicos del espejo, ojos de un animal de cien cabezas. Entre los afilados bordes boquean desesperadamente los minúsculos peces de aletas sedosas; cubiertas del verdín de las algas, las paredes del acuario han saltado por los aires. Las sillas están volcadas, la tapicería azul de los sofás, hecha jirones, reventada cual vientre de ballena. La palmera del salón ha sido arrancada de raíz; puñados de tierra por todas partes. Hasta la jaula de los pájaros ha quedado retorcida; en plena corriente de aire planean arriba y abajo las plumas de color crema y azul del papagayo.

La tortura una idea fija: ¡las placas! Sophie se lanza en busca del clasificador metálico, que sigue colocado bajo el sofá. Parece un milagro, pero todo está indemne. Coge la cámara. Hay que registrarlo todo, cada rastro. Al final se va corriendo hasta la misión danesa. Albert la estaba esperando: «¡Sophie! Hemos tenido un ángel de la guarda».

Pocas horas después del atentado, los inspectores de la policía secreta registran hasta el último rincón de la casa dándole la vuelta a todos los restos. Ni la puerta ni las ventanas habían sido forzadas. ¿Por dónde entró la persona que colocó la bomba? Parece que alguien le franqueó el paso. Las sospechas recaen en el cocinero. Sophie lo había echado unos días atrás porque robaba ropa de Albert, con la desfachatez adicional de ponérsela luego en presencia de ella, como si el amo hubiese dejado de existir. Al despedírsele ejerció sin ambages el derecho, común en China, a criticar a los amos dentro de las paredes de la casa. Lo detienen. Enseguida localizan el origen de la denotación: el explosivo había sido colocado dentro de un jarrón y llevaba un temporizador. Pero ¿quién lo hizo? Los hombres recorren la casa buscando pistas, guardan en una caja los añicos del jarrón.

Sophie los contempla desde el quicio de una puerta y se da la vuelta. Se acuerda de la mujer muerta en el tren. Cuánta violencia ha visto en pocas semanas. Finalmente, los investigadores concluyen que no puede tratarse sino de un acto de sabotaje japonés. Para los oficiales del ejército el sentido del atentado es obvio: eliminar al constructor de la grúa flotante y del nuevo dique seco, indispensable para reparar los navíos de guerra que sufran daños.

Sophie se traslada con lo indispensable a la misión, donde le adjudican una pequeña habitación. Cada día supervisa las reparaciones de la casa; hay que levantar de nuevo un tabique, tienen que renovar la escalera, y la puerta hay que cambiarla. Resuelve los recados que le encarga Albert, escribe a su familia en Riga.

Una noche, al regresar por del huerto de la misión, los dominios de Johanna, mientras cruza los bancales, cuenta las ventanas del edificio. La tercera de la izquierda es la de la habitación de Albert. Tiene heridas en la pantorrilla y en la rodilla. En ese momento alguien enciende un quinqué y rebaja enseguida la intensidad de la luz; dos sombras de grandes proporciones se proyectan de pronto en el techo. Son dos personas dándose un largo abrazo. Tras unos minutos que parecen eternos, Johanna aparece sonriente en la ventana y corre las cortinas.

Instintivamente, Sophie busca refugio al amparo del muro. Nota el río subterráneo de la sangre fluyéndole a los oídos. ¿Adónde puede ir? Se da la vuelta lentamente. No puede irse a su casa, ni tampoco pasar por el huerto donde Johanna cultiva sus plantas, ni presentarse ante Johanna y Albert. Se le representan con crudeza ciertos instantes: las insinuaciones de mistress Snow, la confianza de Albert con Johanna, los comentarios en danés que ella no entendía. La bella e imponente Johanna, de quien cualquiera podría enamorarse. De modo que había acertado. Sophie echó a correr. Tenía que irse lejos. Se detuvo. Hablaría con Albert. Cuando se recuperase. Una conversación a fondo. Tendrían que ser francos los dos. De todos modos le intrigaba por qué sentía aquel suplicio de los celos precisamente en la época en que más se habían alejado el uno del otro. ¿No habría llegado el momento de acusar las consecuencias de sus acciones en toda su envergadura? Sophie sintió que se comportaba de manera infantil. Manejaba su vida como una niña que juega con la muñeca que menos le gusta.

XI

Seis palosantos maduros encima de un mantel de color turquesa. Té de tonalidades doradas aderezado con flores de jazmín. Presentes de Me Lyng con votos por una rápida recuperación. El primer día que pasan juntos en la casa restaurada. Las cortinas color pistacho ya han regresado de la lavandería china, la palma del salón es nueva; han desaparecido el acuario y el papagayo. Los rayos de sol inciden diagonalmente sobre las asas de sus blancas tazas de té. Dibujo de oro, turquesa y naranja. Hasta el 8 de marzo no han podido regresar a la casa.

Después de tomar el té, Albert y Sophie se dirigen al puerto, donde se ha congregado un gran gentío. Llegaron a tiempo para presenciar cómo se izaba la bandera de Makarov en el crucero *Askold*, recién reparado. El puerto estalló en vítores; entusiasmados, los marinos lanzaron al aire sus gorras. ¡Las cosas por fin volverían a su sitio! Stark ya podía ceder el buque insignia a Makarov. El nuevo almirante tenía experiencia con la flota, era un auténtico marino y un táctico nato. Por fin se conseguirían hechos.

La confianza se instaló de repente en el ánimo de la población. La gente volvía a reír. Incluso el tiempo parecía mejorar. A todos les invadió una gozosa esperanza.

–Y mañana es tu cumpleaños –dijo Sophie a Albert–. Me parece que se te ha olvidado.

En efecto, no había pensado en ello. Pero Sophie, contagiada por el ambiente general, sus propios proyectos y la actividad desplegada con motivo de la llegada de Makarov, no necesitó insistir para convencerle.

–Ya que nos metimos en esta guerra sin querer, al menos disfrutemos de las fiestas como vayan llegando. Y te traes a tus amistades de Kronstadt.

–¿Te refieres al Barbas? Te aseguro que Makarov tiene preocupaciones muy diferentes a la de asistir a mi fiesta.

Pero te prometo que lo conocerás y que podrás sacarle un retrato espléndido.

Qué bien la conocía. ¿De verdad era tan agobiante por no tener en la cabeza más que la fotografía? Sophie siguió a Albert con la vista mientras él bajaba por la calle que conducía al puerto. Al llegar a la esquina, se volvió fugazmente. Ella se despidió con la mano; se sentía al borde de las lágrimas. ¿De alegría? ¿De alivio? Desde que había llegado la carta de Stanton, y desde lo de la misión, no se habían cruzado más palabras que las imprescindibles. La sensación de que, en cualquier caso, hablando tampoco se arreglaba nada. No sabía si Albert se habría percatado de sus celos. Había decidido no preguntar nada y hacer ver que no había pasado nada. ¿No le restaba así importancia a su propio comportamiento? A veces se lamentaba de no haber sido más cautelosa con la carta de Stanton. Le apetecía leer de nuevo aquellas líneas, que con la inquietud del momento sólo había podido mirar por encima. Albert se la había quedado.

Sophie, rebosante de ánimo, se metió en la cocina. Habría ostras de Chifú, sopa de jengibre, pescado, pato y vino caldeado. Hacía tiempo que no se sentía tan optimista. Al sentarse para atar unos farolillos chinos a un cordel, se acordó de su madre. Los días que había invitados y la agitación de los días previos, cómo pulía la plata con un líquido pestilente, probaba diferentes mantelerías blancas o fregaba por segunda vez las copas. O cómo encargaba al padre que se ocupase de traer el vino de la bodega. ¿Se parecería más a ella de lo que estaba dispuesta a reconocer?

*

El resplandor de los farolillos sumía la sala en una luz oscura de tono anaranjado. El biombo nuevo de laca resplandecía bajo aquella iluminación. Por todas partes había mesas con copas, y los invitados se habían repartido por toda la casa.

–El libro de Makarov sobre tácticas de combate también lo tienen en el puente de mando del enemigo –observó Zur Mühlen–. Por fin el almirante Togo tiene enfrente a un contrincante digno de consideración. –El ingeniero, pálido como el papel, se sirvió satisfecho una porción de pipas de melón.

–A Makarov sólo le falta una flota digna de consideración. –El marido de mistress Snow, de regreso de un viaje de negocios, le había resultado antipático a Sophie desde el primer momento–. Algunos miembros de la tripulación no son más que campesinos vestidos de marino, con la única experiencia naval de la travesía con buen tiempo entre Vladivostok y Port Arthur. No saben qué es ni dar órdenes ni obedecerlas. Lo que reina a bordo son, en cambio, el tono paternal y las costumbres patriarcales. Una vez en alta mar, cada barco será una especie de aldea perdida de la Rusia profunda. –Snow se las daba de más ruso que los rusos.

–Llegan las maniobras más elementales y los barcos llenos de campesinos chocan continuamente unos con otros –añadió su esposa–. ¡Hay que ver el tiempo que tardan cada vez que regresan a puerto!

Sophie escuchaba la conversación mientras recogía las bandejas de ostras vacías, pequeñas ínsulas rocosas que componían un paisaje desolado. Si hubiera que hablar de una pareja eminentemente mercantil, el mejor ejemplo lo daban mistress Snow y su marido. ¿Les uniría algo más que el dinero? Johanna se acercó a ella. Sophie captó la mirada fugaz de la inglesa. Aquella mujer tenía que saber más de lo que decía. En esos momentos prefería ante todo mantener las distancias con Johanna. Albert no parecía dedicarle especial atención.

–Siete años se han desperdiciado no dragando la bocana y toda la entrada al puerto –comentaba el marido de Sophie en ese instante–. Y eso no se recupera de un día para otro. El caso es que la escuadra necesita casi treinta y seis horas, dos mareas enteras, para concentrar todos los barcos en alta mar.

–Pero si alguien puede enderezar las cosas es Makarov. A ver si acaba de una vez con el lema de Alexeyev, esperar y esperar.

Quien expresaba tal confianza en el nuevo jefe militar era Lapas. Había sabido aprovechar la ocasión de erigirse en delegado de los hombres de Albert en la fiesta, transmitiendo personalmente al jefe su felicitación. A Sophie le resultaba simpático aquel hombre sencillo y digno.

–Perdóneme. –Mistress Snow se aproximó al grupo–. Usted que conoce personalmente al almirante, dígame, ¿de dónde es exactamente?

Lapas se volvió hacia ella examinándola de arriba abajo, como una mercancía que tuviera que cargar en su embarcación.

–Lo conocí en Kronstadt cuando él era muy joven. Nació en Sitka, en Alaska, aunque de niño vivió en el Amur. Empezó de marino raso.

Alaska. Como Stanton, advirtió Sophie con sorpresa.

Los invitados se marcharon bastante después de medianoche. Copas con restos de vino tinto, fuentes y platos vacíos, tazas de caldo, servilletas arrugadas. Gotas de cera en la mantelería, velas consumidas, montañas de huesos de ave y de ostras vacías en la cocina. Albert se estaba fumando un último cigarro en la sala verde. Sophie se acercó a él llevando a su vez una última copa de vino.

–¿Qué tal? ¿Estás contento?

–No podía haberme imaginado una fiesta mejor, Sophie. Gracias.

La atrajo hacia sí y la sentó en sus rodillas, como hacía en otro tiempo; ella no se resistió.

–Empecemos de nuevo, ¿de acuerdo? –le susurró al oído–. Yo sólo te quiero a ti y a nadie más.

Por un momento Sophie sintió la tentación de hacer un comentario. Pero cedió y se apoyó en él.

–Sí –respondió–. Empecemos de nuevo, Albert.

XII

Aunque la vida en la ciudad había recuperado cierto ritmo desde que estallara la guerra, nadie olvidaba que podía producirse un nuevo ataque japonés. También Sophie se desenvolvía en una especie de tensión vigilante. Como haría un presidiario fugado que controla cualquier detalle de su entorno para reaccionar en consecuencia, la gente registraba cualquier transformación, por pequeña que fuese. La rada entera de Port Arthur se le antojaba a Sophie un enorme pabellón auditivo por el que la ciudad auscultaba el mar.

En todos los rincones de la ciudad la gente discutía sobre las tácticas bélicas de ambas potencias. Los japoneses –se decía– temían la llegada de la moderna flota construida en los puertos del Báltico que pronto se enviaría de refuerzo. Pero el almirante Togo conocía el punto débil de los rusos por experiencia propia: la gran distancia que había hasta la base de Vladivostok; esa distancia obligaba a la flota rusa a refugiarse en Port Arthur, donde el acceso era decididamente reducido. Aquella entrada era la gran baza de los japoneses. Intentaron repetidamente cegar el paso con barcos viejos y minar la entrada, ya fuese para encerrar dentro a la flota rusa, ya para hostigarla en el exterior. En respuesta, Makarov había hundido en la rada cuatro vapores de la Compañía de la China Oriental que estaban atracados en el puerto. De ese modo formó un pasillo de acceso que impedía el paso de los cargueros kamikaze y, a la vez, constituía una barrera defensiva contra los torpedos nipones. A pesar de que los rusos habían perdido por esas fechas el torpedero *Steregutshi* –en la acción el capitán ruso fue salvajemente descuartizado con machetes de abordaje–, la tropa empezó a cobrar ánimos. El almirante parecía ubicuo. Su lema –«Nadie sabe cuándo será el próximo ataque japonés; por tanto, cada cual tiene una misión tan decisiva como los demás»– surtió efecto, dándoles aliento a todos. Errores –repetían por doquier invocando a Makarov– los cometemos todos, pero quedarse de brazos cruzados es el peor de todos los males. Bajo el nuevo mando, la pesada flota aprendió a zarpar en márgenes de dos a tres horas. En el muelle de Poniente se habilitaron dianas de colores para realizar ejercicios de tiro, balística y alternancia de blancos. Desde que amanecía hasta que se ponía el sol se oían las órdenes de los oficiales: «¡Baterías, apunten todas a la diana roja... fuego! ¡Puente, apunte a la diana negra! ¡Proa, apunte a la diana azul! ¡Baterías, apunten todas a la diana negra!».

Por el colorido que suponían en la dársena y pese a la situación bélica, a Sophie las dianas le recordaron los huevos de Pascua de colores que por esas fechas se vendían en tenderetes instalados por todo Riga. La fotografía trasmitía un suspense inaudito. Sophie hubiera deseado que antes de cruzar el Pacífico algún artista japonés le pusiese color.

Algunos de los mandos responsables que estuvieron en Port Arthur durante el primer ataque fueron relevados por orden fulminante del zar. Se esperaba con impaciencia la llegada de los nuevos, con quienes debían acudir cientos de obreros cualificados procedentes de los astilleros del Báltico, así como grandes cantidades de repuestos y recambios para los barcos averiados. Albert tenía intención de partir con Sophie hacia Riga tan pronto como hubiesen llegado. Pero la Pascua se echaba encima y aún estaban a la espera de los envíos. A pesar de la guerra, también en Port Arthur se iniciaron los preparativos para la fiesta más celebrada del calendario ruso. En los barcos las tripulaciones se esmeraban por dejar navíos y equipamientos a punto de revista.

El domingo de Pascua, por la mañana, el cielo refulgía en una mezcla de azul, violeta y rosa; el aire de aquel primer día auténticamente primaveral era frío y diáfano. Los restos de nieve habían quedado confinados en los rincones umbrosos de las montañas. Por las ventanas entreabiertas llegaba el trino de los pájaros, distintos del mirlo, el tordo, el pinzón o el estornino de su tierra. Cómo añoraba Sophie aquel otro paisaje y cómo ansiaba regresar. Había llegado la primavera. Pascua en Riga. Los sedosos amentos, las prímulas amarillas... los bosques de pino albar y el aire nítido del Báltico, los pulcros edificios de la ciudad, los conciertos en la catedral y el cuenco de avena... Se sentía estallar de añoranza. Había que esperar tanto tiempo todavía... Era como si con una brocha la hubiesen repartido a lo ancho y largo del país.

Hasta donde le alcanzaba la memoria, Sophie recordaba que cada primavera, dos semanas antes de Pascua, su madre mandaba a las dos hermanas al molino: «Traedme media libra de avena». Luego llenaba de tierra un cuenco plano, sembraba la avena, la regaba y la ponía al sol. Con qué alborozo seguían la aparición de los brotes blancos. El sábado de Pascua despuntaban los tallos, minúsculas lanzas verdes, un palmo por encima del cuenco; entonces pintaban los huevos. La madre de Sophie ponía a cocer cebolla, remolacha, manzanilla y palo de Campeche, añadía un chorro de vinagre, y Corinna y Sophie podían introducir seis huevos blancos en el tinte, removerlos y girarlos hasta que prendían el rojo y el azul. Siempre quedaba fuera del líquido una porción de la cáscara, «ínsula», pensaba Sophie al verlo. Al final colocaban los huevos sobre un papel para que se secasen y su madre siempre las apremiaba de la misma manera: «Pero ¡niñas, limpiaos enseguida con un limón, que no se os irá el tinte!». Donde había estado apoyado el huevo quedaba siempre un feo cerco blanco. Por fin untaban los huevos de Pascua con manteca de cerdo. «Tenéis que untarlos bien untados, sin dejar ni una pizca...» El domingo de Pascua los huevos amanecían plantados en el cuenco de la avena, en varios colores –rosa, azul, violeta y amarillo–, como brillantes heraldos de la primavera.

También en Port Arthur reinaba un ambiente primaveral en plena guerra; el redoble de campanas sobre el mar, la gente ataviada con sus mejores ropas. Las niñas con vestidos de color rosa y medias blancas, los niños con chaqueta azul de marinero. Los navíos, baldeados y relucientes para la ocasión, las jarcias desplegadas, el latón bruñido cual chorros de oro, la bandera blanquiazul del zar izada por doquier. Los hombres lucían sus mejores uniformes, el sol rutilaba en el lustre de los botones.

Para celebrar la festividad, el general Stössel había programado un concierto de la banda militar en la Alianza. El público había acudido con el mejor ánimo; leves nubecillas surcaban el cielo cual sutiles banderas. Se habían servido comida al aire libre, los manteles blancos llegaban hasta el suelo. Un ágape de Pascua a base de jamón ahumado, *kulitchi*, pastel de requesón y fuentes de setas saladas, pepino y *choucroute*. Hubo también platos con pan campesino y unas imponentes bandejas repletas de huevos de Pascua. No hizo falta esperar mucho tiempo para que el suelo se cubriese de cáscaras de huevo, azules, rosas, por dentro siempre blancas, como el cielo al rayar el alba, como los vestidos de las niñas y los trajes de los niños. De forma inarticulada, cual fluido eléctrico, flotaba en el ambiente la certidumbre de que el combate final sería inminente y que Makarov ganaría la guerra.

Pocos días después cambió el tiempo. Niebla y rachas de lluvia, con nieve de tanto en tanto. Se desvaneció el desenfado que brotó con la subida de temperaturas. Fue la noche del 12 de abril. Como tantas otras veces, Albert se quedaba aquel día en el puerto.

Trabajaba con denuedo, confiando que así podría marcharse al cabo de unas semanas. Entrada la noche, Sophie le llevó algo para cenar. Naturalmente podría haberse ahorrado el trayecto mandando a un sirviente, pero era una buena ocasión para enterarse de novedades acerca de la situación en el puerto. Albert, enfadado en un primer momento porque Sophie tendría que hacer el camino de regreso sola, la acompañó un trecho de vuelta.

–Makarov está a bordo del crucero –le contó Albert–. Cada vez más desesperado, el hombre. Ha enviado los cuatro destructores a estudiar el panorama al norte de Darein y aún no han regresado. Mientras, los vigías, que con este tiempo apenas pueden distinguir lo que pasa en alta mar, acaban de alertar de movimientos frente al puerto. El capitán del crucero de Makarov ha pedido varias veces autorización para abrir fuego, pero el almirante no se decide.

–¿Porque podría tratarse de los destructores propios? Al fin y al cabo no están muy preparados, y podría costarles encontrar la entrada con una visibilidad tan mala.

–Exacto, cariño. Te estás convirtiendo en una experta. –Albert guardó silencio un momento–. Aunque no sea en lo que desearía yo para mi mujer. Pero, por otro lado –añadió–, también podría ser una siembra enemiga de minas submarinas. En cualquier caso, mañana en cuanto amanezca hay que rastrear la zona en busca de minas. –Habían llegado a la Alianza–. Ahora, por favor, vete directamente para casa y no te muevas hasta que yo llegue.

Albert le dio un beso fugaz en la mejilla y rápidamente su figura se perdió en la oscuridad. Sophie continuó lentamente el corto recorrido que le quedaba.

A la mañana siguiente pudieron comprobar que ante el puerto había habido tanto torpederos japoneses como destructores rusos. Con las primeras luces del 13 de abril, el vigía del navío ruso *Straschni* comprobó con espanto que las luces a las que se habían unido en la oscuridad de la noche correspondían a unidades de la flota japonesa. Tampoco los japoneses se habían percatado de que el enemigo había estado moviéndose toda la noche junto a ellos delante del puerto. En cuanto hubo amanecido, todos a la vez advirtieron el error; se abrió fuego a muy corta distancia sobre el navío ruso. Sophie se enteró por Lapas, quien la había despertado creyendo que Albert estaba en casa. En el momento en que zarpaban los cruceros para prestar ayuda al barco objeto de castigo, ella ya se encontraba en el puerto con todo su equipo. Poco después saldrían los pesados navíos de guerra rusos, más lentos siempre, con la enseña de Makarov izada en el *Petropavlovsk*. Pero fue ya imposible prestar ayuda alguna al *Straschni*.

Podían distinguirse a simple vista los cruceros japoneses que desde una distancia prudencial vigilaban de manera permanente la entrada al puerto de Arthur e informaban de los movimientos al almirante Togo. Sophie observó cómo se alejaba la expedición rusa. Sin haber disparado ni una sola fotografía, regresó a su casa. Albert también había regresado en su ausencia, estaba extenuado; quería descansar unas horas. Se tomaron juntos una taza de té y subieron al piso de arriba. Cuando Sophie se disponía a cerrar las cortinas del dormitorio y dejarlo a oscuras, observó que la escuadra rusa regresaba a toda máquina al puerto, perseguida por la escuadra acorazada de Togo. Albert, que ya se había quitado la ropa, se levantó rápidamente y juntos regresaron a toda prisa al puerto.

No eran los únicos. Serían trescientas personas las que se dirigían al mismo lugar. Hubo quien se aupó a los montones de cajas de vodka, otros se instalaron en las vergas de los barcos cual negras aves en su seladero. Todos parecían haber seguido lo ocurrido aquella mañana, pendientes del combate final.

«Las señales de radio habrán puesto a Togo sobre aviso del destino de la flota. Seguramente habrá querido citar a la escuadra rusa lejos de las baterías de costa, en alta mar, donde es superior», observó Albert.

Pero los barcos de Makarov llegaban al fondeadero de Port Arthur en ese momento, sin que el enemigo hubiese abierto fuego. Una vez allí viraron rumbo a alta mar para adoptar el despliegue de combate ensayado en las maniobras, esperando probablemente que se produjera un nuevo bombardeo. Si podían atraer a los barcos nipones hasta la zona de seis millas, las baterías de costa darían cuenta de ellos. Albert se marchó al astillero no sin antes advertir encarecidamente a Sophie que se pusiera a salvo si la situación empeoraba. Ella lo tranquilizó. Desde luego, no correría ningún riesgo, le dijo.

Mientras las naves rusas terminaban de adoptar la posición que les habían ordenado en el flanco de levante, atronó una explosión ensordecedora. Instantáneamente, cientos de gaviotas surcaron graznando el cielo del puerto, que quedó cuajado de triángulos blancos. Siguió un vitoreo de júbilo que inmediatamente enmudeció. La explosión procedía del *Petropavlovsk* y había sacudido la nave capitana por entero. No tardaron en propagarse las llamas hasta la pluma del palo mayor. Siguió una segunda explosión que debió de tocar de pleno el polvorín; de pronto se alzó una tercera llamarada verde. A todas luces habían hecho impacto en la munición de explosivos: cientos de granadas del máximo calibre, la provisión de pólvora en toda su variedad de mezclas, los fulminantes de bombas y granadas, centenares de kilos de nitrocelulosa, las demoledoras cabezas de torpedo. En un instante, la proa del *Petropavlovsk* desapareció bajo la superficie del agua. Envuelta en fuego y humo, la popa se alzó mostrando durante unos segundos la frenética actividad de las hélices; al cabo, el buque escoró y se hundió. Unos instantes después, el mar estaba tan plácido y sereno como si no hubiese sucedido nada.

Todos los que se habían congregado en los muelles del puerto presenciaron la tragedia. Duró apenas dos minutos; a Sophie ni siquiera se le ocurrió tomar una fotografía. Cada explosión había desencadenado una oleada de estremecimiento entre la multitud; tras la última detonación, ensordecedora, todos expresaron con un hondo suspiro el unísono pesar. Como si estuviese hipnotizada, la multitud no apartaba la vista del punto donde un momento atrás se viera el *Petropavlovsk*. Desde todas las naves lanzaron botes que acudieron a remo hasta la capitana. Ninguno llegó a tiempo. Quienes iban a bordo no debieron de percatarse de lo que ocurría. Antes de que se hubiesen dado cuenta los había atrapado la muerte. Con el hundimiento del buque perecieron el almirante Makarov, la treintena de oficiales que componían su estado mayor y los seiscientos marineros que formaban la tripulación.

Entre los escasos supervivientes fue rescatado del agua con graves quemaduras el príncipe Kiril Vladimirovich, el enviado del zar que se había incorporado poco tiempo atrás al escenario bélico. En el momento de la explosión estaba en el puente de mando, cerca del almirante. También estaban a bordo el capitán Crown, cuyo buque había sido apresado por los japoneses, y el pintor Vasili Veratschagin, célebre en toda Rusia, que había acudido esperando presenciar un combate naval espectacular. Ni siquiera pudieron rescatarse los cadáveres. El buque había colisionado con una de las minas colocadas por los japoneses la noche anterior... la orden de Makarov de rastrear la embocadura y retirarlas no había llegado a ejecutarse. Al igual que los rusos, los japoneses suspendieron el fuego. Rindieron honores al gran enemigo arriando las banderas a media asta.

XIII

Con la muerte del almirante se desvaneció la esperanza que había animado a la ciudad. Mucha gente interpretó el regreso desde Mukden de Alexeyev, el virrey, con objeto de tomar el mando, como una derrota en sí misma. Sophie recordó las conversaciones que había escuchado en el tren. Cox y el cónsul habían vaticinado que mientras el virrey permaneciese en Port Arthur en la ciudad se estaría seguro. Con lo pusilánime que era, se marcharía en cuanto advirtiese el mínimo peligro.

Como era imposible mantener nada mínimamente importante en secreto, no tardó en saberse que el delegado del zar había enviado un telegrama solicitando autorización para retirarse. Era, pues, cuestión de días que saliese despavorido de Port Arthur en un tren especial. Oficialmente estaría cumpliendo una orden superior, obviamente; aunque todo el mundo sabría que se estaría atendiendo un ruego perentorio.

*

Sophie, pues, también se marchaba. El riesgo era demasiado grande. Se especulaba con un desembarco japonés que dejaría la península separada del resto del continente. Pero tendría que irse sola. Albert no podía partir aún.

Llegó el día de su último paseo por la ciudad cámara en ristre, el último recorrido por los lugares que había frecuentado a lo largo de tres meses: la misión danesa y Johanna, rodeada de los muchachos chinos que hacían el cursillo de confirmación, que trabajaban en el huerto en ese momento.

Johanna supervisándolos, con un espléndido vestido blanco. Johanna, que se quedaba.

En el muelle, los enormes cestos planos, llenos de hortalizas, habichuelas, guisantes, ajos.

En la parte alta, las techumbres del barrio chino, tejas y aleros ondulados.

Las ventanas de papel, rotas todas, de las viviendas chinas.

Los enormes búfalos campando en libertad por entonces.

Los juncos de pasajeros, alargadas embarcaciones de madera, con el cobertizo ondulado de la cabina cubierto de esteras.

Los *rikshas*. Los balancines.

Los mercaderes manchús con sus largas pipas.

Los templos chinos con sus estatuas de Buda y sus máscaras de diablo.

El secadero de una tintorería con lienzos colgados de estacas.

Cada mirada era un adiós. Con cada fotografía quedaba algo preservado para el futuro.

*

Los últimos abrazos, imperiosos. Garantías a media voz. Envíame un telegrama nada más llegar a Riga. Yo saldré pronto. No dejes de darle un montón de besos de mi parte a la niña. Amanecía e hicieron el amor. Por última vez la sombra de sus cuerpos sobre la sábana. La silueta de él al contraluz del crepúsculo. Su piel, tan cálida y tan fría a la vez. Aliento y piel de ella. No querer separarse nunca.

Johanna se acercó de buena mañana a despedirse. Traía un recuerdo, una caja negra de laca china; la tapa estaba adornada con unas mariposas rojas y amarillas. Me Lyng la había puesto al corriente: las mariposas eran el símbolo de la alegría y de la dicha conyugal. Al darle un beso en la mejilla a Johanna, se le enredaron entre los dedos sus largos cabellos.

«Sobre todo –susurró Sophie de manera casi inaudible– cuídame a Albert.»

Su marido la llevó a la estación. Colocaron el equipaje y se dieron un fugaz beso en el departamento. Albert no tardó en salir. Sonó enseguida el primer silbido de la locomotora y él quedó envuelto en el vapor de los cilindros. Con el ruido Sophie no pudo entender qué le decía. Se le ocurrió tomar la cámara del asiento y sacó una fotografía desde la ventana, él despidiéndose con la mano. Enseguida llegaron una curva y el mar. Ante el panorama de la inmensa extensión brillante, Sophie bajó la cámara. No estaba segura de que la fotografía le hubiese salido bien. De todos modos, ¿a qué se debía ese súbito impulso?, se preguntó. Como si un último retrato de Albert lo volviese más asible.

Cuchillos, tenedores y cucharas caían con estrépito en las cajas. Un camarero joven los secaba con un trapo blanco. Los brillantes cubiertos de plata trazaban una cabriola. Cada vez hacían más ruido. El segundo camarero, mayor que el otro, levantaba las mesas con aire cansino. Cuando el joven empezó a tararear una canción, acompañado del estrépito creciente, el mayor enarcó una ceja y miró en derredor. «¡Estamos para músicas...!», exclamó volviendo la espalda a Sophie; prosiguió recogiendo manteles y servilletas mientras el joven alzaba el sonsonete y arrojaba de golpe diez tenedores en el cajón.

¡Cuántas copas de vino, cuántos manteles blancos paulatinamente cubiertos de manchas...! Las paradas del viaje. El lago Baikal. Esa vez no hizo falta transbordar a los trineos. Cómo se había transformado el paisaje. Siguió Irkutsk. Y... no, no se equivocaba, eran inconfundibles: entre risas y gritos subieron al tren las coristas, la misma treintena de muchachas que la habían acompañado en el viaje de ida y la misma gorda vieja del escote bamboleante. En una pequeña estación la mirada se posa en el rostro de una niña. Un rato. Sorpresa. Dos mujeres saludándose. Todo tan cercano y tan remoto, tan familiar que tenía la sensación de conocer de toda la vida a aquella gente; le habría bastado tenderles la mano desde la ventana para ponerse a charlar con aquellas personas. Un rostro rubicundo y despejado, pasó, pasó. Visto y no visto, pasó. ¿Cuándo sería suyo para siempre? El tren no deja de circular, discurriendo ante tantos rostros y dejando a la vez un hueco de melancolía en el corazón de los viajeros. Los ojos reparan en una calle tranquila, una estación desangelada, la plaza vacía de un pueblo, farolas estridentes, vuelta a la oscuridad de la tierra. Sophie no salió de su departamento prácticamente para nada. Se le pasaron los días tumbada en la litera, dejándose llevar por el traqueteo, creyendo notar cómo la tierra se combaba bajo el movimiento del tren.

El revisor del convoy era un individuo enjuto y alto. De pocas palabras. Por vez primera en mucho tiempo Sophie se acordó de nuevo de su revisor, el hombre rollizo y afable a quien tanto le costara despedirse de su grupo; en cada recorrido parecía dejarse una porción del alma. Samara. Era el primer sitio donde Stanton y ella habían bajado juntos del tren, contándole él cosas de su familia y preguntándole por la relación que tenía con Tung. Albert le había prometido que antes de volver a Riga se ocuparía de aclarar el caso. ¡Cómo podían borrarse de la memoria tantos instantes vividos! No los recordaba hasta que veía de nuevo los lugares. En Riga, en la cámara oscura, haría resurgir algún fragmento de ese mundo. Salir de una vez del túnel largo y oscuro de la ausencia. Moscú. Riga.

La estación de Riga y su reloj. El mercado central. Era día de mercado, por todos los rincones había flores. Peonías rojas, malvas de tonos rosados, alhelíes blancos. En la aglomeración no se distinguía ningún rostro conocido. De pronto, en atuendo de seda con crisantemos bordados, pasa ante Sophie un mandarín con todas sus galas. ¿Y no la saluda? ¿Acaso ha hecho ese mismo viaje? Todo tan próximo como en los sueños. Soñando con la estación de Riga, con el bullicio de los judíos, los rusos, los letones que se agolpan en la estación. Debía de estar a punto de despertarse, enseguida se asomaría y vería los almacenes del puerto, los juncos, los conductores de *riksha*.

–¿Estás soñando despierta, hermana?

En un primer momento no reconoció a Corinna. Con qué rapidez podían transformarse las facciones. Llevaba en brazos un bebé tocado con un gorro blanco para protegerlo del sol. Sophie no apartaba la vista de la criatura.

–Toma. Llévala tú. Yo te cojo la bolsa.

Sophie se fijó en los ojos de la niña, su semblante serio... ¡Si era su hija! Cómo había cambiado en los meses que había estado ausente. Había crecido y pesaba mucho más que antes. El parecido con su padre era patente: el rostro afilado, los ojos separados. Cada día pasado había sido trascendental. Cada jornada Lina había aprendido cosas nuevas, se había transformado. Y mientras, ella, Sophie, en un lugar remoto. Se percató de que Lina había pasado la mitad de su vida lejos de su lado. Sin saber cómo, le pareció monstruoso.

–Lina –habló con voz queda a su hija rozándole la oreja con los labios–. Lina.

La niña sonrió de repente mostrando una hilera de dientecitos blancos. Pero ¿cómo había podido prescindir tanto tiempo de aquella sonrisa?

–¡Ay, Corinna, qué alegría estar de vuelta! –suspiró Sophie mientras daba finalmente un abrazo a su hermana.

–No hace falta que me lo jures.

–Antes que nada, vamos a ponerle un telegrama a Albert.

–Claro, por Dios. ¡No sabes nada! ¿En el tren no os llegaban noticias? Las comunicaciones con Port Arthur están rotas desde el ocho de mayo. El día doce parece que la vía del tren quedó destruida. Los japoneses ya han desembarcado y no se puede entrar ni salir. Tampoco se reciben noticias.

Sophie miró a su hermana con incredulidad.

–¿Y de Albert no se sabe nada?

–El último telegrama fue del seis de mayo, el día siguiente de tu partida, confirmando que estabas en camino.

La calle por donde andaba Sophie pareció hundirse. Con gesto involuntario se agarró del brazo de Corinna para no caerse. El periplo había concluido, pero ella seguía sin sentirse en tierra firme. ¿Albert se había quedado encerrado en Port Arthur? Ella misma había tenido una suerte indecible. Miró aturdida a su hermana.

Corinna le pasó el brazo por el hombro.

–Vamos, Sophie. Ahora necesitas descansar.

Jurmala, 1904

I

La niebla blanquecina de la mañana cubría la media luna de la bahía. El aire húmedo llegaba impregnado con olor a moluscos y algas, con aroma de rosas recién abiertas. Sophie paseaba descalza por la arena aún fresca e intacta. En la playa rompían pequeñas olas de color verde botella, con leves crestas de espuma. Cerca surcaba las aguas una barca; oía el ronroneo del motor. También las voces de un hombre mayor y otro más joven. En ese momento apagaron el motor y poco después se oyó el chapoteo de una red desplegándose en el agua. Sophie se quitó el vestido y se introdujo lentamente en las frías aguas del mar, que le llegaron primero al tobillo, luego a las rodillas y terminaron acogiéndola entera, con todo su cuerpo, en cuanto se dejó llevar. Sumida en la bruma nadó pausadamente, provocando una estela de leves ondulaciones. De pronto notó un resplandor blanco y en un abrir y cerrar de ojos se levantó la niebla dejando a su paso un cielo azul.

La barca, inmóvil en las aguas de tonos lechosos, faenaba a escasa distancia de ella. La silueta de padre e hijo se recortaba inmóvil contra el cielo; ante el fondo celeste de la embarcación, los flotadores de cristal se veían enormes.

En los rosales de la playa habían brotado unas flores más vistosas que el año anterior; al menos eso le pareció a Sophie. Había sido solamente el verano anterior cuando se pasó la temporada de baño de tumbona en tumbona, pesada, con un vientre enorme. Entre los pinos hicieron aparición los primeros niños. Oyó las voces alborozadas. Enseguida entrarían corriendo en el agua vestidos con sus bañadores a rayas, o se irían a buscar los castillos que habían dejado la tarde anterior en la playa. No los encontrarían y se sentirían desilusionados... con lo bonitos que son en el recuerdo. El viento, la lluvia y la blanda niebla habrían cumplido inexorablemente su eterna obra de disolución borrando los contornos del castillo en el curso de la noche. De modo que los niños volverían a coger sus pequeñas palas azules y empezarían de nuevo. Sophie regresó nadando hasta que las manos tocaron el fondo. Salir del agua dejando atrás la levedad. Volvería a nadar el día siguiente. La tentativa de recuperar recuerdos de la infancia, de arrellanarse en espacios de la dicha.

Lina lleva un rato despierta; está en la cocina, la niñera la tiene en la falda. Sophie coge la niña de brazos de Marja y se la lleva afuera, hasta las grosellas, aunque se mueve con tan poco garbo por el jardín que Lina se echa a llorar.

«¿Qué pasa, cariño? ¿Te he hecho llorar? Tienes que ser valiente, Lina-Lina.»

Acerca su frente a la de la niña. Su hija la mira largo rato con sus enormes ojos. Una mirada que resulta casi amenazadora. Le viene a la cabeza el tren, el rato que Stanton estuvo en su departamento y se abrazaron. En aquel instante se le apareció la cara de Lina. Con la misma expresión con que la miraba ahora. Entonces se le había representado lo que suponía su conducta y había rogado a Stanton que se marchase. La niña continuaba mirándola. Sophie se acordó de que también ella había mirado así a su madre. Reproches sin palabras cuando la trataban injustamente. Su madre reaccionaba con remordimientos, intentando sobornarla. Preocupada, devuelve la niña a Marja.

*

Varios periódicos americanos habían publicado sus fotografías sin omitir su nombre en los pies de foto: la vista de la base naval de Port Arthur con la flota rusa en pleno ejercicio de tiro, la instantánea del poni del circo guiado por un soldado, los barberos militares con la parroquia enjabonada, el *Petropavlovsk* con la gran bandera de San Andrés izada, e incluso un retrato de Me Lyng. Junto con los periódicos llegó una carta encargándole más fotografías y un cheque en dólares. Sophie se sintió henchida de orgullo. Pero a la vez se le evidenció con mayor claridad su propia situación. Albert continuaba allá. No se sabía nada de él. Era imposible imaginar cuándo volvería a verlo. Al socaire de esas inquietudes, las otras, que no osaba confesar a nadie de su familia. ¿Qué pasaría cuando regresase? ¿Podrían vivir juntos? ¿Serían capaces de recuperar la confianza mutua?

Míster Ashton no desperdició la ocasión de anunciarse de nuevo aquel verano. Con la perseverancia del pretendiente eterno que se conforma con esperar a que la fortuna dé un giro favorable, se quedó más tiempo de lo acostumbrado. Como los veranos anteriores a su boda, dieron largos paseos por la playa; en ellos míster Ashton no se cansaba de celebrar la manera tan rápida e instructiva en que pasaba el tiempo cuando estaban juntos.

–¿No querrá acompañarme el año que viene a España? Hay otra expedición para estudiar los eclipses.

–La primera vez que pasó por casa venía usted precisamente de España, de una de esas expediciones.

–Cierto. Fue el eclipse del veintiocho de mayo de mil novecientos. Y el próximo será el treinta de agosto del año que viene. Los preparativos ya están en marcha.

–¿Tan pronto?

–Le conté entonces lo que podía hacerse con la cámara Jumbo... –Ashton guardó silencio, pensando quizá en su derrota. Entonces su entusiasmo había alcanzado cotas considerables; creyó que la famosa cámara serviría no sólo de señuelo para el viaje, sino también para que Sophie se casase con él.

–Aquella máquina que pesaba cientos de kilos y que una vez plantada no podía moverse de sitio –observó Sophie por no suspender la conversación–. ¿Cómo quiere que me olvide de semejante monstruo?

Ashton prosiguió agradecido:

–Cierto. Ahora están construyendo otras dos de ese tipo. Este mes de agosto la sombra de la luna recorrerá en dos horas y media la línea que une Winnipeg, en Canadá, pasando por la península del Labrador, el Atlántico y España, con el Mediterráneo y Egipto. En cada uno de los tres países habrá una cámara instalada; los investigadores quieren saber si la corona del eclipse sufre alguna transformación en el curso de esas horas.

Sophie se acordó de la «corona de sopa». Se le escapó una sonrisa.

–Sabe a qué me refiero –insistió Ashton–. Al anillo de fuego que forma el contorno del sol cuando queda oculto. Es absolutamente deslumbrante.

Sophie guardó silencio, súbitamente taciturna. El año siguiente. Para tan lejos le estaba vedado pensar. Cada día la misma inquietud: qué le pasaría a Albert. También había recordado el regalo de bodas de Ashton. Un dios chino de la venganza.

–Mientras anduvo por Oriente me tuvo muy preocupado –dijo Ashton al cabo de un momento–. Estaba en medio de una guerra de la que llegaban noticias espantosas. Y sus fotografías las entiendo en ese sentido –añadió para sorpresa de ella–. Son una manera de trabajar contra la muerte. ¿No es eso?

Sophie sintió ganas de cogerle de la mano, pero se abstuvo para evitar equívocos. En esa época –ironías del destino– Ashton era la única persona con quien podía hablar.

–Así es. Exactamente –respondió–. Aunque también me reprocharon que utilizara la cámara como si fuese un fusil. El caso es que la fotografía nos pone en contacto con un objeto o una situación que ni el tiempo ni la historia tienen derecho a destruir. –Recordó sus visitas a casa de Me Lyng–. Es verdad, podría decirse que es una manera de trabajar contra la muerte.

Continuaron caminando en silencio un rato. Al cabo, el inglés extrajo un cuaderno verde del bolsillo.

–Le he traído una cosa de la capital. Un artículo de León Tolstoi sobre el disparate de esta guerra. Acaba de publicarse. Me gustaría leerle dos cartas que se recogen en él. ¿Me permite?

Sophie accedió.

–«Todo el mundo dice –comenzó Ashton– que la baza de Rusia es el inagotable material humano. Un material que enseguida se agota cuando a un niño le matan el padre, a una mujer el marido o a una madre los hijos.»

–Más sencillo es imposible decirlo. Es la pura verdad –observó Sophie, y esperó a que continuase.

–El soldado dice en su carta: «Estuve a bordo del *Variag* en Port Arthur. Había restos de seres humanos por todos lados, troncos descabezados, brazos arrancados y un hedor de sangre que provocaba náuseas hasta en los más avezados. Vi una mano de oficial empuñando el gatillo de una metralleta... aún llevaba el arma, mientras que el resto del cuerpo había quedado pulverizado sin dejar rastro...».

Se interrumpió. Sophie le había puesto la mano en el brazo. Tras ellos iba Marja con Lina. Sophie retrocedió unos pasos. Acariciando la cabeza de Lina, dijo:

–Marja, querida, déjenos un momento solos.

La criada dio la vuelta y regresó a la casa.

–¿Y Tolstoi qué dice? –preguntó Sophie.

Ashton siguió pasando hojas de su cuaderno como si estuviese esperando la pregunta. Sin mediar ningún comentario prosiguió:

–«Los soldados son asesinos. Su oficio es matar, pues un militar cristiano es perfectamente consciente de lo criminal de sus acciones y se siente como el asesino que se desespera y da suplicio a su víctima. Y como en el fondo de su corazón sabe lo que hay de criminal en sus acciones, procura adormilar o soliviantar su conciencia para poder así llevar a cabo su nefanda obra. Tan imposible es que detenga su mano el criminal que ha empezado a descuartizar a su víctima como que los rusos concluyan esta guerra. Puesto que empezó, se tiene que librar hasta el final.» –Ashton levantó los ojos. Lina y Marja se habían marchado. Sophie se hallaba ante él, en silencio–. Y un último párrafo, Sophie. ¿Me oye? Se lo resumo: «Las capas privilegiadas y ociosas de la sociedad serán castigadas porque se han librado a una exaltación febril y antinatural. Sus proclamas de sumisión al monarca son falsas y desvergonzadas. Repiten continuamente que hay que estar dispuestos a sacrificar la vida por el zar, pero se trata siempre de la vida de los demás. Son inútiles las oraciones, las camas y las vendas, como son inútiles las enfermeras de la caridad, las cuestaciones para la flota y la propia Cruz Roja. La gente lo sabe muy bien porque lo siente: no debería suceder nada de lo que está ocurriendo. Cuando personajes como el señor Muravyev o el profesor Martens sostienen que la guerra ruso-japonesa no contraviene la Conferencia de Paz de La Haya, únicamente están mostrando el grado de perversión en que ha caído la palabra en este mundo nuestro y hasta qué punto se ha deteriorado la capacidad de pensar con un mínimo de razón y claridad.»

Sophie sostenía en las manos una rosa que iba deshojando en silencio. Los pétalos caían suaves, fríos, olorosos al suelo. Desmenuzó uno entre los dedos. Por un momento notaron con intensidad el aroma de la flor; enseguida olió a rancio. Sophie soltó el pétalo, y éste, grisáceo, cayó al suelo como un cuerpecito lacio.

–Venga –dijo Sophie estirando al inglés de la manga–. Vayámonos de aquí.

–Pero ¿adónde quiere ir?

–A donde sea. A un bar. A España. A Italia.

Míster Ashton sacudió confundido la cabeza:

–Ya veo que no ha cambiado tanto, Sophie. Una vez ya quiso salir inmediatamente de viaje conmigo, a Mukden.

–¿Y hubiese preferido que fuese así?

–Bueno, a lo mejor habría querido también casarse conmigo.

Sophie se echó a reír alzando la cabeza:

–Es una maravilla que exista alguien como usted en este mundo, Ashton. Pero, créame, nunca habríamos terminado siendo marido y mujer, de verdad.

El inglés se encogió de hombros en un extraño gesto de desvalimiento.

Aquella noche Sophie volvió a soñar por primera vez en mucho tiempo. Unas casas avejentadas, pintadas de rojo y de amarillo junto a una playa luminosa, veteada con los penachos oscuros de alguna palmera y el suave brillo de los arbustos de camelias. La fragancia del azahar. La niebla matutina invadía las colinas verdes; las campanas de una catedral a orillas del mar, gaviotas en la esfera de un reloj. Un joven hace cabriolas encima de un tejado, colocando farolillos para celebrar las fiestas del patrón. El intenso aroma del café dulce y del aceite de oliva, el olor a almendras por las calles, el pescado, la polifonía de la costa: gaviotas, motoras, olas, el graznido de los vencejos acercándose a las torres y el maullido de los gatos entre las barcas varadas en la playa; las voces enronquecidas de las viejas, las dependientas cantarinas de panaderías y ultramarinos, la algarabía de los niños que lanzan piedras contra la ola que está a punto de romper y el bullicio de los hombres en sus tareas. Un joven pasa de repente a su lado, a la sombra de los viejos muros que arrancan de la playa y ascienden cual laberinto cuesta arriba. Callejones estrechos, adoquinados, vetustos, pestilentes, rara vez los ventila el viento. Sophie tiene la sensación de que alguien la ha saludado con la mano, cree distinguir un par de ojos verdes de corte felino.

Se interna en la sombra, deslumbrada aún por la luz de la playa; nota que algo le roza el brazo. Pero sólo es el gato, que de un brinco se va de la losa caliente; en la penumbra se distingue en su boca un pescado rechoncho, de tonos rosados y verdosos; lleva el hocico manchado con sangre oscura del pescado. Y Sophie deambula en sueños como si anduviese dormida soportales arriba, entre tufaradas hediondas de orina y repentinos vahos de salitre. Y de repente lo tiene ante sí, esperándola, con los brazos al aire, por encima de los hombros lleva una camisa con las mangas arrancadas, de algodón raído, de un azul descolorido, un azul que fue marino. Sólo sus ojos son verdes; el cabello, pelirrojo y rizado. La cara le resulta tan familiar... ¿No lo conoce? ¿No conoce esos rasgos, la sonrisa que le ilumina los ojos? En el momento en que se dispone a dar el último paso, él desaparece; desciende un tramo de escalera que discurre entre casas hasta la playa. Abajo, iluminados por el sol, los tonos verdosos del agua y la espuma de las olas se ven entre las paredes. La sonrisa viene del rostro de Stanton, que la está mirando desde algún sitio allí afuera... Stanton, pelirrojo de repente, acompañado de un gato que pasea con un pescado plateado colgándole de la boca. Sophie baja los escalones, cuestas interminables encajadas en minúsculos callejones, tan rápidamente como puede... pero en la playa sólo la espera el viento meciendo las olas que rompen contra los guijarros, bajo las nubes blancas. Las piedras entrechocan, los gatos sestean en las barcas. Desearía bebérselo, no dejar gota de ese mar perpetuamente joven, nacarado y plateado, de tonos verde jade, tan impávidamente despiadado. ¡Si al menos pudiera unir todas las playas del mundo y convertirlas en una sola!

Ashton partió con las manos vacías, naturalmente, como bien habría podido prever de antemano. ¿Qué podía esperar un hombre en su situación de una dama pendiente de que su marido regrese de la guerra? De todos modos no abandonó toda esperanza, sin imaginarse que de nuevo alguien se le estaba interponiendo en el camino. Porque el coche que conducía a la esposa del cónsul hasta Jurmala para pasar una semana, con el que se cruzó Ashton a mitad de camino, llevaba una carta para Sophie cuyo remitente le haría brincar el corazón.

Al entregarle Corinna el sobre, franqueado en San Petersburgo, Sophie reconoció la letra de Stanton. Captó al vuelo la mirada escrutadora de Corinna, pero en ese instante entró su madre en la sala interesándose por el servicio y el tiempo que les había hecho. Tardó un rato en poder ausentarse. Aunque no por mucho tiempo, pues Corinna llamó pronto a su puerta. Sin esperar la respuesta, entró en el cuarto.

–¿Es del hombre de quien hablabas en las cartas?

Sophie asintió, embebida en la lectura.

–¿Estás enamorada de él?

Asintió de nuevo y, acto seguido, alzó los ojos desconcertada, como si se hubiese dado cuenta tarde de lo que le había preguntado Corinna.

–¿Y va bien? –Su hermana cerró la puerta tras de sí–. ¿Qué pone en la carta? ¿Se acuerda de ti?

–Que le gustaría venir a Riga.

–Pero... ¡Sophie!

En ese momento el que se iluminó fue el rostro de su hermana. Sophie se acordó del idilio secreto de Corinna. Ni siquiera había pensado en preguntarle.

–No es lo que te imaginas, Corinna. Albert está al corriente. Se lo he contado todo.

–¿Cómo que todo? –Corinna pareció decepcionada.

–Hay poco que contar. Algún que otro abrazo, un beso...

–dijo Sophie sintiéndose a la vez avergonzada de mostrarle tan poca confianza a Corinna.

–Para ti eso es una enormidad, hermana. –Corinna se dejó caer en el sillón de mimbre y se acercó a la fuente de porcelana azul repleta de cerezas que había en la mesa–. La primera época de un idilio así es la más bonita; una flota como si anduviera encima de una nube de plumas, una nube radiante y esplendorosa –observó con tono de experta–. Mi único consejo es que la disfrutes. –Cogió una sarta de cerezas, extrajo las que iban a pares y se las colgó de las orejas.

«Eso suena casi a amenaza», pensó Sophie para sí.

Corinna se fue hasta el espejo y comprobó cómo le quedaban el collar y los zarcillos encarnados que se había colgado.

–¿Y te verás con él?

–¿Qué quieres decir, si lo invitaré a casa?

–Pero Sophie –exclamó Corinna en un tono en el que Sophie adivinó envidia y admiración a la vez–, ¡eres mucho peor que yo!

Stanton llegó con el expreso de Petersburgo. Sophie fue a recibirlo a la estación desde Jurmala. Bajó del tren casi exactamente delante de ella. Al verlo, Sophie notó cómo se le helaban manos y pies, a pesar de que el día era caluroso. Tuvo que hacer un esfuerzo para dirigirse hacia él. Se estrecharon protocolariamente las manos, como si fuese la primera vez que se veían. Él agarró torpemente su maleta sin permitir que Sophie lo ayudase, y sus cabezas estuvieron a punto de chocar. Estaban tan nerviosos que no se percataron de que salían de la estación por la puerta del mercado central, de modo que hubieron de dar un largo rodeo cargados con el equipaje entre los puestos del mercado y una multitud de vendedores que no cesaban de ofrecer el género con toda suerte de lisonjas. Empapados en sudor, llegaron finalmente al extremo opuesto, desde donde entraron en el bulevar Aspasia.

–*Goodness!* –exclamó Stanton cuando por fin pudieron seguir caminando uno junto al otro–. *What a beautiful day!*

–Es verdad. –Sophie le sonrió.

–*Summer has finally come.* Pero usted va demasiado abrigada. –Stanton la miró con expresión divertida.

–No me refería a eso precisamente, pero es verdad. El tiempo es espléndido.

«¿Será posible? –pensó Sophie–. Cómo estamos hablando. Tanta compostura.»

–Lo último que supe de usted era que había aprendido a usar los palillos chinos. Y me propuse comprobarlo personalmente.

En ese momento Sophie recordó a Campbell; se vio a sí misma escribiendo aquellas líneas en su cuaderno bajo el estruendo del bombardeo.

–Campbell me enseñó las fotos, Sophie. Son espléndidas, de verdad. Y le agradeceré que me proporcione alguna para mis relatos de viajes.

–Ah, era ése el motivo de un viaje tan largo –observó Sophie con una pizca de ironía–. Se trata de negocios.

Stanton la cogió del brazo, tal y como había hecho siempre, y por un momento Sophie tuvo la sensación de volver a encontrarse en pleno viaje a lo desconocido. El mundo exterior parecía ceder a su paso, convertido en mera tramoya, igual que entonces, durante las largas semanas del viaje. Sólo importaban él y ella, el brazo de él bajo el de ella, la áspera lana de su americana rozando la palma de su mano; el rostro de Stanton, con sus ojos azules, tan cerca de Sophie.

–Y ahora, ¿hasta dónde sería? –preguntó el americano como si le hubiese leído el pensamiento.

–Desde luego, no a Port Arthur –replicó Sophie .

Su amigo se echó a reír.

–Todo menos eso. Pero... ¿y América? Dar otra vez la vuelta al globo, pero en dirección contraria.

–Pero ante todo tendríamos que buscar un hotel, ¿no?

Stanton asintió. Continuaron caminando en silencio. Al rato, el periodista preguntó:

–Y la iglesia del hayedo con la vidriera, ¿dónde está exactamente? ¿Puede verse desde aquí?

Sophie lo miró sorprendida. Se acordaba de todo.

–Queda al otro lado del río. Podríamos pasar con la barcaza; luego hay que andar un trecho.

–Hoy quizá no –apuntó Stanton de forma imprecisa.

«¿Entonces cuándo?», se preguntó Sophie. Si al día siguiente ya tenía que marcharse...

–¿Me permite que organice yo el día? Me han hablado de un restaurante excelente... Me lo ha recomendado un amigo bajo promesa de mantenerlo en secreto.

Sophie accedió.

–Veamos adónde nos lleva su olfato periodístico.

Horas más tarde ocupaban una mesa precisamente en el merendero de ostras de Otto Schwarz. Como si en Riga no hubiera un centenar de restaurantes.

–¿Se acuerda de que nos habíamos apostado una caja de champán? –preguntó Stanton.

–Cómo no. En el vagón restaurante, entre Baikal y Mukden.

–¿Y también recuerda cuál era la apuesta?

Sophie fue incapaz de recordarla.

–Yo tampoco tengo ni idea. El caso es que estoy seguro de haberla ganado.

–¿Cómo que...? Amigo Charles, se equivoca usted de plano. ¿Qué se apuesta?

Entrechocaron las copas. A petición de Sophie, Stanton la puso al corriente de su estancia en Tokio y Shanghai, y de su paso por Pekín y Seúl. Pero de repente posó su mano sobre la de ella, igual que había hecho otras veces en otra época.

–¿No habíamos llegado a tutearnos?

En un estado similar al sonambulismo, como si todo respondiera a un acuerdo previo, Sophie le siguió por las calles de Riga, alumbradas con farolas de gas, si bien no había oscurecido del todo debido a las alturas del mes de junio en que se encontraban. Como guardián monitorio, la torre del polvorín emergía dominante sobre la ciudad. Una vez en el Hotel Metropol, cruzaron sin dirigirse al portero el vestíbulo recubierto de madera, camino de la mullida alfombra de la escalera, pasando bajo la gran araña de la entrada. Como si durante los meses transcurridos hubiesen esperado a que llegase ese instante, no bien se hubo cerrado la puerta de la habitación se besaron estrechándose en un apasionado abrazo que a ella misma le sorprendió. Sophie, de pie aún, se quitó las sandalias, notó la calidez del parqué bajo sus pies descalzos, se sintió ingrávida al desprenderse de su vestido veraniego; la prenda cayó al suelo con un leve susurro, junto a los pantalones, planchados y oscuros, de él. Estuvieron desnudos el uno frente al otro durante un momento. La sábana almidonada casi le hizo daño en la piel cuando Stanton, en un intenso abrazo, la atrajo hacía sí. Sophie sintió de repente el olor corporal de él, tan familiar que le pareció haberlo llevado consigo durante todo el tiempo: amargo como el de ciertas nueces. Notó en la lengua la calidez de su piel y su regusto salado.

Así pasaron horas. En el techo, encima de ellos, una araña comenzó a tejer su tela. Tendida boca arriba, Sophie veía cómo el bulto negro se movía infatigablemente de un lado a otro. Primero trazó unas líneas gruesas y a continuación una malla cada vez más delicada. En cierto momento Stanton se levantó para abrir la ventana. La silueta de su cuerpo desnudo sobre el fondo de un cielo nocturno cuya claridad apuntaba ya un primer resplandor verdoso. Albert también se había quedado así ante la ventana la última mañana que estuvieron juntos. En los tejados se peleaban los gatos. Entró la brisa del mar. Al tenderse de nuevo a su lado, Sophie lo notó frío. Lo atrajo de nuevo hacia sí y volvieron a descubrirse apasionadamente, hasta quedar exhaustos, empapados en sudor, agotados por el dolor. Sophie no sintió ningún remordimiento. No experimentó sensación alguna de culpa. Al día siguiente Stanton se marcharía. A Estados Unidos. Y ella regresaría a Jurmala. Sólo existía esa noche.

Corinna, sumida en la penumbra del jardín, andaba entre los rosales cuando Sophie descendió de la calesa que la traía de la estación.

–¡Pareces encantada, hermana! –observó después de que Sophie hubiese pagado el servicio y abierto la puerta.

¿Se le notaba? Si se había ruborizado, al menos que Corinna no lo notase en la penumbra de la tarde.

–¿Están todos en casa, Corinna?

–Mamá ha vuelto hoy a la ciudad. Te manda recuerdos.

A Dios gracias. Sophie se sintió aliviada. En aquellos momentos no le apetecía en absoluto exponerse a las miradas de su madre. Con su agudeza habría notado enseguida algo.

–Vamos adentro, Corinna. Tengo sed. –Sophie se sirvió un primer vaso de agua que bebió atropelladamente, luego un segundo–. Hacía un calor horrible –comentó mientras Corinna se sentaba a la mesa–. Y cómo está la ciudad de polvorienta.

¿Le había parecido notar hacía un momento un aire triste en su hermana? Pero le era imposible contar nada, ni siquiera a ella. Todo resultaba aún demasiado deslumbrante y reciente como para desprenderse de su secreto. Su cuerpo era una fruta con el corazón resplandeciente y la piel reblandecida. Nunca se había imaginado que pudiera sentirse así.

–He traído los últimos periódicos. Las noticias no son nada buenas. Parece que los japoneses avanzan en toda regla.

–¿Ah, sí? –Corinna repasó con el dedo el dibujo del mantel celeste.

–Dan por hecho que Port Arthur va a caer.

Corinna no respondió, concentrada en las líneas azules que se entrecruzaban en la superficie del mantel. Su rastro se perdía al cruzar arcos, portales y espacios internos que no cesaban de multiplicarse.

–Pero ¿qué te ocurre, hermana?

Por toda respuesta Corinna salió atropelladamente de la sala y subió sollozando las escaleras hasta su cuarto.

Sophie la siguió con la vista. En el fondo se alegraba de quedarse sola. Se sirvió un vaso de vino de la jarra que había en el aparador y salió al jardín. A la caída de la tarde, el aroma de las rosas y de los jazmines era especialmente intenso. Desde la habitación de los niños caía una rendija de luz sobre el jardín. La criada estaba en el cuarto con Lina. Sophie no sintió necesidad alguna de ir a verla. Prefería retrasar la comparecencia ante su hija. Igual que con su madre, temía que la niña notase que le pasaba algo raro. Su mayor deseo sería sustraerse a todos, regresar al hotel, con sus gatos avanzando por los tejados y su portero de noche. Buscó refugio en la penumbra de los árboles. Notaba los latidos del corazón. El día anterior a esas horas... Se adentró en el abrigo que ofrecían los árboles. Como si de ese modo pudiera prolongar hasta el presente una noche que había durado hasta aquella mañana.

II

«Érase una vez un rey que vivía...» La agradable voz femenina invadía la sala, que estaba a oscuras antes de iniciarse un espléndido juego de colores. Como si se tratase de un caleidoscopio, se formaron rastros rojos y azules que se convertían en pequeños rombos y a la vez formaban círculos de color violeta, hasta que se desmoronaban y el azul volvía a abrirse paso, creciendo, ganando claridad por momentos, convirtiéndose en un oleaje luminoso e incesante. Como el del mar de Liguria, como el mar que Stanton acababa de cruzar. El día anterior había llegado carta de él. Por temor a que la descubrieran, Sophie no se había desprendido aún de ella. La llevaba en el bolsillo de la chaqueta y de tanto en tanto comprobaba con la punta de los dedos que seguía allí, sobrecogiéndose cada vez que oía los pliegues del papel de seda.

Sentada en su falda, Lina había abierto asombrada la boca y los ojos en el mismo momento en que se apagaron las luces de la sala, las butacas se sumieron en la oscuridad y comenzó la sesión de linterna mágica. A Sophie le preocupaba que Lina fuese una niña demasiado seria. Apenas se reía y raras veces la veía alborozada como a su primo David. Sophie no dejaba de sentir remordimientos y continuamente se proponía ocuparse más de su hija. Delante de ella procuraba disimular, fingiendo un sosiego y una calma que en modo alguno sentía.

Una vieja goleta de tres palos escoltada por delfines se aproximó a la costa. Lina los señaló sorprendida. La goleta atracó para subirlos a todos a bordo y llevarlos a cruzar las aguas, hasta el otro lado del océano. A Estados Unidos... Desde arriba, Sophie escrutó el agua y observó el tránsito de las olas con su espuma... Así, día tras día, había sondeado las aguas Stanton en su travesía. Se lo decía en las cartas, dándole tantos detalles que ella podía verlo todo ante sí con perfecta nitidez: la línea del horizonte, las nubes, los delfines que a él se le antojaban almas de difuntos que surgían de los fondos marinos empeñados en regresar a la luz. Cada mañana, a la salida del sol, se iba a cubierta, donde imaginaba que Sophie lo acompañaba.

En la prensa abundaban las malas noticias. Partes lacónicos que informaban de derrotas cada vez más severas de los rusos. Pérdida del Monte Kuen San. Abandono del enclave de Monte Lobo. Pérdida de Ta-ku-shan y de Sia-u-shan. Sophie, en el mapa que tenía de Port Arthur, iba siguiendo cómo se estrechaba el cerco en torno a la ciudad. El 16 de agosto llegó el momento decisivo: el general Nogi proclamó un plazo de veinticuatro horas para que mujeres y niños desalojaran la fortaleza. A continuación, la ciudad sería bombardeada. Las piedras blancas y las piedras negras. Estados Unidos y Port Arthur. Dos corazones y dos bocas. Le vino a la cabeza la vieja de aquella estación de Manchuria, recordó las tres líneas de su mano, tan pronunciadas. Qué desgarrada le resultaba su vida. Bajo la misma piel había dos mujeres diferentes. Cada pensamiento suyo proyectaba una sombra, se veía secundado y contrarrestado por un pensamiento contrapuesto. Cuando una de las dos personas vivía una ensoñación, la otra se empeñaba en sufrir y preocuparse; cuando la una sentía una alegría, la otra sufría remordimientos; cuando la una concebía esperanzas, la otra descubría temores. Los días, eternos como sus horas, pendientes de noticias de Albert. La cuestión era cuánto tiempo resistiría Port Arthur a los japoneses y qué pasaría con las personas que estaban dentro. Remordimientos de conciencia. La conciencia de haberlo engañado, de haber vaciado el fundamento sobre el cual se sostenía. Como si, de repente, la vida de él dependiese de la fidelidad de ella. Sin embargo, por la noche, no bien se acostaba, Sophie notaba inmediatamente el hervor de su propia piel y las manos de Stanton. Como si cada noche se sumergiera en un mar cálido y oscuro.

A finales de aquel verano, un domingo frío y lluvioso mensajero ya del otoño, la cocinera había encendido en la chimenea del salón un fuego que pronto crepitaría. El asesor consular se arrellanó en su butaca de piel y se regaló preguntando a su invitado:

–Ahora que hemos comido a gusto, amigo, ¿qué me dice de la situación política? ¿Sería sensato mandar toda la flota báltica hasta Vladivostok dando la vuelta a África?

Y el invitado, un comerciante berlinés de mediana edad, de pelo corto y mirada penetrante, comenzó a dar vueltas a uno de sus muchos anillos de oro. Las piedras eran de tal tamaño que Sophie, involuntariamente, imaginó que debía de surtirse directamente en los Urales. «Rubíes como nueces», recordó haber oído decir al texano.

–Sea como sea, la escuadra tampoco llegará antes del invierno al estrecho de Krusenstern para poder detener a los japoneses –aseveró el invitado–. Para entonces quizá sea demasiado tarde.

–Eso, si consiguen llegar –añadió Jan, virtuoso en el arte de acaparar la atención con su tono escéptico sin llegar nunca a pronunciarse por bando alguno. Era una de las razones por las que Sophie siempre estaba tentada a provocarlo.

–Ni que tuvieras información secreta, hermano.

–Lo creerás o no, hermana. Una familia tan amiga del zar, emparentada incluso con él, como la del rey de Dinamarca –a ver si no era cosa sabida, pensó Sophie enfadada–, la mismísima familia real danesa, según me asegura un socio nuestro muy bien informado, ha alertado a los rusos de operaciones marítimas japonesas en los estrechos de Kattegat y Skagerrak.

Se oyó un zumbido bajo y persistente. Era su padre, el agregado consular, que comenzaba a reírse. Sophie le dio la razón. Jan le lanzó una mirada rayana en la hostilidad.

–Pues torpederos y minadores japoneses están ya en camino.

–¿Y cómo se supone que van a pasar desapercibidos con una travesía tan larga por delante? –preguntó el padre–. Bien necesitarán carbón.

–Eso es tarea de los cargueros. Evitando las rutas principales, de noche siempre pueden fondear para repostar en bahías apartadas o frente a islas deshabitadas. –Jan el sabihondo, cualquiera diría que se hubiese pasado la vida navegando.

–Por otra parte, improvisando un poco se puede camuflar un barco torpedero y que pase desapercibido hasta para los ojos más atentos –apuntó de repente el alemán.

–Pero ¿cómo? –Sophie interpeló al invitado, que no cesaba de darle vueltas al anillo–. ¿Es posible camuflar un barco hasta ese extremo?

–Más de lo que parece. Con chapas y maderas se simulan las estructuras de un buque mercante. Y el resto es cuestión de pintura. O de lona pintada. Las chimeneas se alargan y se pintan con franjas blancas o rojas, luego se plantan un par de mástiles y ya tenemos listo el mercante.

–Eso, si no equipan directamente barcos mercantes con una partida de torpedos.

–O si los propios rusos no se disparan entre ellos –remató el padre de Sophie con desdén.

En los sueños de Sophie vencía el miedo. La incertidumbre que le causaba Albert, el esfuerzo que le suponía reprimir la preocupación en torno a él, el temor que de todos modos sentía ante el momento de su regreso. Se veía de viaje, navegando por un mar escurridizo, siguiendo la costa africana –Río de Oro, Guinea Portuguesa, Lüderitz–, mientras los soldados de una nación desconocida afilaban sus sables. La nave fondeaba en radas oscuras y en islas esquilmadas donde salían a recibirla hombres adornados con cráneos de rictus sonriente. En una de ellas, un hombre fue directamente hacia Sophie, soltó una sonora carcajada mientras extraía una espada reluciente y se la clavó en el corazón. No le hizo daño. Apenas le tocó la punta, la espada se dobló por la mitad. Era de cartón pintado.

Después de estar una hora dando vueltas en la cama, Sophie terminó por levantarse y se puso el quimono en cuyo bolsillo aún guardaba la carta de Charles Stanton. Buscó la fotografía que había hecho de Albert en el último momento, cuando ya arrancaba el tren. Quería ampliarla, como si de ese modo, por obra de un sortilegio, pudiese salvarlo. Al encender el pequeño quinqué volvió a ver su cara de pájaro en el espejo, unos rasgos que de otro modo no se distinguían. Empezó por ajustar el negativo. Finalmente sumergió el papel en la bandeja del revelador; era un instante que continuaba manteniéndola en vilo. ¿No había una armonía entre la lentitud del revelado y la magia de la buenaventura del agua?

En cuanto se perfilaron los primeros trazos Sophie sintió espanto: se habían superpuesto dos negativos. Una doble toma involuntaria, de las que podían producirse con los carretes de película. Distinguió el encuadre de la ventana del tren desde donde había fotografiado a Albert. Se veía la mano levantada despidiéndose de ella, pero tanto la cabeza como el cuerpo tenían un aspecto transparente y de ultratumba. Bajo su rostro se distinguía el tosco enlucido de una pared en la que había una ventana. Se solapaba con la ventana del tren, dando la sensación de que a Albert se le viera desde dos ángulos diferentes. Sophie cogió la lupa. De repente supo de qué pared se trataba. Era la fachada del hotel donde se había quedado Stanton, con la ventana de la habitación adonde había ido ella.

Era demasiado. Lloró. Notó cómo las lágrimas le corrían por la cara, incesantes. Se sentó en el borde de la bañera y abrió el grifo. Al final respiró hondo, se secó las lágrimas, se levantó y se miró al espejo.

«Pájaro –susurró–, tienes el esqueleto frágil y ligero, tienes plumas y garras, pero no te atreves a volar.»

Volvió a coger la malograda fotografía doble: el rostro de Albert, a la vez petrificado y transparentemente tierno. «La buenaventura del agua», pensó. Para enjuagarla dejó la fotografía en la bañera; fue a parar bajo el potente chorro del grifo, la presión se la llevó al fondo. Sophie abrió el agua caliente y se desnudó. En el bolsillo del quimono crujió el sobre de Stanton. No se decidía a deshacerse de él. Cuando el agua llenaba dos palmos de la tina de porcelana blanca, Sophie se metió en la bañera. Sacó la carta del bolsillo del quimono. Los dedos mojados dejaron cercos en el papel: «Vente conmigo a Estados Unidos. Empezaremos desde el principio». Sophie cerró los ojos, echó la cabeza hacia atrás y se hundió más en el agua. La carta se le escapó de las manos y el papel se mojó. La tinta se diluyó y formó vetas en el agua. Las palabras salieron flotando, una tras otra.

III

Campbell había incorporado a su reportaje sobre Extremo Oriente varias fotografías suyas. Lo habían publicado en una revista de Chicago y en una serie de pequeños periódicos de todo Estados Unidos, en alemán muchos de ellos. «Pronto será tan famosa en Estados Unidos como Ueno en Japón», rezaba un telegrama de Campbell. Sophie sabía a qué se refería. El 30 de septiembre, la prensa japonesa había publicado por vez primera una fotografía titulada «Después de la conquista del Monte Shao San Sui». La instantánea había causado un profundo impacto; al parecer, fue el motivo de que los modistos dedicasen sus labores a los soldados que protagonizaban aquella guerra. En agradecimiento a Sophie, Campbell le había enviado un número de *Camera Work*, la revista neoyorquina de fotografía. La publicación era muy exigente y los trabajos publicados traslucían el rigor con que habían sido concebidos y desarrollados, como si la luz hubiese sido aplicada a pincel; a la vez, sin embargo, daban la sensación de ser producto de la casualidad. Un nuevo reto para Sophie. A partir de entonces disparó fotografías cada día. Según comprobó, nada relucía menos que el aire puro. Para que surgiera una atmósfera necesitaba bruma, niebla, polvo, humo.

Mientras buscaba motivos le vino a la memoria el comentario de Me Lyng de que los asiáticos adoraban la oscuridad, los rastros de la tizne, los colores de la lluvia y el viento. Las piezas de oro se colocan en la oscuridad, donde de verdad cobran vida. Con las fotografías le ocurría algo parecido. También ella necesitaba la niebla, para así procurar vida a sus fotos.

Otoño era una época idónea. Cada mañana Sophie se acercaba hasta los parques, el Dvina, los tenderetes del mercado, siempre a primera hora, cuando el sol empezaba a romper el celaje de la bruma y a afirmar su esplendor. En ciertas ocasiones todo parecía inesperadamente sumergido en un baño de luz; las fotografías que tomaba desarrollaron a partir de entonces una luminosidad propia. Marja, siempre la primera espectadora de sus instantáneas, no ocultó su sorpresa:

–Uno tiene la sensación de ver las cosas con más claridad de lo normal. Y yo que pensaba que la niebla lo taparía todo como un velo.

–¿No es pasmoso? Tienes toda la razón –respondió Sophie, satisfecha de la solícita niñera de Lina–. Pero la niebla simplifica el paisaje, crea un orden y desenmaraña las estructuras. Las fotografías en sí mismas no están mal. Lo siguiente es sacarle más partido a la cámara oscura. Se pueden hacer tantas cosas...

Por medio del trabajo, Sophie consiguió también establecer por fin una relación con Lina. La fotografió a contraluz, mientras hablaba con Marja, sentada junto a la puerta de la cocina o colocando con su ayuda hortensias en un vaso de agua. Al contemplar los retratos quedaron las dos encantadas.

«Es mucho más bonito que de verdad», dijo Marja.

La variedad de grises de las flores convertidas en papel, el contorno negro del vaso, la nitidez del agua, el borde de la mesa blanca trastocado como si se tratase de una ensoñación.

A Lina le gustaba ver a su madre plantada tras la cámara, y siempre pedía que la dejasen meterse debajo del trapo negro. Sophie bajaba entonces el trípode y aupaba a la niña, que contemplaba extasiada la placa donde se veía a Marja cabeza abajo trajinando cacerolas en la cocina, o en el salón, con un pañuelo blanco atado a la cabeza, sacudiendo el polvo de los muebles. La nubecilla que levantaba y combatía con empeño de enemigo jurado dejaba antes de posarse de nuevo en los muebles un trazo de arco iris que Lina y Sophie seguían con deleite.

Y la guerra no cesaba. ¿No terminaría nunca? Sophie tenía la sensación de que los partes de guerra la perseguirían toda la vida. No deseaba saber nada más, pero por consideración a Albert le era imposible zafarse de cada novedad que llegaba. El 14 de octubre la flota báltica zarpó por fin del puerto de Libau, tres meses después de lo previsto y sin el nuevo navío; Albert había colaborado en su construcción antes de marcharse, pero el buque continuaba en el astillero. A los pocos días, cuando los rusos enfilaban el Canal de la Mancha, se produjo un incidente. Jan se sintió satisfecho, pues confirmaba su teoría: al llegar entre brumas la escuadra al banco de Dogger, los campesinos rusos que componían la tripulación descubrieron con sus reflectores la presencia de barcas en las inmediaciones y abrieron fuego sin encomendarse a nadie. Los disparos se prolongaron casi veinte minutos; acto seguido el almirante ordenó proseguir la travesía rumbo sur. Los diarios de la mañana arrojaron luz sobre la nocturna oscuridad y sus resultados: un barco británico hundido, dos padres de familia ingleses acribillados y cinco heridos. El supuesto enemigo era una flotilla pesquera de Hull que estaba faenando con las redes ya desplegadas. La prensa mundial se ocupó durante varias semanas del incidente de Hull. «Con el incidente los aliados de Japón tendrían un *casus belli* perfecto», sostenía uno de los periódicos en lengua alemana de Riga. La posibilidad de que en el Mar del Norte se hubiesen hallado barcos japoneses fue tachada de invento fantástico en casi todos los países.

Corinna estaba convencida de que su hermana cada día tenía peor aspecto. Muy delgada, con ojeras cada vez más marcadas. ¿Seguro que no deseaba sincerarse con ella? ¿Qué la tenía tan agobiada? Sophie, por su parte, observó que Corinna tampoco parecía muy dichosa. Se le ocurrió que quizá fuese su hermana quien desease confiarle sus tribulaciones. Sophie prefería seguir sola. Tenía la sensación de que sólo podía seguir viva refugiándose en encuadres y en imágenes fotográficas. Sentada en el café, si contemplaba el mar, el quicio de la puerta le proporcionaba el encuadre de una fotografía. Empezaba a mover la silla, hasta que la foto encajaba de manera impecable. Lo que evitaba a toda costa eran la línea pura del horizonte y el disparate de un cielo blanco sobre el papel.

«Pero ¿qué es?, ¿qué viene a ser exactamente una mutación?», se preguntaba Sophie haciendo la compra, jugando con Lina, moliendo café o mirándose al espejo. ¿No se le estaría escapando otra vez la vida entre los dedos? ¿Esperar a que Albert regresase no sería el pretexto para no tomar decisiones por su cuenta? Con frecuencia se planteaba este tipo de cuestiones. Pero las respuestas siempre resultaban inverosímiles. Los reflejos de la luz resultaban más convincentes. Al cabo de un instante tocarían el flanco superior del techo de una casa; quedaría un triángulo de metal en las nubes. Esa franja arroja un brillo plateado sobre el fondo de los nubarrones oscuros. Luego se transforma en mercurio y poco después en virutas de cinc. El carácter efímero de la luz. La copa verde oscuro del árbol que hay delante. Cuántas cosas podía ocultar la luz.

Después de mucho tiempo Sophie recupera el diario japonés, abre la tosca encuadernación de color manzana y sin ojear las anotaciones anteriores escribe:

Vivo en una habitación con tres ventanas por las que se ve el cielo desde el suelo hasta el techo. La habitación está entre las nubes, encima del mundo. Las paredes blancas me revelan cualquier sombra, cualquier silueta. Como la luz, rutilante y suave. En la única pared donde no hay ventana tengo colgado un espejo. Desde un lugar determinado se ve reflejada toda la habitación. Las nubes de afuera cambian. Desde hace un tiempo me limito a observar la estancia desde la única perspectiva del espejo. Es la abstracción de la habitación: en tamaño reducido, transparente, artística. Todos estos días son de cristal. Y todo me parece recubierto de cristal, así de frágil, así de peligroso. Abismos por todas partes. ¿Cómo mantenerse vivo? Cristal y más cristal alrededor de cada uno de mis movimientos. Terror constante a la caída al vacío.

*

También Corinna buscaba refugio en otro mundo. Cada noche salía con amistades diferentes. Actores, músicos, personajes de la noche... Sophie tenía la sensación de que entre ambas se había formado una película invisible que las separaba de manera lenta e inexorable. Su hermana entraba en la habitación de Sophie más a menudo que antes, cansada de la noche anterior, pálida, despeinada aún, cual orquídea de cera. Oliendo todavía a tabaco y a alcohol, se sentó un día en la butaca; le faltaba ya el brío de antaño.

–¿Y cómo está tu amante? –preguntó a Sophie en tono de desafío–. ¿Ya se acabó? ¿No queda nada? ¿Lo has tachado?

Sophie no respondió.

–Amantes. Porque mi hermanita casada no tiene, qué va. ¡Dios mío! –Corinna exageraba la expresión para provocar a su hermana. Sophie se enfadó. ¿Qué se creía Corinna hablándole así?–. ¿Aún te acuerdas de él? A veces me pareces tan fría como un pescado. –Corinna estaba hostil.

–Corinna, por favor. Estás completamente borracha...

–Borracha o no, hay una cosa clara: lo de tu marido se acabó.

–Anda, vete. No me apetece pelearme contigo.

–Te apetece, me apetece, te apetece –repitió Corinna con lengua torpe.

Luego salió a regañadientes del cuarto. Sophie se habría echado a llorar. ¿Con quién podría hablar? Nunca se habría imaginado que echaría de menos a Stanton con aquella intensidad. Pero no había respondido a la carta que él había escrito.

La luz lechosa del sol de invierno sobre la casa diseñada por Mijail Eisenstein. Una foto que envió a la revista *Camera Work* y la publicaron. Los adoquines de la calle mojados por la lluvia... un río oscuro y brillante que discurría entre orillas flanqueadas de árboles. Una instantánea que podía haber firmado Stieglitz. ¿Por qué no podía adoptar durante unos meses la técnica japonesa de copiar con toda exactitud posible un modelo considerado magistral?

Una cortina de algodón rojo tras una ventana enrejada. Al cabo de los años la tela se había descolorido y sólo reproducía el dibujo de la reja. La luz creaba luz.

*

Uno de los nuevos amigos de Corinna era un actor moscovita, un joven de aspecto vehemente que hacía un papel en *Los veraneantes* de Gorki; la obra se estrenaba en el Teatro Ruso de Riga poco antes de Navidad. Por su porte, recordaba al Johannes de Odessa. Johannes, el invitado estival que el día menos pensado desapareció sin dejar rastro. Volvió a Odessa, como respondió Corinna cuando Sophie le preguntó. Ni una palabra más. Con sus risotadas juveniles, sus monólogos hamletianos, su entusiasmo por el poeta Gorki y una desmesura repetidamente demostrada en las juergas nocturnas, el nuevo Johannes atraía con mágico influjo a su hermana Corinna, mujer cuya generosidad financiera también supo él valorar muy pronto. Sin preocuparse por mantenerlo en secreto, Corinna no tardó en pasar las noches con los amigos del actor, en antros y tabernas de los arrabales de Riga cuya existencia ni siquiera había sospechado Sophie.

Corinna descubrió que en los suburbios de Jelgava y de Moscú había fábricas con obreros de verdad. Cada noche se iba con su amigo actor a las puertas de las fábricas, donde recitaba largos monólogos sobre la crisis política que azotaba Rusia. Lo hacía con tal entusiasmo y profusión de citas de Gorki y Shakespeare que el éxito estaba garantizado. Con el tiempo congregó a un público cada vez más numeroso; rematados con un «¡Viva Rusia, mueran los agentes de la guerra!», los parlamentos del actor terminaban siempre en vítores y ovaciones que encabezaba la propia Corinna.

Llegó el invierno y seguían sin noticias de Albert. Rusia era incapaz de poner fin a la contienda con Japón. Las bajas aumentaban día a día y las perspectivas de victoria se alejaban cada vez más. La escuadra del Báltico no había pasado aún de Madagascar. Las naves tenían que recorrer aún la mitad de la travesía.

Corinna apenas estaba en su casa. Cierto día en que Sophie pasó a verla, Ludwig le mostró un panfleto:

–Mira lo que he encontrado entre sus cosas. Una diatriba de un tal V.I. Lenin contra el zar. Hablan de podredumbre y despotismo, de masas atormentadas y de guerra criminal. La Rusia absolutista, dicen, ha sido derrotada por Japón. Puesto que esta vergonzosa guerra impone tantos sacrificios, el pueblo no tiene más remedio que sublevarse, por lo visto. Alargar la guerra sólo agravaría la derrota, dicen. –Le dio a Sophie el impreso de color rojo. Ella le echó un vistazo y leyó a media voz el último párrafo:

La mejor parte de la flota rusa ya ha sido destruida, la situación en Port Arthur es desesperada, la escuadra que acude en auxilio no tiene ninguna perspectiva de éxito, ni siquiera de llegar a su destino. El cuerpo del ejército mandado por Kuropatkin ha sufrido ya veinte mil bajas, está exhausto y se ve completamente inerme ante el enemigo, que no bien haya tomado Port Arthur terminará con él indefectiblemente. El colapso militar es inevitable, como lo es que se multiplique el descontento, la agitación y la indignación...

–Pues no deja de tener razón. ¿O a qué te refieres? ¿A que tenéis en casa proclamas subversivas? ¿A que os podrían detener? –preguntó Sophie con intención.

–Ya sabes que a Corinna nunca le ha interesado la política.

–Pero el actor sí.

–Eso es lo que quiero decir. Se está aprovechando de mí de una manera inaudita. Ya ni se esfuerza en inventarse historias. Cada vez me lo pone más difícil.

–Es eso lo único que te preocupa, ¿no es verdad?

Ludwig negó con la cabeza:

–No, no es lo que más me importa, a pesar de que vosotros os imaginéis otra cosa, bien lo sé. –Se interrumpió para aproximarse en dos zancadas hasta la ventana–. Me da miedo lo que pueda ocurrirle a Corinna. Está completamente rendida a ese sujeto. Y él se aprovecha de ella. Quizá ella se dé cuenta, pero lo dudo. Y aunque así fuera... parece que le importe un bledo.

–¿Tú tan generoso? –Sophie no pudo reprimir el tono sarcástico. Jamás en la vida se había preocupado Ludwig por la vida espiritual de Corinna.

–Por favor, Sophie. Quería pedirte que hables con Corinna.

¿Y qué iba a decirle? Al fin y al cabo su hermana era lo suficientemente mayor como para tomar sus decisiones. Pero accedió, ya fuera porque ella misma tenía interés en hacerlo o porque deseaba concluir aquella conversación lo antes posible.

IV

La helada de la noche había convertido el cenador en un blanco palacio de cristal. Al abrir Sophie la puerta de la sala, su hija salió lanzando un grito de alegría. En cada ventana había formaciones blancas, frondas de helecho y hojas, un auténtico jardín botánico de hielo bañado en luz rosada por obra del sol de la mañana.

–¡Qué bonito! –exclamó Lina mientras golpeaba el cristal con su pequeño dedo índice. Donde golpeaba, el hielo se volvía mate y perdía su estructura.

–¿Quieres que te saque unas fotos? –preguntó Sophie mientras iba ya en busca de la cámara. Plantó el trípode, atornilló la máquina y colocó una placa. No bien hubo terminado la primera, sonó el timbre–. Marja, ve a abrir, por favor.

Al cabo de un momento entró su padre en el cenador, con el abrigo aún puesto. Sin mediar palabra, ni siquiera saludarla antes, dijo a Sophie:

–El *mikado* de Japón ha aceptado la capitulación de Port Arthur. Albert ha sido hecho prisionero. Tienes que irte enseguida a San Petersburgo y reclamarlo a través de la embajada danesa.

Sophie no se movió, continuó enfocando con la cámara y disparó la placa como si no hubiese oído nada. Después dijo:

–Marja, por favor, llévate a Lina a la cocina y prepárale una taza de chocolate.

Lamentaba tener que interrumpir tan bruscamente aquel rato que estaba pasando con su hija. Pero su padre tenía razón. No podía quedarse de brazos cruzados. Faltaba apenas una hora para que saliera el siguiente expreso.

Le bastó con entrar en el Hotel Europa para comprobar el cambio que había experimentado todo. Tenía que haber ocurrido algo especial. Mientras que los sofás distribuidos entre las palmas y columnas del vestíbulo solían estar ocupados y el chapoteo de la fuente se imponía al murmullo de las conversaciones, aquel día había grupos de personas por todas partes discutiendo acaloradamente. Sophie se enteró de que el día anterior, un lunes, los diez mil obreros de la fábrica de armamento Putilov y del Astillero Franco-Ruso habían empezado una huelga exigiendo una mejora en las condiciones laborales y salarios más altos. Desde entonces no habían cesado de incorporarse nuevas fábricas a la huelga, algo completamente insólito en la ciudad.

Aunque eran más de las doce de la noche, Sophie no podía conciliar el sueño. Entró de nuevo en el bar del hotel.

–Si no me equivoco, la señora tomará una grappa –dijo el camarero.

La había reconocido.

–Tiene usted una memoria espléndida –comentó Sophie.

El camarero enarcó las cejas mientras le colmaba la copa.

–En mi profesión lo más importante es quedarse con las caras.

Aquella noche los sueños se sucedieron sin cesar. En el bar del hotel las botellas se reflejan en las repisas y un desconocido intenta trabar conversación. Su rostro es de persona, pero su pelaje es de chimpancé. Sophie intenta chillar, pero no le sale ningún sonido. El desconocido muestra los dientes, se abalanza sobre ella, la besa y le susurra: «Es puramente un asunto de negocios, nada personal; no quiero nada más de usted».

Cuando despertó, la habitación estaba helada. No había luz. Sophie se vistió a oscuras y salió a tientas. Los rincones del pasillo estaban iluminados con candelabros y grandes velas. Poco antes de llegar al comedor le salió al paso el camarero de la noche anterior, envuelto también en un abrigo de piel.

–¿Qué ocurre?

–Corte de fluido, señora. Las factorías de gas y de electricidad de la ciudad están en huelga. De todas maneras, véngase conmigo, que ya encontraremos algo para que desayune.

Sophie encontró el comedor sumido en la mortecina luz de velas y quinqués, el aire estaba muy enrarecido. Un horno de baldosas despedía un calor agobiante. El camarero le sirvió un té.

–Y un periódico, por favor.

–Las imprentas también están en huelga. –El camarero negó con la cabeza.

En la ciudad había estallado el caos. Un individuo de espesa cabellera morena, que visto por detrás le recordó a Stanton, refería muy alterado que circulaban por las calles columnas de obreros, y el número de huelguistas ascendía a cien mil.

«Han traído regimientos de cosacos y la ciudad está ocupada por el ejército», le oyó decir. Sophie no terminó su desayuno. Si se quería conseguir algo, tenía que actuar rápidamente.

No consiguió hacerse con una calesa. A dos calles de distancia del hotel dio con un cochero que se ofreció a llevarla hasta la embajada danesa, pero a un precio extraordinariamente alto. No llegaron muy lejos. Cerca del río encontraron un grupo de manifestantes. Había un buen número de mujeres que llevaban pasquines dentro de los manguitos; entre los manifestantes también había niños, algunos con aspecto de no haber dormido en toda la noche. Dos hombres cerraron el paso y ordenaron al cochero que se apease. Sophie prosiguió camino a pie, aliviada porque no la hubiesen importunado más. Pero en la calle siguiente un cordón de policías no permitía seguir adelante. Era descabellado insistir en presentar la solicitud.

Faltaban pocos minutos para que saliera un tren con destino a Riga. Apenas hubo comprado el billete, sonó la campana que anunciaba la salida. En el preciso momento en que la locomotora arrancaba envuelta en humo, Sophie pudo ver un grupo de manifestantes que entraba en el gran vestíbulo central de la estación.

–Desde luego, puedes darte por contenta con haber podido salir de la ciudad –fue el comentario de bienvenida de su padre–. A estas alturas están en huelga todas las fábricas de la región.

–Es terrible –repetía continuamente su madre–. Terrible.

–No te pongas así. Lo que piden es justo y merecido –le reprochó su marido–. Subida de salarios y mejores condiciones laborales. Sólo que nadie les hará caso, me temo.

Sophie seguía atentamente la actualidad. Su padre había acertado. El número de huelguistas continuó ascendiendo, pero el ministro del Interior, el príncipe Mirsky, no se dignó recibir a la comisión de delegados. Como réplica, el líder de los obreros, el cura Gapon, resolvió que si el padre de todos estaba rodeado de tan malos consejeros, era menester exponerle directamente al zar sus inquietudes. Fue así como se convocó para el domingo de la semana siguiente una manifestación que debía concluir en el Palacio de Invierno. El imperio ruso por entero esperaba expectante el desenlace.

El lunes por la mañana, el asesor consular acudió personalmente a la estación para enterarse de las últimas noticias. Pero no tardó en regresar lanzando malhumorado sobre la mesa el único periódico que podía comprarse, bastante más delgado de lo habitual.

–La censura se ha aplicado a fondo. Sólo unas referencias a la inspiración revolucionaria de la propaganda y cuatro vaguedades sobre choques con barricadas y sangre en las calles. Y ya está. En Berlín, París o Londres, por lo visto, las crónicas han causado espanto. Pero, como siempre, donde menos te enteras de lo que ocurre es donde pasan las cosas –concluyó con tono amargo.

–Aunque de todo esto se desprende un dato –añadió Sophie, que se había apresurado también a leer las noticias–. Nadie ha advertido a los obreros de que Nicolás no se encuentra en el Palacio de Invierno, sino que sigue en Zarskoje Selo desde Navidad. Parece que nadie del gobierno tiene la intención de recibir siquiera a la delegación.

–Así es, hija. Ya ves la única respuesta que se les ocurre después de la semana que ha pasado: concentrar tropas y policía en San Petersburgo.

–Voy a poner una conferencia a Londres –resolvió Sophie–. Míster Ashton nos contará qué ha pasado.

*

En sueños vio la comitiva de miles de cabezas avanzando a oleadas. Hombres con la cabeza descubierta, mujeres con ropas de colores vivos y niños. Una marea de cuerpos humanos que invadía las calles haciendo ostentación de su poder. Banderas y banderolas rusas mezcladas con imágenes religiosas, retratos del zar y de la zarina junto a iconos centenarios. El sol bañaba de oro aquellas pinturas antiguas y hacía brotar del cuerpo del hijo de María sangre dorada que caía sobre la deslumbrante blancura de la nieve. Cuando llegaron ante el Palacio de Invierno, el astro se ocultó tras las nubes, envolviéndolas con un aura sacra. A continuación el cielo se oscureció, surgieron sombras negras de todas partes y caballos encabritados guiados por soldados de uniforme oscuro. Los himnos cesaron y en lugar del murmullo y los cánticos se alzó un grito común a millares de voces. El estrépito de los disparos se impuso a cualquier otro sonido y enseguida se vio cómo se desplomaban, blanquinegros, los primeros cuerpos sobre la nieve, disgregándose el mar en multitud de ríos. Aterrorizados, madres y niños huían gritando del lugar. La orilla, no obstante, quedó bañada en sangre; sangre que ya no era dorada, sino borbollante, encarnada, brillante, rojo oscuro, costra negruzca de sangre, hasta que dejó de verse todo, oscuro el mundo entero, asfixiantemente oscuro.

Cinco sumarias campanadas sonaron en el campanario de la iglesia. Sophie volvía a estar despierta. Había dormido dos horas. Le vino a la memoria la voz de míster Ashton a medianoche: «Official figures say ninety-four civilians dead and three hundred and three wounded, of whom thirty-four died in hospital. The police casualties were two dead. However, many more dead and wounded, some of whom may have to die yet, were undoubtedly removed by the strikers themselves».

Se levantó, demasiado inquieta para conciliar el sueño. Todo cuanto sucedía la intranquilizaba. Era como en Port Arthur; tenía que ver con sus propios ojos qué ocurría exactamente. Antes de salir arrancó la hoja del pequeño calendario de taco: miércoles, doce de enero. Habían pasado tres días desde los enfrentamientos en San Petersburgo.

La gente se había enfurecido; también en Riga se multiplicaban las reuniones y las asambleas, observadas siempre con recelo por la policía.

Apenas acudió al centro de la ciudad aquella mañana, Sophie se enteró de que la huelga obrera del Real Sitio se había propagado hasta Riga. A las seis de la mañana se habían presentado los primeros huelguistas en la metalurgia de Hermingshaus & Voormann para apremiar a los trabajadores a que depusieran el trabajo, oyó que contaban en el café donde había entrado a tomarse un té que la hiciese entrar en calor. A continuación, según el relato, se habrían sumado a la huelga los trabajadores de la fábrica de cables de la calle Dvina y los de la fábrica de material ferroviario; los más jóvenes siempre de manera espontánea y los mayores después de algunas vacilaciones. La comitiva estaba ya en camino hacia el resto de fábricas y factorías.

Sophie se dirigió al barrio que había oído nombrar para presenciar la marcha de los huelguistas. No tardó en desenfundar la cámara y empezar a disparar fotografías: las destilerías Krons, cerradas a cal y canto, y los trabajadores en las puertas de las fábricas. En la plaza del mercado de Ilgezemeer se había congregado una gran multitud. Debían de ser varios centenares de hombres y mujeres. Contra el cielo se recortaba la silueta oscura de un individuo. Estaba encaramado al tejado de un puesto del mercado y leía a los presentes las últimas noticias llegadas de San Petersburgo. En ese momento emergió el sol entre las nubes, iluminando al hombre con un resplandor que le daba un aire de profeta de cuadro antiguo. Sophie disparó. Campbell quedaría impresionado.

El cortejo cruzó a continuación el Dvina, en dirección a la calle de María, deteniéndose dondequiera que se estuviese aún trabajando. En el centro habían dejado de trabajar todas las imprentas. La cantidad de gente que secundaba el llamamiento aumentaba sin cesar, mujeres y estudiantes incluidos. En la calle Suvurov se produjo un pequeño altercado. Tres muchachos habían parado un tranvía eléctrico y, antes de que dos policías pudiesen intervenir, les arrebataron las pistolas. Conductor, revisor y pasajeros fueron conminados a apearse. Sophie llegó al lugar en el momento en que los jóvenes empezaban a destrozar los cristales armados con palos. Tras mucho insistir, un grupo de hombres de mayor edad logró disuadirlos.

Al mediodía la comitiva de obreros procedente de las afueras ocupaba el tramo que iba desde la calle Turgeniev hasta el Mercado Central, y aún seguía incorporándose gente. Empezaba a oscurecer cuando la multitud llegó al puente del ferrocarril y se topó de repente con medio batallón de la escuela de suboficiales cerrándole el paso. Exhausta, Sophie se disponía a recoger su equipo cuando desde atrás la empujaron con rudeza.

«¡Adelante! ¡Dejad paso!», gritaban a los de delante, donde la policía intentaba dispersar a la multitud. Sophie se abrió paso hacia uno de los flancos y logró salir de la comitiva; entonces siguió los pasos de un joven que se dirigía corriendo hasta el puente del ferrocarril. Un número considerable de manifestantes dio asimismo la vuelta y echó a correr para subir al puente. Poco después, desde arriba lanzaban piedras a los soldados, que también se vieron atacados por hombres que iban en las primeras filas de la manifestación. Después de arrebatarle el fusil al tambor del escuadrón, se abalanzaron sobre los suboficiales; se oyeron los primeros disparos de pistola. Inesperadamente –para Sophie fue como si brotase del suelo–, hizo aparición la guardia montada. A continuación sonó la orden de cargar a fondo. Mujeres y niños salieron a la carrera; dieron entonces la orden de abrir fuego. Los soldados dispararon. La multitud se dispersó precipitadamente y algunos manifestantes se abalanzaron sobre los militares. La voz de mando ordenó abrir fuego de nuevo y los disparos restallaron. Sophie levantó la cámara. Era como si todo aquello ya lo hubiese vivido otra vez: negras patas de caballo sobre fondo blanco, cabriolas, nieve pisoteada, un abrigo de lana, el alarido de una anciana, una madre lanzándose al suelo delante de un caballo, golpes de un soldado desde lo alto de un caballo, sangre que mana de modo inverosímil. La oscura multitud retrocede hasta la vía nevada del ferrocarril... los gritos de mujeres y hombres, el resuello de los caballos, el blanco de los ojos, relinchos, las voces de mando, disparos otra vez. La guerra.

Sophie anduvo por todas partes. Fotografió a los soldados montados a caballo, a las mujeres llorando, fotografió la sangre sobre la nieve. De repente uno de los guardias montados le hizo soltar la cámara mientras la agarraba por el abrigo; estuvo a punto de rodar por el suelo. Pudo ver cómo un individuo joven se abalanzaba sobre la máquina y se la llevaba a la carrera. Se revolvió furiosa, sintió que se le desgarraba la costura del abrigo y que perdía el cuello de la prenda. Miró la cara del joven soldado que sostenía desconcertado en la mano el trofeo arrancado. Rápidamente Sophie dobló la esquina por donde había perdido de vista al muchacho que se había llevado la cámara. No la seguía nadie. Tras la primera manzana la esperaba, atento a cuanto pudiera suceder alrededor, el mismo individuo moreno.

«Tome», dijo el joven sin aliento, y le devolvió la cámara. Le temblaban las manos. Lo reconoció. Era un actor, compañero de Johannes. Corinna debía de haberlo invitado alguna vez a su casa. «Ponga estas fotos a buen recaudo. Son documentos muy valiosos. Hay que enseñarlas al mundo.»

Todos se habían marchado de la vía. Sophie observó estupefacta la gente que había quedado tendida en la nieve. Debían de ser doscientos. Muertos, heridos, mujeres, niños... había de todo. Los militares empezaron a replegarse en dirección a la nueva jefatura de policía. Apenas se marcharon salió gente de todas partes; algunos se abalanzaron llorando sobre los cuerpos yertos. A escasos metros aparecieron dos guardias a caballo.

«¡Lárguese de aquí!», apremió a Sophie el individuo joven. Ella le obedeció. Recorrió velozmente el camino que la separaba del mercado del Dvina, corriendo hasta que el frío la dejó sin aliento. Al entrar en la casa de sus padres vio a Lina sentada en la alfombra de la sala de estar, jugando con las bolas brillantes de Navidad. Tradicionalmente el árbol de Navidad se tiraba el día de Reyes, pero aquel año seguía en su sitio. Nadie se había acordado de retirarlo. Sophie entró jadeando aún por la carrera. Vio que la niña se había asustado, pero en ese momento era incapaz de decirle nada.

–¡Corinna! –fue gritando por toda la casa. Su hermana salió pálida del dormitorio.

–¡Cómo vienes, Sophie! ¿Qué te ha pasado, Dios santo? Pero ¡mírate el abrigo!

–Estoy bien –respondió Sophie con parquedad, aún sin aliento–. Pero ¿y tú, qué haces aquí? Pensaba que... –Se interrumpió.

–Estaba durmiendo. Tengo un dolor de cabeza terrible.

–Corinna, en la vía del tren han matado a cientos de personas. Heridos hay el doble, por lo menos.

En ese instante Corinna empezó a comprender de verdad lo que pasaba. Acto seguido las dos hermanas se estrecharon en un abrazo y rompieron a llorar. Ninguna de ellas advirtió que en ese momento Lina abría la puerta de la sala y se dirigía a la cocina, junto a Marja.

V

Bandadas de minúsculos pájaros brillantes surcaban el cielo. Se posaban en el suelo y se quedaban largo rato en la nieve. Lina iba corriendo en su busca y los pájaros se apresuraban a levantar el vuelo, lo suficiente como para que ella reanudara su persecución. Con sus ojillos esmeralda, la esperaban posados en el suelo hasta que volvía a correr tras ellos. Así se la habían ido llevando lejos de la casa. Cuando se dio cuenta y miró en derredor se encontraba en otro país. En plena nieve salían unas orquídeas rosas, por algún sitio se oía un trineo deslizándose por la nieve. Por fin vio el trineo cuyas campanillas había oído. Era de factura primorosa, enteramente de cristal, y venía conducido por un ciervo blanco. Encima iba una niña vestida con un traje de pétalos, un duende de las orquídeas. Sonrió a Lina con gran dulzura mientras se acercaba a ella. Finalmente estuvo tan cerca que Lina notó su aliento en la mejilla y una mano que quería bajar. Se agitó inquieta.

«¡Lina! –dijo la niña–. ¡Lina!»

Se restregó otra vez los ojos. Era su madre. Tenía el libro de cuentos en la mano, estaba sentada en el borde de la cama y le posaba en la frente la mano fría.

–Lina, guapa, tienes que ponerte buena. –Sophie miró a Marja, que estaba junto a ella–. Marja, por lo que más quieras, si la fiebre vuelve a subir me avisas enseguida.

–Desde luego, señora. Yo me quedo a su lado.

Lina llevaba enferma desde el día de los disparos. Era extremadamente sensible y acusaba físicamente cualquier inquietud. Era su forma de manifestar el miedo. Más de una vez pensó luego Sophie que Lina asociaría para siempre el olor a pan de especias, abeto, velas de cera y canela a una cierta sensación de peligro.

A todas ésas seguían sin noticias de Albert. Cierto día, al salir a la calle al mediodía, surgió de unos jardines nevados un personaje con indumentaria árabe –bombachos de seda roja y verde– portando una sombrilla de plumas de pavo real que, a su vez, servía para proteger a un sultán. Éste llevaba una capa deslumbrante y un turbante con una esmeralda en el centro que brillaba como los ojos de los pajarillos del cuento. En un primer momento Sophie pensó que sufría una alucinación. Hasta que pasó ante el escaparate de la papelería, donde estaban colocando un enorme antifaz de pico de pájaro, no se percató de que estaban en carnaval. La época de los disfraces. Estaban a punto de entrar en febrero. Un año atrás había llegado a Port Arthur. Hacía un año que había empezado la guerra. Y la pesadilla seguía sin tocar fin.

Como cada día, pasó primero a mirar la vitrina de la redacción del periódico, donde iban registrando las personas que enviaban noticias desde Port Arthur. Sophie se sabía la lista de memoria: el capitán de navío Yulisiev, el teniente coronel Malygin, el capitán de fragata Gobiato, el subteniente Nikoliski, el doctor Sluchevski. Hacía días que no añadían nombres. Entonces descubrió una noticia fechada en Chifú:

Procedente de Port Arthur ha llegado un junco con veintisiete civiles a bordo, todos comerciantes; en el grupo iban cinco mujeres. La mayoría son empleados de firmas comerciales rusas y extranjeras, aunque hay también algún artesano. Señalan que en Port Arthur se encuentran aún el señor Balachov, montero mayor; los médicos de la Cruz Roja; el señor Verchinin, presidente del Consistorio; el señor Neyelov, habilitado, así como numerosos comerciantes de nacionalidad rusa.

Tampoco estaba el nombre de Albert. Pero era posible que siguiese aún en la ciudad. ¡Dichosa incertidumbre!

Sophie suspiró. En el otro extremo de la calle divisó al caballero cuyos hijos había fotografiado aquellas Navidades. Llevaba sombrero de copa negro y levita. Con la punta del bastón escarbaba impaciente en la nieve. A juzgar por el atuendo, debía de ser un comerciante miembro de la Cámara; parecía que fuese disfrazado. El mundo entero iba con un disfraz u otro. El caballero le había ofrecido un estudio en alquiler. Una estancia bien iluminada situada en el ático de su propio bloque, al norte de la ciudad, con posibilidad de un cuarto supletorio donde podía instalar la cámara oscura. Sophie iba ese día a ver el local; firmó el contrato de arrendamiento. Por fin podría trabajar en calma. De regreso a casa se imaginaba las pruebas que podría hacer con las técnicas del carbón, el óleo y el óleo-bromuro. Podría observar la acción de los diversos aceites, descubrir cómo tratar el papel de gelatina en baños de potasa o probar técnicas como la pigmentación en la foto de plata, el tintado con carbón... y hacer experimentos con la infinidad de posibilidades que ofrecía el retoque. Eran tantas las fotografías que llevaba hechas, y todas con líneas bruscas, que aquello parecía una fatalidad natural. Pero ahora se había propuesto intervenir en el proceso y alterar la instantánea. Las modalidades de manipulación eran un reto.

Al llegar a su casa le esperaba un telegrama. Las manos le temblaron al cogerlo. Era de Albert. Estaba vivo. Había llegado a Mukden y se reuniría con ellos a lo sumo en el plazo de seis semanas. Sophie respiró hondo. A continuación entró como un torbellino en el cuarto de su hija: «¡Lina, tienes que ponerte buena! Papá ya viene, con unas ganas de verte...».

Lina la miró abriendo mucho los ojos: ¿papá? Sophie se dio cuenta instantáneamente de que Lina podía conocer la palabra por el sonido, pero era imposible que se acordase de Albert.

Tampoco ella. Estaba a punto de llegar el momento de tomar la decisión que había temido tanto y a la vez deseado ardientemente. Tenía la sensación de estar a punto de subir a un tren que circulaba a velocidad vertiginosa por países desconocidos. ¿Dónde se detendría? ¿Dónde terminaría?

VI

De lejos, aquel día de marzo la estación del ferrocarril se le representó como un enorme pulpo de color gris. Los brazos prensiles de los trenes, el vientre voraz de los andenes. En el camino recorrido desde el estudio había tenido la sensación de que el cuerpo entero le basculaba de un extremo a otro, siendo el corazón con su martilleo constante lo único que seguía en su sitio. Pondría a Albert al corriente de su nuevo trabajo. Hizo un esfuerzo por imaginarse su rostro. Aquella otra vez, en Port Arthur, se sorprendió al verlo.

Antes de que el tren se detuviera, lo distinguió tras una ventana del vagón restaurante, hablando con una mujer. De repente, sin que ella misma pudiese explicarse su certidumbre, estuvo segura de que se trataba de Johanna. Aunque no se veía ni rastro de la otra persona cuando Albert descendió del tren. Con los nervios del momento, Sophie se aturrulló al darle la bienvenida. También él estaba nervioso. El abrazo que se dieron resultó forzado.

Confusos, cogieron las maletas. Al soltar Sophie una de las bolsas, no pudo evitar la sensación de que todo aquello ya lo había vivido una vez. Usaron las mismas palabras, la gente estaba distribuida de manera similar, con una iluminación también igual... hasta que se dio cuenta: era la realidad que se repetía. Cuando fue a buscar a Stanton lo hizo con la misma rigidez y torpeza. Como si temiese que Albert le adivinase el pensamiento, se sintió desconcertada por un momento y le preguntó cuánto había durado el viaje.

Lo primordial era que no se le notase nada. Había que escuchar. Y concentrarse. Albert tenía un aspecto deplorable. Escuálido, de color ceniza, enfermo. ¿No arrastraba la pierna derecha? Alguna lesión de la que ella aún no sabía nada.

«No es nada –comentó su marido al advertir su mirada–. Se curará.»

Había estado recluido cuatro meses en un campo de prisioneros japonés. En el relato omitió los detalles. Salvo que un ingeniero inglés que estaba allí le había preguntado por ella. Se llamaba Cox.

–¿Cox?

Sophie no se acordaba de quién podía ser.

–Viajasteis en el mismo tren.

Entonces Sophie recordó el rostro del británico. En el lago Baikal, a la vista del rompehielos, se había vuelto súbitamente locuaz.

–Es ingeniero naval, con mucha experiencia –le aseguró Albert–. Es británico, pero trabaja con los japoneses. Tuve ocasión de trabar contacto con él por asuntos de trabajo. En ese aspecto me trataron bien. –Se interrumpió–. De todos modos me horrorizó comprobar cuántas cosas sabía de la flota rusa, hasta del barco más nuevo que aún está en el dique del astillero. Me dijo que obtenía la información de un agente del servicio secreto japonés. Del lado ruso parece que ha habido enormes lagunas en materia de seguridad.

–¿Y lo de Tung también tiene que ver con eso?

–Era precisamente lo que quería contarte. Tung formaba parte de esa trama de espionaje. Era japonés, como tú bien supusiste. Uno de los cientos de japoneses que se habían infiltrado en Rusia. Te lo destinaron después de que yo hubiese encargado en Port Arthur al supuesto manchú que te acompañase en el viaje. Aunque ése se quedó en Port Arthur, probablemente porque era especialista en espionaje de astilleros. No obstante, envió puntualmente su información a Chemulpo, desde donde manejaban la trama, por lo que se ha sabido ahora. En lugar de él eligieron a Tung para que te escoltase.

–¿Que me escoltase? ¿Estás seguro de que su misión era protegerme?

–Sí. –Albert dudó–. Sí..., aunque por razones diferentes a las mías. No querían que te sintieras vigilada. Lo más discreto era, por tanto, colocar al agente a tu lado. Tú ignorabas todo sobre su apariencia... Tuvo que haber alguien que no sólo interceptara mis cartas, sino que las manipulara a su conveniencia.

–Siempre fue un misterio por qué habían llegado todas tus cartas a la vez.

–Debían de tenerme en su lista desde el principio, cuando trabajaba en Kronstadt –comentó Albert con gesto de desaliento–. En San Petersburgo debió de haber muy pronto gente maquinando.

–Por eso escogerían San Petersburgo para que se presentase Tung, y no Moscú –repuso Sophie.

–La red de espionaje japonesa supera lo perfecto.

Albert paseaba inquieto de un extremo a otro de la sala. Sophie lo vio exactamente igual que cuando en su pequeña habitación de niño la puso al corriente de las evoluciones que se daban en la construcción naval: con la cabeza encogida entre los hombros y recorriendo infatigablemente la habitación de un extremo a otro. Ya entonces no jugaba limpio con ella. Pero ella aún no lo sabía, estaba enamorada, acababa de ver el bosquejo del *perpetuum mobile*. ¿En qué se habían convertido sus maravillosos planes? En grúas flotantes para la guerra. En reparación de buques. Ideales pulverizados por la maquinaria del estado.

–El plan era que Tung se hiciese con los planos que llevabas, antes de llegar a Irkutsk en cualquier caso, y que luego desapareciera. Pero no encontró lo que buscaba.

–Gracias al vientre de las *matrushkas* –dijo Sophie–. Porque los hombres piensan desde afuera, no desde dentro –comentó recordando la observación que en su día le había hecho Stanton.

Albert necesitó un instante para comprender lo que Sophie le estaba diciendo.

–Tung no encontró nada, se asustó y dio cuenta de la situación a los enlaces que había apostados a lo largo del trayecto. Decidieron entonces destacar a un especialista y relevar a Tung. –Titubeó.

Sophie lo miró extrañada.

–¿Y cómo sabes tú todo eso?

Albert no podía ocultar que aquello le resultaba muy violento.

–Bueno, después de que Cox se enterase de que tú viajabas en su tren, porque ni de eso ni de Tung sabía nada en su momento, me hizo el favor de interesarse por la cuestión y proporcionarme la explicación más detallada posible de lo que había ocurrido. A diferencia de ti, él sí te recordaba perfectamente –comentó Albert con cierto énfasis, a la vez que miraba a Sophie con tal atención que ésta de pronto pensó: «Por Dios. Cox siempre me veía con Stanton. ¿Qué le habrá contado a Albert?»–. Después de todo lo que pasó –prosiguió Albert en un tono que Sophie entendió como una alusión a lo que acababa de ocurrírsele–, el hombre parecía sentirse obligado conmigo. –Se detuvo de nuevo un momento.

–¿Y qué ocurrió? –le apremió Sophie, que ya se sentía inquieta.

–Pues mira... Dieron la descripción oportuna al especialista. Una mujer que viajaba sola, que hablaba alemán, de edad próxima a la treintena, de pelo moreno. Tal y como estaba previsto, Tung hizo mutis antes de llegar a Irkutsk. Y entonces, perdona que te lo diga así, se produjo un error en el momento decisivo... a causa quizá de la exagerada perfección de la organización japonesa. –Con voz casi inaudible Albert añadió–: El individuo fue a dar con el departamento de la modista de Berlín.

Antes de que él llegara a decirlo, Sophie se había tapado

la boca con la mano para reprimir un grito. ¡Qué riesgos había corrido! Desde un principio había desconfiado de Tung. Su intuición había acertado. Pero la muerte absurda y horrenda de la joven berlinesa...: ¡un simple error! La maquinaria era despiadada. Se le representó el departamento tan nítidamente como si lo hubiese fotografiado: el cuello abierto de la mujer, tráquea y faringe destrozados; toda la sangre de la sábana, toda la sangre de la alfombra. El sol crepuscular que de repente hizo brillar el charco de sangre. Pero ¿por qué no paraba Albert de hablar? ¿Por qué no la abrazaba y procuraba consolarla?

–Aun así, sigue siendo un enigma para mí que aquello terminase así –comentó Albert por toda reacción–. A pesar de que tu descripción coincidía con la de la berlinesa, ella viajaba en compañía de su novio, mientras que tú ibas sola.

Hablaba como un autómata. Pero ¿cómo se había atrevido a exponerla a tales peligros? ¡Stanton! Ella había estado en el departamento de Stanton. ¡Le debía la vida a Stanton! Sintió las lágrimas a punto de saltarle.

–De todos modos, también había alguien destacado para esa pareja. Los tenían en observación, aunque por razones muy diferentes. Al parecer, por cuestión de negocios madereros con Corea.

Sophie no pudo contener las lágrimas. ¡Stanton! ¡La berlinesa! Albert dejó de hablar, confundido por el llanto de su mujer.

–En fin, la guerra es la guerra y tiene sus leyes –aseguró en tono forzadamente sereno.

¿Lo decía para consolarla? Parecía dar el caso por cerrado. Ni el más mínimo reconocimiento de culpa por su parte. ¿Así liquidaba la muerte de la berlinesa? Sophie siguió llorando y él se mantuvo en silencio. Sí, estaba en el departamento de Stanton... Y menos mal que estaba allí, continuó diciéndose tercamente a sí misma. Era comprensible la confusión. Entre el novio enfermo y el hecho de que ella estuviese en el departamento de Stanton... Albert había jugado con su vida, exponiéndola a que la matasen. Stanton la había salvado. No, decididamente no pondría a Albert al corriente del más mínimo detalle. Era demasiado tarde.

Cada mañana se marchaba temprano al estudio. Algunas veces le constaba que Albert la observaba desde detrás de las cortinas. Se habían invertido los papeles. Le estaba costando habituarse al nuevo.

Empezó a repasar de manera sistemática todas las fotografías del viaje. Cox. Una foto de la berlinesa. Sintió un escalofrío por la espalda. Si no la hubieran encontrado en el departamento..., si el novio de la berlinesa no hubiese estado enfermo. Cogió la lupa y aumentó una parte. Descubrió a Stanton en un segundo plano. El corazón se le aceleró. La había salvado él. Aumentó su cabeza una y otra vez, hasta que el grano fue tan grueso que resultaba imposible distinguir los rasgos. Fracasaba su tentativa de acercarse a él.

*

Abril, mayo y junio fueron meses de convalecencia. Albert necesitaba calma, había ordenado el médico. De modo que pasaba el día en casa. De tanto en tanto se sentaba en el escritorio del despacho, cubierto de bocetos. Había que aprovechar las experiencias de Port Arthur. Había que elevar las correspondientes propuestas de mejora. Mientras que a Sophie sólo la veía por las noches, con su hija se pasaba días enteros. En cuanto el tiempo mejoró, bastaba que saliera el sol para que el padre acudiera al cuarto de la niña, presidido por el abanico chino que Sophie le había traído de Port Arthur y un tentetieso de vistosos colores.

«¿Va a querer esta niña tan guapa salir a dar un paseo conmigo?», preguntaba Albert.

La niña estaba encantada con aquel hombretón que cuando iban de paseo era capaz de ponerle su sombrero y quedarse tan contento, que le compraba todos los helados que le pedía y que la llevaba a hombros cuando se cansaba de andar. Y Albert estaba exultante con aquella hija recobrada, sacándola a pasear con su vestido blanco, sus botitas de cuero y el sombrero de paja de ala ancha que le recogía los rizos; o enseñándole cómo un domador de feria gordo y con bombín alimentaba a su osezno con biberones de leche.

Las excursiones terminaban en la cocina de la casa, donde Marja les servía un tazón de chocolate y pasteles; almuerzo aderezado a veces con confitura de Riga o arándanos en almíbar.

–Pero ¿cómo pude soportar estar tanto tiempo sin mi hija? –preguntaba Albert a la criada. Ésta se echaba a reír.

–Linachka, Linachka tiene mucha suerte.

Y Lina replicaba contenta:

–¡Linachka chasuerte!

Por vez primera el veraneo en Jurmala se redujo a unos días, porque a Sophie empezaba a acumulársele el trabajo. Sophie y Albert concluían los días plácidamente sentados en la sala del chalé. El reloj de pie marcaba regularmente el paso del tiempo. Albert fumaba, bebían una copa de vino, leían. A veces ella se figuraba que todo podría volver a ser como antes. Como si Stanton y Johanna fuesen parte de la historia de otras dos personas completamente distintas.

Pero en cuanto el reloj daba las once y media Sophie se sentía inquieta. Todo su afán era meterse en la cama cuanto antes y estar ya dormida cuando Albert entrase en el dormitorio. Le aterraba el momento en que él fuese a tocarla. No soportaba sus abrazos; era su propia piel la que se resistía, sin que Sophie pudiese contrarrestar esa reacción. Con el tiempo. Con el tiempo quizá todo volviera a su sitio. Pero ¿era lo que ella quería, acaso? Le bastaba imaginárselo para sentirse acongojada. Tenía tantos planes.

Aunque no supiera con exactitud cuál era su meta. En ciertos momentos fugaces sí tenía la intuición, huidiza como una nube pasajera, de que debía de tener que ver con la sensación de satisfacción de un artista.

El mes de septiembre llegó una larga carta de Ashton, escrita en España. La mala fortuna había querido que se interpusiera una fina bruma ante el sol, de modo que las fotografías de la corona no pasaban de discretas. La siguiente cita era en 1907, en China, y la invitación para que Sophie se uniera a la expedición seguía en pie.

Albert volvió a trabajar. Pronto llegó un encargo para primeros de año. Tenía que pasar dos meses en Copenhague. Aún pudieron celebrar las Navidades juntos, pero el día de Reyes tuvo que marcharse. Poco antes de que regresara, un gélido día de marzo, llegó una carta para él. Un sobre blanco con el sello del zar. Al colocarlo en la bandeja de plata del correo, igual que hiciera otra vez, Sophie tuvo la sensación de que la vida volvía como una noria sobre sus pasos.

El día en que regresó, Albert advirtió enseguida la carta, pero no la leyó inmediatamente. Pareció rehuirla. Primero fue a la habitación de Lina, cogió a su hija en brazos y le dio una voltereta en el aire mientras anunciaba: «Te he traído una cosa». Ilusionado por ver su reacción, la dejó en el suelo y le dio el regalo. Al abrirlo, la niña descubrió una marioneta de madera pintada de colores. Albert se la quitó de las manos y le enseñó cómo darle vida. La niña estaba más retraída que de costumbre, aunque le dio las gracias muy educadamente. Su padre le preguntó decepcionado si le apetecía salir a tomar un helado. Ella negó con la cabeza.

¿Cómo que no? ¿Estaba enferma? Lina no respondió. Al padre se le veía desconcertado en medio del cuarto de la niña, con el juguete en la mano, convertido él mismo en un títere al que nadie movía. ¿Y qué podía hacer para animarla? Sophie los había observado y guardaba silencio. Albert tenía que hacer su propio acopio de experiencias con la niña. Ella sabía ya que Lina no se dejaba sobornar.

Se confirmaron las sospechas de Sophie. Esa vez era Sebastopol. Para julio, un gran proyecto en el puerto de Crimea; duraría al menos seis meses, pero posiblemente se prolongase hasta un año. Al cabo de unas semanas Albert intentó hablar de la cuestión. Sophie lo eludió. Al final su marido le preguntó cautelosamente:

–¿Te vendrás conmigo?

–No, Albert –fue la respuesta de Sophie.

–Podemos vivir estupendamente. Tú sacarías tus fotos. Podrías descubrir motivos que luego te comprarían. Quizá encuentres oportunidades completamente nuevas.

Albert sabía bien cómo podía conquistarla.

–Acabo de montar el estudio. No tengo ninguna intención de volver a marcharme.

–Pero piénsatelo bien, Sophie. ¿Cuánto tiempo hace que nos conocemos, cuántos años hemos estado juntos, cuántas cosas hemos pasado uno junto al otro? ¿Ahora quieres echarlo todo por la borda?

«Súplicas», pensó Sophie. Lo peor era que resultaban sospechosamente manidas. Como si las hubiese ensayado. Debían de ser las frases con que se despidió de Johanna.

–No, Albert. Me quedo. También lo hago por Lina.

Se sentía incómoda. Albert notó que aquéllos no eran los motivos auténticos. Eran pretextos racionales. En el fondo, aunque Sophie no se atreviera a decirlo, le constaba que había llegado al final. Ya no sentía nada hacia él. El vacío. El *perpetuum mobile* se había parado.

*

Albert fingió que no pasaba nada. En junio volvieron de nuevo al chalé de Jurmala. Al cabo de unos días a Sophie le llegó el encargo de fotografiar una boda, que se celebraría precisamente en la capilla de la colina del hayedo. Sacó de la caja la transparencia que había hecho en su día de la vidriera y la miró a contraluz. En ese momento salió el sol y el vestido de la dama se inflamó de rojo. Lina lo vio y quedó entusiasmada. Sophie se la regaló. La niña salió corriendo hacia la cocina para mostrarle la maravilla a Marja. Más tarde, al pasar por delante de la cocina, Sophie escuchó cómo la doncella contaba a Lina la leyenda del novio que se había quedado sin novia. A partir de entonces, pensó Sophie, la niña empezaría a soñar con la dama del vestido rojo.

Sophie regresó a la ciudad. Pero la mañana en que se celebró la boda las nubes encapotaron el cielo y no tardó en caer una lluvia fina y persistente. En el interior de la ermita reinaba una luz difusa, insuficiente para fotografiar. Sophie tuvo que usar el flash. La pareja de la ventana seguiría oculta otro año más entre las láminas de plomo.

Pocos días después de San Juan llegó por fin el verano. Las nubes de lluvia se deshicieron y el cielo conservaba largo rato la claridad del crepúsculo. El viento cálido que soplaba invitaba a la melancolía. Presa de cierta inquietud, Sophie atravesó el jardín, como tantas otras tardes, para seguir por uno de los senderos que circundaban los fragantes prados. El sol resplandecía sobre las espigas con luz de cobre rojizo; el viento desataba oleadas verdes en el mar de campos de cebada.

Tenía la sensación de que todo había de invadirla, de que las alondras que por doquier levantaban el vuelo desde los campos la elevarían también a ella hasta el cielo para llevársela lejos de allí. Se detuvo. Campos y prados se prolongaban en grandes extensiones, los bosques de pino albar seguían la línea de la costa. El camino blanco que dejaba atrás se perdía después de una curva; con tonos encarnados, la luna se alzaba por encima de la línea del horizonte. Al contraluz del sol poniente, se perfiló ante Sophie un único corimbo: negro, desmesuradamente grande, descollaba entre el millón de formas que la vida adoptaba en aquellos prados. Desapareció a continuación la bola de fuego dejando a su paso un limbo dorado en las nubes, decantando a la vez la gama de colores de la esfera desde poniente a levante: naranja, violeta, añil. El corimbo había desaparecido. La primera estrella, Venus seguramente, en el firmamento. Enseguida refrescó y todo quedó impregnado de un resplandor metálico. Sophie alargó los pasos. Qué colores. Qué luz.

Durante su ausencia, Albert había seguido la puesta de sol desde el jardín, observando cómo las agujas de los pinos se teñían de oro y rojo. Había visto cómo la luna bañaba con su resplandor el rododendro realzando a la vez todas y cada una de las hojas de la exuberante capuchina. Venus. Súbitamente se percató de que esa tarde lo estaba viendo todo con la mirada de Sophie. De ese modo, pendiente siempre de los detalles que reflejase la luz, era como ella hacía sus fotografías. Y con la misma certidumbre que si se lo hubiese dicho ella, tuvo conciencia en ese instante de que nunca más volvería con él. Y de que él se marcharía para siempre.

Sobresaltado, Albert se apresuró a regresar con el corazón en un puño. En un primer momento quiso subir a la habitación de la niña, en busca de Lina, pero se detuvo en mitad de la escalera y dio lentamente la vuelta. En ese instante surgió la imagen de Sophie en su retina: levantándose del balancín de la galería, corriendo los altos visillos, encendiendo una vela para colocarla luego en un farol. La vio sirviendo vino para los dos, Riesling de Rheingau, en las pequeñas copas de pie estilizado que los padres de él les habían regalado por la boda.

La vio luego dejando la botella vacía en el suelo, cerrando la puerta de la galería, subiendo la escalera, asomándose sigilosamente al cuarto de Lina. Y la vio entrar en su dormitorio, el dormitorio común, y peinarse ante el tocador. Albert echó a correr. Corrió sin parar, sin apartarse del camino, la senda que a partir de ahí se internaría irremisiblemente en el mundo. Tuvo la certeza de que el punto de partida sería siempre aquella casa de madera que tanto había estimado, rodeada de pinos, en la playa de Jurmala.

Al entrar Sophie en casa, vio los visillos descorridos y la vela del farol consumida. Se sentó en el balancín. Albert. No se le ocurría otra cosa. Albert acababa de irse esa noche. Lo sintió con la misma certidumbre que si se lo hubiera dicho a la cara. Pasó esa noche en la galería, viendo cómo la luna recorría el firmamento hasta ponerse. Se sirvió de la misma botella que Albert había subido aquella tarde de la bodega. Se embriagó muy despacio, sorbo a sorbo... con aquella noche, con aquella madrugada y con aquel vino.

Hablaron una vez por teléfono. Y se vieron en la casa de Riga. Albert no abrió prácticamente la boca. La miró estupefacto, como si todavía le costase creer la decisión que ella había tomado. A Sophie le dolió. Particularmente en aquel momento. ¿Acaso pensaba Albert que le había resultado sencillo, que no había supuesto un desgarro? Cuando su marido se marchó, Sophie tuvo que apoyarse en la puerta; se le doblaban las piernas. Se sintió arrastrada a un proceloso mar oscuro. En su interior todas las voces gritaban: ¡Detente! ¡Da la vuelta! Estás loca, Sophie. No hay nada más allá, es el final definitivo. ¿Te das cuenta? Pero ¿cabía vivir una vida que pasara de largo, ignorando lo que en el fondo se deseaba hacer, aunque ello apenas se acabase de distinguir? Permaneció muda. Le habría sido imposible acompañarlo otra vez. Como tampoco podía volver a esperarlo. Se habían convertido en dos extraños. Esa vez tendría que marcharse él solo.

«Cada cual tiene que hacer lo que tiene que hacer –dijo Sophie–. Tú no puedes actuar de otra manera. Ni yo tampoco.»

Sin responder nada, Albert hizo las maletas.

Al día siguiente tomó el tren. «Quizá Johanna ya esté con él», pensó Sophie.

VII

Desde afuera Sophie vio a sus padres sentados en la sala, junto al cerco de luz de la lámpara de pie. En medio, una botella de vino. La madre de Sophie estaba enfrascada en una labor de costura; el padre, en el periódico. Dos cabezas canas casi inmóviles. La imagen de la vejez que le esperaba junto a Albert. Se sintió aliviada de haber escapado de ella.

Llamó a la puerta y vio cómo la pareja se miraba sorprendida... ¿a quién se le ocurría presentarse a esas horas sin avisar? Su padre se levantó. Sophie oyó cómo se acercaba por el pasillo. Se armó de valor. Apenas hubo entrado en la sala de estar los puso al corriente de la decisión que había tomado. Albert ya se había marchado, puntualizó.

Se escandalizaron. El padre se hundió sin decir nada en su butaca mientras la madre daba rienda suelta a su cólera. Una cascada de reproches. Qué hija tan estúpida. Qué hija tan tozuda. Ya vería lo que era bueno. ¿Cómo se le había ocurrido algo así? Pobre Albert. Al final, el padre le preguntó si estaba segura de lo que hacía, ocasión que aprovechó su madre para retirarse. Ni siquiera se despidió de su hija. Se negó rotundamente a darle la mano: «De ningún modo, Sophie. Sencillamente, me resulta imposible».

Sophie tampoco había contado con su comprensión. Sabía perfectamente que el amor de madre de aquella mujer respondía única y exclusivamente a su sentimiento del deber. Desde luego, nadie podía reprocharle que hubiese dejado de cumplirlo. Y también en aquellos momentos se había tratado de eso. Al menos las cosas quedaban claras.

Sophie regresó sola a Jurmala para reunirse con Marja y Lina. El chalé nunca le había resultado tan desolado. Procuró convencerse de que la ausencia de visitas de la familia se debía a lo lluvioso de aquel verano. Pero el motivo no era ni mucho menos el mal tiempo. De regreso a Riga, Sophie comprendió que todos le volvían la espalda. Corinna, la única persona con quien hubiera podido entenderse, llevaba unos meses haciendo una cura en Suiza, atendiendo así a la insistencia de Ludwig.

Por vez primera en su vida Sophie comprendió que estaba completamente sola. Era una experiencia nueva. Y entendió que todo cuanto tenía era su propia vida. Que terminaría al morir. Y más allá, nada. Una visión que le daba ánimos.

La soledad de aquellos meses la ayudó a reducir sus expectativas respecto a los demás. Un paso adelante en el camino de no llamarse a engaño, anotó en su diario. Para ver mejor las diversas maneras que existen de engañarse, o incluso para sentir compasión hacia la ilusión de que la vida pueda ser algo más que el día a día, perdurando más allá de la muerte o elevándose sobre sí misma por obra y gracia de a saber qué potencias.

«Hoy –se repetía Sophie cada día–. Hoy, hoy y hoy. Hoy es un día importante, el último quizá.»

Lo que fuera a ocurrir el día siguiente no lo sabía nadie.

Y trabajar. Cuidar el propio huerto. Recordaba continuamente aquella frase del libro que había leído al principio del viaje a Port Arthur. Su trabajo era lo único que contaba. Abrirse camino a la nueva vida con el trabajo propio, ésa era su meta. No volver a depender de nadie. Y, afortunadamente, la demanda de buenos retratos iba en aumento.

Gracias a la claridad de sus composiciones, que infundían serenidad y dignidad a las personas retratadas, se granjeó pronto una gran aceptación. No necesitaba salir en busca de encargos.

Lina se parecía tanto a Albert... Si Sophie sentía algún remordimiento era por ella. Pero tampoco eso sirvió para aproximarlas, sino todo lo contrario. Las comidas eran horrorosas. En la mesa siempre había una silla vacía. Los silencios entre madre e hija. El tintineo de los cubiertos en los platos, el ruido sordo de los vasos al posarse sobre el mantel. Probablemente todo aquello se convertiría un día en los primeros recuerdos que tendría Lina de toda su vida. Aunque también los de la niña en el columpio, con zapatitos rojos sobre un fondo de verdes abedules; los paseos por el parque Woehrmann junto a Marja, dando de comer a los cisnes del estanque cortezas de pan seco que llevaba en una bolsa de papel, después de ablandarlas con saliva en la boca. Qué frío hacía para estar tan cerca de la primavera. ¡Niña, que te vas a resfriar! El manguito de conejo, mullido, todavía con el penetrante olor a naftalina. Haciendo juego, un cuello de turón. Qué miedo le daban los ojos de cristal pardo y la lengua partida que el peletero le dejó para que el bicho se mordiera el rabo.

*

Al cabo de unos meses de la partida de Albert, Sophie escribió una carta a Stanton. Pocas semanas después él se presentó ante su puerta. En aquel momento Sophie esperaba a una familia con la que tenía concertada hora para una sesión fotográfica. No daba crédito a sus ojos. No pudo articular palabra de pura sorpresa.

–¿Puedo pasar al menos? –preguntó el americano, visiblemente regocijado con la expresión de su rostro.

Sophie retrocedió, aunque en ese momento se oyeron por la escalera pasos y risas de niñas.

–¡Dejad de hacer tonterías de una vez! –exclamó una mujer. Debían de ser los clientes.

–Necesito una hora. ¿Puedes esperar tanto rato?

–El tiempo que quieras –respondió Stanton–. Te espero en el merendero de ostras.

¿No sería su manera de evocar el pasado?

La sesión fotográfica fue un desastre. Para empezar, Sophie olvidó colocar la placa en la cámara; luego tropezó con las patas del trípode. Al final perdieron la paciencia tanto ella como la madre de las niñas, que se pusieron a jugar a pillar.

–¿Cuánto tiempo vas a quedarte?

Fue lo primero que preguntó Sophie. Se sentía aún sobresaltada en el momento de sentarse a la mesa de Stanton; los manteles blancos contrastaban con la madera oscura con que estaba recubierto el local. Había acudido al vuelo, acuciada por una mezcla de preocupación y dicha. A saber cuándo saldría el tren, lo mismo esa noche, si es que estaba de paso.

–Hasta que te vengas conmigo. –La respuesta sonaba resuelta y sosegada.

–¿No irás a decirme que has hecho todo este viaje sólo para verme? ¿No tienes ningún reportaje por aquí?

Stanton no respondió. Se limitó a observarla con atención. No parecía haber cambiado en nada. Ella tuvo la sensación de que el pequeño mundo que acababa de conquistar estaba a punto de derrumbarse.

–¿Tienes tiempo estos días?

Sophie hizo un esfuerzo por prestar atención a lo que le decía su amigo.

–¿Ahora precisamente, antes de las fiestas? Es la época en que se encargan todos los retratos imaginables para regalarlos en Navidad. Tengo todas las horas ocupadas –respondió eludiendo la cuestión. Aunque también era verdad lo que decía.

–¿Y el fin de semana? Podríamos irnos de aquí.

–Este fin de semana es absolutamente imposible. Quítatelo de la cabeza. Algún momento tengo que encerrarme en la cámara oscura.

–¿Y el siguiente?

Sophie no pudo sino sonreír, reconfortada. Era como si un pequeño sol empezase a caldear su interior. La insistencia de Stanton había acertado en el sitio preciso.

–¿Y adónde hay que ir?

Stanton sonrió.

–Algo es algo. Iremos de viaje –observó victorioso–. Antes que nada me gustaría ir al sitio del que me hablaste en el tren. Ya sabes, la ermita del monte situado frente al mar.

Le sirvió vino con el aplomo que en su día había admirado Sophie más de una vez, aunque también en Albert, como reconoció en ese instante. «Sophie –se dijo enérgicamente–, la solución no es admirar a los demás por su seguridad. Tú misma tienes que conseguirla.»

–¿Y si hubiese dicho que no?

–Yo seguiría trabajando. Tengo más encargos de los que puedo atender. Algún proyecto es realmente atractivo. Para muchos de ellos necesito una fotógrafa a mi lado. –Sophie guardó silencio. Había traído un regalo–. Bolas de oro... ¿adivinas qué son?

–Con tal de que no sean de las que atraen a las ranas –respondió Sophie con súbita ironía.

–¿Qué quieres decir?

Por toda explicación Sophie preguntó:

–¿En Alaska no saben el cuento de Enrique el de Hierro?

Al abrir la caja encontró seis palosantos confitados.

Esa vez tomó habitación en un pequeño hotel a orillas del Dvina. Al levantar la cabeza Sophie podía ver la lámpara de la mesilla y la sombra que proyectaban sus cuerpos en la pared de enfrente. Cada día le resultaban más familiares el austero equipamiento del cuarto y la pantalla amarilla de la lámpara.

El primer día Sophie lo llevó hasta la pequeña iglesia, que en aquella época ofrecía un aspecto gris e insustancial en medio del hayedo pelado. Por supuesto, la vidriera quedaba a oscuras. Stanton le instó a que le contase de nuevo la leyenda.

Más adelante Stanton se fue unos días a San Petersburgo. Al día siguiente de su partida llegó una carta de Ashton. Decía que se había enterado de su separación y que nada ansiaba tanto en el mundo como poder confortarla. Daba por sentado que esa vez Sophie aceptaría la invitación para ir a China a contemplar el eclipse. Ya tenía reservada habitación en el mejor hotel de Pekín, así como los billetes de tren en primera clase. A primeros de enero iría a Riga; entonces sería una buena ocasión para hablar de todo lo demás. Ashton había subrayado «todo lo demás». Apenas una hora más tarde entregaban en su domicilio un ramo de orquídeas blancas. Las enviaba míster Ashton, de Londres. Despedían el mismo aroma empalagoso que su colonia; Sophie las colocó en el cenador.

Lo que faltaba. Arrojó desesperada la carta al fuego. De repente se sintió acosada por todos lados, vio cómo la privaban de su libertad. ¿Por qué hombres como Ashton eran incapaces de advertir su ofuscación? Nunca se daría cuenta. «¿Y tú?», pensó Sophie. ¿O Stanton? Ni siquiera estaba segura de que le apeteciese pasar el fin de semana con él.

*

Empezaron los días fríos y grises del invierno. Se habían alojado en un hostal próximo al mar, en un cuarto del piso superior. Sophie viviría aquellos días como si los hubieran arrancado del resto del orden universal. Un estado de ánimo que parecía desencadenar Stanton precisamente con su presencia. Estaban dando un paseo lejos de la playa. Aún se percibía el ruido del mar, aunque la espesura de los árboles era cada vez mayor. Abetos con las ramas vencidas bajo el peso de la nieve caída la noche anterior.

«¿Oyes? –le preguntó él, y Sophie se aproximó hasta donde estaba–. En cuanto hayamos traspasado la loma se hará el silencio.»

Quizá se debiera al sendero, muy estrecho, que no anduviesen uno al lado del otro. Stanton iba más deprisa. Cada vez que Sophie miraba veía que había avanzado un gran trecho. El suelo estaba cubierto de hojarasca mojada. De vez en cuando se veía alguna planta verde, que sobre el blanco de la nieve daba una sensación de lozanía aún mayor. Entre unas y otras, de repente, imágenes sueltas: un figón chino de té en cualquier sitio del trayecto hasta Port Arthur. Stanton llevándole un tazón de sopa caliente, encarnada, picante. Luego Sophie se imaginó la rendija en la puerta de su cuarto siendo él niño y su madre joven. Finalmente había escrito a su madre desde Tokio. Había muerto antes de que volvieran a verse. Pero de la carta, según le contó su hermano, no se desprendió el resto de sus días.

Cuántas capas de la memoria habían ido creándose entre ellos. Stanton la esperó en una bifurcación del camino.

«Por aquí», dijo, y prosiguió andando. Acto seguido se giró como si fuera a decirle algo, pero al final no dijo nada.

Era la última vez que pasaban por allí. De hecho, sería la última que paseasen juntos. Al día siguiente Sophie lo acompañaría a la estación; él haría solo el viaje hasta Hamburgo pasando por Berlín y desde allí en barco hasta América. Quizá aún le escribiese alguna carta, contándole que el viaje había ido bien. Y pensaría en ella. Luego ya no volvería a saber nada de él. Así lo había decidido Sophie. Durante todo el tiempo Stanton había intentado convencerla de que lo acompañase. Pero ¿qué la retenía allí, después de todo?

Aún le debía una respuesta clara y detallada. Pero no podía marcharse con él. Pasaría lo mismo que con Albert. Tendría que ajustar su vida a los planes de un hombre... y se veía incapaz de ello. Como tampoco Stanton cambiaría su propia vida. Separarse de Albert le había costado mucho más de lo que se había imaginado; le había consumido las fuerzas. Fuerzas que Sophie necesitaba con urgencia para sí misma. Marcharse entonces suponía traicionarse. Quizá fuera posible en otro momento. Pero Stanton insistía en que le diera una respuesta en el plazo de tres semanas.

Había empezado a oscurecer. Esos días de diciembre ya era de noche a las tres de la tarde. «Y encima, niebla», se dijo Sophie. Con la humedad del aire, las palabras sonaban amortiguadas. Más tarde seguramente volvería a nevar. No había podido ir a hacer las compras de Navidad. Aquel año no tendría regalos para nadie. Ni para Lina. Tan ocupada había estado con aquel hombre que iba delante de ella. El mundo se había perdido de vista, sumergido bajo las aguas. Como si lo estuviese ensayando, hizo la prueba de repetir las palabras que le había oído decir a él. «No volveremos a vernos.» Era incapaz de imaginárselo. Todo parecía tan indiferente como importante.

De repente se hizo el silencio. Sin advertirlo, acababa de pasar al otro lado de la loma. El rumor del mar había cesado. Sophie se asustó al oír el golpe sordo de la nieve cayendo de una rama. Sobre un suelo blanco donde era imposible fijar las distancias. En algún sitio se fundía con el cielo, también blanco.

En la siguiente bifurcación Sophie se detuvo. Se notó el pulso en las sienes. Sentía como si la cabeza fuera a abrírsele y el frío a filtrársele sin dolor por la fractura abierta. Los troncos empezaron a moverse. ¿No bailaban acaso delante de sus ojos? ¿No se apoyaban unos contra otros? ¿No se mecían juntos en grupos de tres? Encima de los árboles se oye un silbido prolongado, como el de los muchachos por las calles. Se repitió a intervalos irregulares, en tono a la vez inquisitivo y quejumbroso. A continuación, entre los árboles, la sombra de un ave de gran tamaño, un ratonero. Sin batir las alas planeaba a la aventura entre los árboles. ¿Qué debía de estar buscando? Rara vez se veían esas aves en solitario. Aunque fuese a un kilómetro de distancia, el segundo ratonero debía de andar por allí cerca.

La humedad se le filtraba por la ropa; la nieve le reblandecía el calzado. «Tienes que untarte grasa», oyó que le decía Albert con sorprendente claridad.

¿Cuánto tiempo llevaría parada en aquel punto del camino? Sophie entornó los párpados para ver mejor. Le empezaron a llorar los ojos del esfuerzo, la imagen del bosque se le nubló. Se pasó el guante por los párpados. La vista volvió a ser diáfana por un instante. Qué raro que Stanton no la hubiera esperado en aquella bifurcación. ¿La habría arrinconado ya a un capítulo del pasado? ¿Se habría consumado la separación, de modo que, aunque estuviera con él, Sophie ya hubiera dejado de importarle? ¿Habría emigrado a la casa de madera de sus relatos? ¿Estaría aparejando la barca para salir a pescar langostas? Por la noche, acompañado por el canto del grillo, cocería las piezas cobradas hasta que adquiriesen un color rojo anaranjado. A continuación, con la ayuda del mango de un cuchillo, rompería el caparazón y paladearía la sabrosa carne blanca de su interior. Sophie se lo imaginaba sentado en el porche, frente al jardín en tinieblas, al contraluz de la cocina.

Más no podía hacer un hombre por una mujer, había concluido él. Y quizá tuviera razón.

Sophie siguió el camino con la vista, la nieve no terminaba de cubrir las roderas por donde acababa de pasar un vehículo. ¿No había alguien esperando en aquella punta? Procuró fijarse mejor. ¿No era la silueta de Stanton, que la precedía? Se perdió de nuevo en la niebla. Tenía que ser él. Habría esperado allí y tendría frío; como ya la había visto, habría seguido adelante. «Me gustaría hablar contigo», exclamó una voz en su interior; era imposible, sin embargo, que él la oyera.

«Pero ¿por qué quieres hablar con él? –se preguntó–. ¿Qué queda por decir? ¿Para qué atrapar con palabras instantes condenados a perderse sin remedio?»

«¿Te acuerdas?», gritó Sophie en un momento determinado.

Stanton pareció volverse y asentir con la cabeza como si dijera: desde luego, hay cosas que no se olvidan nunca.

Se había detenido para esperarla. Sophie le dio alcance. Con parsimonia.

Antes de llegar Stanton le dijo: «Podríamos comprarnos una casa, en cualquier sitio de la costa de California. Seremos felices».

Sophie guardó silencio compungida. Repentinamente, el bosque nevado se le antojó un presidio. ¿Había un lazo invisible tendido entre los dos? Él estaba absolutamente persuadido de que era así.

Por eso Sophie se detuvo: para ver cómo de un leve impulso se desvinculaba y desaparecía lentamente de su vista.

¿Habría subido la temperatura? ¿Sería el frente cálido que estaba anunciado?

«Está lloviendo», dijo Sophie en voz alta. «Lluvia gris, que rebota contra la piedra. Cómo me gustaría correr, dejar todo atrás, desentenderme de lo tuyo, de lo mío, de lo justo y lo necesario, que llueva, verde botella, que el pecho se ensanche y no quede nada, pero nada.»

Tras subir la escalera de madera del hostal, vio que la maleta de Stanton ya no estaba en el rincón acostumbrado. Sólo había quedado una chaqueta suya, colgada en la percha del armario, fingiendo una ausencia transitoria. Sophie sabía que su amigo detestaba las situaciones teatrales. Nada de despedidas. Nada de cartas. No quedaba nada por decir. Se dejó caer en la cama recién hecha del hostal y hundió el rostro en la almohada, cuya calidez se fue humedeciendo a medida que lloraba, cada vez con mayor desconsuelo. Sentía el vacío de la habitación como el hueco de su propio interior. Acababa de conseguirlo. Estaba sola. Cómo resuena. No había respuesta. Tuvo la sensación cada vez más intensa de haber cometido un error.

Riga, 1914

I

Las ventiscas azotaban la ciudad. Nadie salía a la puerta de la calle. Los abedules a merced del viento era todo lo que se movía en las calles. Sophie estaba clasificando sus fotografías. Una galería de San Petersburgo había organizado una exposición de su obra bajo el título: «El mañana de ayer es hoy. Fotografías de 1900 a 1910». Era la primera vez después de mucho tiempo que volvía a contemplar sus antiguos trabajos: la niña del parque, los cocheros de la estación, el lago Baikal, instantáneas de Dinamarca, los reportajes de Port Arthur y los retratos, que tanta aceptación tenían. Los primeros ensayos que hizo en fotografía, las composiciones intensamente retocadas de cosas y personas: la sombra de contornos suaves de Lina y Marja, la gama de grises de unas hortensias trasplantadas al papel dentro de un vaso de agua. Aquella época parecía tremendamente lejana. Qué diferencia con los trabajos más recientes: la claridad de líneas dominaba la composición. Emergía sin disimulos la tensión entre sujeto y objeto, el aspecto que más le interesaba. En la habitación contigua oyó a Corinna.

–Podrías ayudarme, hermana –dijo llamándola mientras extendía unas fotos por el suelo.

–¿Y qué quieres que haga?

–Ven y me dices cuáles te gustan más.

Corinna entró en el cuarto mirando de soslayo a su hermana. A pesar de ser mediodía, aún iba en bata y tenía que arreglarse. Recorrió despacio la hilera de fotografías, hasta detenerse ante una que Sophie había hecho hacía poco: el paisaje nevado de las casas y balcones de su calle; en la fotografía, los balcones parecían prolongarse hacia el infinito. Había esperado a que cayese la luz de mediodía para obtener el mayor contraste posible entre luz y sombras.

–Seguramente habré pasado por delante un millar de veces. Pero nunca había visto esas casas como en esta foto. Con tus artimañas fotográficas parecen totalmente diferentes... Son una construcción distinta, ya no son los balcones de toda la vida.

–Me alegro. Mejor no podrías elogiármelas. Antes creía que bastaba con atrapar la realidad en unos cuantos momentos. Toda mi ambición era hacer comprensible el mundo con ayuda de las imágenes más vivas posibles. Pero la lente encierra mucho más, una variedad fascinante de artificios. –Sophie se acercó a Corinna para ver mejor la instantánea–. Estoy aprendiendo continuamente cosas nuevas. Hoy te diría que la fotografía tiene que tener vida propia, por sí misma, no por la relación que guarde con la realidad. Me interesa la tensión que se crea entre las tonalidades, la textura de las superficies, la elegancia de los perfiles. El objetivo de la cámara viene a ser un ojo artificial a través del cual me limito a aprender a ver las cosas de otra manera.

Corinna había dejado de prestarle atención.

–Cualquiera diría que en lugar de hablar de tus fotos te estás refiriendo a ti misma. Desde luego, ojalá tuviera yo una cosa así con la que entusiasmarme.

Sophie miró a su hermana. Qué mayor parecía. En el semblante y en la actitud. El ademán aburrido, la mirada cansina, la indolencia con que se trataba a sí misma. Al cabo de los años no le habían servido de nada las innumerables curas que había seguido durante meses y meses. ¿No se había percatado?

–No parece que te interese especialmente la gente –comentó Corinna como si le leyese el pensamiento.

Sophie notó el enfado en su voz.

–¿Por qué lo dices?

–Tú misma puedes verlo. Has dejado de sacar fotos de personas.

–Pero ¿y los centenares de retratos que tengo hechos?

–Ésos son por dinero, no porque te interesen de verdad.

Sophie no supo qué responder.

–*Ciao*, señora frialdades. –Dicho lo cual, Corinna salió de la habitación.

¿No acertaba acaso su hermana señalándole su punto flaco? En efecto, de un tiempo a esa parte las personas habían dejado de ser el centro de su trabajo artístico. Sophie se excusaba pensando que los encargos ya cubrían esa faceta. Pero tenía el presentimiento de que no era ése el auténtico motivo. Se trataba más bien de la sensación de que todo cambiaba demasiado deprisa, de manera imprevisible, fortuita e irreversible. Y no sólo las personas, también las relaciones. En sus trabajos más recientes había intentado reflejar lo complejo, mutable y contradictorio de las cosas. A su estilo, de manera fortuita sobre todo, Corinna había captado perfectamente la cuestión. Sin ser consciente de ello, sus últimos trabajos ponían de relieve que las personas apenas desempeñaban un papel relevante en su vida. ¿Cómo podría comprender Corinna que Sophie había dejado de buscar la sintonía con nadie?

Recogió meditabunda las fotografías. No era el momento adecuado para hacer una selección. Tenía que salir a dar un paseo y refrescarse las ideas. El comentario de Corinna le había inquietado. Sus propias preocupaciones no le daban tregua. Como le pasaba a menudo en los últimos tiempos, se acordó de Stanton. Había escrito alguna carta durante aquellos años. Breves líneas comunicándole escuetamente dónde se encontraba y qué hacía. Sus respuestas habían sido igual de parcas. Luego estaba el infatigable Asthon. Continuaría invitándola a presenciar eclipses hasta el fin de sus días. Albert, sin embargo, con el paso del tiempo se había convertido en un recuerdo vago, en un nombre sin más. Tan honda había sido la ruptura. «Parece que sólo haya existido en la memoria», pensaba Sophie de vez en cuando. Había herido el orgullo del hombre y eso imposibilitaba cualquier continuidad en la relación. Albert se limitaba a enviar un regalo a Lina por su cumpleaños y felicitaba las Navidades a la madre de Sophie. A su madre, precisamente. Tarjetas de colores que llegaban puntualmente cada año, desde Crimea, Estocolmo o Arabia. La ponía al corriente de sus idas y venidas por todo el mundo. Como si fuese con la madre de Sophie con quien hubiera estado casado. Su madre le guardó resentimiento durante muchos años. Apenas si coincidían en ciertas fiestas familiares. Sin haber hostilidad, intercambiaban las palabras justas cuando se veían. La madre disfrutaba de las postales como si se las enviase un antiguo amante. Sophie se enteró por casualidad de esa correspondencia. A la madre nunca se le ocurrió contarle nada. Un día Sophie le preguntó por el motivo. Ah, bueno, se le había olvidado, comentó su madre encogiéndose de hombros; a continuación extrajo las postales recibidas durante los últimos años de la caja donde guardaba los pequeños recuerdos.

Un par de veces había preguntado Lina por qué se había marchado papá. Había dicho «papá». Sophie había sentido un escalofrío ante la pregunta, y la niña seguramente lo había notado. ¿Acaso por eso no se atrevió a preguntar nunca más por su padre? ¿Qué debía de conservar en la memoria? Un hombretón risueño que se la llevaba de paseo y le compraba helados. Un hombre que siempre estaba de viaje... Sophie nunca habló de la cuestión con Lina. Por aquel entonces, cuando regresó de Japón, cuando en un arrebato de alegría le puso el sombrero a la niña –¿cómo pudo ella haberlo conocido?– y le dio un par de volteretas en el aire... ¡qué carcajadas soltó la niña con aquel individuo tan impetuoso! Entonces no se cansó de pedirle cosas. También que se quedase a vivir con ellas.

Sophie se figuraba que, cuando se quedaba sola en casa, Lina iba algunas veces a registrar el cajón superior de su escritorio, donde guardaba las cartas y las fotografías de su padre. Aquella en la que pasaba orgulloso junto a la maqueta de una grúa flotante. Albert en Port Arthur. El retrato malogrado de Albert con su sombrero gris. Su hija las sacaría a hurtadillas, debía de contemplarlas largo rato y luego las dejaría en su sitio. La que más le gustaba era la del sombrero.

Marja se llevaba a Lina cuando iba de visita a la casa donde trabajaba una amiga suya, la cocinera de la familia Ehrenberg. Los Ehrenberg tenían otra niña, Ingrid, apenas dos años mayor que Lina. Mientras las dos jóvenes letonas charlaban en la cocina, Ingrid y Lina se entretenían con sus juegos infantiles, en el jardín, bajo un arbusto de lilas. Aturdía el aroma de las flores, color malva pálido. El jugo tenía un sabor amargo; debía de ser venenoso. Provocaba sueños, decían los chiquillos del barrio. Lo que más gustaba a las niñas era disfrazarse con los pañuelos de vistosos colores que la madre de Ingrid guardaba en un armario, o con el lamé sobrante del vestido de noche de Corinna; holgadas bandas de seda china cubriendo los menudos cuerpos infantiles, estampadas con dragones, dioses de los mares, ramitas de ciruelo y tejados de pagoda; qué delicados los hilos del reverso de la tela parda que les dio Sophie, un resto de los rollos de seda que compró en China.

Cuando sabía que su madre estaba en el estudio, Lina se plantaba ante el espejo de tres hojas del dormitorio y se probaba la ropa de Sophie. El abanico de plumas de avestruz que su madre había llevado en su primer baile de Nochevieja. Las plumas eran emocionantes; al desplegar el abanico, sus motivos quedaron reflejados en el espejo. Hasta que se asustó de su propio rostro. Había atardecido y el cristal empezaba a brillar con reflejos verdosos. La contemplaban unos ojos desmesuradamente abiertos, órbitas blancas con el espanto de los ojos de ternera vaciados que había visto poco antes en el matadero. Quedó unos segundos paralizada ante aquella mirada extraña, hasta que descubrió que su madre había entrado en la habitación: «Pero ¿qué haces aquí?».

Cada año, en verano, Sophie tomaba fotografías de su hija. Las dos disfrutaban de aquel rito. La costumbre era que Lina propusiese cómo deseaba salir: en el jardín, en la cocina, con su amiga... A continuación Sophie montaba el trípode, se situaba en el lugar donde deseaba Lina, y la hija comprobaba por el objetivo si le gustaba el encuadre. Finalmente Lisa posaba y Sophie disparaba la fotografía. Sophie solía insistir en tomar más fotografías, a lo que Lina accedía, complacida por la atención que le prestaba su madre. Una de esas fotografías recibió el nombre de «La pianista». Era la que más gustaba a Lina. Se la veía desde atrás, vestida de azul marino y cuello blanco, sentada al piano –el contorno del cuello, la melena rubia recogida, los hombros ligeramente adelantados–, y a la vez se distinguía una parte de su rostro en un pequeño espejo redondo de la pared: ojos, cejas, nariz y prominentes labios. El sol poniente envolvía la figura suavizando sombras y perfiles. Las manos de Lina daban la sensación de estar flotando sobre el teclado, prácticamente se oía la música. Por entonces ya tocaba con habilidad cautivadora.

La sesión fotográfica tenía lugar siempre poco antes del cumpleaños de Lina; solía ser uno de los pocos días calurosos de junio en que el sol entraba entre las ramas de los abedules, dibujando en las blancas paredes del cuarto una filigrana de sombras. En la cena había suculentas fresas tempranas; luego madre e hija se entretenían preparando las tarjetas que colocarían en las mesas el día de la fiesta. ¿Quedarían siquiera los veranos cálidos y luminosos en el recuerdo de la hija?

Aquel año, al bajar las escaleras el día de su cumpleaños, aún en camisón, Lina encontró la mesa con un impoluto mantel blanco, servida exclusivamente para ella. En medio del pastel de bizcocho y chocolate, una gran vela solitaria. A plena luz se veía la llama transparente. Había regalos envueltos en papel de seda de vivos colores, junto al ramo que Sophie le componía cada año con rosas y lilas del jardín recién abiertas. Y como cada año, la caja de bombones con un sobre blanco. Sin abrirlo, Lina sabía qué contenía: una tarjeta de felicitación y un gran billete de banco que luego guardaría su madre; era el regalo que le hacía su padre, para más adelante. Por vez primera, sin embargo, faltaba en la mesa la corona de madera pintada con mariquitas verdes que usaban para colocar las velas. Marja tuvo que consolarla: «Ya no eres una niña pequeña. Eres una mocita de once años. Demasiados para una corona tan infantil».

Sophie le había comprado un portaplumas de sobremesa y cuadernos nuevos de música. Marja le había cosido un vestido violeta, con el talle fruncido y falda con pliegues. En cuanto lo vio colgado de la percha, Lina reconoció la tela; la misma que unos días antes se había tenido que probar descalza en el mirador, con la prenda aún hilvanada. Entonces todavía olía a la tienda de Rothfels, a suelo de madera y a estantes repletos de rollos de tela. De rodillas ante ella, apretando los labios para que no se le cayeran los alfileres, Marja le había contado: «Lo estoy haciendo para una niña que tiene justo tu talla».

Lina protestó porque los alfileres del dobladillo le pinchaban mientras se devanaba los sesos intentando adivinar quién sería la niña.

Por la tarde acudieron sus abuelos y sus tías Lisa y Corinna, su primo David, dos amigas del vecindario y también Ingrid, que entonces bailaba en la compañía de danza del Teatro de la Ópera. Las niñas llevaban vestidos blancos y diademas de colores en el pelo; a la protagonista de la fiesta le llevaron flores y regalos. Después de tomar chocolate y pasteles jugaron al escondite como niñas mayores, moviéndose con paso pausado por el parque, como pequeños adultos. Sophie, que se había reservado aquel día, atendió a la familia en el cenador. Ella misma había preparado el pastel de fresa y nata montada que sirvió en la cena. Como despedida, Lina interpretó unas piezas al piano. Ingrid la acompañó bailando lo que Lina interpretaba, dedicado en exclusiva a su amiga.

Poco después, como todos los veranos, celebraron el cumpleaños de tía Lisa, en el gran chalé blanco con techos de estuco que los tíos tenían en la calle Gertrud. Aunque esa vez todos hablaron acaloradamente del asesinato del heredero en Sarajevo. La discusión y el humo de los puros que fumaban llegaban hasta la sala vecina, donde se encontraba Lina hojeando en el suelo las revistas de moda de su tía. En esos momentos aún creía que Sarajevo era un nombre de niña.

Con el invierno regresó la sensación de que el tiempo empezaba a discurrir de nuevo. Frío y oscuridad que encerraban a todos en sus casas. En invierno Sophie tenía la sensación de que el verano no era sino un farsante cuya cruda luz sólo simulaba una breve temporada de irrealidad.

II

Pocos meses después de que estallara la guerra, Sophie recibió carta de Campbell, desde Nueva York. Reconoció su letra en el sobre. Le pedía fotografías de la vida cotidiana en plena guerra, puesto que –decía– el ambiente militar impregnaba cada vez más el día a día de las ciudades europeas. Sophie ya sabía qué era lo que se le pedía, venía a decirle. Con la intención de cumplir el encargo, recorrió las calles y se metió en los suburbios. Pero esa vez no pudo sentir el mismo entusiasmo que la anterior. Definitivamente, el tema había dejado de interesarle.

Mientras fotografiaba con ánimo ausente a las muchachas que regalaban flores a los soldados, a los oficiales que saludaban a las damas jóvenes o los tanques que transitaban junto al Dvina, tenía ocupado el pensamiento imaginando la manera de modificar las instantáneas creando un punto de vista, recortando un fragmento o realzando algún detalle. En la cámara oscura probaba cielos diferentes para ver con cuál ganaban las instantáneas en vitalidad. Pero no había nada que de verdad resultase efectivo. Sus fotografías se limitaban a anunciar lo que esperaba: que terminase la guerra. Quería marcharse.

Ocurrió durante el segundo verano de la guerra, en agosto de 1915. Sophie estaba trabajando como era habitual en su estudio, un sotabanco donde en pleno verano no se movía un soplo de aire, cuando oyó que alguien subía atropelladamente la escalera. Era Marja. Desde abajo llamó a Sophie por su nombre. Su voz delataba tanto espanto que Sophie dejó cuanto estaba haciendo, a riesgo de estropear la foto que tenía entre manos, y salió corriendo de la cámara oscura.

Marja llegó hasta ella y, sin aliento, le contó con voz entrecortada que toda su familia había sido detenida. Padres, hermanos e hijos. Había soldados por todos sitios. Estaban sacando a los alemanes de sus casas y llevándoselos en camiones fuera de la ciudad. La cocinera de los padres de Sophie la había telefoneado para decírselo, y ella se había apresurado a ir en su busca.

–¿Y Lina?

Sophie estaba desconcertada. Marja seguía sin poder

apenas articular palabra. Le explicó que Lina estaba a buen recaudo. Estaba en casa de su hermana.

–Tenemos que darnos prisa –exclamó Sophie bajando ya las escaleras.

Marja la siguió como buenamente pudo. Primero fueron a la calle Gertrud, cerca del estudio, a casa de Lisa y Jonathan. Nadie abrió. Tampoco en casa de Corinna y Ludwig hubo quien respondiera a sus enérgicos aldabonazos. Sophie bajó las manos mirando a Marja con desesperación. Todo debía de haber sucedido con enorme rapidez. No habían podido hacer ningún tipo de preparativos.

La informaron de que casi todos los alemanes bálticos de la ciudad estaban siendo evacuados de Riga y transportados a Rusia, a un campo de prisioneros civiles. Pero no debía preocuparse –le había dicho el ruso que prestaba guardia en el ayuntamiento–, porque las condiciones de vida allí eran perfectamente humanas. Estaba en Wologda, al norte de Moscú y al este de Petrogrado, que ya no se llamaba San Petersburgo.

–Pero ¿por qué? –inquirió Lina–. ¿Por qué nosotros podemos seguir aquí y los otros no?

–Porque Rusia y Alemania están en guerra –explicó Sophie a su hija–. Quien manda ahora son los rusos. En el colegio ahora aprendéis ruso, no alemán. Pero nosotras dos, tú y yo, tenemos nacionalidad danesa porque tu padre es danés. Por eso dejan que nos quedemos aquí.

Wologda. A Lina el sitio le sonaba a agujero negro. Un lugar de bosques, pantanos y ríos. Jan escribió: no estaban tan mal. Había un río de aguas plateadas con lirios en la orilla y libélulas gigantescas. David, el primo de Lina, pescaba cada día lucios y barbos en las excursiones que hacía con el abuelo, y la tía Lisa había empezado a fumar como una locomotora. Para espantar las moscas, según había que puntualizarle a Lina. De Corinna era la única de quien no decía nada. Sophie se quedó preocupada por su hermana menor. Estar prisionera, y encima en un lugar tan apartado, tenía que hundirla en las peores depresiones. Sophie intentó desesperadamente ponerse en contacto con Albert. Escribió a casa de sus padres, en Kolding, y le dieron una dirección de Odessa. Era la única posibilidad: con su ayuda podría conseguir la liberación de su familia. Lina empezó a pensar que la nacionalidad danesa venía a ser como los tres deseos del cuento. Y sabía perfectamente cuál tenía que ser el tercer deseo: otros tres más.

Sophie no estaba en casa el día que llegó Albert. Había llegado en el tren de Odessa. Lina estaba en el jardín recogiendo las primeras grosellas bajo un sol espléndido. Sobre el rojo brillante de los frutos, tan ácidos que la mueca era inevitable, se reflejaban unos puntos blancos. Los granitos se quedaban incrustados entre los dientes. Albert apareció de repente junto a las flores azules, aunque debía de llevar un rato observándola. Él sintió un escalofrío. Tuvo que disimular el aire de espectador abstraído cuando ella lo miró directamente a los ojos. Los dos se quedaron en silencio. Luego él dijo:

–Lina, hija, qué mayor te has hecho.

La niña asintió con gesto de persona mayor. El aspecto de su padre era muy diferente del que se había figurado. Tenía el pelo rubio, pero extremadamente fino, y la cara surcada de arrugas. Sólo la expresión de sus ojos coincidía con la fotografía que su madre tenía guardada en el cajón del escritorio.

–¿Por qué has venido? –preguntó Lina con gesto neutro.

Era imposible que Albert supiera lo que había sentido la niña: cómo había temblado al formular la pregunta, la confusión que sintió al verlo, cómo estuvo a punto de no articular palabra, la esperanza que sintió de que él hubiese regresado para siempre. «Con qué serenidad saluda esta personita», pensó Albert. Parecía que nunca hubieran tenido nada que ver el uno con el otro.

–He venido porque me lo ha pedido tu madre –respondió–. Hay que rescatar a la familia de Wologda. Lo están pasando mal y corren peligro. ¿Sabes lo que eso significa?

Lina asintió, aunque no lo entendía del todo. Durante las últimas semanas su madre no hablaba de otra cosa, pero no de peligro. Al día siguiente, cuando sus padres se marcharon, Lina y Marja los vieron partir desde el jardín hasta perderse de vista.

La intervención de Albert fue efectiva. Toda la familia pudo regresar a Riga. La esposa del asesor consular rompió a llorar al ver a su yerno. Los había salvado.

Corinna y Ludwig hicieron el equipaje y esa misma noche salieron con David camino de Viena, donde vivía la hermana de Ludwig. Albert se quedó un día en casa de Sophie y Lina. Sophie sentía la misma presión que se experimenta ante un examen. Después de que Albert hubiese ayudado a toda su familia, se sentía en deuda con él. Pero a la vez se resistía a poner en tela de juicio si había actuado correctamente separándose en su día de Albert. Él había seguido solo, igual que ella; ninguno de los dos lo hubiera dicho del otro. Albert le contó que al cabo de un año aproximadamente pensaba trasladarse a Copenhague. Quizá, le dijo, pudieran entonces verse más. Al fin y al cabo tenían una hija en común que no dejaba de necesitar un padre.

A la mañana siguiente, Sophie lo acompañó a la estación; le dedicó un largo adiós. El tren se perdió en el horizonte, confundido con una fina nubecilla; sin que Sophie pudiese explicarse cómo, el tren también se llevó consigo el recuerdo que tenía de Albert, fundiéndolo con el aire azul y transparente.

El tiempo pasó y no supieron nada más el uno del otro. Lina, que al principio se apresuraba a abrir el buzón con la esperanza de hallar una carta, dejó un buen día de hablar de su padre. Para su decimotercer cumpleaños, y aun el decimocuarto, llegaron la caja de bombones y el sobre con dinero. Lina siguió guardándolo todo sin decir palabra en su habitación. Pero en invierno de 1917 –en otoño el ejército imperial alemán había reemplazado al ruso en Riga– Sophie recibió una carta remitida desde Kolding. Precisamente estaba retirando los adornos de Navidad. Acababa de regalar a Lina la bola plateada que tanto le gustaba: «Quédatela. El año que viene, otra. Y cada año, una más, hasta que puedas adornar tu propio árbol».

«Ha llegado una carta de Dinamarca», dijo la madre de Sophie, que pasaba de visita. Sophie cogió el sobre, escrito con una letra que no conocía, y empezó a leer. Lo que contaban parecía una novela. Tardó en tomar conciencia de lo que refería: Albert se encontraba de viaje por Suecia, en tren, y entre Estocolmo y Norrköping el tren empezó a arder. Albert había intentado salvar al fogonero, sin conseguirlo. Después del golpe de calor había pasado la noche gélida en un vagón sin calefacción, lo que le había provocado una grave pulmonía que terminó siendo mortal. Tres días atrás había sido enterrado en un lugar próximo a la granja propiedad de su familia.

La madre había atisbado el contenido por encima del hombro y se llevó a Lina a otra habitación. Sophie, por su parte, se encerró con llave sin querer ver a nadie. Lina oyó cómo lloraba su madre, pero no la dejaron estar junto a ella.

Lisa acudió para jugar con ella a las damas. Ante todo calma y no precipitarse. Como si su tía no se hubiese dado cuenta de que Lina se había hecho mayor y ya no se divertía con aquellos pasatiempos. Además, la tía se distraía y perdía todas las partidas. Encima, fumaba como un carretero, como no había dejado de hacer desde que regresara de Wologda, y eso que era invierno y en la ciudad no había moscas ni mosquitos.

III

Lina e Ingrid eran inseparables. Sophie sentía aprecio por aquella muchacha que había logrado que sus padres la dejaran ir a Petrogrado a cursar la carrera de danza. Lina, que se preparaba para el acceso al conservatorio, la acompañaba a menudo al piano.

«¡Chopin, Lina! ¡Si algún día pudieras tocarme Chopin...! –exclamaba alguna vez Ingrid–. Esa música es única, me echaría a volar escuchándola.»

Lina, pues, ensayó Chopin; las mazurcas y los preludios, que necesariamente tenían que resultarle difíciles. Mientras tocaba observaba de soslayo las evoluciones de su amiga: los delicados pies, la línea del cuello, la curva de los pequeños senos. No conocía a nadie que bailara como ella. Lina tocaba el piano hasta que le dolía la espalda. En un momento determinado cerró la tapa y se tumbó en la cama de Ingrid.

–Qué triste me quedaré cuando te vayas de Riga, Ingrid. ¿Qué voy a hacer sin ti? Petrogrado está tan lejos... Apenas podremos vernos.

–Pero Lina, ¡si no es hasta el año que viene! –dijo Ingrid como si se tratase de una eternidad–. Además, allí se puede estudiar música muy bien.

Lina acarició la colcha de seda, entreverada de vetas plateadas.

–Tienes que ver bailar a Nijinski, Lina. ¡No puedo esperar más!

Cuántas veces no se habría entusiasmado Ingrid hablando de los grandes nombres: Nijinski y Dhiagalev, Tamara Karsavina y Felia Dorubrovska. Sophie había hecho fotografías de algunos bailarines para ella. En su habitación Ingrid tenía a Nijinski dando uno de sus espléndidos saltos en la habitación de un hotel. Volaba con el cuerpo a un metro del suelo.

Qué familiar le resultaba el cuarto de Ingrid al cabo de los años. La mesilla de caoba con las ediciones requeteleídas de Tolstoi y Shakespeare, la gran puerta de doble hoja que se abría al jardín, donde habían pasado más de un día de verano. En ese momento las pesadas cortinas estaban corridas. En el mirador había una mesa de cristal con dos pequeñas butacas. Cuántos ratos habían pasado allí, hablando incansablemente con un té o un plato de melocotón: de la incertidumbre de Ingrid acerca de si sus padres la dejarían o no estudiar danza, de los temores de Lina, confesados exclusivamente a Ingrid, después de la muerte de su padre. Y el cuadro que el padre de Ingrid había comprado a un pintor ruso porque la muchacha retratada se parecía muchísimo a su hija. Una joven con forma de cisne partía rumbo a la isla que estaba pintada al fondo. Las dos se habían imaginado que la isla podía ser el país de los sueños, el país que rodeaba el mundo entero. Sobre todo por los ojos de la muchacha, que hubieran podido ser los de cualquiera de las hadas de los cuentos de su infancia.

–¿Te acuerdas de los cuentos que nos leía tu niñera?

Ingrid asintió con un gesto; sujetaba horquillas en la boca. En cuanto se hubo colocado la última en el pelo, añadió:

–Todas esas historias las voy a bailar, todas. Y las bailaré de modo que, sin saber cómo, te verás otra vez metida en ellas. ¡Y tú, tocándome la música!

Lina se echó a reír. ¡Qué entusiasmo podía desplegar Ingrid! Seguía siendo como una criatura, y eso que ya había cumplido diecisiete años. Pero... ¿por qué no iba a tener razón? ¡Pues claro que terminaría siendo una gran bailarina! Un buen día recorrerían el mundo entero, desde Moscú hasta París, desde Londres hasta Nueva York, y ella la acompañaría siempre al piano.

Unos meses después Lina acompañó al piano los ensayos de ballet de la Ópera de Riga. Aunque con una circunstancia que Sophie ignoraba: en la penumbra de la platea, en la décima fila, muchas tardes ocupaba una butaca un hombre que sólo estaba pendiente de su hija. Lina tampoco se percató durante mucho tiempo de la presencia de aquel aristócrata ruso de rubios cabellos... hasta que empezó a enviarle orquídeas exquisitas. Cuando por fin se conocieron, Lina –fácilmente inflamable con sus quince años– quedó deslumbrada por su pelo rubio, sus ojos azules y la elegancia de su porte. A partir de entonces el aristócrata la invitó a pasear en su landó y a ir a los cafés. Las orquídeas procedían de uno de sus invernaderos. Lina adoraba aquellas flores con aspecto de porcelana que le recordaban a los duendes de las orquídeas rosas montadas en trineos de cristal. No se atrevía a llevárselas a casa por temor a que su madre la riñese. Se las regalaba a Ingrid, que nunca delataría a su amiga.

En el curso de 1918 también abandonaron la ciudad los padres de Sophie y el resto de la familia. El asesor consular se marchó con su esposa a París, donde se reunió con su hermano Heinrich; Jonathan y Lisa se fueron a Londres; Jan y su familia, a Berlín. Todos –menos Corinna, que se había separado de su marido y vivía en Viena con un actor– le escribieron largas cartas apremiándola a que siguiera sus pasos y se uniera a ellos... como si la incorporación de Sophie pudiera saciar la añoranza que todos sentían por Jurmala, por la casa de la playa y los veraneos; por Riga en su conjunto. Mas Sophie tenía otros planes desde hacía tiempo. Sabía que tendría que esperar a que terminase la guerra, de modo que procuraba hacer acopio de paciencia. Aquel verano trajo consigo espléndidos días de calor, que se vivieron con el sordo cañoneo de fondo procedente del sur, al que ya se había habituado la ciudad.

Con el otoño llegaron las tormentas y ventiscas y cesó el avance del ejército alemán. Se detuvo la ofensiva sobre Petrogrado. La noticia de la Revolución de Noviembre se extendió como la pólvora y rápidamente se produjo el relevo en los ejércitos, pasando el mando a los sóviets de soldados. Antes de Navidad, Estonia, Curlandia y casi toda Livonia estuvieron de nuevo bajo control ruso; previamente, el 18 de noviembre, se había proclamado con apoyo británico la independencia de Letonia en el Teatro Nacional de Riga. Cientos de familias alemanas del sur del país buscaron refugio en la zona costera con la intención de embarcar rumbo al Reich alemán. A finales de año, mientras los muelles de Riga estaban atestados de refugiados cargados con precarios equipajes de cajas y cestas, en el interior del país las granjas eran pasto del fuego. Según contaban, los soldados, borrachos de los mejores champanes, lo saqueaban todo. Mientras, los campesinos se aprovechaban tan desmedidamente del infortunio de los refugiados que en cuestión de días, decían, debían de tener los estercoleros tapizados con las mejores alfombras. Sophie se veía incapaz de discernir lo que había de cierto en esos relatos.

Los oficios de Año Nuevo de 1919 se celebraron en la catedral de Riga con mayor solemnidad y gravedad de lo habitual, pero también con confianza en el porvenir. Las iglesias donde los crucifijos habían sido arrancados y sustituidos por banderas rojas le parecían a Lina muy alejadas de su ciudad. Aquella mañana compartía el banco de la iglesia con Ingrid. Llevaba puesto el pañuelo de seda verde que su amiga le había regalado por Navidad; Ingrid llevaba el collar de plata de Lina. La calidez de sus cuerpos hacía que la altura de la nave pareciese más baja. Al otro lado de las vidrieras se agolpaban nubes de hielo, pero en el interior del templo las velas blancas ardían sosegadamente en sus candelabros.

La noche del día siguiente zarparon los dos navíos de guerra británicos que habían acudido para proteger la ciudad; sin previo aviso y sin hacer sonar las sirenas. La mañana del 3 de enero entraron en la ciudad las tropas del Ejército Rojo, acompañadas por jubilosos grupos de estonios y letones.

«¡Era inevitable! –Sophie contemplaba la calle desde detrás de una cortina–. Quien a hierro mata, a hierro muere. Ha habido demasiadas injusticias.»

Salir en ese momento era peligroso. Los hombres iban armados y parecían exaltados. Por entre la tupida urdimbre blanca de la cortina, Sophie vio desfilar las hileras de soldados, entremezclados con mujeres que llevaban niños de pecho y la chiquillería que iba y venía de un extremo a otro del cortejo. Sophie retrocedió un paso; las imágenes del exterior se volvieron borrosas en la rejilla que formaban los diminutos cuadrados transparentes y los tupidos rombos del dibujo de la cortina. En un rincón, como cada año, seguía plantado el árbol de Navidad con sus adornos y sus velas, medio consumidas pero aún aprovechables. Qué poco tenía que ver su mundo con el del otro lado de la cortina.

Se oyó el estrépito de una ventana rota. Sophie recorrió deprisa la casa. En el cenador vio cristales por el suelo y un agujero en una ventana. Habían lanzado una piedra contra la cristalera. Sophie se percató de repente de la gravedad de la situación. ¿Dónde estaba Lina? Dio la vuelta y subió las escaleras, hasta el dormitorio de su hija. Estaba vacío.

«¡Lina! –gritó desesperadamente por toda la casa–. ¿Marja?»

Tampoco respondió nadie. La muchacha letona había desaparecido. ¿Se habría unido a la gente de afuera? Con los tiempos que corrían nada había imposible. Pero ¿y Lina? ¿Dónde estaba Lina?

Sophie bajó las escaleras y miró en el armario de los abrigos. Faltaba el de Lina. Corrió al teléfono. Saltaron los cristales de otra ventana, y acto seguido se oyeron los golpes que empezaron a asestar en la puerta de la entrada. «Sobre todo calma –se dijo Sophie–. No te va a pasar nada si conservas la calma.» La puerta volvió a retumbar bajo los golpes de un objeto pesado.

–Ya voy –gritó en ruso, y fue a abrir. Las manos le temblaban. Tenía el alma en vilo. Lina. ¿Dónde estaría Lina?

Ante la puerta se había concentrado un enjambre de soldados, con una mujer desdentada en medio de ellos. Estaban a punto de reventar la puerta con la culata de los fusiles y se sorprendieron de que alguien les abriera. Sophie dijo:

–Pasen, señores.

Dudaron un instante. Pero enseguida entró el primero, un individuo robusto. A continuación entró el resto.

–Queremos ver la casa, y será mejor que no intentes escondernos nada.

–Les ruego que tengan en cuenta que soy de nacionalidad danesa –dijo Sophie–. Mi hija y yo tenemos pasaporte de Dinamarca.

El individuo la miró dudando, pero no tardó en hacer un gesto con la cabeza a uno de los hombres que le seguían. Éste apartó a Sophie y se abrió paso hacia la sala de estar. La mujer, que para cubrirse los pies enrojecidos por el frío llevaba zapatillas de fieltro, escupió en la alfombra y le colocó a Sophie en la sien el cañón de un fusil. Notó el metal frío tocándole la piel ardiente.

–Enséñanos tu casa.

Como si de repente de cuello para abajo la columna se le hubiese vuelto de piedra y la cabeza fuese a caérsele con el gesto menos pensado, Sophie precedió con absoluta rigidez a aquella gente. No bien giraba los ojos, la vieja volvía a apretarle el cañón en la sien. Había encendido un puro y le lanzaba a Sophie el humo. Los hombres lo registraron todo. Enrollaron las alfombras, rajaron los edredones, se llevaron cuadros y vasijas de porcelana; también el dios chino de jade de míster Ashton y el caballo de hierro colado que les había regalado el cochero para la boda. Arrancaron los cajones forrados de terciopelo donde su madre guardara primorosamente la cubertería y los volcaron en grandes sacos que traían consigo. Fueron saqueando una habitación tras otra y sacando una carga tras otra hasta la calle. Telas, almohadones de seda, copas, sus cámaras portátiles. Terminaron por los muebles, las lámparas y la cama de matrimonio. Dieciocho remesas, contó Sophie, que cargaron en carros que iban y venían. El saqueo terminó cuando un último individuo arrancó el cable del teléfono y, tras inspeccionarla, asestó una patada a la vieja cámara que había quedado en un rincón, pero Sophie seguía obsesionada con una única idea: ¿dónde estaba Lina?

Mientras Sophie observaba a través de la cortina lo que pasaba afuera, y pese a la prohibición expresa de su madre, se había escabullido por la puerta del cenador. Había cruzado el huerto, pasando bajo los manzanos pelados donde aún pendía algún que otro fruto, hasta llegar a casa de los Ehrenberg. Franqueó la puerta trasera, que nunca estaba cerrada, y entró al recibidor; de repente le salió al paso un soldado armado, que salía de una habitación.

–¿A qué tanta prisa? –gritó el soldado mientras la sujetaba sin dar mayores explicaciones.

Furiosa, Lina se deshizo de él:

–¿Qué busca usted aquí? –le espetó.

–Eso habría que preguntártelo a ti. Ea, desfila. Vamos con los demás. –Entonces la soltó y tocándola con el arma la apartó de la puerta principal. Afuera, al pie de una pequeña escalera de caracol, una veintena de vecinos formaban un grupo vigilado por soldados.

Lina reconoció a su antigua profesora de piano, la señorita Modigel; a su lado estaba el hijo pequeño de la hermana de Ingrid, los vecinos de la familia Ehrenberg, los padres e Ingrid misma. Todos, sin embargo, miraban al suelo. Cuando el soldado estaba a punto de ordenar a Lina que se uniera al grupo, llegó una mujer letona muy sobresaltada. Lina reconoció a una de las vendedoras del mercado.

La mujer habló en letón con el joven soldado que había sacado a Lina de la casa. El soldado, vacilante, miró alternativamente a la mujer y a Lina, que no entendía lo que estaba ocurriendo. Al final apartó bruscamente a la del mercado mientras decía a Lina:

–Bueno, aunque no seas de ésos, por lo pronto te quedas conmigo.

Estaba nevando de nuevo. El cielo invernal dejaba caer su aspecto plomizo sobre las calles. Como si la nieve amortiguase cualquier otro ruido, sólo se oía el paso de los soldados y el llanto constante de una niña. En el extremo sur de la ciudad se asomó una mujer por detrás de una cortina intentando hacerle señas a alguien. Uno de los hombres le gritó diciéndole que se metiera adentro. Como no hacía caso, ni corto ni perezoso disparó un tiro.

Llegaron al parque; las pérgolas parecían abandonadas a su suerte. En la nieve se apreciaba el contorno de vallas y arbustos. Detrás quedaban los prados, anegados y helados, de la orilla del río.

–¡Hala, vamos! –Los soldados no cesaban de azuzar al grupo, que llegó aterido. Con las prisas algunos no habían pensado en ponerse una prenda de abrigo–. ¿Por qué os paráis? ¡Vamos, seguid adelante!

Uno de los niños se había tirado al suelo, asustado con la perspectiva del agua. De rodillas a su lado, su madre intentaba serenarlo. El soldado que iba al mando ordenó al grupo que se detuviera. Mandaron salir a los hombres. Subieron inseguros el espigón cubierto de hierbas resecas, rígidas y blancas por las heladas de esas fechas. Los soldados, que habían llevado unas carretillas con picos y palas, las arrojaron a los pies de los hombres. Cada cual hubo de coger una herramienta y a continuación bajar por el otro lado, hasta el río helado.

Mujeres y niños permanecieron en el lugar. Ingrid estaba junto a su madre, dándole la mano. De la parte del río se oyó el chasquido de las herramientas contra el suelo. El hielo saltó en astillas. Imperiosas voces de mando. Se oyó el golpe sordo de algo pesado cayendo en el agua. Lina intentó acercarse a Ingrid, pero el soldado la retuvo: ¿había perdido el juicio?, le preguntó en ruso. Del bigote pelirrojo pendían témpanos de hielo.

–Quiero ir junto a mi amiga –le susurró–. Esa de ahí es mi amiga –añadió Lina sin saber si él la había oído, porque la gorra de conejo que llevaba puesta le cubría las orejas. Se imaginaba que el soldado le oiría el corazón, por el ímpetu con que sentía los latidos. Esperó un momento. El soldado miró inquieto a su alrededor. De pronto Lina se percató de que el militar tenía al menos tanto miedo como ella. No debía de llegar a los veinte años. Un instante después la empujó hacia donde estaba Ingrid.

Lina buscó los ojos de su amiga, pero ésta mantuvo la vista baja. En ese momento cesaron los ruidos del río. Los soldados obligaron a mujeres y niños a cruzar el espigón y bajar hasta el río. Antes de perderse tras el dique, Ingrid se dio la vuelta y miró por última vez a Lina. Tenía en los ojos la misma expresión que la muchacha cisne del cuadro de su dormitorio. Ojos propios del país que rodea el mundo.

Al momento habían desaparecido todos. El soldado joven se había subido al espigón y observó cómo bajaban. Lina se dio la vuelta. Cuando oyó los disparos de fusil sintió como si todo cuanto la rodeaba se desgarrara a tiras. El mundo entero en trizas repugnantes, inertes, empapadas de sangre. Con lentitud, con enorme lentitud fueron cayendo de cabeza en el agua negra del río, que rápidamente los engulló bajo el hielo.

*

Los visillos blancos se movían suavemente, sombras claras que deambulaban en la oscuridad. Mirándolas un rato podían distinguirse las evoluciones de unos bailarines. Cuerpos ingrávidos, más ligeros que la luz. Discurrían cruzando sus trayectorias, trazando dibujos de un mundo invisible. Sophie aguzó el oído, pendiente de los ruidos de la habitación contigua, donde dormía Lina. Su respiración regular era un hálito cálido sobre la nieve de la almohada. Había estado muchos días enferma, con fiebre alta y temblores. Siempre la misma reacción ante las conmociones. Como si el cuerpo se protegiese así contra las agresiones del mundo. En las últimas semanas, Sophie había pasado largos ratos sentada en la cama de su hija, dándole la mano, ayudándola a beber, haciendo que se comiese los platos de sopa. Le había contado que la guerra estaba a punto de terminar y que sólo se combatía en el Báltico. Que tropas letonas y balticoalemanas habían reconquistado Curlandia y que los rusos no tardarían en capitular en Riga. Pero a Lina todo aquello le importaba poco. Lo único que le interesaba era la música. En cuanto se sintió más fuerte empezó a tocar el piano durante horas enteras. Hasta que Sophie entraba en su cuarto y le ordenaba dejarlo.

*

En esa época, hacia la primavera de 1919, llegó una carta de Ashton desde Londres. Volvía a incluir pasajes, y una hora más tarde llegaba el ramo de flores, rosas rojas esa vez, que de nuevo exhalaban el mismo aroma empalagoso. Invitaba a Sophie a una expedición eclíptica de naturaleza muy especial. ¡Un auténtico portento del espíritu universal! Por fortuna la guerra estaba terminando en el momento oportuno. Sin salir de su asombro, Sophie leyó las líneas defectuosamente mecanografiadas de la carta:

Por vez primera desde que Tales de Mileto predijera un eclipse, será posible fijar con la mayor precisión no sólo el momento, sino también la localización exacta. Por vez primera, además, la técnica fotográfica ha llegado al punto actual de evolución. Y por vez primera existe una Teoría de la Relatividad de Einstein que puede ser demostrada.

A continuación Ashton le comunicaba que sir Frank Dyson, el astrónomo de Su Graciosa Majestad, había reservado personalmente dos billetes a bordo del buque que transportaría la cámara Jumbo hasta la isla de Príncipe, en la costa de África Occidental.

Sophie puso una conferencia a Londres: su pasaje debería disfrutarlo otra persona. Lo tenía decidido desde hacía tiempo y no había vuelta atrás:

–Me marcho de esta dichosa Europa y me voy a Estados Unidos –explicó a Ashton–. Me embarco para Nueva York.

–Pero ¿con qué barco, Sophie? –exclamó Ashton con desesperación al auricular–. Todos los barcos del Reich alemán han sido decomisados. Todos, desde los vapores de carga hasta los barcos de pasajeros, han sido requisados como compensación por la guerra.

–Pues me iré en uno de esos barcos –respondió Sophie–. En cuanto tenga noticias de mi agente americano.

–Pero por Dios, Sophie, ¿de qué agente me habla? No me diga que anda otra vez en asuntos de espionaje.

Ella se rió. Oyó el eco en la línea.

–No. Estoy hablando de Campbell, el hombre que ha vendido mis fotos en Estados Unidos. Me seguirá proporcionando trabajo, y lo ha arreglado todo para que me vaya para allá. Ashton, ya sé que todo esto le parece prodigioso.

Como si le hubiese dado pie, Ashton le refirió en tono apremiante:

–¡Si es que nunca había habido tantas estrellas luminosas cerca del sol, Sophie! Las Híades y Aldebarán, tan roja. Usted sabe bien a qué me estoy refiriendo: se dan las condiciones perfectas para comprobar que la masa interviene en la curvatura de la luz. –Por la voz se le notaba claramente el estado de exaltación en que se encontraba–. Hay que verificar las tesis de Einstein. Hay que sopesar la luz. El desplazamiento de puntos astronómicos en la periferia del sol sólo puede fotografiarse cuando coinciden estrellas luminosas como ésas y un eclipse total. Y eso a usted tiene que interesarle, Sophie. Después de todo, es usted matemática, ¿o no?

Ashton no podía ver cómo se reía ella. Cuánto tiempo hacía que se conocían. Sentían una simpatía mutua. Por qué razón no se habría ido con él, cuando él sabía apreciar las dotes que ella poseía, era una cuestión que siempre intrigaría al caballero inglés. A Sophie le resultaba imposible exponerle el auténtico motivo; no quería ofenderlo.

–Usted es el único vínculo que me queda con el pasado –dijo por toda explicación dirigiéndose al auricular–. Cuando nos conocimos hace veinte años habría sido lo último que esperase de usted. Ocupa un lugar muy importante en mi vida, querido Ashton. Aunque no sea el que usted desearía. Cuídese.

Sophie colgó. Luego volvió a levantar el auricular y oyó el sonido de la línea.

*

El telegrama de Campbell llegó el 23 de mayo, un día después de la retirada de las tropas rusas de Riga y de que las fuerzas balticoalemanas proclamasen la independencia de la ciudad. Sophie tenía que trasladarse a Bremen, desde donde unos días después zarparía rumbo a Southampton un buque decomisado a la Norddeutsches Lloyd en calidad de compensación por la guerra. Ya había sido vendido a la White Star Line, por lo que en breve plazo haría la travesía hacia Nueva York. El capitán tenía sus datos y los de su hija. En Nueva York, Campbell la recogería en el muelle Hoboken.

Pero Lina se negó en redondo a hacer el viaje.

«Quiero acabar mis estudios en el conservatorio. Nueva York no me interesa en absoluto.»

Sophie anotó en su diario:

Todo eso lo dice para confundirme. En realidad, lo intuyo porque los he visto juntos a los dos, en realidad se trata de Juri, que la lleva de cabeza. Un personaje interesante ese aristócrata ruso, no hay quien lo discuta. Ahora vive en Italia y cada día llama por teléfono. Tiene la intención de llevarse a Lina a Venecia y casarse allí, un espectáculo romántico, por lo demás. Pero cualquiera se da cuenta de que es demasiado mayor para ella. Por lo pronto, ya está en camino para celebrar el cumpleaños de Lina. ¿Y el compromiso? De eso ella ni habla. Dice que es amor, creyendo que su decisión es la mejor prueba de que lo suyo es amor. Arde en deseos de dar con un mundo puro y sano, a toda costa, y después de todo lo que ha pasado, ¿quién se lo va reprochar? También añora un padre, aunque no se dé cuenta. ¿Cómo podría oponerme? Pero tampoco voy a quedarme aquí por esas razones. Que se quede, pues, con su maravilloso amor. Le dejo la casa y las joyas, y si se le antoja que lo venda todo. Con dieciséis años, prematura como ha sido siempre para todo, es capaz de tomar sus propias decisiones. A fin de cuentas, me veo impotente: Lina hará lo que desee. Sólo me consuela que Marja me haya prometido que se ocupará de ella. Es una tranquilidad saber que vivirán en casa juntas. Las dos le tenemos mucha confianza. Y al fin y al cabo, América sigue estando en la tierra.

A pesar de todo, le sobrecogía pensar en la despedida. «Quizá –pensó mirando a Lina de camino hacia el puerto, en el taxi–, quizá se lo piense mejor en el último momento y se decida a venir.» Pero cuando se detuvieron en el muelle, junto al pequeño vapor que debía tomar Sophie, Lina indicó al chófer que esperase. Ayudó a su madre a transportar a bordo el equipaje de mano. Luego permanecio junto a ella, incómoda y esquiva.

–¿De verdad que no quieres venir, Lina? Piénsatelo otra vez –la apremió Sophie. Pero Lina negó enérgicamente con la cabeza–. Lo que quiero, y lo sabes, es que siempre tengas esa posibilidad abierta si algún día lo ves de otro modo. –Sophie le dio un beso de despedida; notó que Lina hacía un esfuerzo por no llorar, igual que ella. Acarició la cabellera rubia de su hija–. Lina, hija, ahora tienes que ser valiente. Darás con lo que más te convenga –prosiguió Sophie–, ya sé que puedo confiar en ti.

Dijo todo eso por no hacérselo más difícil a Lina. Aunque al mismo tiempo se preguntó si no se parecía a lo que le había dicho su madre en el momento en que ella emprendía su gran viaje.

Poco después estaba en la cubierta del paquebote, que se alejaba rápidamente del puerto. Pronto la imagen de Lina despidiéndose en el muelle se convirtió en una mota que se perdió de vista. Poco a poco Sophie se dio cuenta de que la decisión de su hija le facilitaba otras cosas.

El muelle con las grúas, los barcos atracados... todo se sumió pronto en la bruma blanca de la costa. La silueta de las torres y los tejados de Riga, tan nítida un momento antes, se disolvió; primero las líneas más claras y luego las más oscuras, como si todo hubiese sido un espejismo. También Jurmala quedaba en algún lugar de la costa que Sophie tenía ante sí. En esa época las rosas florecían en la playa mezclando su aroma con el olor de los mejillones. También estaría la casita de madera junto a la playa, que acababa de vender para dejarle a Lina una renta. Los últimos años la habían tenido abandonada, el jardín estaba asilvestrado y los gatos campaban por sus respetos disputándose los lugares más soleados en pleno bosque de pino albar. Ese verano, pues, habría otra gente allí jugando a familias, otros niños corriendo camino del mar con bañadores rojos y azules, como lo hacía Corinna cuando se empeñaba en ser la primera nada más llegar de veraneo, y otras madres que irían tras ellos por la pineda haciéndose sombrilla con las manos deslumbradas por la luminosidad de la arena. Únicamente el mar seguiría siendo el mismo y continuaría enviando como había hecho siempre las pequeñas olas de breves crestas a lo largo de toda la bahía. En la cámara oscura lo recuperaría todo. Forzando la luz con ayuda de artificios químicos, despejando de nuevo los perfiles hasta el mínimo detalle. Entonces recuperaría esa ciudad y ese paisaje para siempre.

Guardó la cámara sin haber llegado a disparar la fotografía del adiós. Precisamente llevaba consigo el modelo más antiguo. Pero con una máquina vieja también podían hacerse fotos nuevas.

IV

En el hotel del casco viejo de Bremen estaban todos durmiendo; incluso tuvo que despertar al portero para poder salir. Un automóvil cruzó el húmedo pavimento de la ciudad conduciéndola hasta el puerto transatlántico. En todo el muelle sólo había atracado un barco, de grandes proporciones. Tenía que ser el vapor que la trasladaría a Nueva York. Los restantes buques grandes ya habían sido transferidos a las potencias vencedoras. No le costó encontrar en el puerto deshabitado las oficinas de la Norddeutsches Lloyd, dos ventanas iluminadas en una caseta de ladrillo. Apenas hubo puesto el pie en el primer escalón, la puerta se abrió de golpe, como si la hubiesen estado esperado.

–¿Es usted la señora Utzon? –Un hombrecillo delgado y frágil le tendió la mano como si quisiera auparla a bordo mientras se presentaba–: Cornelius. Encantado de darle la bienvenida a esta travesía de nuestro transatlántico. Soy el radiotelegrafista... Pero ¿no venía su hija con usted? Me habían dado los dos nombres, la señora Sophie Utzon y su hija Lina.

–Sí –dijo Sophie–. Así es. Pero mi hija Lina ha... está... –Sophie se aturrulló–. Lo que quería decir es que Lina no viene. Hará el viaje en otro barco.

–Pues será usted la única y última pasajera. No hay ningún otro. Haremos cuanto esté en nuestra mano para que se encuentre a gusto.

–Y yo estoy encantada de hacer esta travesía –dijo Sophie–. Debe usted de necesitar mi documentación para la entrada en Estados Unidos. –Buscó en el bolso los papales que le había enviado Campbell. El rostro afilado de Cornelius adoptó una expresión de tristeza cuando ella le entregó el sobre.

–Ya sabrá usted que el barco ha sido vendido por los ingleses a Estados Unidos. Para las compañías navieras, este año de paz es peor que todos los de guerra juntos. –Cerró con llave el despacho, cogió la maleta de Sophie y ambos cruzaron el muelle–. Cuando desee mandar un mensaje desde alta mar... estamos a su entera disposición el telégrafo inalámbrico y este servidor.

–Muy amable. Lo tendré en cuenta. –A pesar de que en ese momento no sabía bien a quién podría enviarle un telegrama. ¿A Lina, quizá?

El casco del buque sobresalía imponente ante ellos. Sophie tuvo que alzar la cabeza para divisar las cuatro chimeneas pintadas de amarillo. Entre la embarcación y los norays había cabos tendidos del grueso de un árbol. En la proa, el nombre estaba tapado con pintura negra. Había suspendido un andamio con un hombre encima. Tenía un pincel en la mano y estaba pintando *Wabash* en color blanco. Probablemente los ingleses no querían que el buque entrase en Southampton con nombre alemán.

–De todos modos, no es usted la única persona a bordo –prosiguió al cabo de un momento Cornelius–. Generalmente la tripulación está compuesta por más de seiscientas personas, y aunque en este viaje, como es natural, se ha reducido el personal de cocina y de servicio, el número total no baja de quinientos. Sólo los hombres que se encargan de los motores y las calderas suman más de la mitad.

A pesar de estar totalmente iluminado y de haber tanta gente a bordo, el barco parecía desolado. Los hombres a que se refería el telegrafista trabajaban invisibles en lugares ocultos de la embarcación. No había nadie, ni en la borda ni en las cubiertas. Sophie siguió a Cornelius, que ya estaba subiendo por la pasarela. Ella se detuvo un momento en medio. Debajo vio el agua untuosa de grasa que separaba el casco del muelle. Una brecha transitoria entre dos mundos, que al cabo de algunas horas sería completamente infranqueable.

Una vez a bordo, Cornelius la encomendó a un camarero que lucía chaqueta blanca.

–Le he preparado el camarote principal, señora, por estar en consonancia con la importancia de la persona –dijo sin asomo de ironía–. Después de todo, será usted la única mujer a bordo. –La guió subiendo una escalera amplia hasta la última cubierta–. En materia de equipamiento, el camarote principal es inmediatamente inferior al camarote imperial, el del káiser –puntualizó mientras proseguían su camino–. Pero como ahora ya no hay káiser, no he tenido valor de preparar el imperial. –Abrió entonces la puerta de un auténtico apartamento–. Tenga cuidado de no tropezar. –Señaló el tranco de la puerta mientras él subía y entraba primero–. *Voilà*, salón, dormitorio y baño... todo suyo. El desayuno se lo pueden traer aquí, pero en las restantes comidas he supuesto que preferiría estar en sociedad. –Sophie le dio las gracias–. Para cualquier cosa que necesite, me llama por el teléfono interior o con el timbre eléctrico. –Hizo una reverencia y se despidió. Sophie le dio una propina.

Contempló sus nuevos dominios. Nunca se hubiese figurado entre tanto lujo. Las paredes del salón estaban tapizadas de un cuero cuyo color bronce brillaba con reflejos verdosos. Las ventanas estaban flanqueadas por cortinajes de seda china, el rojo oscuro del palisandro hacía juego con los tonos marfil de la ropa de cama. Se acordó del largo viaje por Siberia. Del tren, al igual que de un barco, no podía uno saltar, y las extensiones del territorio le habían recordado muchas veces a un océano. Y a pesar de que este nuevo viaje sin duda sería infinitamente más agradable que el primero, lo cierto era que Sophie experimentaba una sensación parecida, la de perder el contacto con cuanto le era familiar y librarse al presente inmediato. Lo único que contaba era el desplazamiento; en su día había llegado al final del recorrido como una persona diferente de la que partió, después de haber cruzado bastantes más lugares que los estrictamente geográficos en su periplo por medio mundo hacia Levante. ¿Qué le esperaría al final de este nuevo viaje, hacia Poniente, al otro lado del Atlántico?

Las maletas cargadas con miles de negativos –lo único que llevaba consigo además de la cámara– ya estaban colocadas en una repisa del armario. Esa vez no habrían bastado ni un centenar de *matrushkas*. Aunque esta vez tampoco habría nadie pendiente de sus fotos ni de su persona.

Sonó el grave bramido de la sirena anunciando la partida. Sophie fue a cubierta y se asomó por la borda. El sol naciente teñía de un rojo vivo los contornos blancos del buque, los tinglados del puerto, las grúas, plantadas cual cíclopes en los muelles. No había ni la banda de música ni la multitud despidiéndose con pañuelos y flores, habituales al zarpar un transatlántico. En el muelle aún oscuro los hombres retiraban de los norays las amarras y las lanzaban al agua; las maromas se hundían con estrépito, cual serpientes marinas, y volvían a emerger para trepar por el casco. Todo discurría en medio de un silencio sorprendente. Las órdenes del puente se impartían por teléfono y, abajo, quien dirigía las maniobras lo hacía con extrema parquedad. Sophie sintió la vibración de los motores en la misma médula. Siete remolcadores guiaron al buque desde el embarcadero hasta el río. Cuatro estiraban por la proa y tres empujaban por la popa. En un momento determinado soltaron amarras y la nave discurrió río Weser abajo, dejando a su paso una espesa humareda. Al otro lado de la embarcación descubrió la sombra que proyectaba sobre la orilla un segundo barco de proporciones gigantescas que hacía de escolta.

El buque parecía una ciudad desierta y flotante de siete pisos de altura. En todo el día Sophie no se cruzó absolutamente con nadie, a pesar de que debía de haber cientos de personas trabajando en sus entrañas. Deambuló por las cubiertas; los pasillos vacíos devolvían el eco de sus pasos, y más de una vez miró asustada a su alrededor, convencida de haber oído una carcajada siniestra. En el gimnasio de la cubierta de sol las espalderas proyectaban sobre la pared el trazo rayado de su dibujo, las anillas se mecían suavemente, un caballo y un trampolín montaban guardia cual animales de circo. Por las ventanas, Sophie miró desde la cubierta al interior de los salones del café vienés: incontables azucareros brillantes y lecheras de alpaca presentaban sus respetos encima del mostrador; en las repisas, las botellas de licor lanzaban sus destellos en todos sus matices, desde el ámbar o el grosella hasta el azul, pero no había agua hirviendo en los samovares ni aromas de café que invadiesen los elegantes salones. La vida parecía haberse extinguido. La pérgola donde se habría podido degustar una tacita de café si el tiempo acompañaba estaba cerrada. En el salón de fumadores, los ceniceros limpios esperaban en vano en las pequeñas mesas de latón, aunque en las confortables butacas de piel y en el tapizado de las paredes seguía prendido el olor a tabaco de pipa y a puros. Sophie se imaginó qué aspecto debió de tener aquella sala en tiempos mejores: caballeros como su padre sentados con las piernas cruzadas, enfrascados en sus conversaciones, con un puro en la mano y una copa de coñac delante. Entró en el salón social, flanqueado de sofás que invitaban a sentarse; en el centro, un piano de cola negro, atornillado al suelo al igual que su taburete. Observó el instrumento y sintió un escalofrío: ¿acaso no era Lina quien ocupaba el asiento, con su cuello de porcelana y los hombros levemente inclinados hacia delante? Estaba tocando, y las manos discurrían por las teclas cual blancas avecillas. Sonó un crujido metálico y acto seguido una vibración... como si a una cuerda se le hubiese escapado un gemido.

Sophie salió precipitadamente de la sala dando un portazo que restalló como un disparo. En el salón de lectura recuperó cierto sosiego. El lugar era amplio y luminoso; una suntuosa alfombra de Esmirna mitigaba cualquier ruido. Junto a la biblioteca había una cabina de cristal pertrechada con máquinas de escribir. Infinidad de letras esperando a ser dispuestas como palabras y frases sobre un pliego de papel tela. De repente Ashton aparecio sentado en una de ellas, redactando su informe del eclipse. Más allá un individuo se volvió de espaldas: tenía el pelo rubio, ralo. A Sophie le invadió el pánico, salió del recinto y descendió la escalera hasta la cubierta intermedia donde otrora se hacinaran dos millares de emigrantes. En medio del paso, la caseta del guarda cual minúsculo puesto de la policía, muralla de protección contra la marea humana. Recorrió las salas revestidas de madera. En una halló una muñeca de trapo; le faltaban una pierna y un brazo. Llevaba un vestidito violeta primorosamente cosido y bordado a mano. Poco más adelante, un corcho con la talla de un velero, diminuto pero exacto. Restos abandonados de una vida desaparecida largo tiempo atrás. ¿Dónde estaban los antiguos dueños? ¿En los mares de trigo de Nebraska o en las lomas de limoneros de California? Sophie recogió cuidadosamente los dos juguetes y se los guardó en el bolso. Recordó que Lina también había tenido un vestido así. Se lo había hecho Marja para regalárselo por un cumpleaños. Volvió a tener la sensación de que tenía delante a su hija, pero sabía que se trataba sólo de su fantasía, que se burlaba de ella.

Un piso más abajo, la carnicería y la panadería. Mesas relucientes de acero con hileras de cuencos, cuchillos, hachas y sierras perfectamente alineadas en la pared. Tajos de madera con huellas innegables de haber trabajado con ellos, hendiduras surcadas de cortes que siempre olerían a sangre, una máquina de batir pasta. Puertas cerradas y rotuladas: «Frutas y verduras – Frigorífico», «Despensa», «Médico – Segunda clase». Seguía un letrero que prohibía a toda persona no autorizada el paso al piso inferior. Se bajaba a las carboneras, a la sala de calderas y a la maquinaria... Por allí también estarían los pañoles de fogoneros y maquinistas, el lugar donde hacían su vida subterránea junto al corazón del barco, estrechamente unidos a la máquina. Sophie miró alrededor. Tampoco se veía a nadie, de modo que a pesar de la prohibición abrió la escotilla y bajó unos cuantos peldaños. De repente se abrió una puerta en el foso que tenía a sus pies. Le llegó un fragor ensordecedor y el resplandor rojo de un gigantesco fogonazo. Embadurnados de hollín, los hombres salían con el torso desnudo a la pasarela que se veía al fondo; al mirar hacia arriba descubrieron a Sophie. En la negrura de las caras, los ojos parecían óvalos marinos en cuya blancura flotasen redondas islas azules. Sophie se retiró inmediatamente.

«Hello, lady!»

Se asustó. Un hombrecillo, chino a todas luces, pero también cubierto de hollín, salió por una puerta lateral. Sophie creyó que iba a perder el equilibrio y que se precipitaría en el foso, en una caída sin fondo, como en el cráter de un volcán.

«Are you okay, lady?»

Sophie se dominó. No era Tung. Quizá un inglés, o un americano, hijo de chinos. Un fogonero chino-británico que formaba parte de la tripulación. Pero Sophie fue incapaz de dominar su espanto. Salió corriendo del lugar. Pasó ante otras puertas cerradas, pañoles, frigoríficos para la carne. Un laberinto de pasillos que parecían desdoblarse continuamente. Sin terminar de alejarse del estrépito ensordecedor del fuego gigantesco. Se había perdido. Exhausta, se apoyó contra una puerta. «Tranquilízate –se dijo– y no seas ridícula.» En ese momento se abrió con un chirrido la puerta donde estaba apoyada y estuvo a punto de caer tropezando con el tranco; entró en un recinto recubierto de azulejos y bien surtido de instrumentos metálicos. Junto a una pared había una cama metálica de color blanco y una camilla de mano. Las mesas alineadas junto a las paredes estaban cubiertas de instrumental quirúrgico: paritorio, sala de operaciones, olor penetrante a desinfectantes. Salió despavorida, subió una escalera, pasó junto a la barbería. De repente se topó con un muchacho cargado con un cubo de basura lleno de restos de fruta, aromas de frituras y cardamomo, limón y vainilla. Como si la hubiesen rescatado del infierno, Sophie quedó petrificada contemplando lo que se le ofrecía a la vista a través de la puerta abierta: un cocinero hecho y derecho tocado con su gorro alto almidonado. Con gesto sosegado controlaba los fogones de una gran cocina económica donde había colocadas unas enormes ollas plateadas; despedían un vapor ruidoso. Absorto en su menester, pasó acto seguido a batir la masa de color amarillo que había en una cacerola de cobre. Varios pinches se afanaban en limpiar y cortar la verdura, de un rallador saltaba una auténtica montaña de nuez moscada, de otro brotaba una lluvia de perejil triturado; junto a una fuente de cristal que contendría dos centenares de yemas había una montaña de cáscaras. En los asadores de la pared, los espetones daban vueltas incesantes a su carga de pechugas y paletillas; mientras, las palas de otra máquina dejaban a punto un esponjoso merengue. Otro de los muchachos afilaba grandes cuchillos de cocina, mientras que un compañero accionaba una picadora eléctrica de carne. En el gran banco central, lebrillos llenos de zanahorias ya peladas y de vistosas alcachofas; en una fuente, peras en un baño de vino tinto; bajo la claridad de la luz reinante en la cocina recordaban la carne desnuda. Finalmente, encima de una bandeja de acero, los cuerpos rosados y plateados del pescado y el marisco: salmones, lucios, barbos, además de langostas y almejas; junto a ellos, un faisán. En un cajón de madera, una partida de limones y naranjas. En ese instante advirtieron su presencia.

«Esta noche tendremos el último menú de este barco –le explicó el del gorro blanco de buen humor–. El último de mis menús, porque mañana llegamos a Southampton... Hoy celebramos la última noche sin tripulación inglesa a bordo. Una cena muy especial, en cierto modo el banquete del sentenciado a muerte.»

Se echó a reír con tales carcajadas que Sophie quedó confundida con el estrépito; blancos y fuertes, los dientes del cocinero brillaron.

«Me ha costado mucho reunir a tiempo todos los ingredientes para zarpar con ellos. He tenido que poner en danza a todas mis amistades y moverme como un demonio.»

Justo en ese momento de una de las ollas a presión salió disparada una nube blanca que envolvió al jefe de cocina. Sophie cerró la puerta. Desde ahí fue muy fácil encontrar el camino de regreso.

Se puso las joyas. La cadena de oro de su abuela con la pequeña ancla, el corazón y la cruz –fe, esperanza y caridad–, lo poco que había conservado después de dejarle a Lina las joyas que otrora pudo enterrar en el jardín. Se puso el vestido de terciopelo rojo, la única prenda de noche que llevaba en el equipaje de mano. El camarero le había anunciado que la vendrían a buscar, pero quince minutos antes de la hora salió del camarote y fue sola hasta el comedor. La puerta estaba abierta de par en par y dentro no se veía a nadie. Por el tragaluz artísticamente decorado de la sala entraba el resplandor de la puesta de sol. Abajo el comedor estaba espléndidamente iluminado. No sólo con las lámparas de cristal y lámina dorada que cubrían todo el perímetro de la doble galería, y que al entrar causaban la sensación de estar haciéndolo en la ópera o en una iglesia barroca, sino por el sinnúmero de velas apostadas en las hileras de mesas cubiertas con manteles de damasco blanco. Alineadas junto a ellas, sillas giratorias de mullida tapicería azul que podrían acoger a centenares de comensales. El sinfín de candelas se reflejaba en las lujosas copas de cristal, en la vajilla de porcelana y en las fuentes de plata distribuidas en las mesas. Los mismos descansos que habían tenido en su casa y que en Jurmala servían para construir largos trenes se empleaban en el barco para apoyar los cubiertos, y los triángulos blancos de las servilletas almidonadas semejaban velas infladas por el viento antes de una regata. Todo parecía suspendido en los pocos segundos que mediarían entre el disparo de la bengala verde de la salida, cuando comienza a desvanecerse, y la irrupción de la multitud de comensales en la sala, rumbo al mar de manteles de damasco cubiertos de fuentes con ensaladas de langostinos y brillante caviar, de bandejas con faisán glaseado y salmón, papayas, sorbete de piña y fruta del paraíso. En cada mesa, estilizados floreros con aromáticos ramos de lirios cuyos tonos azules, violetas y amarillos retomaban los colores del atardecer tal y como los descompone la vidriera de un templo con motivos modernistas. Mientras recorría nerviosa las largas hileras de asientos vacíos, Sophie creyó por un momento que efectivamente estaba presenciando la entrada de los quinientos comensales vestidos de esmoquin negro y espléndidos trajes de noche; risueña y expectante tropa desgranando animadas conversaciones. Pero en el otro extremo de la sala, en los pesados espejos de dorada cornucopia, no se veía a nadie. Sophie sólo distinguió una diminuta figura, ella misma. ¿Le gastaba la fantasía una broma? Enfrente, bajando desde la galería superior, descubrió a un individuo con uniforme blanco y galones en la bocamanga descendiendo por la fastuosa escalera hasta la parte frontal del comedor barroco. En la planta la escalinata estaba flanqueada por dos estatuas de tamaño natural, sendas diosas desnudas de la Antigüedad, que apoyaban con desenvoltura los brazos en la prolongación de las barandillas. Seguido de la oficialidad, el capitán cruzó sonriente la línea formada por las Afroditas.

–Concédame el honor, por favor –exclamó mientras se dirigía al extremo de la hilera central de mesas y separaba para ella un asiento de presidencia junto al suyo.

Sophie aceptó la invitación y se acomodó mientras capitán y oficiales esperaban formados tras sus asientos a que ella se hubiese sentado. En total eran doce personas, entre las que reconoció al telegrafista.

–Los doce apóstoles en la última cena –apostilló el hombre que tenía a su izquierda, el segundo oficial, según los galones dorados de la bocamanga–. La cuestión es saber quién traicionará aquí a quién. –Su acento era marcadamente inglés. A todas luces formaba parte de la dotación británica encargada de supervisar la entrega del barco.

–La traición hace tiempo que se consumó –observó el capitán mirando fijamente al segundo oficial–. Cuando el gallo cante por tercera vez estaremos en Southampton.

El oficial guardó silencio.

Mientras, unos camareros jóvenes habían servido seis jarras de agua; estrechas de cuello, las panzas albergaban un puñado de peces de acuario. Apiñados, los animales agitaban el agua con el aleteo permanente de sus sedosos apéndices rojos y dorados y el movimiento incesante de sus cuerpecillos. Un espectáculo irreal que en aquellas circunstancias adquiría casi la condición de normal. El último en comparecer fue el cocinero. Llevaba el gorro recién almidonado, como si se tratase de una corona, y en las manos una cesta llena de botellas.

–Las jarras son por si entre ustedes hubiera alguien que prefiera a toda costa el agua al vino. Porque la bodega está llena. El vientre de la nave guarda aún bajo capas y más capas de polvo cuantiosas botellas de exquisito champán añejo y ambarino. Háganme el favor y... les ruego que me disculpen... –dijo haciendo una reverencia y sonriendo en dirección al oficial británico–, pero ¡no se las entreguemos todas al enemigo!

Mientras el capitán descorchaba la primera botella con sus propias manos y llenaba las copas entre los aplausos de la concurrencia, Sophie se imaginó a bordo del *Mikasa*, el buque insignia japonés. El almirante Togo había abierto una botella de champán y la había escanciado mientras anunciaba: «La guerra con Rusia ha comenzado».

–Brindemos por la paz, por nuestra nación humillada y por el amor –dijo el capitán mientras tendía su copa de espumeante vino hacia Sophie.

Sophie tuvo que hacer un esfuerzo por resituarse en el momento. Sintió que tenía que responder como fuera:

–¡Brindemos por el futuro! –dijo con voz quizá demasiado baja. A continuación añadió alzándola–: ¡Por una vida nueva!

Acto seguido se sirvieron los entrantes. Foie gras, ostras y vieiras, regado todo con vino español. Siguió crema de cangrejo y mousse de lucio. Mientras que en el otro extremo de la mesa Cornelius difundía los últimos cotilleos del mundo, en la mitad presidencial reinaba un silencio melancólico. Se sirvieron a continuación los platos de pescado propiamente dicho: cazón con salsa de pomelo y lenguado en salsa de langostino y almejas. Para acompañarlos se sirvió un tinto ligero, seguido de un burdeos blanco seco. Sophie se encontraba a gusto en aquel silencio que le permitía concentrarse en la cena. A su lado, el oficial británico era el único comensal que no bebía alcohol. No apartaba la vista de las jarras repletas de peces, y al final bebió un sorbo mínimo de vino.

Cuando se sirvieron los platos de ave asada y solomillo a la brasa, acompañados por un oscuro vino de Medoc, el capitán comenzó a relajarse. Mientras se servía una codorniz asada le preguntó a Sophie:

–¿Es su primera travesía o es usted ya pasaje navegado, como decimos nosotros?

No, respondió ella, hasta entonces su experiencia se limitaba a viajes costeros, en Europa, en Rusia y en China.

–Pues entonces le interesará saber que son dos cosas absolutamente diferentes el salón, o el comedor, de un barco que cubra rutas del Atlántico Norte y la misma dependencia en el que cubra sus rutas en los trópicos, empezando por la decoración y el mobiliario. Por sorprendente que le parezca... Aunque pregunte, pregunte a nuestro inglés, que se lo confirmará: el propio color del mar y del cielo desempeñan un papel decisivo. Por su carácter, el Atlántico Norte exige –salvo quizá en verano– colores cálidos y está reñido con los colores chillones. Ahora bien, los americanos mandarán este barco a navegar adonde les dé más dinero y no se hable más. Sin seso ni juicio, sin sensibilidad ni pizca de buen gusto.

Sophie asintió con gesto ausente:

–Seguro que tiene usted razón.

Entraron el asado mientras Cornelius contaba que durante toda la guerra había mantenido contacto con gente de Nueva Zelanda, Brasil y China, exactamente igual que en tiempos de paz. Asado de cordero con siete horas de maceración, como garantizó el cocinero, acompañado de ragout de liebre al vino tinto y chocolate negro. Continuamente regresaba al comedor para comprobar con sus propios ojos que los comensales daban buena cuenta de su banquete del condenado a muerte. El siguiente plato fue un combinado de espárragos trigueros con guisantes, judías verdes, coles de Bruselas y ñame. Después de haber saboreado un espeso borgoña del siglo anterior, se sirvió una ensalada de verduras variadas: espinacas, alcachofas, lechuga y minúsculos tomates. La cena prosiguió con una degustación de fruta y una veintena de variedades de queso, regada con vino blanco dulce. Finalmente se sirvieron los postres, de colores vistosamente tropicales: naranjas marinadas al whisky, zabaglione, crema de curaçao... Todo eso después de que el agua adquiriese una tonalidad rosada por el vino que habían vertido; los peces de las jarras evolucionaban dando vueltas cada vez más rápidas.

–Resultará que la guerra también ha tenido su lado bueno –dijo uno de los oficiales repantigándose en su asiento. Un intento de broma que no halló ningún eco.

Cuando por fin llegaron al café y los licores, el capitán preguntó a Sophie:

–Y en el Nuevo Mundo, ¿qué tipo de vida le espera?

–Me dedicaré a la fotografía –respondió Sophie–. Tengo trabajo en una agencia fotográfica de Nueva York. A partir de ahí me imagino que podré viajar por todo el país.

–Nueva York... –replicó con voz bronca el capitán, sin que ella pudiese distinguir si lo aprobaba o lo censuraba. A continuación la invitó a presenciar la entrada en Southampton desde el puente de mando–. Allí podrá admirar mi rosaleda –remachó con la lengua pastosa.

–Se refiere a la rosa de los vientos –aclaró el comensal que tenía delante.

Con la llegada del alba iluminando el tragaluz del comedor y realzando las águilas imperiales que adornaban la sala, se dio por concluida la cena, y los comensales se levantaron de sus asientos. Sophie dio un agradable paseo por la cubierta del brazo del capitán. El aire húmedo y frío olía bien. En el puente observó detenidamente la brújula y sus suaves oscilaciones en el lecho de alcohol.

*

En Southampton subieron al buque la carga que se dirigía a Nueva York, sobre todo sacas de correo inglés con destino a Estados Unidos. La tripulación fue sustituida casi al completo por personal inglés y norteamericano. Cornelius, el telegrafista, tuvo que quedarse porque era el único que conocía los aparatos de radio alemanes. Sophie estaba durmiendo cuando zarparon del puerto inglés, y no pudo presenciar la salida; cuando despertó, la embarcación se encontraba océano adentro.

De noche salió a cubierta. La luna era nueva y el cielo estaba estrellado. Se acordó de Ashton. Los eclipses sólo se producían en luna nueva. Si en Príncipe el cielo estuviera tan despejado al día siguiente, el 29 de mayo, el hombre podría ver el sol negro durante el breve intervalo en que el cono de sombra de la luna pasase sobre la isla. El prodigio del espíritu universal iniciaba su curso. En el Atlántico Norte, sin embargo, el sol surcaría los cielos como cualquier otro día. Sophie buscó la estrella roja de Aldebarán en el séquito de las Pléyades, sin estar segura de haberla encontrado. Finalmente se frotó los ojos con fuerza. ¿Acaso no era cada ojo un pequeño firmamento? En cuanto cedía la presión, brotaba en la oscuridad un manantial de estrellas rojas. Si algún día Aldebarán se apagaba, en la tierra seguiría viéndosele durante muchos años. Paseando por la cubierta vio unas sombras fugaces que se cruzaban en su camino. Era Corinna con Lina en brazos, preparándose para ir a buscarla a la estación.

Prescindió del trato con la nueva tripulación. El tiempo le sobraba. Pasó horas mirando el mar por el portillo redondo del camarote, como lo haría a través de la lente de una cámara fotográfica. «Soy una cámara», pensaba. Afuera, las olas grises con su balanceo, el Atlántico convertido en gigantesca cubeta de líquido revelador. Surgían imágenes que largo tiempo atrás había fotografiado. Recuerdos inscritos por el tiempo en su memoria. La luz en las tazas de té de Me Lyng. El mandarín decapitado. Los relucientes sables manchús. Albert en el puerto. La dama del vestido rojo. ¿Habría resistido la legendaria vidriera los saqueos? Pero cuanto más avanzaba hacia Poniente, tanto más imprecisas se tornaban las imágenes... como si tras el revelador se hubiesen olvidado de aplicar el fijador. Sophie se sintió confortada. Lo que de verdad deseaba era acopiar cosas nuevas.

La meteorología se mantuvo estable durante toda la travesía. En cubierta, Sophie ocupaba a menudo una tumbona a sotavento de la chimenea, donde se conservaba el calor de las emociones. De vez en cuando Cornelius le hacía una visita. Durante muchos años no había tenido domicilio ni hogar. Había vivido unas veces en Río, otras en Londres y alguna en Shanghai, con amigos que había hecho después de muchos años operando con la radio. Al cabo del tiempo, según creyó entender Sophie, le unía cierto vínculo matrimonial a un filipino, pero apenas podían verse porque navegaba con una naviera diferente.

«Pero usted ya sabe cómo se siente uno cuando se encuentra absolutamente solo.»

Cornelius había conseguido que ella le contase prácticamente toda su vida. Como nunca antes lo había hecho. Brotó literalmente de su interior, arrastrando cada palabra la siguiente, siendo evocado cada recuerdo por el anterior. La prodigiosa manera de escuchar de Cornelius, su forma de preguntar o de guardar silencio en el momento oportuno le habían hecho revivir muchos momentos que Sophie creía olvidados y, aun después de regresar él a su cabina de telegrafía, continuaban surgiendo imágenes nunca captadas con la cámara: el servicio de mesa que preparaba su madre en Jurmala, las risas de su hermana Corinna, siempre alegre, las pequeñas rosas de tela amarillas que un día le regalara un alumno del Politécnico, la corona de caldo alrededor del plato del padre. Las columnas luminosas de polvo –polvo de estrellas, pensaba ella de niña– que salían al paso del sol en la buhardilla, los rincones oscuros, el universo que podía cubrirse con una cuadrícula imaginaria, con líneas que podían pensarse infinitamente, hasta más allá de la luz de los últimos confines de las estrellas.

Llevaban tres días de travesía cuando Cornelius, que había ido a fumar un cigarro con ella, le preguntó como de pasada:

–¿Al final no quiere enviarle un mensaje a su hija? Algo así como: «En el barco llevan un Boesendorfer; suena espléndidamente, pero no hay nadie que lo toque».

Sophie se rió vacilante. Cornelius sabía perfectamente cuál era su punto débil. Acto seguido se incorporó de la tumbona sin pensárselo dos veces y preguntó:

–¿Dónde está la cabina del telégrafo?

Era un recinto pequeño caldeado por la temperatura de las máquinas. El pitido monótono e ininterrumpido de las señales de morse, una rara jaula de pájaros, una especie de jaula acústica de Faraday. Gruesos tubos de cobre, amperímetros y voltímetros con sus temblorosas agujas, detectores de intenso color rojo, la pequeña caja negra con el prodigio del transmisor de señales morse, la clave para acceder a distancias casi inimaginables. Se imaginó a Lina ante sí... en ese momento quizá estuviese mirando por la ventana, intentando imaginarse el transatlántico. Cornelius tomó asiento y aplicó dos dedos sobre el transmisor... por ahí pasaría la conexión con su hija.

–¿Qué desea decirle? –preguntó a Sophie.

Ella no supo qué contestar.

–Mande eso que ha dicho tan bonito del piano –dijo dubitativa–. Y añada que le pondré una conferencia en cuanto llegue a América.

Lina se sorprendería con el mensaje, pensó Sophie. Quizá la tranquilice. O no. Ojalá decidiera irse también.

Algún día Sophie almorzó en el salón vienés, que ya había sido abierto. Descubrió entonces que había otros pasajeros a bordo. Hombres de negocios ingleses, a lo que parecía, y militares. Sin buscar conversación con nadie, ese primer día tomó asiento en la asendereada pérgola con una copa de oporto aderezado con nuez moscada, fija la vista en el horizonte, la línea que un día tras otro la acompañaba dondequiera que mirase, el punto de unión entre el cielo y la tierra.

De tanto en tanto charlaba con un vecino imaginario. Otras veces tenía la sensación de que alguien la llamaba, y volvía instintivamente la cabeza. También creyó ver a Lina saliéndole al paso desde el horizonte, de niña, con un vestido celeste de verano y sandalias. La saludaba con la mano y a la luz del sol le brillaba el pelo rubio, casi albino, para perderse en un momento determinado sin haberle dicho adiós. En otra ocasión volvió a ver a aquel otro hombre rubio de pelo ralo en el extremo opuesto de la cubierta. Primero le dio la espalda y luego se volvió hacia ella. Creyendo estar viendo a Albert, Sophie se levantó y se dirigió hacia él.

«Beautiful day, isn't it?», le dijo el hombre con acento americano.

Las horas se confundían. El único suceso digno de tal nombre que rompió la monotonía del tiempo fue el simulacro de incendio en el que también tuvo que participar. Se dirigió a la cubierta de pasaje con el chaleco salvavidas puesto. El camarero inglés se presentó con un extintor en la mano y simuló que sofocaba un incendio. La etiqueta del aparato rezaba «Aparato de extinción, desratización y desinfección». A continuación hubo un ejercicio de «hombre al agua», y Sophie contempló cómo caía una boya al mar y se alejaba un gran trecho señalando el sitio donde estaba el barco en el momento del siniestro. De noche se encendería automáticamente un dispositivo de iluminación eléctrica. La imagen de la boya en la inmensidad del océano la persiguió hasta en sueños.

La madrugada del quinto día desde que zarparan de Southampton divisaron los destellos blancos del barcofaro de Nantucket. El horizonte de aquel último amanecer aparecía pintado con suave pincel entre el cielo y la tierra. Cuando el sol naciente lo iluminó de rosa, Sophie montó el trípode y la cámara. Volvería a hacer fotografías. En ese momento surgió, apenas visible, una segunda línea muy tenue aún, correspondiente a la costa. A medida que aumentaba la transparencia del aire fueron añadiéndose contornos que rápidamente ganaban densidad hasta componer una especie de paisaje de sombras chinescas: la tierra y el cielo, el flujo de agua de un río, un paisaje montañoso que se perdería entre nubes... anticipos de un mundo nuevo y desconocido, tan nítido y preciso como si estuviese iluminando la placa de un daguerrotipo inmensamente grande.

–¿No es emocionante? –dijo alguien a su espalda en un inglés muy deficiente. Sophie se sobresaltó. Creía que estaba sola. Era otra vez el fogonero chino. El hombre aprovechaba cualquier minuto libre para respirar aire fresco–. Es mi segundo viaje en barco –puntualizó como si desease justificar la confianza que se tomaba–. Me parece fascinante.

Juntos contemplaron cómo se perfilaba la costa. La bahía de Hudson. Faltaba poco para Nueva York. Cuando vieron que en el horizonte emergían en tonos plateados los primeros edificios, Sophie le preguntó:

–¿Podría hacerme una fotografía? Sólo tiene que insertar la placa cuando me tenga bien situada en el objetivo.

El fogonero se acercó de puntillas hasta el trípode e introdujo con curiosidad la cabeza bajo el paño. Iluminó enseguida la placa, antes de que Sophie hubiese terminado de colocarse. Ella no tuvo más remedio que echarse a reír.

–Espere, que le doy otra. Pero esta vez no corra tanto.

Se apoyó contra la borda y se ajustó el sombrerito blanco que se había puesto. Aunque no se veía a sí misma, sabía que estaba exultante. Esa fotografía con la estatua de la Libertad y el fondo de Nueva York se la enviaría a todos como prueba de su llegada al Nuevo Mundo: a Ashton y a Lina, a sus padres y a sus hermanos.

–¿Puede echarse a la derecha? –gritó el chino. Sophie se desplazó un paso hacia la derecha–. No, quería decir a la izquierda. Ahora se ha escapado.

Dio dos pasos a la izquierda. Naturalmente, el fogonero lo estaba viendo todo al revés. Cabeza abajo. Nunca había sacado una fotografía con una cámara así. Todo el tiempo tuvo la cabeza ladeada, como si de ese modo intentase enderezar a Sophie. Por fin se oyó el deslizamiento metálico de la placa.

–No sé si le he cortado la cabeza –dijo disculpándose–. Por favor, *lady*, ahora una foto para mi madre.

No, desde luego aquel hombre no era Tung. Se apoyó contra la borda como acababa de hacer Sophie un momento antes y se atusó el pelo. Sophie metió la cabeza bajo el paño y miró a través del tamiz verde y lechoso del objetivo. En ese preciso instante, con celeridad sorprendente, el fogonero desapareció de su campo de visión. Perpleja, Sophie miró por fuera. El chino, apoyado sobre las manos, se había apostado cabeza abajo contra la borda. Al volver a mirar por el objetivo Sophie lo tuvo ante sí, con los pies apuntando abajo, pero con el rostro abotargado. Por vez primera en su carrera fotográfica lograba ver un motivo de pie en el objetivo... con la particularidad de que el resto del mundo quedaba cabeza abajo.

–Es para que mi madre me reconozca mejor –explicó el fogonero dando voces mientras la camisa se le resbalaba dejando a la vista un dragón tatuado en el vientre.

–Espléndido –gritó Sophie–. Quédese así, que sacaré dos fotografías.

Llegaron por fin al pie de la estatua de la Libertad; tras ella quedaba la isla de Ellis, en la bahía de Nueva York. El buque redujo la marcha. Prepararon la pasarela. Sophie era la única persona que desembarcaba allí. Mientras el barco atracaba, una parte de la tripulación formó un semicírculo a su alrededor. También estaba el fogonero chino.

–¡Acuérdese de mi madre! Vive en Tsingtao –le rogó mientras le entregaba un trozo mugriento de papel con una dirección. Sobre la negrura del rostro, los dientes blancos recordaban el teclado de un piano. Cuando Sophie se encontraba ya a media pasarela, llegó corriendo Cornelius:

–¡Tiene un telegrama! –le gritó desde arriba–. ¡Vendrán a recogerla a la isla de Ellis!

Cornelius avanzó por la pasarela y Sophie retrocedió unos pasos para recoger el papel.

–¡Mucha suerte! –le deseó Cornelius; de él ya se había despedido–. Y muchos saludos a Lina de mi parte.

De nuevo se dieron un abrazo y se despidieron con un beso en la mejilla. Entonces Sophie desembarcó.

Sacó del bolso los formularios de inmigración, el pasaporte, el visado y los certificados médicos, y se los entregó por una ranura de la ventanilla al joven agente que le atendía. El grueso del cristal era considerable. Tras él, en el suelo, un pequeño mástil con la bandera norteamericana. El joven leyó toda la documentación atentamente.

–¿Es usted danesa? –preguntó.

Sophie asintió con un gesto, preparándose el ánimo para un largo interrogatorio.

–Mi abuela también es de la isla de Seeland –respondió el agente para asombro de Sophie–. Todo está en regla. Pero los tres días de cuarentena no los puede evitar nadie. Lo siento.

La condujeron a un edificio con aspecto de barracón. De camino le informaron que había tenido suerte. En aquella época, a las personas sanas las retenían en cuarentena hasta cinco días, y a las sospechosas de ser portadoras de cualquier enfermedad, ni se sabía. Podían pasar meses enteros, le dijo el guardián negro.

Así fue como Sophie se acomodó en un pequeño cuarto sin ventanas. «La cámara oscura ideal», pensó. No era exactamente como se había imaginado América. Menos mal que Campbell iría a recogerla. Intentó en vano recordar sus rasgos. Continuamente le venía a la mente la forma en que iba vestido el día que le entregó las fotos, la bata china de guata y la larga trenza morena. Hasta ese momento no se había vuelto a acordar del telegrama. Lo sacó del bolso y lo leyó: «La iré a buscar pasado mañana. De rojo».

¿Qué quería decir aquello? ¿Iría él de rojo o se refería a ella? Campbell tampoco la recordaría bien, y debía de temer lo mismo, no reconocerla. En la cantidad de fotos que tenía de ella, no salía obviamente en ninguna. Menos mal que llevaba a mano el vestido de terciopelo rojo. Deshizo la maleta y se lo puso. Era un día especial. El primero de su vida en el continente americano.

El guardián negro llamó a la puerta y asomó la cabeza: «Someone has come to see you».

¿Ya? Desde luego, llegaba demasiado pronto. Todavía no podía salir de allí. Sophie se atusó rápidamente el pelo, se alisó el vestido y se aprestó a seguir al empleado por un pasillo iluminado con el sol de la primera hora de la tarde. Se detuvieron ante una puerta doble en una de cuyas hojas un letrero rezaba «Visitors Only»; el empleado le franqueó la otra, donde ponía «No Access», para hacerla pasar a una sala desangelada cuya única iluminación procedía de una lámpara cubierta de excrementos de moscas.

«Take a seat», le dijo el hombre. Sophie se sentó en una silla de madera que había junto a la pared que se prolongaba en el recinto de «Visitors Only». Había dos grandes ventanas por las que podía verse el otro lado. Esperó un momento, hasta que descubrió que se veía levemente reflejada en el cristal, enmarcada como si se tratase de una fotografía.

«It'll be just a minute», dijo el empleado, y volvió a salir.

Al abrir la puerta había entrado la potente luz del sol trazando una nítida franja que pasó por la tarima del suelo, chocó con la silla donde Sophie estaba sentada, trepó por ella y reflejó el vestido en todo su colorido contra la ventana. La imagen se desvaneció al cerrarse la puerta.

Sophie esperó pacientemente. Por fin se abrió la puerta del cuarto contiguo. La luz del sol la deslumbró de tal modo que sólo pudo distinguir la silueta de un hombre de elevada estatura y pelo ondulado. ¡Stanton! Se llevó la mano a la frente: «Tú estás loca, Sophie... Te has empeñado en ver a Stanton en cada hombre de este país». Se sorprendió de sí misma. El hombre se había sentado al otro lado del cristal. Pelo veteado de canas, ojos azules, bigote. Sophie se había habituado a la luz y ya veía mejor. Pero ¡si era él, de verdad! Pero tampoco del todo... como las caras que se ven en sueños, que resultan conocidas y a la vez desconocidas. Tuvo la sensación de tener que recorrer forzosamente a pasos cada vez más acelerados los años que habían transcurrido entre el ayer y el presente, camino de un final que ella no comprendía.

–¿Charles? –titubeó.

La voz de Stanton llegó amortiguada:

–Qué buen aspecto tienes. Acércate, deja que te vea bien.

Se aproximó aturdida al cristal. También él se acercó. El cristal se empañó con un cerco de vaho formado por el aliento de los dos. Sophie se retiró. Aquello no era real. Cerró los ojos. «Grado de inflexión y grado de reflexión», había dicho en otra ocasión otro hombre. El rayo de luz que incide y el reflejado se sitúan en plano perpendicular al plano de reflexión.

Sophie abrió de nuevo los ojos. Se estaba desvaneciendo el vaho del cristal. Se vio la yema rosada de un dedo. Estaba dibujando un corazón en la luna de vidrio. Luego, la misma voz amortiguada del otro lado:

–Te he traído una cosa.

Vio cómo se la entregaba al guardián. Acto seguido, el negro entró y le dio una bolsa de papel. Sin abrirla supo qué era. El aroma era inconfundible. Fresas. El cristal ya se había despejado, quedaba sólo el trazo del corazón. Los ojos de Stanton parecían preguntarle por qué no abría el paquete. El guardián abrió la puerta porque tenían que irse ya. Igual que antes, la luz entró en el recinto pasando por el suelo y ascendiendo por ella, hasta iluminar el reflejo que proyectaba. Por un momento Sophie se vio a sí misma y a Stanton simultáneamente, una instantánea duplicada delante y detrás del cristal, mirando a la vez a través del espejo, y el propio reflejo del espejo... A continuación se volvió a cerrar la puerta, el reflejo perdió intensidad y recuperó claridad la imagen de él.

–¿De verdad ha pasado el tiempo desde que nos vimos por última vez? –preguntó Stanton–. Tengo la sensación de que era ayer cuando me hablabas del mar y de la pareja de la vidriera.

Sophie lo miró fijamente sin responder nada. La cabeza le daba vueltas, era una caja volcada con miles de imágenes. Pero en medio del caos fue conformándose con claridad una imagen: la vidriera. Iluminada con intensidad sin igual. Había llegado la hora de cumplir la promesa de la infancia. La oscuridad llegaba a su fin.

Cautelosamente, como intentando preservar la magia de la leyenda, cogió una de las fresas y la mordió. Estaba dulce y repleta de sol. Con voz tan tenue que él hubo de acercarse para poder entender qué le decía, musitó:

–Es verdad, Charles. El tiempo no ha pasado. Esto es el porvenir. Aquí y ahora. –Y de manera inaudible para él, añadió–: Y por fin al buen novio le llega la novia.

Cogió otra fresa y la aplastó contra el cristal. Stanton retrocedió asustado; luego pareció comprender y sonrió.

–¡Ya sé a qué te refieres, Sophie –gritó–, a la vidriera de la iglesia! –Se aproximó de nuevo al cristal–. Sophie, les he convencido de que no supones ninguna amenaza para nuestro país, al menos en términos sanitarios. Dentro de una hora estarás fuera de aquí.

Sophie echó la cabeza hacia atrás y se rió:

–Charles, no me digas que sabías que venía.

Por toda respuesta, él llevó las manos al cristal, exactamente contra las palmas de Sophie. A ella le pareció notar el calor de su piel, como si el vidrio se hubiese fundido.

*

La lancha cortó las olas. Cada ondulación llegaba rematada con una cofia de espuma cual adorno de bodas. Soplaba viento procedente del mar.

–Viento europeo de popa –dijo Stanton pasándole el brazo por los hombros–. Es buena señal.

La ciudad no dejaba de aumentar de tamaño bajo el púrpura del crepúsculo. De forma dispersa iban encendiéndose luces en los rascacielos. Enseguida se reflejaron en el agua, como fosforescencias marinas. La barca se aproximó al muelle. Dos hombres atraparon los cabos lanzados desde la embarcación y los ataron a los norays. En pocos segundos pisarían tierra firme. Sustraída de una vez por todas su vida de las incertidumbres, Sophie sintió que le resurgían antiguas inquietudes. Instintivamente quiso sacar la cámara. Sintió entonces en el brazo la mano de Stanton:

–Hay fotografías que no pueden tomarse nunca, Sophie.

Sophie admitió la observación sin inmutarse. Volvió a sentirlo. Aquel sentimiento que había echado de menos durante tanto tiempo. Coincidir con otra persona. Tenía razón él. Había que aceptar lo que viniera sin la ayuda de la cámara de fotos.

Al cruzar la pasarela notó que tenía mucha hambre, pero a la vez sintió vergüenza de aquella reacción física a la cuarentena. En ese preciso instante Stanton comentó:

–Tenemos mesa reservada. Es un restaurante pequeño de Chinatown. Hay allí más chinos que en Port Arthur. Después de todo, aún estás en deuda conmigo. Tienes que demostrarme que sabes manejar los palillos chinos.

Sonriente, Sophie lo miró agradecida:

–Por lo que parece, no sólo sabes leer el pensamiento.

*

El restaurante se encontraba en pleno barrio chino. El lugar era una maraña de tiendas y casas de comidas con escaparates presididos por los indefectibles patos a la pequinesa; las calles estaban pobladas de chinos vestidos con calzón ancho y sandalias de paja, muchos trajinando sacos de arroz; dominaba el aroma de cebolla guisada con setas pasas. Ante las casas se iban encendiendo farolillos, puntos rojos, verdes, violetas contra la oscuridad de la noche. Entre dos edificios altos dieron con uno bajo, rematado en el tejado como una pagoda.

–Es aquí –dijo Stanton.

La luz era mortecina; los efluvios, cálidos. Olía a ajo, a jengibre, a alubias y a pescado, mezclado todo ello con el hedor acre de la gente. Reinaba el parloteo de muchas voces. Las caras parecían faroles, amarillas y redondas. En torno a dos grandes mesas tomaban asiento viejos y jóvenes, criaturas de dos años en brazos de ancianos, muchachas, hombres y mujeres juntos; ante los comensales, toda suerte de cuencos, platos, fuentes, vasos y entremeseras. Muchos comían del mismo cuenco, de modo que el camino hasta cada comensal quedaba marcado con un reguero de gotas.

Una porción de Asia en pleno Nueva York. Sophie podía imaginarse perfectamente no haber salido de Port Arthur. Stanton la cogió de la mano para conducirla hasta una mesa libre. Apenas se hubieron sentado, los camareros, sin pedírselo, sirvieron té verde, copas en forma de tulipanes con aguardiente de arroz, trufas, pasteles, minúsculos frutos parecidos a la manzana y pipas de melón; también les proporcionaron paños humedecidos al vapor con los que se limpiaron las manos. Stanton pidió la cena sin mirar la carta. Luego levantó su copa:

–Brindemos por tu feliz llegada.

Sophie intentó sacudirse el aturdimiento. El aguardiente le bajó como una llama por el cuello. De momento se sintió mejor. Tanteó la mesa en busca de la mano de él. Estaba caliente y seca.

–¿Sigues trabajando en Reuters?

Stanton negó con la cabeza:

–Ahora escribo para periódicos pequeños. Política nacional –respondió–. La guerra de Europa se terminó... y ahora parece que vaya a empezar aquí, en los bares y las tabernas de los barrios más dudosos. La mitad de los estados federales ya han prohibido el alcohol. A rajatabla. El mercado negro deja beneficios de millones de dólares al crimen organizado.

Sirvieron una fuente con verdura hervida, pescado, pollo, arroz frito y huevos. Y un cuenco de sopa donde flotaba una cosa blanca. Sophie dudó un instante. Vio cómo Stanton sonreía. Tenía todo el aspecto de un mozalbete. Se percató de que aún le tenía sujeta la mano:

–¿No serán...?

Él asintió. Sophie le soltó la mano. Cogió los palillos y los introdujo en el cuenco. Sacó una pata de gallina completamente pelada. Se la enseñó a Stanton:

–Estás sometiendo mi amor a una prueba durísima –dijo riéndose. A continuación depositó la zarpa en el plato y se sirvió arroz y judías negras.

–Sophie –dijo Stanton quitándole los palillos de las manos–. Me constaba que las superarías todas.

Acercó su rostro al de ella; de repente estuvieron muy juntos. Al tocarse sus labios, Sophie cerró los ojos.

En ese instante se animaron las voces procedentes de la mesa contigua. Sophie oyó cómo se reían las niñas y las mujeres, las jóvenes y las ancianas. Stanton la soltó y los dos miraron al grupo. Todos los rostros de la otra mesa se habían vuelto sonrientes hacia ellos. Salvo una niña pequeña, que, plantada ante Sophie, la contemplaba con la boca abierta.

Índice

La mirada a través del espejo

Título de la edición original:
Der Blick durch den Spiegel
Edición al cuidado de Noemí Sobregués
Diseño: Arianne Faber
Producción: Fernando Calabró

Fotocomposición: Víctor Igual, S.L.
Impresión y encuadernación:
Printer industria gráfica, S.A.
Nacional II, Cuatro Caminos, s/n,
08620 Sant Vicenç dels Horts, Barcelona, 2001

NUEVA GALAXIA GUTENBERG, S.A.
Passeig de Picasso, 16, 08003 Barcelona
www.galaxiagutenberg.com

1 3 5 7 9 10 0 8 6 4 2

Depósito legal: B-19700-2001
ISBN Galaxia Gutenberg: 84-8109-342-4
N.º 99978
Impreso en España.